Carolin Schairer
FLUSS MIT ZWEI BRÜCKEN

Carolin Schairer

FLUSS MIT ZWEI BRÜCKEN

Roman

Ulrike **HELMER** Verlag

Printausgabe gedruckt auf säurefreiem,
alterungsbeständigem Werkdruckpapier.
ISBN 978-3-89741-411-2

Originalausgabe
© 2018 Copyright Ulrike Helmer Verlag, Roßdorf
Alle Rechte vorbehalten
Covergestaltung: Atelier KatarinaS / NL
unter Verwendung des Fotos »Wet«
© Tinvo / photocase.de

Ulrike Helmer Verlag
Blütenweg 29, 64380 Roßdorf
E-Mail: info@ulrike-helmer-verlag.de

www.ulrike-helmer-verlag.de

Ein neuer Anfang

Der schwarze Wollmantel war zu warm, viel zu warm. Lucia fühlte, wie es unter ihren Achseln feucht wurde, und begann um ihre Bluse zu fürchten. Sie hatte nicht damit gerechnet, dass das Thermometer schon morgens über fünfzehn Grad klettern würde, immerhin war es erst Ende März und auf den Bergen lag noch Schnee.

Mit schnellen Schritten hastete sie die schmale Goldgasse entlang. Die wenigen Touristen, die so früh bereits unterwegs waren und die Auslagen der noch geschlossenen Geschäfte betrachteten, nahm sie kaum zur Kenntnis. Sie war knapp dran. Der Zug war mit Verspätung am Salzburger Hauptbahnhof angekommen; danach hatte sie nicht gleich den richtigen Bus in die Innenstadt gefunden. Zwar hätte sie den Weg wohl in derselben Zeit auch zu Fuß bewältigen können, doch selbst der Stadtplan, den sie bei sich führte, hatte ihre Ortskenntnisse nicht in Sicherheit gewogen. Ihr letzter Salzburg-Aufenthalt lag mehr als ein Jahrzehnt zurück.

Eine Welle der Erleichterung flutete nun durch Lucias Körper, als sie das kunstvoll geschmiedete Schild des Hotels entdeckte. Die wenigen Sonnenstrahlen, die in die ansonsten dunkle Gasse fielen, tauchten den gusseisernen Vogel in ein warmes Licht und brachten ihn zum Leuchten. *Goldener Fasan.*

Sie erinnerte sich an die Anweisungen, die man ihr vorab erteilt hatte, und ging am Haupteingang zum Restaurant vorbei, durch den kleinen Torbogen. Links gab es eine schlichte Tür mit Klingelknöpfen. *Hotel Goldener Fasan, Lieferanten, Privat.* Lucias Hand zitterte leicht, als sie auf *Lieferanten* drückte.

Sie hasste Situationen wie diese. Sich vorstellen und unbequeme Fragen beantworten zu müssen. Aber sie wollte diesen Job, wollte endlich weg aus Niederösterreich, irgendwohin, wo es wenig Erinnerungen an die Vergangenheit gab. Kurz hatte sie mit dem Gedanken gespielt, nach Deutschland zu gehen, doch das war zu weit weg, um Dani regelmäßig zu treffen, und so war die Wahl auf Salzburg gefallen. Die Stelle als *Chef de Rang* im Hauben-Restaurant eines Traditionshauses wie dem *Goldenen Fasan* klang zudem nach einer weiteren Stufe auf der Karriereleiter.

Ein stattlicher Herr in weinroter Weste und dunkler Hose öffnete ihr die Tür.

»Lucia Starl? – Pünktlich auf die Minute. Das wird der Chefin gefallen.«

Der Grauhaarige schickte seinen Worten ein freundliches Lächeln hinterher. Lucia reichte ihm die Hand. Sein Händedruck war angenehm fest und beruhigend. Sie fühlte sich gleich besser und folgte dem Mann durch den Gang. Als sie an der Küche vorbeikamen, streifte sie der verlockende Duft von gebratenem Fleisch und Gewürzen.

Die Gaststube befand sich in einem Gewölbekeller. Lucia ließ ihre Augen durch den Raum wandern. Schätzungsweise bis zu sechzig Gäste hatten hier Platz; das Mobiliar war aus Zirbenholz, schlicht und modern. Die weißen Tischtücher und weinroten Polster auf den Stühlen verliehen dem Ambiente eine edle Note. Die Tische waren bereits eingedeckt; es gab Besteck, jeweils ein Wein- und ein Wasserglas sowie weinrote Stoffservietten mit einem goldenen Fasan. Links neben der perfekt ins Ambiente eingepassten Schanktheke standen auf einer Erhöhung zwei größere Bartische.

Ihr grauhaariger Begleiter steuerte direkt darauf zu. Lucia erkannte die Dame, die sich nun erhob und ihr freundlich die Hand entgegenstreckte, sofort als die Chefin des Hauses. Sie sah genauso aus wie auf dem Foto auf der Website: eine elegante Frau um die fünfzig mit mittelblondem Haar, zu einem Dutt am

Hinterkopf frisiert, das feine Gesicht dezent geschminkt. Sie trug einen Raulederrock und dazu ein Leinensakko im Trachtenstil.

»Guten Morgen. Yvette Bruckner. Meinen Restaurantleiter Hans Obermoser haben Sie ja bereits kennengelernt. – Bitte, setzen Sie sich doch.«

Ihre Stimme klang herzlich und angenehm. Dennoch, als Lucia nun Platz nahm, kehrte die innere Anspannung zurück. Vor der Chefin des Hauses lagen immerhin ihre Bewerbungsunterlagen.

»Darf ich Ihnen einen Kaffee anbieten?«

Lucia, die inzwischen ihren Mantel abgelegt hatte, überkam eine jähe Sorge. Was, wenn auf dem roséfarbenen Blazer, den sie über der verschwitzten Bluse trug, Flecken sichtbar wären? Dass ihr Yvette Bruckner eine Frage gestellt hatte, begriff sie daher erst, als sie deren wartenden Blick auf sich ruhen fühlte.

»Wasser«, sagte sie hastig, korrigierte sich dann aber: »Ein Glas Wasser wäre mir lieber, wenn das möglich ist.«

»Selbstverständlich.«

Der Restaurantleiter schnippte mit den Fingern, und wie aus dem Nichts tauchte ein junger Bursche auf.

»Max, für die junge Dame bitte ein Mineralwasser.«

»Sehr wohl.«

»Hatten Sie eine angenehme Anreise?«

Yvette Bruckner sandte ihr erneut ein freundliches Lächeln, blätterte aber gleich schon im Lebenslauf.

Lucia setzte an, um etwas auf die Höflichkeitsfrage zu antworten, doch ihre Stimme versagte. Erst nachdem sie sich geräuspert hatte, brachte sie ein »Ja, danke« über die Lippen.

Lucia, du wirst das schaffen! Denk einfach an alles, was wir besprochen haben …

Im Geiste hörte sie die Stimme von Frau Schneider – nein:

Nenn mich Ilse. Jetzt stehen wir ja in keinem beruflichen Verhältnis mehr miteinander.

7

Berufliches Verhältnis. Ilse konnte gut mit Worten umgehen. In Wahrheit war sie die Sozialarbeiterin und Lucia ihr Schützling gewesen, und das über drei Jahre. Als es keine Auflage mehr gab, sich regelmäßig mit der Sozialpädagogin zu treffen, war Lucia frei, zu gehen, wohin auch immer sie wollte. Und so hatte sie sich nach einem Job umgesehen, weit weg von Niederösterreich. Wo niemand etwas über ihre Vergangenheit wusste.

Genau das machte sie nervös: Den Spagat zwischen Wahrheit und Notlüge zu schaffen, ohne sich dabei zu verzetteln.

»Es haben sich einige auf diese Stelle beworben«, eröffnete Yvette Bruckner nun ohne Umschweife das Bewerbungsgespräch. »Der vielkolportierte Personalmangel in der Gastronomie ist keine Sache, die uns im größeren Ausmaße betrifft. Unser Haus gehört, wie Sie wissen, zu den renommiertesten Adressen in Salzburg und blickt auf eine lange Tradition zurück. Wir haben erlesene Gäste. Internationales Publikum. Darunter Adelige, Großindustrielle, Prominente aus allen Bereichen. Wir zahlen gut, erwarten aber auch überdurchschnittlichen Einsatz.«

Sie machte eine Pause, als der Bursche mit dem Wasser kam, und fuhr erst fort, als er sich außer Hörweite begeben hatte.

»Wir wollten Sie kennenlernen, weil Ihr Lebenslauf ... nun ja ... für unsere Branche eher ungewöhnlich ist. Und natürlich auch deshalb, weil Ihr letzter Arbeitgeber Ihnen ein phänomenales Arbeitszeugnis ausgestellt hat. Der *Retthof* in Puchberg muss ja ausgesprochen enttäuscht gewesen sein, eine so fleißige und qualifizierte Kraft wie Sie zu verlieren!«

Im ersten Moment suchte Lucia eine Spur von Ironie in den Worten der Frau. Vergebens. Sollte sie etwas darauf erwidern? »Ja, es wurde allgemein bedauert«, sagte sie schließlich wahrheitsgemäß. »Aber auch verstanden.«

»Weshalb verstanden?«

»Weil es keine Entwicklungsmöglichkeiten für mich gab. Ich war dort als *Commis de Rang*, und alle höheren Positionen lagen fest in Familienhand. Ich konnte nicht aufsteigen.«

»Also, ich würde auch gerne weiterhin Restaurantleiter bleiben«, schaltete sich Obermoser ein, der das Gespräch bisher nur schweigend verfolgt hatte. Er schmunzelte bei seinen Worten. Lucia stieg dennoch die Röte ins Gesicht. Jetzt meinte er womöglich, sie wolle künftig an seinem Stuhl sägen!

Sie suchte bereits nach klärenden Worten, als Yvette Bruckner auch schon weitersprach: »Auch der *Goldene Fasan* ist ein Familienbetrieb. Sämtliche Entscheidungsbefugnisse und das gesamte Finanzmanagement liegen in meiner Hand. Ich bin die Inhaberin. Und ich bin Geschäftsfrau.«

Lucia schwieg zunehmend verwirrt. Sie hatte nicht vor, der Bruckner in irgendeiner Weise ihre Eigentümerrechte streitig zu machen.

»Aber jetzt zurück zu Ihnen.« Der äußerst bestimmte Gesichtsausdruck der eleganten Dame wurde wieder weicher. »Ihrem Lebenslauf nach waren Sie auf dem *Juneum*, einem privaten Musikgymnasium in Wien. Bis zur fünften Klasse Oberstufe. Danach sind Sie nach Niederösterreich umgezogen, haben den Hauptschulabschluss gemacht und dann eine Ausbildung zur Restaurantfachfrau. – Sie verstehen sicher, dass das Fragen aufwirft. Ich bin seit mehr als dreißig Jahren in der Gastronomie, und in all diesen Jahren ist mir noch keine einzige Servicekraft untergekommen, die auf einer renommierten Privatschule war.«

Denk an das, was wir besprochen haben!

Ilse Schneiders Worte hallten in Lucia wider. Sie fuhr sich mit der Zunge über die trockenen Lippen.

»Meine Mutter ist damals unerwartet verstorben. Ich war gerade mal siebzehn. Das hat mich ziemlich aus der Bahn geworfen. Ich konnte mich nicht mehr auf die Schule konzentrieren. Darum bin ich zu Verwandten nach Niederösterreich gezogen, und der Hauptschulabschluss war das am schnellsten erreichbare Ziel. Die Laufbahn in der Gastronomie hat sich dann beinahe von selbst ergeben.«

»Was ist mit Ihrem Vater? – Sie haben zu Ihren Eltern ja leider keine Angaben gemacht.«

Lucia rang sich ein Lächeln ab.

»Meine Mutter war ab meinem neunten Lebensjahr alleinerziehend; ich hatte zu meinem Vater nie ein enges Verhältnis. Er war daher keine Option.«

»Das alles muss einen ziemlichen Einschnitt in Ihr Leben bedeutet haben.«

Mehr, als sich ein Mensch vorstellen kann, ging es Lucia durch den Kopf. Laut sagte sie: »Ja, natürlich. Aber es kommt im Leben eben manchmal anders, als man denkt, und man muss wohl das Beste daraus machen.«

»Und die Gastronomie ist eindeutig das Beste für Sie, Ihrer Meinung nach?« Ein fragender Blick, der auf ihr ruhte.

Lucias Kehle wurde immer trockener. Sie sehnte sich nach einem Schluck Wasser, wollte aber nicht nach dem Glas greifen. Das Zittern hätte ihre Nervosität verraten.

»Ja, ich …«, begann sie schließlich, doch Yvette Bruckner fiel ihr ins Wort.

»Was ist mit Ihrem Instrument? Spielen Sie das noch?«

Lucia wurde es erst heiß, dann kalt. Die Eiseskälte fraß sich durch ihren Unterleib bis zum Herzen und drückte es schmerzhaft zusammen. Sie rang nach Luft, während sie sich gleichzeitig zur Ruhe zwang.

Eine naheliegende Frage angesichts der Angabe des *Juneums* in ihrem Lebenslauf. Wer dieses Gymnasium besuchte, spielte schließlich ein Instrument, und das auf höherem Niveau. Das Konservatorium und ihr dort bereits in jungen Jahren aufgenommenes Studium hatte sie in Abstimmung mit Ilse Schneider vorsorglich ganz aus dem Lebenslauf herausgelassen, um die Erklärungen nicht noch komplexer zu machen.

»Klavier«, sagte sie und bemühte sich um eine feste Stimme. »Es ist Klavier gewesen. Aber ich spiele nicht mehr.«

»Wie schade.« Yvette Bruckner legte das Blatt Papier mit ihren Angaben zur Seite.»Als Hobby wäre es ja auch noch nett, oder nicht?«

Lucia hatte nicht den Eindruck, dass die Gastronomin eine Antwort erwartete, daher schwieg sie. Zumindest hatte sie ihren Körper nun so weit unter Kontrolle, um zum Wasserglas greifen zu können. Vorsichtig führte sie es an die Lippen.

»Wie sieht es mit Fremdsprachenkenntnissen aus? Englisch ist hier ein absolutes *Muss*!«

»Das ist kein Problem.«

»Französisch?«

»Ausreichend für den Gastronomiebereich.«

»Italienisch?«

»Perfekt.«

Yvette Bruckner hob die Augenbrauen, sichtlich überrascht. Dann schien ihr ein Licht aufzugehen.

»Richtig, in den ersten Schuljahren waren Sie in Italien. Und Ihr Name, Ihr dunkles Haar. Sie haben italienische Wurzeln.«

»Mein Vater ist Italiener.«

Kaum war es ausgesprochen, biss sie sich auf die Lippen. Zu viel Information. Oder doch nicht?

Die Chefin des Hauses lächelte.

»Da haben wir fast etwas gemeinsam – auch ich habe ja einen für österreichische Verhältnisse eher außergewöhnlichen Vornamen. Yvette. Meine Mutter war Französin.«

Quasi übergangslos legte sie Lucia dann ihren Aufgabenbereich in einer Ausführlichkeit dar, die keinen Zweifel offenließ, dass sie in ihr den zukünftigen *Chef de Rang* des *Goldenen Fasan* sah. Da der Lebenslauf offensichtlich kein Thema mehr war, fand Lucia allmählich zu ihrem Selbstvertrauen zurück. Sie stellte Fragen, brachte sich ein.

Das Gehalt lag tatsächlich weit über der tariflichen Vorgabe. Überstunden würden abgegolten, finanziell oder in freien Tagen; letzteres käme jedoch nur in der Nebensaison infrage. Lucia war das egal, sie legte auf Freizeit ohnehin wenig Wert.

11

Am Ende war klar: Sie hatte den Job.

Noch immer nicht ganz entspannt, setzte sie schließlich ihre Unterschrift unter den von Yvette Bruckner bereits unterschriebenen Vertrag.

»Wenn Sie Hilfe brauchen, eine günstige Bleibe zu ergattern, lassen Sie es mich wissen«, sagte die künftige Chefin abschließend. »Ich könnte da sicher etwas möglich machen.«

Lucia bedankte sich höflich. Ihr Privatleben wollte sie strikt von der Arbeit getrennt wissen. Dennoch empfand sie die angebotene Unterstützung als sehr entgegenkommend.

Sie reichte ihren neuen Vorgesetzten zum Abschied die Hand.

»Ein bildhübsches Mädchen«, hörte sie Hans Obermoser im Restaurantbereich zu Yvette Bruckner sagen, als sie schon fast beim Ausgang war.

»Kein Mädchen. Mit fünfundzwanzig ist man eine Frau«, erwiderte diese darauf, und Lucia war ihr noch im selben Augenblick dankbar für diese Klarstellung. Ein Mädchen war sie lang genug gewesen. Eines von vielen in der Justizvollzugsanstalt Schwarzau, in der sie schneller erwachsen hatte werden müssen, als ihr lieb war.

Den Mantel im Arm, verließ sie um kurz vor halb elf den *Goldenen Fasan*. Inzwischen hatte die Sonne ihren Weg in die Gasse gefunden. Die Geschäfte waren geöffnet. Touristen schlenderten umher, machten Fotos von den barocken Gebäuden, lachten, unterhielten sich in allen möglichen Sprachen. Einheimische hasteten mit prall gefüllten Einkaufstüten vom Grünmarkt an ihr vorbei.

Lucia atmete tief durch.

Sie war jetzt nicht nur erwachsen, sondern auch in Freiheit. Ohne Gitter, ohne soziale Wohngruppe, in der sie die Jahre nach der Entlassung verbracht hatte, während sie im *Retthof* ihrer Arbeit nachging. Es war höchste Zeit, einen endgültigen Strich unter die Vergangenheit zu ziehen.

*

Ann-Kathrin saß mit einer Freundin am Tisch, als Lucia die Küche betrat, Dani mit ihrem dicken Rucksack im Schlepptau. An ihnen vorbeizugehen war unvermeidlich – Lucias Zimmer war nur von der Küche aus begehbar.

Die beiden, nur geringfügig jünger als Lucia selbst, unterbrachen ihr Gespräch mitten im Satz und starrten Dani an wie ein Wesen von einem anderen Stern. Zu Lucias Unverständnis blieb diese auch noch stehen und starrte zurück. Lucia stand dazwischen, sah von einer zur anderen und musste beinahe lachen, so gegensätzlich waren die Welten, die hier aufeinanderprallten: Dani in zerrissener Jeans, mit raspelkurzen Haaren, Nasenpiercing und den Tätowierungen auf ihren nackten Oberarmen, die zwei Studentinnen der Rechtswissenschaften mit Perlohrringen, Hermès-Tüchlein um den Hals und in taillierten Blazern.

Als dem staunenden Schweigen allmählich Schwere anhaftete, sah sich Lucia bemüßigt, etwas zu sagen.

»Ann-Kathrin, das ist meine Freundin Dani aus Wien; sie bleibt bis morgen zu Besuch.«

Ann-Kathrin, aus gutem Hause, erhob sich doch tatsächlich und reichte Dani wohlerzogen die Hand. Lucia erkannte an dem verräterischen Zucken ihrer Mundwinkel, dass sie dieser Akt der Höflichkeit eine gewisse Überwindung kostete.

»Nett, dich kennenzulernen. – Das ist Sophie, sie studiert mit mir.« Die Worte klangen in Lucias Ohren schal.

Sophie machte aus ihrer Abneigung keinen Hehl. Sie blieb sitzen und verzog lediglich den Mund zu einer Art Lächeln.

Lucia, die keinen Grund sah, die Begegnung noch länger auszudehnen, öffnete ihre Zimmertüre und gab Dani mit einer Kopfbewegung zu verstehen, dass sie ihr rasch folgen sollte.

Augenblicke später waren sie allein und die Türe zur Küche geschlossen.

»Hej, echt, die studieren? Wohnen die beide hier?«

Dani stellte die Fragen, während sie sich neugierig in Lucias neuer Bleibe umsah. In dem sechzehn Quadratmeter großen Raum gab es nicht viel zu entdecken: Schrank, Schreibtisch mit Stuhl, ein fast leeres Regal und ein Bett, alles aus Sperrholz, weiß lackiert. Das war es. Lucia hatte in den zwei Wochen, in denen sie hier wohnte, weder Zeit noch Muße gefunden, sich mit der wohnlichen Ausgestaltung eines Zimmers zu beschäftigen, in dem sie sich fast nur zum Schlafen aufhielt.

Dani ging zum Fenster.

»Die Aussicht ist ja nicht so cool«, stellte sie fest. »Ein Schrottplatz?«

»Eigentlich eine Werkstatt.«

»Ist das nicht recht laut, wenn die da arbeiten?«

Lucia hob die Schultern.

»Bisher habe ich noch nichts mitbekommen von dem, was da gemacht wird.«

Dani nahm neben ihr auf dem Bett Platz.

»Das sind schon zwei ziemliche Tussen, oder?«

Reflexartig legte Lucia den Finger auf ihre Lippen. »Nicht so laut«, flüsterte sie. »Durch die Tür hört man jedes Wort.«

»Also, ich höre die beiden im Augenblick gar nicht«, wisperte Dani zurück.

»Entweder sie flüstern auch oder sie lauschen.«

»Oh Gott.« In gespielter Erschöpfung ließ Dani sich nach hinten auf das Bettzeug kippen. »Wie hältst du das aus? Warum wohnst du nicht alleine? Das wolltest du doch immer.«

»Die Mieten sind hier extrem teuer, es herrscht Wohnungsnot in Salzburg.«

»Du hättest eben doch mit mir nach Wien kommen sollen. Da ist es mit der Wohnungssuche recht einfach.«

Lucia straffte die Schultern. »Die Diskussion hatten wir bereits.«

Dani setzte sich auf und legte ihr die Hand auf den Oberarm.

»Du musst ja nicht in den Ersten Bezirk fahren und dorthin gehen, wo es passiert ist. Wien ist groß.«

»Dani, bitte ...« Lucia schüttelte gequält den Kopf. »Ich werde nie wieder in Wien wohnen. Ich werde nicht einmal mehr hinfahren. Und ich will auch nicht darüber reden.«

Einen Moment lang herrschte Schweigen.

»Schau mal, das habe ich neu stechen lassen.« Stolz deutete Dani auf ein schwarzgrünes Gebilde auf ihrem rechten Oberarm. Lucia brauchte ein paar Sekunden, um zu erkennen, was es sein sollte: offenbar eine Meerjungfrau. »Cool, oder?«

»Wird es allmählich nicht zu viel? – Deine ganzen Arme sind inzwischen voll davon!«

»Nein, da ist schon noch Platz. Und wenn, mache ich am Oberkörper weiter ... Dir gefällt es nicht, oder?«

»Nein«, gab Lucia ohne Umschweife zu. Wenn sie ehrlich war, gefiel ihr Danis Veränderung insgesamt nicht. Seit ihre Freundin vor einem Jahr nach Wien gezogen war, hatte sie nach und nach ihr nettes Aussehen ab-, dafür an Gewicht zugelegt und sich in eine Frau verwandelt, die ihren Körper immer mehr verunstaltete. Einem Tattoo folgte das nächste. Die neueste Leidenschaft waren Piercings. Auch wenn es im Gesicht bisher nur bei einem Nasenring geblieben war – Danis Ohrläppchen zierten Stanzlöcher, und statt dezenter Stecker trug sie Ohrschmuck, der Lucia an Zubehör aus dem Baumarkt erinnerte. Als sie vor rund einem Monat miteinander geschlafen hatten, war sie zudem mit den Haaren in der kleinen Doppelaxt hängen geblieben, die in Danis Bauchnabel steckte.

»Dein kleines Tattoo auf der Schulter fand ich nett und ein Nasenstecker kann auch gut aussehen. Aber ich finde, das, was du da machst, ist echt zu viel.«

Lucia ahnte bereits, was die Freundin darauf erwidern würde.

»In Wien in der Szene laufen alle so herum! Ich will da endlich dazugehören. Da sind so coole, sexy Mädels!« Sie brach mitten im Satz ab, als ihr bewusst wurde, was ihr da über die Lippen gekommen war. »Sorry, ich wollte nicht …«

»Schon gut.« Lucia strich sich eine Haarsträhne aus dem Gesicht. »Das ist ja genau der Grund, weshalb ich sagte, wir sollen es miteinander lieber locker nehmen.«

»Ich will einfach nur ein paar Sachen ausprobieren. Aber ich liebe dich!«

Dani nahm ihre Hand. Die Berührung fühlte sich warm und vertraut an. Lucia unterdrückte ein Seufzen.

»Ich weiß.«

»Später will ich mit dir zusammenwohnen, eine echte Beziehung. So wie in Schwarzau. Das hat doch gut geklappt mit uns.«

Eine Zwangsgemeinschaft auf zehn Quadratmetern, aus der erst Freundschaft und schließlich so etwas wie Liebe wurde. Knapp zweieinhalb Jahre hatten sie auf diese Weise miteinander verbracht. Dann war Dani entlassen und in St. Pölten in einer sozialen Wohngemeinschaft untergebracht worden. Sie hatte Lucia besucht, aber Intimitäten waren nun nicht mehr möglich, und Lucia fühlte von Besuch zu Besuch mehr, wie eine Kluft zwischen ihnen entstand.

Als auch sie schließlich das Gefängnis verließ und in Puchberg am Schneeberg eine Stelle bekam, lebte das Verhältnis mit Dani noch einmal für kurze Zeit auf. Regelmäßige Treffen scheiterten jedoch nicht nur an der geographischen Distanz, sondern vor allem an ihren Arbeitszeiten, die sich schwer abstimmen ließen. Dani, die in der Justizvollzugsanstalt ebenfalls eine Lehre als Restaurantfachfrau abgeschlossen hatte, war in St. Pölten in einem Stadtbeisl untergekommen, während Lucia in der Vier-Sterne-Gastronomie arbeitete und entsprechend eingespannt war.

Als Dani schließlich entschied, nach Wien zu ziehen, sah Lucia der Realität ins Auge: Künftig würden sie sich noch weniger sehen. Sie selbst ginge keinesfalls nach Wien, nicht einmal zu Besuch. Aus diesem Grund hatte sie Dani vorgeschlagen, sich zu trennen, ehe es Tränen gäbe. Die Tränen waren dennoch geflossen, weil Dani an ihr festhielt. Eine Familie, die für sie da war, besaßen beide nicht; doch Lucia hatte erkennen müssen, dass die zwei Jahre jüngere Dani in ihr nicht nur die Geliebte, sondern auch eine Art Ersatzmutter sah. Der Altersunterschied gewann plötzlich an Gewicht – ein Gewicht, dass Lucia nicht tragen wollte. Weshalb sie schließlich eine Art offene Beziehung ohne Verpflichtungen vorschlug. Seither lief ihr Verhältnis auf Sparflamme.

Und so war es auch an diesem Montag, den sie miteinander verbrachten. Lucia zeigte Dani die Stadt, wobei sie bewusst einen weiten Bogen um die Goldgasse machte. Auf Danis Wunsch hin besuchten sie abends schließlich die einzige Bar, die als Homosexuellentreffpunkt galt – um zu erkennen, dass sich dort nur zwei, drei Schwule am Tresen tummelten und ansonsten tote Hose herrschte. Für Dani stand danach fest, dass Salzburg die größte Fehlentscheidung war, die Lucia hatte treffen können.

Nachts schliefen sie miteinander. Lucia wollte es so, trotz der Piercings, trotz der Tattoos, trotz Danis aufgesetztem Männlichkeitsgehabe, dass sie an diesem Abend mit einem Mal zur Schau gestellt hatte. Das Neunzig-Zentimeter-Bett machte es ohnehin unmöglich, sich nicht zu berühren, und die nackte Haut weckte Lucias Lust aus dem Winterschlaf. Zudem war sie überzeugt, dass sich hier für lange Zeit die letzte Gelegenheit bot, Sex zu haben. So bald würde Dani nicht wieder nach Salzburg kommen.

*

»Können wir mal kurz miteinander reden?«

Ann-Kathrin saß mit ernstem Gesicht am Tisch, als Lucia ihr Zimmer verließ. Der dampfende Kaffee in der großen Tasse vor ihr füllte das Zimmer mit seinem aromatischen Duft. Im Hintergrund spielte das Radio einen Hit, der seit Monaten in den Charts stand und den Lucia kaum mehr hören konnte.

Vor rund zwei Stunden hatte sie Dani zum Bahnhof gebracht. Beim Abschied hatte die Freundin geweint, der Grund war nicht aus ihr herauszubekommen gewesen. Sie wisse es selbst nicht genau, hatte Dani immer wieder gesagt.

Der Abschied hinterließ Lucia ziemlich aufgewühlt.

Zurück in der Wohnung, war sie gleich in den schwarzen Rock geschlüpft und hatte die weinrote Weste über die weiße Bluse gezogen. Die Dienstkleidung wurde vom *Goldenen Fasan* zur Verfügung gestellt. Ihr Dienst begann erst in einer Stunde, doch sie hatte sich angewöhnt, früher da zu sein.

Ann-Kathrins Frage, die nach mehr klang als nach einer einfachen Antwort, durchkreuzte ihren Plan. Der Ton verriet, dass es sich nur um eine unangenehme Angelegenheit handeln konnte. Besser, sie brachte das gleich hinter sich.

Im Geiste ging sie kurz die Liste möglicher Konfliktpunkte durch. Der Putzplan war es nicht. Sie hatte ihn in der vergangenen Woche penibel eingehalten, jetzt war Ann-Kathrin an der Reihe. Schmutziges Geschirr im Spülbecken gab es von ihr aus nie, sie aß grundsätzlich nur im *Goldenen Fasan*, wo man eine warme Mahlzeit während der Dienstzeit stellte. An freien Tagen, deren Anzahl sie bewusst gering hielt, besorgte sie sich eine Pizzaschnitte. Also blieb nur noch ein Punkt. –

Während ihrer Zeit in Schwarzau hatte sie sich angewöhnt, keine voreiligen Schlüsse zu ziehen, sondern abzuwarten.

Mit undurchdringlicher Miene ließ sie sich Ann-Kathrin gegenüber am Tisch nieder.

»Im Großen und Ganzen klappt unser Zusammenleben ja ziemlich gut«, begann die Mitbewohnerin, während sie gleichzeitig eifrig in ihrer Kaffeetasse rührte. Der Löffel schlug gegen das Porzellan und brachte es zum Klingen. In Lucias Kopf hörte sich das fast an wie das Schrillen von Alarmglocken. »Ich meine, du … bist sauber, leise, gewissenhaft … Ich hatte echt anfangs Bedenken, tja, weil … du bist nur Kellnerin und ich studiere, da besteht schon ein gewisser Unterschied. Aber du bemühst dich wirklich, die Regeln unserer WG zu befolgen.«

Lucia verschränkte die Arme vor der Brust. Sie verzog keine Miene. Ann-Kathrin schien darauf zu warten, dass sie etwas erwiderte. Den Gefallen tat sie ihr nicht. In den vergangenen Jahren hatte sie gelernt, ihre Emotionen zu kontrollieren und darauf zu warten, dass andere das Wort ergriffen, ehe sie sich unbedacht äußerte.

»Es ist nur … wegen deiner Freundin«, nahm die Studentin den Faden wieder auf, als sie realisierte, dass von Lucias Seite nichts kommen würde. Sie atmete tief durch. »Also, ich habe euch gestern Nacht gehört. Die Wohnung ist ziemlich, hmm, hellhörig.«

Lucia blinzelte.

Aha, daher wehte der Wind.

»Es ist nicht so, dass ich etwas gegen Lesben hätte.«

Nein, nein. Natürlich nicht.

Lucia sah ihr Gegenüber abwartend an.

»Es ist wegen … dieser Dani.« Ann-Kathrin atmete nochmals tief durch. »Sie sieht jetzt zwar anders aus, aber Sophie hat sie eindeutig erkannt. Als Schülerin nahm ihre Klasse mal bei einem Prozess teil, als Zuschauer. Es ging um Raubüberfälle. Diese Dani war eine der Angeklagten, sie wurde zu Jugendarrest verurteilt. In anderen Worten: Deine Freundin ist eine vorbestrafte Kriminelle. Wusstest du das?«

Lucia fühlte, dass ihre Handflächen nass wurden.

»Dani bereut, was sie getan hat«, sagte sie mit fester Stimme. »Und sie hat für ihre Taten gebüßt. Sie ist nicht mehr die, die sie mit sechzehn war.«

»Du wusstest es also.« Ann-Kathrin nickte bedächtig, schien nachzudenken. Nach einer Weile hob sie den Kopf. »Jedenfalls, es tut mir leid, aber ich möchte sie nicht mehr in der Wohnung haben. Ich finde es wirklich süß, dass du zu ihr hältst, aber ehrlich gesagt, ist es auch reichlich naiv von dir. Die Tatsache, dass sie für ihre Vergehen bestraft wurde, macht sie doch nicht zu einem besseren Menschen. Einmal Täter, immer Täter. Wer andere Leute angreift, ihnen bewusst körperlichen und seelischen Schaden zufügt, kann keinen guten Kern haben.«

Lucia betrachtete das makellose, perfekt zurechtgemachte Gesicht der Jus-Studentin. Die wasserblauen Augen spiegelten eine unerbittliche Härte wider, die im klaren Kontrast zu der zart rosafarbenen Bluse stand. Sie konnte sich Ann-Kathrin sehr gut als künftige Staatsanwältin vorstellen.

»Ich muss zur Arbeit.« Lucia erhob sich. »Mein Dienst beginnt bald.«

»Wir sind uns also einig, richtig? Du wirst sie nicht mehr mit hierher bringen?«

»Sie wird so oder so nicht mehr kommen.«

Lucia angelte ihren dünnen Mantel vom Garderobenhaken.

»Ich meine es wirklich nicht böse.« Ann-Kathrin war ihr gefolgt, die Kaffeetasse in beiden Händen. »Aber ich möchte mit solchen Kreisen einfach nichts zu tun haben. Schon gar nicht in meiner Wohnung.« Als Lucia schweigend ihren Mantel überzog, schob sie hinterher: »Außerdem habe ich echten Schmuck. Und mein neues iPhone. Ich will nicht, dass davon etwas wegkommt, weil du solche Leute anschleppst!«

Lucia rang sich ein flüchtiges Lächeln ab. »Mach dir keine Sorgen«, sagte sie mit unbewegter Stimme. »Niemand nimmt dir etwas weg, niemand tut dir etwas an. – Ich muss jetzt wirklich … Bis dann.«

Eilig rannte sie die Treppe hinunter. In ihr brodelte eine Mischung aus Verzweiflung, Wut und Scham.

Ja, im Befolgen von Regeln war sie tatsächlich gut. Erfolgreich war sie darauf trainiert worden, vier bittere Jahre lang. Frau Schneider … Ilse … wäre in dieser Minute stolz auf sie.

Trotzdem. Diese Person war an Arroganz nicht zu überbieten. Ich, die tolle reiche Studentin. Du, die dumme arme Kellnerin. Wunderbar.

Und das Schlimmste war: Ann-Kathrin hatte auch noch recht! Mit allem. Darum hatte sie ihr nicht einmal widersprechen können.

Einmal Täter, immer Täter. Wer andere Leute angreift, ihnen bewusst körperlichen und seelischen Schaden zufügt, kann keinen guten Kern haben.

Lucia, die die Straße entlanggehastet war, hielt inne. Sie war inzwischen im Mirabellgarten angelangt, das Kongressgebäude zur Rechten, die Parkbänke links. Über ihr zwitscherten die Vögel in den Bäumen, obwohl der Himmel grau war.

Bleib ruhig, Lucia.

In Gedanken hörte sie Ilse Schneiders Stimme.

Sie atmete tief durch und ließ sich auf einer freien Bank nieder. Sie musste sich wirklich beruhigen. In derart aufgewühltem Zustand konnte sie nicht den *Goldenen Fasan* betreten.

Ein schlechter Mensch. Das war auch sie, würde sie immer bleiben. Nichts ließ sich wiedergutmachen, in ihrem Fall.

Ann-Kathrin war eine blöde, arrogante Zicke, zweifelsohne. Aber wer konnte ihr das verübeln? – Die Eltern zahlten die Wohnung, überwiesen großzügig Geld, damit es an nichts fehlte. Und weil Ann-Kathrin noch mehr shoppen wollte, vermietete sie eines der beiden Zimmer ohne Wissen der Eltern unter.

Je länger Lucia darüber nachdachte, desto mehr konnte sie es verstehen. In einem anderen Leben, da wäre sie eine Ann-Kathrin gewesen. Eine Ann-Kathrin hoch drei. Mit Eigentumswohnung, eigenem Auto und einer über alle Maßen guten Gage.

Alles hatte auf eine glanzvolle Karriere hingedeutet.

Aber sie hatte die Aussicht auf dieses phantastische Leben in den Sand gesetzt. Damit musste sie sich abfinden.

Mit der bitteren Erkenntnis im Hinterkopf setzte sie ihren Weg in die Goldgasse fort.

*

Antoni hatte erst vor vier Tagen seinen ersten Arbeitstag im *Goldenen Fasan* gehabt, aber Lucia erkannte jetzt schon, dass er womöglich nicht lange bleiben würde. Der junge Pole, dessen Herkunft nur ein leichter Akzent verriet, zeichnete sich vor allem darin aus, dass er andere herumdirigierte.

Das Lokal war für einen Abend an einem Werktag gut gefüllt, bis auf zwei Tische war alles besetzt. Lucia, die am Eingang neue Gäste willkommen hieß, zu den Tischen begleitete und Speise- und Weinempfehlungen gab, beobachtete Antoni aus den Augenwinkeln eine ganze Weile, ehe sie beschloss, dass es reichte.

Als die meisten Essen serviert waren, winkte sie ihn abseits der Gäste zu sich.

»Antoni, du bist hier angestellt, um zu arbeiten, nicht um herumzustehen«, kam sie ohne Umschweife zur Sache. »Du bist für die Tische links verantwortlich, das hatten wir geklärt. Aber ich sehe den ganzen Abend dort nur deine Kolleginnen herumrennen.«

»Ich bin auch schon gelaufen. Das kann die Küche bestätigen. Frag doch den Koch. Andrej hat mich gesehen. Aber die Mädchen kennen sich ja gut aus und sie wissen, was zu tun ist.«

»Und du weißt das nicht?« Lucia runzelte die Stirn. »Immerhin hast du eine umfassende Einweisung bekommen!«

Antoni machte ein finsteres Gesicht. »Du musst dich nicht so aufspielen. Ich bin älter als du, ich bin ein Mann und ich war auch schon *Chef de Rang*, mehrere Jahre.«

»Nun, hier bist du es jedenfalls nicht. Dass du älter bist und ein Mann, ist mir herzlich egal. Ich bin deine Vorgesetzte, ich erteile hier die Anweisungen, und wenn ich dir etwas sage, hast du dieser Aufforderung Folge zu leisten. Ohne Diskussion, verstanden?«

Antonis Hände waren zu Fäusten geballt. Sein blasses Gesicht lief rot an vor unterdrückter Wut. Das bemerkte Lucia trotz der nur schummrigen Beleuchtung. Der kräftige, hochgewachsene Bursche machte einen Schritt auf sie zu.

Sie musste sich zwingen, nicht zurückzuweichen. Wenn sie es tat, hätte sie verloren, das stand fest. Es war nicht das erste Mal, dass sie körperlich von jemandem bedroht wurde, der ihr kräftemäßig überlegen war.

»Bitch«, zischte Antoni und bedachte sie mit einem verächtlichen Blick. »Euch Weiber müsste nur einer richtig …« Er brach mitten im Satz ab. Seine Augen wurden groß, seine Gesichtsfarbe wandelte sich von rot zu weiß.

Lucia begriff erst, dass jemand hinter ihr stand, als sie die sonore Stimme von Hans Obermoser vernahm.

»Bitte, fahr doch fort, mein Freund. Und wiederhol das dann am besten vor der Chefin. Ich bin gespannt, was sie dazu sagt.«

Antoni trat verlegen von einem Fuß auf den anderen. Er wirkte plötzlich wie ein getadelter Schulbub.

»Das war nicht so gemeint«, presste er hervor. »Tschuldigung … ich gehe an die Arbeit.«

Er wollte sich an Lucia vorbeidrängen, doch der Restaurantleiter versperrte ihm den Weg. »Andere Richtung.« Er deutete auf den Hinterausgang. »Deine Dienstkleidung bringst du spätestens in drei Tagen gewaschen und gebügelt vorbei, sonst erstatten wir umgehend Anzeige wegen Diebstahls.«

»Aber …« Der Pole wirkte plötzlich sehr verzweifelt. »Es tut mir wirklich leid! Ich habe es ja nicht so gemeint! Es war nur ein kleiner Spaß, weiter nichts! Das sagt man halt so … Ich habe eine Frau und ein kleines Baby, bitte, ich brauche den Job!«

»Dein Problem«, erwiderte Obermoser ungerührt. »Fehler wie diese dulden wir hier nicht. Da gibt es keine zweite Chance. Und jetzt hau ab!«

Antoni sagte etwas auf Polnisch. Es klang wie ein Fluch. Dann machte er auf dem Absatz kehrt und verschwand.

Lucia wusste nicht recht, was sie sagen sollte. Der Zwischenfall hatte sie aufgewühlt – weniger wegen Antoni, denn sexistische Bemerkungen waren in der Branche keineswegs selten, sondern hauptsächlich wegen Obermosers Auftritt. Es war neu für sie, dass jemand hinter ihr stand. Und es bestürzte sie, mit welcher Härte hier auf Entgleisungen reagiert wurde.

Hans Obermoser klopfte ihr nun auf die Schulter.

»Alles gut«, sagte er. »Jetzt musst du heute Abend etwas mehr zupacken, nachdem ihr nur noch zu dritt seid. Aber gut gemacht. Du lässt dich nicht kleinkriegen, das gefällt mir. Und wenn dir hier wieder einer auf diese Weise blöd kommt, kannst du ihm dasselbe sagen wie ich.«

»Ich hoffe nur, dass Frau Bruckner das genauso sieht.«

»Natürlich sieht sie das so. Zerbrich dir darüber nicht den Kopf. Sie will, dass der Laden läuft, aber sie will ganz sicher keine Idioten in ihrem Restaurant. Und jetzt lach mal. Das tust du nämlich viel zu selten. Immerhin arbeiten wir im Service.«

Mit Mühe brachte Lucia ein Lächeln zustande. Eine zweite Chance gab es nicht. Sie hatte begriffen.

»Das könnte noch ein bisschen überzeugender werden«, schmunzelte der Restaurantleiter. »Oder brauchst du einen Schnaps, damit es besser klappt?«

»O nein, danke. Ich hasse Schnaps!«

Diesmal gelang ihr ein Lächeln, das ihren Vorgesetzten anscheinend zufriedenstellte.

*

Als Lucia am nächsten Nachmittag zum Dienst erschien, hatte sie den Vorfall mit Antoni bereits hinter sich gelassen. Ann-Kathrin hatte ihr zuvor in der Küche einen Kaffee angeboten und mit ihr über Belanglosigkeiten geplaudert, fast so, als wären sie Freundinnen. Es war nur eine kleine Geste, aber Lucia war darüber erleichtert. Sie wollte mit ihr auskommen. Schließlich war sie im Moment auf diese Wohngemeinschaft angewiesen.

Vor ihrem Umzug nach Salzburg hatte sie sich freilich noch ein paar andere Optionen angeschaut. Doch Einzelwohnungen waren rar und viel zu teuer, und viele WGs nahmen ausschließlich Studenten auf. Außerhalb der Stadt konnte sie aufgrund ihrer Dienstzeiten bis spät in die Nacht hinein nicht wohnen, da sie als Nicht-Autofahrerin auf öffentliche Verkehrsmittel angewiesen war. Die Wohnung hinter dem Bahnhof war somit wirklich die beste Lösung.

Sie wollte gerade ihre Arbeit aufnehmen, als Mara, eine der Kellnerinnen, fast beiläufig sagte: »Ach, du bist schon da … Die Chefin will dich sprechen, im Büro.«

Beklommenheit breitete sich in Lucia aus. Prompt wurden ihre Handflächen wieder feucht, ihr Puls raste. Antoni. Vermutlich hatte sie ihre Kompetenz überschritten. Nun, eigentlich war es ja Obermoser gewesen, der ihn weggeschickt hatte. Aber der Restaurantleiter war jetzt nicht hier, und es wäre nicht das erste Mal in ihrem Leben gewesen, dass sie für etwas einstehen sollte, was nicht sie zu verantworten hatte.

Yvette Bruckner saß hinter einem Computer-Monitor an einem ausladenden, alten Schreibtisch, links von sich ein Regal mit Büchern. In einer Ecke gab es ein dunkelgraues Sofa im Biedermeierstil, einen passenden Sessel und einen kleinen Tisch.

Die Chefin sah auf, als Lucia eintrat, und erhob sich.

»Lucia, wie schön. Bitte, setzen Sie sich doch.«

Sie wies auf das Sofa, und Lucia leistete der Geste Folge.

Trotz der Freundlichkeit, mit der die Frau ihr begegnete, blieb sie skeptisch. Sie stufte die Besitzerin des *Goldenen Fasan* nicht als eine Person ein, die Kritik laut und unbeherrscht auf ihr Gegenüber einprasseln ließ. Yvette Bruckner war eher der Typ, der sich mit süßem Lächeln nach dem Wohlbefinden erkundigte, während er hinterrücks schon den Dolch in der Hand bereithielt.

Wie ungerecht von mir, ging es Lucia durch den Kopf. Bisher hatte sich die Chefin doch nur liebenswürdig gezeigt.

»Es ist kurz nach drei, und Sie sind schon da. Und das, wo doch Ihre Schicht erst um halb fünf beginnt.«

Aha, das war es also.

»Ich schreibe die Überstunden nicht auf«, stellte sie sofort klar. »Ich bin nur hier, weil …« Egal, letztendlich reichte wohl der erste Satz. Natürlich wollte die Chefin ihr nicht unzählige Überstunden auszahlen oder in Freizeit abgelten.

»Sie sind hier, weil …?«

Yvette Bruckner sah sie abwartend an.

»Weil … es immer etwas zu tun gibt.« Lucia war froh, dass ihr schnell noch eine plausible Begründung eingefallen war.

»Da haben Sie natürlich recht, hier gibt es immer etwas zu tun.« Die Chefin bedachte sie mit einem prüfenden Blick. »Aber das heißt ja nicht, dass *Sie* das alles tun müssen, oder?«

»Ich arbeite gerne.«

»Das glaube ich Ihnen! Und Sie arbeiten gut. Ich bin sehr zufrieden mit Ihnen. Vom ganzen Team hört man nur Positives. – Allerdings möchte ich, dass es auch so bleibt. Ich will nicht, dass Sie sich jetzt verausgaben und dann wegen Burnout ausfallen, verstehen Sie?«

Lucia verstand nicht. Seit sie in der Gastronomie tätig war, geschah es das allererste Mal, dass sich ein Chef um ihr Wohlergehen sorgte. Dieser Umstand schmeichelte ihr nicht, sondern stürzte sie in Verwirrung. Sie legte die Hände ineinander und wartete schweigend. Einfach nur sitzen und abwarten. Erfahrungsgemäß hielt das kein Gegenüber lange aus und kam zur Sache.

Yvette Bruckner war jedoch anscheinend die Ausnahme von der Regel. Sie saß in ihrem Sessel, ein leichtes Lächeln auf den Lippen, die Hände auf den Stuhllehnen. Die Zeit verstrich. Lucia ließ ihren Blick durch das Zimmer schweifen, vorbei an den Buchrücken im Regal, dem Ficus neben dem Fenster, der alten

Stehlampe in der Ecke, zur Decke hinauf. Über ihnen prangte ein großer, vergoldeter Reifenluster mit Stabkerzen.

Dann entdeckte sie das Bild an der Wand gegenüber. In Pastelltönen gehalten, zeigte es zwei Häuser und einen See. Am Bootssteg lag ein Segelschiff, der Mast blank, das Segel zusammengefaltet.

Sergej Anastov Poisson.

Ihr Herz zog sich zusammen, als sie den bekannten Expressionisten als Urheber erkannte. Einen Moment lang hatte sie das Gefühl, keine Luft mehr zu bekommen.

Dann wurde sie sich bewusst, dass Yvette Bruckner sie noch immer beobachtete. Schnell wandte sie den Blick ab. Sie wollte hier raus – so schnell wie möglich.

»Ich bin sicher nicht burnoutgefährdet«, beeilte sie sich zu sagen. »Aber wenn Sie meinen, werde ich meine Anwesenheit hier …«

»Was ich meine, ist: Achten Sie bei einem solch stressigen Job wie dem unseren auf Ausgleich. Tun Sie etwas für sich.« Yvette Bruckner griff in ihre Schreibtischschublade und zog ein längliches Kuvert heraus. »Hier. Ein Geschenk des Hauses, als Dankeschön und Anerkennung für Ihren Einsatz.«

Zögernd ergriff sie den Umschlag. Die Chefin erwartete wohl, dass sie den Inhalt gleich begutachtete.

Schließlich hielt sie zwei Theaterkarten in der Hand. *Hochzeit auf Korsisch.* Eine Komödie in den Salzburger Kammerspielen, am kommenden Freitagabend.

»Danke, aber das kann ich nicht annehmen.«

Lucia wollte die Karten zurückgeben, doch Yvette Bruckner machte eine abwehrende Handbewegung.

»Nein, ausgeschlossen. Sie gehen da hin und machen sich einen schönen Abend. Basta. Und wenn Sie niemanden kennen, der mitkommen will, dann fragen Sie doch Veronika von der Hotelrezeption. Die hat sich auch eine kleine Belohnung verdient, und obendrein habe ich das Gefühl, Sie beide würden sich gut verstehen. Und nun können Sie die Flucht ergreifen – das wollten Sie ja schon tun, noch ehe Sie hier Platz genommen hatten.«

Yvette Bruckner zwinkerte ihr belustigt zu.

Lucia biss sich auf die Unterlippe. So leicht durchschaut zu werden war genauso neu für sie wie eine Belohnung.

Sie bedankte sich höflich. Auf dem Weg nach draußen versuchte sie, einen detaillierteren Blick auf das kunstvoll gerahmte Bild zu erhaschen. Sie wollte die Signatur sehen, um sicherzugehen, dass sie sich nicht irrte. Doch Yvette Bruckner geleitete sie geschäftig in Richtung Türe.

Je weiter der Tag voranschritt, desto mehr kam Lucia schließlich zu der Überzeugung, dass sie sich geirrt haben musste. Das Bild stammte sicher aus der Feder eines unbekannten Künstlers, der den Stil Poissons imitierte. Yvette Bruckner mochte als Eigentümerin eines gut gehenden Restaurants zwar durchaus wohlhabend sein, aber den Besitz eines echten Poisson traute sie ihr nun doch nicht zu.

*

Veronika – Vroni – entpuppte sich als eine angenehme Bekanntschaft. Die zierliche junge Frau mit den hellbraunen Locken, die an der Hotelrezeption des *Goldenen Fasan* arbeitete, wirkte sympathisch und hatte in Lucias Augen trotz ihrer einundzwanzig Jahre etwas Kindliches, Unbeschwertes an sich, ohne dabei dümmlich oder naiv zu wirken.

Vroni wohnte noch bei ihren Eltern in Maria Plein, einem Dorf nördlich von Salzburg. Sie hatte einen älteren Bruder und eine jüngere Schwester. Ihr Vater arbeitete für eine Salzburger Brauerei als Ausfahrer, ihre Mutter in einer Konditorei. Vroni selbst hatte die Tourismusschule besucht; abgesehen von einigen Saisonpraktika im Skigebiet und an den Seen des Salzkammerguts konnte sie an Arbeitserfahrung noch nicht allzu viel aufweisen. Beim *Goldenen Fasan* arbeiten zu dürfen, empfand sie als große Auszeichnung – ihr erster richtiger Job, und dann gleich in einem so renommierten Betrieb.

Das alles erfuhr Lucia im Laufe des Abends, den sie im Anschluss an die Komödie in den Kammerspielen bei einem Drink in der Steingasse fortsetzten. Je länger sie dort saß und an ihrem Cocktail nippte, desto besser konnte sie sich auf die neue Erfahrung einlassen, in einer Bar zu sein, ohne dort selbst auszuschenken. In Puchberg hatte sie nie den Drang verspürt, sich unter die Landjugend zu mischen, und sich stattdessen in die Arbeit gestürzt. Der Wirt vom dortigen *Retthof* hatte keinerlei Probleme damit gehabt, dass sie von früh bis spät bediente.

Vroni erzählte gern von sich, und das, ohne dabei zu nerven. Von ihrer Familie, von ihrer Katze Mimi, von ihrem Ex-Freund Franz, der nie Zeit für sie gehabt hatte, weil er lieber Fußball spielte. Lucia entspannte sich zunehmend. Es gefiel ihr, von diesem Leben zu hören, einem *normalen* Leben, das es so für sie nie wieder geben würde. Aber noch mehr gefiel ihr, dass Vroni sie nicht mit Fragen löcherte, sondern die Häppchen akzeptierte, die Lucia wohlüberlegt servierte.

Irgendwann kamen sie dann doch wieder auf die Arbeit zu sprechen.

»Die Kollegen im *Goldenen Fasan* sind die nettesten, die ich bisher hatte«, erzählte Vroni. »Irgendwie ist kein Psychopath darunter, findest du nicht?«

»Ich kenne die Leute noch nicht so gut, aber wahrscheinlich hast du recht«, erwiderte Lucia. »Bisher waren alle okay.«

Bis auf Antoni, aber der war kein Psychopath, sondern schlichtweg ein Trottel.

»Im Praktikum am Wolfgangsee hatte ich einen Chef, vor dem haben alle gezittert. Der war jähzornig und unbeherrscht.

Ein echter Choleriker. Sehr unangenehm. Der ist immer gleich explodiert, wenn etwas nicht so lief, wie er sich's vorstellte.«

Lucia nickte. Mangelnde Affektkontrolle. Sie behielt den Fachausdruck, der in ihren zahlreichen Therapiestunden immer wieder einmal gefallen war, aber für sich. Er würde nur Fragen aufwerfen, auf die sie keinesfalls Antworten geben wollte.

»Ich bin froh, dass Frau Bruckner nicht so ist«, fuhr Vroni fort. »Sie ist meistens sehr freundlich.«

»Meistens?«

»Na ja, wenn jemand richtig Mist baut, kann sie schon böse werden. Das habe ich erlebt, als Moritz vor ein paar Monaten so ruppig zu den russischen Gästen war … Tja, und mit dem Hans Obermoser, da ist sie manchmal auch ziemlich zickig. So richtig, richtig zickig.« Vroni fletschte die Zähne, formte ihre Hände zu Tigerkrallen und stieß ein helles Fauchen aus.

Die Darbietung brachte Lucia unwillkürlich zum Schmunzeln und legte gleichzeitig eine Annahme nahe.

»Haben die beiden was am Laufen?«

»Nein, sicher nicht.« Vroni schüttelte heftig den Kopf und senkte die Stimme, obgleich Lucia überzeugt davon war, dass sich ohnehin keiner der anderen sich eifrig unterhaltenden Gäste an den Tischen um sie herum für ihr Gespräch interessierte. »Es heißt ja, die Bruckner ist mit dieser Galeristin zusammen.«

Lucia wurde hellhörig. Yvette Bruckner eine Lesbe? – »Du meinst, zusammen im Sinne von … einer Partnerschaft?«, erkundigte sie sich überrascht.

»Ja, klar, was denn sonst?« Vroni saugte mit ihrem Strohhalm den letzten Rest Mai Tai aus dem Glas, und Lucia fühlte sich durch die Selbstverständlichkeit, mit der ihre Kollegin über eine Frauenbeziehung sprach, auf seltsame Weise beruhigt. Vielleicht würde sie Vroni ja einmal von Dani erzählen … oder sie ihr gar vorstellen? »Jedenfalls ist sie oft im *Goldenen Fasan*, diese Galeristin. Kommt auf einen Kaffee vorbei oder bringt Gäste zum Abendessen. Hast du sie noch nie gesehen? Romy heißt sie.«

Lucia schüttelte den Kopf.

»Nicht, dass ich wüsste.«

»Sie ist mindestens zehn Jahre jünger und blond. Aber nicht so wie die Bruckner, sondern eher dunkelblond.«

Wieder schüttelte Lucia den Kopf.

»Definitiv nein.«

»Egal!« Vroni unterstrich ihren Ausruf mit einer gleichgültigen Handbewegung. »Jedenfalls, die Bruckner ist mit der zusammen. Heißt es. Sie nennt sie *Liebes,* das ist schon ziemlich eindeutig. Und sie wohnt auch in Aigen.«

»In derselben Wohnung?«

Ohne dass sie es wirklich wollte, war Lucias Interesse nun doch geweckt. Sie tat sich immer noch schwer, in Yvette Bruckner eine Lesbe zu sehen. Allerdings kannte sie auch bisher kaum andere Lesben außer Dani – und, nun ja – sich selbst. Wie sollte sie also eine Lesbe erkennen, wenn sich ihr nicht gerade ein optisches Klischeebild aufdrängte?

»Nein, die Bruckner wohnt in einer von diesen modernen Neubauwohnungen und ihre Freundin in einer Villa, einem Haus eben, keine Ahnung. Jedenfalls nicht zusammen. Vermutlich, weil die Gesellschaft das nicht akzeptieren würde. Heißt es.«

»Heißt es.« Lucia schüttelte den Kopf. Unglaublich, was sich manche antaten … »Ich dachte eigentlich, die Chefin wohnt in der Dachgeschosswohnung über dem Hotel?«

»Nein. Da wohnt der Obermoser.« Vroni war anscheinend wirklich gut informiert.

»Aber der *Goldene Fasan* und das Gebäude gehören doch ihr, oder nicht?«

»Ja. Aber Hans Obermoser wohnt trotzdem dort. Das weiß ich genau, weil die Erna, eines der Zimmermädchen, auch bei ihm in der Wohnung putzt. Sein Schlüssel ist deshalb sogar bei uns an der Rezeption hinterlegt – Zimmer 001. Die Nummer gibt es im Hotel selbst gar nicht.«

Lucia beließ es dabei und wechselte das Thema. Was gingen

sie schon die privaten Verhältnisse ihrer Vorgesetzten an? – Es war sicher besser, sich aus Klatsch und Tratsch herauszuhalten.

Als sie sich später verabschiedeten, sagte Vroni: »Das war lustig heute. Wir sollten das wieder machen. All meine Freundinnen sind derzeit in festen Beziehungen; ich finde es super, jemanden zu kennen, der Single ist wie ich! Ich habe auch ein paar echte Geheimtipps zum Ausgehen. Stadlfeste und so. Kostet weniger als die angesagten Clubs in der Stadt und es gibt da nicht nur Schickimickis, sondern auch normale Menschen!«

Lucia war sich nicht sicher, ob sie Stadlfesten – was auch immer sich dahinter verbarg – etwas abgewinnen konnte, griff aber bereitwillig nach der Hand, die sich ihr entgegenstreckte.

»Klar, gerne wieder. Es war ein netter Abend.«

Auf dem Weg zurück in die Wohnung fühlte sie einen Hauch von Euphorie. Vroni war sympathisch, unkompliziert und vor allem so … normal. Sie wusste nichts von Schwarzau und hatte offenbar nichts dagegen, ihre Freundin zu sein.

Möglicherweise gab es ja doch noch eine kleine Chance, in ein ganz gewöhnliches Leben einzutauchen, zumindest in den Stunden, in denen die Erinnerungen sie nicht heimsuchten …

Offene Fragen

»Wolltest du heute nicht eigentlich ins Theater?«

Vom Beifahrersitz aus warf Romy der Frau, die sie vom Flughafen abgeholt hatte, einen fragenden Blick zu. Im selben Augenblick sprang die Ampel von rot auf grün. Die Strecke, die tagsüber aufgrund der Verkehrsdichte beinahe einer Weltreise glich, war um diese Zeit – die Uhr am Autodisplay zeigte 21:35 – relativ schnell zurückzulegen.

»Ich habe die Karten zwei meiner Mädchen gegeben«, erwiderte Yvette. »Kleine Freuden erhalten die Arbeitsmotivation. Außerdem hat mich diese flache Komödie, die da zurzeit auf die Bühne gebracht wird, ohnehin nicht interessiert.«

Romy schmunzelte.

»Das hast du bei der letzten Aufführung auch schon gesagt. Vielleicht solltest du die Sache mit dem Abo überdenken.«

»Du weißt, dieses Abo ist eine Art Politikum: Ich unterstütze so das Landestheater und die Kammerspiele, dafür liegen meine Hotelprospekte dort aus und ich bekomme gute Werbekonditionen im Programmheft. Eine Hand wäscht die andere. Und, wie schon gesagt, mit den Karten kann ich ab und zu die großzügige Chefin spielen.«

»Wenn ich mir nur vorstelle, dass ich Clara mit Theaterkarten belohne ...«

Yvette machte eine wegwerfende Handbewegung.

»Das kannst du ja wohl nicht vergleichen. Clara ist in unserem Alter und eine promovierte Kunsthistorikerin. – Außerdem, wenn man einmal damit anfängt, finanzielle Prämien auszuzahlen, geben sie sich mit nichts anderem mehr zufrieden. Ich hatte dich damals gewarnt.«

»Jaja, hast du. Aber glaube mir, Clara hat jeden zusätzlichen Cent verdient, so oft, wie sie derzeit die Galerie alleine schupft«, versicherte Romy. »Weißt du, dass ich seit Beginn dieses Jahres kaum mehr als drei Wochen am Stück im Geschäft stand? – Erst die Grippe, danach die Bronchitis, dann der Tod meines Vaters. Von den Geschäftsreisen ganz zu schweigen.«

»Das Jahr hat wirklich heftig für dich begonnen«, stimmte Yvette zu. »Es kann nur besser werden. Wenigstens entfallen die ständigen Besuche im Pflegeheim, jetzt, da dein Vater endlich erlöst wurde.«

»Ja.« Romy stieß einen resignierten Seufzer aus. »Zumindest das. Seit dem letzten Schlaganfall vor Weihnachten war er kaum mehr ansprechbar. Im Pflegeheim kursieren außerdem laufend irgendwelche Krankheiten, und kränkelnde Menschen tun meinem schwachen Immunsystem definitiv nicht gut, so grausam das auch klingen mag.«

»In deinem Fall ist das einfach eine Tatsache. Als Transplantationspatientin bist du eben anfälliger.« Yvette fuhr rechts heran und stellte den Motor ab. »So, wir sind da. – Soll ich noch mit hochkommen, oder bist du müde von der Reise?«

»Beides.« Romy holte ihren Trolley aus dem Kofferraum des Wagens. »Natürlich kommst du mit hoch.«

Sie sperrte das schmiedeeiserne Tor auf und durchquerte schnellen Schrittes die Hofeinfahrt. Mit geübten Fingern tippte sie den Code ein, der den Eingang zum Haus vor unliebsamen Besuchern schützte, und schob den magnetgesicherten Schlüssel ins Schloss. Bevor sie ihn drehte, gab sie einen zweiten Code ein, der die Alarmanlage deaktivierte. Erst dann sprang die Tür auf.

Gefolgt von Yvette, betrat sie das Gebäude. Noch ehe sie ihren leichten Mantel auszog und in den Garderobenschrank hängte, verriegelte sie die Haustüre von innen, sicherte den Eingang zusätzlich mit der Türkette und stellte die Alarmanlage wieder an. Im Wohnsalon zog sie erst die schweren, bodenlangen Vorhänge zu, ehe sie das Licht einschaltete.

»Magst du ein Glas Wein?«

Yvette hatte sich bereits auf dem ausladenden weißen Ledersofa niedergelassen.

»Danke, nein. Ich nehme dasselbe wie du.«

»Also Wasser.« Mit einem amüsierten Grinsen ging Romy in die Küche. Auf dem Tisch entdeckte sie einen Zettel. *Kürbisrisotto wartet im Kühlschrank.* Nun, es würde dort wohl bis morgen warten müssen. Sie war von dem mittäglichen Geschäftsessen in Frankfurt noch hinreichend satt. Dennoch war es eine liebe Geste ihrer Haushälterin, sie auf diese Weise willkommen zu heißen.

Als sie mit den Gläsern zurück ins Wohnzimmer kam, blätterte Yvette gerade in einem der Kunstmagazine, deren neueste Ausgaben im Zwischenfach des Wohnzimmertischs bereitlagen.

»Die Surrealisten sind anscheinend wieder im Kommen.«

»Ja, im Moment werden wieder sehr hohe Preise dafür erzielt.« Romy nahm neben ihrer Freundin Platz. »Nicht, dass sie jemals ein Schnäppchen waren, aber durch die zunehmende Nachfrage der Russen sind die Preise noch ein ganzes Stück gestiegen. Mir wurde unlängst ein *Hallenburg* angeboten. Ich habe etwas zu lange gezögert. Eine Pariser Galerie hat ihn mir quasi vor der Nase weggeschnappt.«

»Oskar Hallenburg? War der nicht eher Dadaist?«

»Beides. Surrealist und Dadaist. Aber seine surrealistischen Werke sind bekannter.«

Romy nahm einen Schluck Wasser, dann lehnte sie sich zurück. Einen Moment lang schloss sie die Augen. In der vergangenen Nacht hatte sie wieder einmal schlecht geschlafen – eine Nebenwirkung der Immunsuppressiva, die sie sich täglich verabreichen musste, damit ihr Körper das Spenderorgan nicht abstieß.

»Liebes, ich kann auch gehen.« Sie fühlte Yvettes Hand auf ihrem Arm. »Du bist müde. Du solltest wirklich ins Bett.«

»Tut mir leid. Ich bin tatsächlich ziemlich kaputt.« Romy hatte ihre Augen wieder geöffnet. »Und eigentlich habe ich gar keine Zeit, mich auszuruhen. Ich bin noch immer nicht dazu gekommen, sämtliche Unterlagen meines Vaters zu sichten und zu ordnen.«

»Was gibt es da noch zu ordnen? – Alles, was mit der Galerie am Graben zu tun hat, hast du doch schon vor Jahren aufgearbeitet.«

»Schön wär's. Es ist noch einiges durchzusehen. Außerdem gibt es da noch so viele private Unterlagen … irgendwelche Versicherungen, die er abgeschlossen hat, Verkaufsverträge für seine ehemaligen Immobilien … Vermutlich ist nichts wirklich Wichtiges dabei, aber ich muss die Schriftstücke auf jeden Fall sichten. Ich hoffe, ich komme am Wochenende dazu.«

»Eigentlich dachte ich, du begleitest mich morgen in die Matinee zum Gössl. Die neue Kollektion wird vorgestellt, dazu gibt es Brunch und Klaviermusik.«

»Das klingt prinzipiell gut, aber sei mir nicht böse …«

Yvette erhob sich.

»Dann schlaf dich erst einmal aus und entspann dich«, sagte sie, doch Romy hörte die leise Enttäuschung, die in ihrer Stimme mitschwang. Sie wussten beide, dass die liegengebliebene Arbeit ein willkommener Vorwand war. Soweit es ihre gesellschaftliche Stellung und ihre berufliche Position zuließen, mied Romy Menschenversammlungen, und das nicht nur wegen des erhöhten Infektionsrisikos. Rational betrachtet, wusste sie, dass ihre Angst jedweder Grundlage entbehrte, doch die Panikattacken, die sie inmitten einer Gruppe von Leuten überkamen, hielten sich nicht an das, was die Vernunft vorgab.

Sie begleitete Yvette zur Tür.

»Kannst du mir für Mittwochabend bitte einen Tisch bei dir organisieren? – Ein langjähriger Kunde von mir aus Lyon verbringt mit seiner Frau ein Wochenende in Salzburg. Ich will die beiden gerne einladen.«

»Und das nächste Geschäft anbahnen.« Yvette schmunzelte.

»Eventuell. Ich hätte derzeit tatsächlich einiges da, was ihn für seine Sammlung interessieren könnte.«

Mit Küssen auf die Wangen verabschiedeten sie sich voneinander. Vom Hauseingang aus sah Romy zu, wie die Freundin in ihren Wagen stieg und losfuhr. Dann schloss sie die Türe, ging hinauf ins Obergeschoss und ließ Wasser in die Wanne ein. Ein warmes Bad würde hoffentlich die Entspannung bringen, nach der sich ihr Körper und Geist sehnte.

*

Romy saß an ihrem Schreibtisch, vor sich ein Glas frisch gepressten Orangensaft und einen geöffneten schmalen Ordner. Schon seit über einer Viertelstunde versuchte sie sich einen Reim auf das Schriftstück mit dem Logo einer Privatbank zu machen, bei der ihre Familie lange Jahre Kunde gewesen war, und das ihr gleich zuoberst entgegenprangte.

Sehr geehrter Herr Mag. Dr. Traunburg,
hiermit bestätigen wir die Stornierung Ihres Dauerauftrags mit
der zugewiesenen Geschäftsnummer 8-0263 in Höhe von 8.300
Schilling p.m. per 31.10.1984.
Hochachtungsvoll, MMag. Heinrich Zauber, Filialleiter.

Achttausenddreihundert Schilling im Monat – das entsprach einer Summe von sechshundert Euro, die ihr Vater regelmäßig jemandem überwiesen hatte. Dass diese sechshundert Euro von seinem Privatkonto abgingen und nicht vom Geschäftskonto, machte sie stutzig. Miete für etwaige Objekte, ein Spendenauftrag, Gehälter für Angestellte – das entfiel damit als Erklärung. Auch wenn sie gewohnt war, mit weit höheren Summen zu jonglieren, kamen ihr sechshundert Euro als regelmäßige Privatausgabe für damalige Verhältnisse hoch vor.

Was verbarg sich hinter dem Dauerauftrag 8-0263?

Zum ersten Mal bereute sie, dass sie zahlreiche Ordner mit Kontoauszügen schon früher hatte entsorgen lassen. Als sie ihre Villa in Wien-Döbling aufgegeben hatten und in den Zweitwohnsitz nach Salzburg-Aigen übersiedelten, war es ihr mit viel Überredungskunst gelungen, den Hausstand ihres Vaters auf ein tragbares Minimum zu reduzieren – bei dem notorischen Sammler, der sich auch von Unterlagen nicht trennen konnte, war ihr damit ohnehin eine Meisterleistung gelungen.

Sie blätterte weiter in der dünnen Akte, die sie im väterlichen Arbeitszimmer in zweiter Reihe entdeckt hatte, verdeckt von prallvollen Ordnern mit Kaufverträgen rund um diverse Gemälde und Kunstwerke. Dokumentationen über Galeriebelange, von denen sie sich dennoch nicht trennen wollte. Wer wusste schon, wofür es einmal gut war, nachprüfen zu können, ob das ein oder andere Stück, das ihr angeboten wurde, nicht schon einmal seinen Weg durch die Hände ihrer Familie genommen hatte? Die Wahrscheinlichkeit war nicht gering, den vor dem Vater hatte schon der Großvater zu den bedeutendsten Kunsthändlern im deutschsprachigen Raum gezählt.

E. W. – Allein die Beschriftung des Ordners warf Fragen auf. Verbargen sich dahinter die Initialen eines Namens? Im Geiste ging Romy die Liste der damaligen Bekannten ihres Vaters durch. Die meisten davon hatte sie selbst noch persönlich kennengelernt. Ihr fiel niemand ein, dessen Name darauf passte.

Neugierig blätterte sie weiter. Sie stieß auf Rechnungen, ausgestellt von gehobenen Innenstadtgeschäften, teilweise handgeschrieben. Eine Registrierkassenpflicht hatte es in den Sechziger- und Siebzigerjahren noch nicht gegeben. Ein Dirndl. Ein Armband. Bettzeug mit Daunenfedern. Ein Kommunionkleid, Größe 140, mit Spitze. Ein Kommunionkleid? – Interessant!

Die Rechnung war auf März 1971 datiert. Da sie selbst erst 1979 zur Welt gekommen war, konnte ihr Vater dieses Kleid wohl kaum für sie gekauft haben. Abgesehen davon: Ihr Kommunionkleid war frei von jeder Spitze gewesen.

Jede der folgenden Rechnungen fügte sich in die vage Ahnung, die mehr und mehr von ihr Besitz ergriff. Alles sprach dafür, dass ihr Vater eine Zweitfamilie finanziert hatte. Zumindest ein zweites Kind: eine Tochter.

Romy rieb sich die Schläfen. Sie hatte Kopfweh – ob von dieser neuen Erkenntnis oder als Nebenwirkung der vielen Medikamente, die sie täglich einnahm, vermochte sie nicht zu sagen. Das Ergebnis war ohnehin dasselbe: pochender, klopfender Schmerz und jene bleierne Müdigkeit, die sie schon am Vorabend übermannt hatte.

Anders als am vergangenen Abend war sie nun allein. Es gab keinen Grund, sich weiter durch den Tag zu quälen. Sie schluckte eine Schmerztablette, wohl wissend, dass dies für ihre Leber kein Freudenfest war, entledigte sich ihres Kleides und verwandelte das Schlafzimmer hinter seinen dichten Vorhängen zu einer Dunkelkammer, ehe sie unter die Bettdecke schlüpfte.

Sie war müde, fand aber keinen Schlaf – das übliche Dilemma. Draußen, das hatte sie durchaus zur Kenntnis genommen, schien die Sonne. Ein schöner Frühlingstag, einer von vielen, die an ihr vorbeizogen, ohne weiter Spuren zu hinterlassen.

*

»Ihre Blutwerte sind derzeit prinzipiell sehr gut.« Prof. Dr. Kiess, bei dem Romy seit ihrem Umzug nach Salzburg in Behandlung war, wirkte dennoch nicht ganz zufrieden. Sie sah es an der Art und Weise, wie er in den Monitor auf seinem Schreibtisch starrte: etwas verbissen, mit fast unbewegter Miene. Lediglich seine Nasenflügel zuckten. Aus Erfahrung wusste sie, dass solch einer Aussage noch etwas folgen würde. Meist handelte es sich um eine Diagnose, die das Positive wieder relativierte: *Ihre Blutwerte sind derzeit recht gut, aber ich sehe leider einen Anstieg des GOT. Oder: GOT und GPT sind im Normbereich, aber das Bilirubin müssen wir im Auge behalten. Oder: Alles ziemlich in Ordnung, aber waren Sie bei der Blutkontrolle wirklich nüchtern? Ihre Glukose-Werte sind diesmal erhöht.*

Mittlerweile kam es Romy ohnehin so vor, als hätte sie nach ihrem Doktorat in Kunsthistorik noch ein halbes Medizinstudium absolviert, Spezialgebiet Hepatologie. Zumindest war sie in der Physiologie der Leber und der Gallenwege inzwischen notgedrungen so bewandert, dass sie das ärztliche Fachkauderwelsch umfänglich verstand.

Diesmal kam sie dem Arzt zuvor.

»Meine Blutwerte sind derzeit prinzipiell sehr gut, aber …?«

Kiess atmete tief durch und sah sie über die schmale Brille hinweg ernst an. »Aber Ihre geschilderten Symptome – diese Müdigkeit, diese Antriebslosigkeit, der mangelnde Appetit – kommen aus meiner Sicht nicht von den Medikamenten.«

Romy machte eine hilflose Geste. Und nun? »Was macht Sie da so sicher? – All das wird im Waschzettel als Nebenwirkungen beschrieben.«

»Ich sage es geradeheraus, auch wenn das sicher nicht dazu beitragen wird, dass Sie mir das nächste Mal einen Sonderpreis auf einen Kolig oder Dufy geben werden: Sie balancieren am Rande einer Depression.«

»Depression?« Sie lachte kurz auf. Das war absurd, schlichtweg absurd. »Depressive liegen im Bett oder starren in den Fernseher. Ich bin jeden Tag außer Haus, stehe in der Galerie oder fliege durch Europa, um Geschäfte abzuschließen. Kurzum: Das kann es nicht sein!«

»Sie gehen jeden Tag zur Arbeit, aber gehen Sie auch einmal tanzen?«

»Tanzen?« Sekundenlang starrte sie ihn an, als hätte er ihr vorgeschlagen, auf den Mars zu reisen. Dann besann sie sich. Tanzen. Etwas, das Leute gerne zum Zeitvertreib machten. »Ich war noch nie eine große Tänzerin«, erklärte sie. »Das hat nichts mit meinem Zustand zu tun.«

»Sie haben immerhin als Debütantin den Opernball eröffnet. 1997. Im Februar wurde im Vorfeld der Live-Übertragung eine Doku über die vergangenen Jahrzehnte ausgestrahlt. Da waren Sie ganz groß im Bild, ich habe Sie sofort erkannt.«

»Also bitte.« Romy schüttelte lächelnd den Kopf. »Das ist ewig her … und ich kann Ihnen versichern, dass das für mich eine Pflichtübung war, der sich wohl keine Tochter einer alteingesessenen Wiener Familie entziehen kann. Ich habe das meinem Vater zuliebe getan, mein persönlicher Spaßfaktor lag dabei unter null.«

»So schlimm?« Er grinste nun auch, und sie fragte sich einen Moment lang, was das eigentlich werden sollte. Flirtete ihr Hepatologe, drei Jahre älter als sie, immer sonnengebräunt und im Übrigen verheiratet, etwa mit seiner Patientin?

»Noch schlimmer«, erwiderte sie, ihr Lächeln beibehaltend. Sie war von Kindheit an darauf trainiert, zu gefallen, und sie hatte herausgefunden, dass sie damit besser durchs Leben kam als mit spröder Ehrlichkeit.

»Dann eben nicht tanzen.« Kiess fand schlagartig zu seiner Sachlichkeit zurück. »Aber etwas wird es ja geben, das Ihnen Freude macht. Wandern, Golf spielen, Kochen, Bonsai-Bäume züchten – irgendetwas, bei dem man vielleicht auch in Kontakt mit anderen Menschen kommt.«

»Und beim Bonsai züchten geschieht das?« Sie spielte die Amüsierte. Ebenfalls eine Rolle, die sie aus dem Stegreif beherrschte.

»Sicherlich eher als beim Herumsitzen am Schreibtisch«, konterte er. »Es soll ja auch Tauschbörsen für Bonsai-Liebhaber geben.«

»Ich bin jeden Tag in Kontakt mit anderen Menschen, Herr Professor.« Sie unterstrich ihre Aussage durch ein Lippenkräuseln.

»Ja. Mit Ihren Kunden, Geschäftspartnern, was weiß ich.«
Mit einer Handbewegung gab er ihr zu verstehen, was er davon
hielt. »Das ist ungefähr dasselbe, wie wenn ich behaupte, dass
ich mit meinen Patienten in Kontakt stehe.« Als er ihr amüsiertes Gesicht bemerkte, fügte er galant hinzu: »Sie sind natürlich
eine Ausnahme. Mit Ihnen ist es immer ein Vergnügen.«

Schmeichler.

Sie stieg dennoch darauf ein. Es flirtete ja sonst keiner mit
ihr, warum also nicht das kurze verbale Intermezzo genießen?

»Ein Vergnügen, weil ich im Vergleich zu anderen Patienten
kein Alkohol-Problem habe, oder ein Vergnügen, weil Sie tatsächlich auf einen Sonderpreis für den Kolig schielen, den ich
gerade erwerben konnte? – Der würde sich übrigens gut an dieser kahlen Wand hinter Ihrem Schreibtisch machen!«

»Oh, ein neuer Kolig in Ihrer Galerie? Das klingt prinzipiell
interessant. Finanzierbar oder jenseits aller realistischen Vorstel-
lungen?«

»Für Sie finanzierbar.«

Romy kannte die Höhe der Privathonorare, die er neben seiner Krankenhaustätigkeit abrechnete. Ihrem inneren Zeitgefühl
folgend, warf sie einen Blick auf die Armbanduhr. In einer
halben Stunde erwartete ein Ehepaar sie in der Galerie, potenzielle Kunden aus Mailand, die sich angekündigt hatten und
sich nicht mit Clara, ihrer Assistentin, zufriedengeben würden.

»Ich muss Sie jetzt leider verlassen, die Arbeit ruft. In vier
Wochen wieder? – Dann mache ich draußen gleich einen Termin aus.«

Er bestätigte ihre Vermutung mit einem kurzen Nicken, erhob sich und reichte ihr zum Abschied die Hand. Im Gegensatz
zu sonst ließ er sie jedoch nicht gleich wieder los.

»Ich meine es ernst, Frau Traunburg. Sie müssen wieder ak-
tiver am Leben teilnehmen. Es reicht nicht, nur im Job zu funktionieren. Ich rate Ihnen dringend, psychologische Hilfe anzunehmen. Sie sind nicht die erste Transplantationspatientin, der

ich das empfehle. Viele rutschen in ein dunkles Loch, schließlich ist das alles keine Kleinigkeit. Und gerade in Ihrem Fall – nach einem solchen Trauma – bedarf es aus meiner Sicht einer regelmäßigen seelischen Nachbetreuung.«

Sie setzte an, um etwas zu sagen, doch er ließ sie nicht zu Wort kommen.

»Ich weiß, Sie haben unmittelbar danach eine Therapie gemacht, das haben Sie mir ja erzählt. Aber angesichts Ihres Zustands denke ich, Sie sollten sich regelmäßige psychologische Unterstützung holen. Mit Mitte dreißig leben Sie zurückgezogen wie eine Achtzigjährige. Da wundert es mich nicht, wenn die Lebensfreude allmählich schwindet ...«

Wieder wollte sie ihn unterbrechen, wieder ohne Erfolg.

»Wann, beispielsweise, hatten Sie das letzte Mal Sex?«

Sie ließ seine Hand los, als hätte sie sich verbrannt.

»Das Thema werden wir sicher nicht vertiefen«, stellte sie klar. »Einen schönen Tag noch.«

Ihre Handtasche im Arm, eilte sie am Empfang vorbei, ohne einen neuerlichen Termin zu vereinbaren. Nachdem sie am Parkplatz in ihren Audi gestiegen war, musste sie ein paar Minuten verstreichen lassen, ehe sie den Wagen starten konnte. Ihre Knie zitterten – vor Empörung, da war sie sich sicher.

Was bildete sich Kiess eigentlich ein! Ein nettes Geplänkel war das eine. Aber eine derartige Frage aus dem Mund eines Mannes, der nur wenige Jahre älter war als sie selbst und sich aufgrund seiner athletischen Figur vermutlich für unwiderstehlich hielt, war schlichtweg unangemessen und hatte aus ihrer Sicht mit medizinischer Sorgfalt und einem Patientengespräch nichts mehr zu tun.

Im Übrigen war Sex nun wirklich nicht ihr Thema. Schon allein der Gedanke, sich vor einer anderen Frau als Yvette nackt zu zeigen, ließ Panik in ihr aufkommen. Dafür hatten die Operationen ihren Oberkörper zu sehr entstellt.

Schicksalshafte Begegnung

Kortlesky, vier Personen, verspäteten sich um eine halbe Stunde. Nun, zumindest hatten sie Bescheid gegeben und waren nicht wie Seynfried, drei Personen, mit erheblicher Verspätung ins Restaurant geschneit, um sich dann lautstark zu beschweren, dass der bestellte Tisch am Fenster nun schon anderweitig vergeben war. Tillmann, Vater und Sohn, erschienen pünktlich, doch reklamierte Tillmann senior bereits die Vorspeise – zu versalzen, zu würzig insgesamt, seiner Meinung nach.

Larissa van Claasen, niederländische Operndiva mit Wohnsitz in Salzburg, hielt mit ihrer achtköpfigen Gesellschaft den Service auf Trab, indem sie ihre Bestellung im Fünfminutentakt widerrief, weil ihr Gusto sich in derselben Frequenz zu ändern schien. Der Unternehmer Haldenreich und seine drei Geschäftsfreunde ließen sich inzwischen schon den dritten Rotwein vorstellen; die vorherigen beiden hatten den Geschmack nicht exakt getroffen, wobei es den Männern unmöglich war, ihre Erwartungen vorab zu konkretisieren.

Es war kaum halb neun Uhr abends, und Lucia fühlte sich bereits jetzt wie nach einer Zehn-Stunden-Schicht. Obendrein hatte Christine sich krankgemeldet – Magen-Darm-Virus. Ein Ersatz hatte sich auf die Schnelle nicht gefunden, und so musste Lucia über ihre eigentlichen Spezialaufgaben eines *Chef de Rang* hinaus beim Service einspringen.

»Die Suppe kommt auf Tisch fünf«, wies sie die rothaarige Michaela, eine der Servicekräfte, an. »Und was ist mit dem Lachs, warum steht der noch hier?«

»Ist zurückgegangen. Herr Tillmann wartet nun auf Roastbeef.«

»Nicht im Ernst.«

Was konnte man sich unter einem Lachsfilet in Kressesoße denn anderes vorstellen als diese zartrosa Schnitte, umgeben von grünem Schaum?

Michaela verdrehte die Augen, die Schüssel mit der Suppe bereits in der Hand.

»Leider doch. – Ah ja, Tisch sieben hat die Ofenforelle im Ganzen bestellt, die müsste dann tranchiert werden ... kommt gleich.«

Lucia nickte. Tranchieren und Flambieren fielen ohne Zweifel in ihr Aufgabengebiet. Während der Lehre waren die beiden Bereiche allerdings nur gestreift worden, und zu Beginn ihrer Tätigkeit am *Retthof* hatte sie innerlich Zustände bekommen, wenn ein Gast Fisch im Ganzen oder die Ente *flambé* bestellte. Doch inzwischen beherrschte sie beides so gut, dass es sie kaltließ. Letztendlich ging es dabei nur um eine Show am Tisch, eine Art Vorstellung. Wenn Gäste dafür zahlten, dass sie den Fisch vor ihren Augen zerlegte, statt ihn bereits essfertig zu servieren, bitte ...

Sie ließ ihre Augen durch das vollbesetzte Restaurant schweifen. Tisch sieben, das war jener zwischen Säule und Fenster, einer der begehrtesten im Raum, da er auf einer leichten Erhöhung stand und keine unmittelbare Sitznachbarschaft hatte. Stammgäste fragten meist nach dem Tisch, wenn sie reservierten. An diesem Abend waren an ihm nur drei Plätze besetzt. Ein Mann und eine Frau, beide schätzungsweise um die sechzig, unterhielten sich rege mit einer Person, die durch die Säule verdeckt war.

Die Klappe zur Küche schwang auf.

»Forelle, Wildschwein, Reh«, informierte Toni, einer der Jungköche, knapp, während er die Teller über die Theke schob. Im selben Moment kam Michaela zurück. Sie nahm Wildschwein, Reh und die jeweiligen Beilagen an sich. Lucia griff nach der Platte mit der Forelle und der zugehörigen Safransoße, die in einem Kännchen dargereicht wurde. Gemeinsam gingen sie hinüber zu Tisch sieben.

*

Die Atmosphäre war entspannt, das Gespräch locker und anregend. Paul und Adèle Lemerre hatten ihr Geld im Import-Export-Gewerbe gemacht – ein Vermögen, das sie mittlerweile großteils in Kunst investierten. Romy hatte das französische Paar vor fünf Jahren auf einer Messe kennengelernt. Aus den Kunden waren inzwischen gute Bekannte geworden, wenngleich sie die Gespräche von ihrer Seite aus nie zu privat werden ließ. Adèle hingegen erzählte gerne von ihren zwei kleinen Enkelkindern, Paul von diversen Segelturns, die neben dem Sammeln von Kunst sein Steckenpferd waren. Romy hörte ihnen gerne zu. Von ihr selbst gab es ohnehin wenig zu berichten; wenn sie ein Thema aufgriff, ging es meist um Bilder, Künstler oder die neuesten Trends in der Branche.

Die Vorspeise hatten sie bereits verzehrt. Paul schwärmte noch immer von den Jakobsmuscheln auf Basilikumschaum.

»Eine exzellente Wahl, dieses Restaurant«, schob er nun in seinem kernigen Französisch hinterher. »Das ist ein echter Geheimtipp, oder nicht?«

Romy lächelte. Sie hatte einen Teil ihres Studiums in Paris absolviert, sein bretonischer Dialekt war daher anfangs für sie gewöhnungsbedürftig gewesen. Mittlerweile konnte sie Pauls Ausführungen jedoch mühelos folgen.

»Nicht mehr ganz so geheim. Wie Sie sehen, ist das Restaurant nahezu ausgebucht – und da bildet der heutige Abend keine Ausnahme.«

»Dann haben Sie sozusagen das Unmögliche möglich gemacht und uns einen Tisch hier organisiert«, schlussfolgerte

Adèle, und Romy quittierte auch ihre Aussage mit einem liebenswürdigen Lächeln. Dass die Besitzerin ihre Freundin war, gehörte hier nicht hin.

Der junge Kellner, der anscheinend für den Getränkeservice am Tisch eingeteilt war, schenkte dem Ehepaar von dem Rotwein nach, für den Paul begeisterte Worte fand.

»Wollen Sie wirklich keinen Tropfen?«

Es war nicht das erste Mal, dass sie mit den Lemerres zu Tisch saß, doch Paul, an dessen korpulenter Figur allein schon der Genussmensch abzulesen war, machte ihre Alkoholabstinenz immer wieder zum Thema. Sie ging darüber mit einem weiteren Lächeln hinweg, begleitet von leichtem Kopfschütteln.

»Lass doch, Paul. Wenn Frau Traunburg der Alkohol eben nicht schmeckt … warum sollte sie sich dazu zwingen; es ist ja sowieso nicht gesund!«

Adèle mochte etwas sensibler sein als ihr Mann, dennoch trafen ihre Worte Romy weit mehr als Pauls ständige Versuche, sie zum Trinken zu bewegen.

Wenn ihr der Alkohol eben nicht schmeckt … Was für ein Hohn. Der Alkohol hatte ihr in Maßen sehr gut geschmeckt, würde es auch heute noch. Doch auf diese Leber musste sie weit besser aufpassen als auf ihre eigene damals.

»Oh, da kommt ja schon unser Essen!« Die Augen des Franzosen leuchteten.

Romy sah zu, wie die Bedienung mit dem Rotschopf ihren Gästen Reh und Wildschwein servierte. Aus dem Augenwinkel nahm sie die Dunkelhaarige wahr, die eine Platte mit der bestellten Forelle vor ihr platzierte.

»Madame, die Safransoße über den Reis?«

Die Stimme. Diese dunkle, melodische Stimme.

Sie wandte ihren Kopf der Kellnerin zu – und schaute in ein Gesicht, das sie über all die Jahre nicht hatte vergessen können. Ein italienisches Gesicht, so hatte es sich in ihrer Erinnerung eingeprägt, mit etwas dunklerem Teint, einer tiefen Stirn und hohen Wangenknochen. Braune Augen starrten sie an, in denen sich ihr eigenes Entsetzen widerspiegelte.

Dann spürte sie den Schmerz im rechten Oberbauch, ein Schmerz, der durch und durch ging und sie nach Atem ringen ließ. Reflexartig griff sie an die Stelle. An ihrer Hand fühlte sie klebrige Flüssigkeit. Wie damals ...

Den gequälten Aufschrei hielt sie zunächst für ihren eigenen. Den Mund schon offen, hätte sie nichts lieber getan, als ihren Schock herauszulassen. Bruchteile von Sekunden verstrichen, bis sie erkennen musste, dass ihr dafür die Luft fehlte. Es war das Mädchen, das geschrien hatte.

Im Saal war es schlagartig still geworden. Die anderen Gäste hatten ihre eigenen Unterhaltungen eingestellt und gafften zu ihnen herüber.

Der Schmerz in Romys Brustkorb kroch in jeden Teil ihres Körpers, lähmte sie und legte sich wie eine eiserne Hand um ihr rasendes Herz. Ihr wurde schwindlig.

Augenblicke später umgab die Dunkelheit sie wie ein schützender Mantel.

*

Es war für Lucia wie ein Déjà-vu. Die Szene im Restaurant. Rosemarie Traunburg an einem Tisch, mit Gästen.

Sie hatte sich in all den Jahren nicht viel verändert. Das schmale, schöne Gesicht mit den weichen Zügen, umrahmt von dunkelblondem, lose zurückfrisiertem Haar, die geschwungenen Lippen, die blaugrauen Augen.

Rosemarie Traunburg – die Tochter des Kunsthändlers, von dem ihre Mutter einst um ihren Ruf und ihre Existenzgrundlage gebracht worden war.

Das Entsetzen, das Lucia bei deren Anblick in die Glieder fuhr, nahm ihre jegliche Muskelkraft. Die kleine Kanne mit der Safran-soße, die sie soeben über den Fisch und die Beilage hatte kippen wollen, entglitt ihrer Hand. Der heiße, gelbe Inhalt ergoss sich über Rosemarie Traunburgs weißes Jackett.

Lucia schrie auf. Sie wollte weglaufen, davonstürzen, doch ihre Beine gehorchten nicht. Auch dann nicht, als Rosemarie Traunburg schlapp wie eine Puppe vom Stuhl glitt und hart auf dem Holzboden aufschlug.

Selbst als der Mann, der mit ihr am Tisch gesessen hatte, nun aufsprang und sich über die Ohnmächtige beugte, konnte Lucia nur wie gelähmt dastehen und zusehen. Dann begann sie am ganzen Leib zu zittern.

»Was ist passiert? Was geht hier vor?«

Wie aus dem Nichts war Yvette Bruckner aufgetaucht. Sie stieß Lucia unsanft zur Seite und beugte sich über die am Boden Liegende.

»Romy, um Himmels willen!«

Romy heißt sie.

Das hatte Vroni gesagt, als es um Yvette Bruckners Geliebte ging. Schlagartig begriff Lucia den Zusammenhang, und die Erkenntnis, dass sie ihr Leben das zweite Mal in den Sand gesetzt hatte, verbreitete sich in ihr wie tödliches Gift.

Eine zweite Chance gibt es nicht.

Nicht im *Goldenen Fasan*, nicht im wahren Leben. Nicht für sie.

Ihre Erstarrung löste sich.

Sie drehte sich um und verließ das Lokal durch den Hinter-eingang, Tränen in den Augen, die sich nicht lösten. Das Weinen hatte sie in den Jahren in Schwarzau verlernt.

*

Als Romy Traunburg die Augen öffnete, lag sie in einem Nebenzimmer auf einem harten Biedermeiersofa, ein Kissen unter dem Kopf. Yvette saß neben ihr und hielt ihre Hand.

»Sie kommt zu sich«, hörte sie eine Männerstimme sagen. Als sie leicht den Kopf drehte, bemerkte sie einen älteren Herren. Sie kannte ihn vom Sehen; er war Allgemeinmediziner in der Stadt gewesen, ehe er in Pension ging, und hatte sich schon ein paar Mal bei ihr in der Galerie umgesehen.

»Du bist ohnmächtig geworden. Herr Doktor Waldner war zufällig heute Abend im Lokal«, informierte Yvette sie.

Romy setzte sich langsam auf.

Was war passiert? – Ihr Hinterkopf schmerzte.

Sie sah an sich herunter. Die weiße Bluse mit den roséfarbenen kleinen Hirschen war auf der linken Seite feucht und schimmerte gelblich.

»Wir haben dir deinen Blazer ausgezogen, er war vollkommen bekleckert. Dieses dumme Mädchen hat die Soße über dir verschüttet.«

Und da kehrte sie zurück, die Erinnerung an jene Sekunden, ehe es damals dunkel um sie herum geworden war: Lucia Starl, mit rot geweinten Augen und hasserfülltem Blick, wie sie schnellen Schrittes das Restaurant durchquerte und auf sie zukam.

Wie sie vor ihrem Tisch stand und ihren Vater öffentlich beschuldigte. Er, Bernold Traunburg, habe ihre Mutter in den Selbstmord getrieben.

Wie der Vater einfach nur lachte. Dieses Mädchen hatte unter tragischen Umständen seine Mutter verloren, und er lachte sie einfach nur aus, nannte sie hysterisch. Drohte schließlich damit, sie wegen Rufmordes zu verklagen. Doch sie ließ sich nicht zum Schweigen bringen und schmetterte ihm voller Wut und Verzweiflung ihre Vorwürfe entgegen. Alle saßen und standen nur tatenlos herum. Die anderen Gäste. Die Kellner. Ludwig, sonst die rechte Hand ihres Vaters, der plötzlich so tat, als hätte er gar keine Hände, als sei er gar nicht da, obwohl er

Lucia von seinem Sitzplatz aus am nächsten war. Niemand verhinderte, was dann geschah.

Ihr Vater, der – inzwischen hochrot im Gesicht – auf Lucia zuging. Romy sah die plötzliche Panik in den Augen des Mädchens. Möglicherweise dachte sie wirklich, er wolle sie angreifen.

Und dann hatte Lucia plötzlich dieses Messer in der Hand gehalten. Eines der Steakmesser vom Nachbartisch …

»Sie sollten noch liegen bleiben, Frau Traunburg, und die Beine hochlagern«, sagte der Arzt. »Ein bisschen abwarten, bis sich ihr Kreislauf wieder stabilisiert hat. – Ist Ihnen übel? Oder schwindlig?«

Ihr war beides, doch sie wusste, es hatte nichts mit dem Sturz zu tun.

»Es geht schon«, sagte sie. »Danke für Ihre Hilfe. Es war nur der Kreislauf. Oder der Schreck wegen des Missgeschicks mit der Soße.« Sie bemühte sich um ein beruhigendes Nicken. »Lassen Sie Ihre Begleitung nicht warten. Sie sind gewiss nicht alleine essen gegangen.«

»Sind Sie sicher?« Der ältere Herr wirkte weiterhin besorgt. Er wandte sich an Yvette. »Sie wissen, wo Sie mich finden, falls sie mich doch noch braucht.«

»Vielen Dank, Herr Doktor.« Yvette Bruckner schüttelte ihm die Hand und schloss schließlich hinter ihm die Türe. Dann nahm sie wieder neben Romy auf dem Sofa Platz.

»Liebes, was ist da passiert, um Gottes willen? – Dieses Ehepaar, das du heute mitgebracht hast, war sich einig darin, dass du ausgesehen hast, als hättest du einen Geist gesehen!«

Romy schloss einen Moment lang die Augen. Dann gab sie sich einen Ruck. Yvette war ihre Freundin, sie kannten sich jetzt schon einige Jahre, und sie wusste in Grundzügen ohnehin, was einst geschehen war.

»Diese dunkelhaarige Frau mit der Safransoße. Weißt du, wer das ist?«

»Natürlich. Lucia Starl. Ich habe sie selbst eingestellt.«

»Lucia Starl.« Romy atmete tief durch. »Sie ist die Tochter von Henriette Starl.«

»Oh mein Gott!« Yvette legte sich erschrocken die Hand auf den Mund. »Sag nicht ...«

»Doch, leider ja. Lucia Starl ist das Mädchen, das mir ein Messer in den Bauch gerammt hat.«

»Aber ... ich dachte, sie ist verurteilt worden? Sagtest du nicht, sie kam dafür ins Gefängnis?«

»Sie war damals siebzehn. Siebzehn, Yvette! Eine Siebzehnjährige sperrt man nicht ein Leben lang ein. Nicht in unserem Staat, nicht mit unserem Rechtssystem. Und schon gar nicht unter den Umständen, die dazu geführt haben.«

»Wenn ich das gewusst hätte ...« Betroffen schüttelte Yvette den Kopf. »Starl, das klang wie ein Allerweltsname. Und Lucia ... ich hatte den Vornamen der Tochter dieser Gutachterin nicht im Kopf. Selbstverständlich werde ich sie sofort entlassen. Nach dem heutigen Zwischenfall habe ich einen guten Grund, abgesehen von ihrem eindeutig gefälschten Lebenslauf.«

Romy lehnte sich zurück. Ihre rechte Bauchseite schmerzte noch mehr als ihr Hinterkopf. Eine Art Phantomschmerz vermutlich; an der Safransoße konnte es schließlich nicht liegen.

»Ich kann immer noch nicht fassen, dass sie hier ist«, sagte sie wie zu sich selbst. »In all den Jahren danach habe ich mich immer wieder gefragt, wie es wäre, ihr noch einmal zu begegnen. Was ich sagen würde. Und dann steht sie plötzlich vor mir, hier im Lokal, wie damals. Und ich bin so völlig unvorbereitet auf diese Situation ... Sie offensichtlich auch.«

»Wie gesagt, es tut mir leid. Wenn ich es gewusst hätte ...«

Romy unterbrach sie mit einer entschiedenen Handbewegung.

»Nein, Yvette, bitte, es ist wirklich nicht deine Schuld. Du konntest das nicht vorhersehen. – Es ist nur«, sie schloss erneut die Augen. »Ich muss erst einmal damit fertig werden, dass sie jetzt in Salzburg ist. Ich hatte immer damit gerechnet, dass sie nach ihrer Entlassung nach Wien zurückkehrt.«

»Du hast an sie gedacht?«

»Was glaubst du denn?« Romy stieß einen Laut purer Verwunderung aus. »Es vergeht kaum ein Tag, an dem ich nicht an sie denke. Oder besser gesagt, an das, was und wie es passiert ist. Es lässt mich nicht los. Manchmal wache ich nachts auf und sehe sie vor mir, mit ihren siebzehn Jahren … sie war noch ein halbes Kind, so unberührt von allem, so voller Unschuld.«

»Wie bitte?«

Die Überraschung der Freundin über ihre Formulierung war nachvollziehbar, kannte die doch nur einen Teil der Geschichte.

»Ich spreche nicht von dem Tag, an dem sie in dieses Restaurant stürmte, herumschrie und schließlich nach dem Messer griff. Ich spreche von früher.«

»Du kanntest sie?«

Romy schüttelte den Kopf.

»Henriette Starl hat ja öfter für meinen Vater Gutachten erstellt, es war … so eine klassische Business-Freundschaft. Man ist per Sie, unterhält sich aber auch gelegentlich über Dinge, die nicht unmittelbar mit dem Geschäft zu tun haben. Zu einer engeren privaten Bindung ist es nie gekommen, aber ein halbes Jahr vor der Tat … trafen wir Henriette in einem alten Jagdhaus in Kärnten, das sich mein Vater zugelegt hatte. Es war eher Zufall, dass wir zeitgleich dort waren. Sie sollte ein paar Bilder begutachten, die dort auf dem Dachboden ruhten und die er quasi mitgekauft hatte. Mein Vater und ein Jagdfreund entschieden sich kurzfristig, auch anzureisen, und ich kam übers Wochenende mit. Henriette hatte ihre Tochter dabei. Lucia.«

»Du hast mir das nie erzählt. Ich ging davon aus, sie wäre dir völlig fremd gewesen, bis …«

»Kennen wäre auch das falsche Wort. Sie und ich, wir waren lediglich knappe achtundvierzig Stunden am selben Ort. Das ist alles.«

Das war freilich eine maßlose Untertreibung, mehr brauchte Yvette allerdings nicht zu wissen.

»Aber ein Jagdhaus ist doch nicht so groß …«

»Dass man sich darin aus dem Weg gehen kann? – Nun, ich vermute, Lucia hätte dies auch auf fünf Quadratmetern prima geschafft, solange ein Klavier zur Verfügung stand. Sie saß die ganze Zeit an diesem alten Flügel und hat gespielt. Ihre Mutter musste sie zwingen, überhaupt zum Abendessen zu erscheinen.«

»Dass sie Klavier spielte, hat sie erwähnt …«

»Nun, Lucia Starl war eines der hoffnungsvollsten Talente Österreichs. Sie studierte Klavier am Konservatorium, trat auch schon bei diversen Konzerten auf. Henriette war unglaublich stolz auf sie und versorgte uns des Öfteren mit Freikarten, aber ich habe es terminlich nie geschafft, zu einem ihrer Auftritte zu gehen.«

Yvette schüttelte ungläubig den Kopf. »Ich bin fassungslos«, sagte sie. »An einem Tag sitzt sie mit dir freundlich am Tisch, und am nächsten rammt sie dir ein Messer in den Bauch? – Wenn das nicht skrupellos ist!«

Romys Kopf dröhnte, ein pulsierender, stechender Schmerz. Sie fühlte sich unglaublich müde. Ihr Bedürfnis, sich in den eigenen vier Wänden zu verschanzen, die Bettdecke über den Kopf gezogen, war plötzlich übermächtig. Zuvor aber musste sie noch etwas richtigstellen.

»Ganz so war es ja nicht. Lucia hat das nicht absichtlich gemacht. Ich kam einfach nur dazwischen …«

»Ja, und wenn du nicht dazwischengegangen wärst, hätte es eben deinen Vater erwischt! Gewalttätig war sie so oder so.«

Romy fühlte sich zu kraftlos, um mit Yvette zu diskutieren. Sie wollte nur noch nach Hause. Sich verkriechen. Nichts hören, nichts sehen.

»Kannst du mir ein Taxi rufen? – Ich muss meine Gäste noch verabschieden, ich kann hier nicht weiter am Tisch sitzen und so tun, als wäre nichts gewesen.«

»Selbstverständlich.« Yvette drückte ihre Hand. »Ich bin sicher, sie werden das verstehen.«

»Es war ein Kreislaufzusammenbruch, offiziell. Verknüpft mit dem Missgeschick einer Kellnerin. Weiter nichts. – Ich will mich nicht als Opfer präsentieren. Es genügt schon, wenn ich mich wieder an diese alte Geschichte erinnere, andere müssen das aus falsch platziertem Mitgefühl nicht auch noch tun.«

*

Mit gesenktem Kopf lief Lucia ziellos durch die nächtliche Stadt, vorbei an der Gruppe diskutierender Touristen in der Getreidegasse, vorbei an den Nachtlokalen am Rudolfkai, aus denen Gelächter und laute Musik drangen, über den Mozartsteg. Sie spürte den leichten Nieselregen kaum, der durch ihre leichte Kleidung sickerte.

Wie von selbst fanden ihre Füße den Weg die grüne Böschung hinunter zur Salzach, die mit der Kraft eines Gebirgsflusses das Schmelzwasser von den Bergen durch die Stadt spülte. Knapp bevor das graue, schäumende Wasser ihre Fußspitzen berühren konnte, blieb sie stehen.

In ihr tobte ein Wirbelsturm von Gefühlen: Entsetzen, Panik, Furcht – und vor allem blanke Verzweiflung. Sie begriff erstmals mit voller Wucht, wie ihre Mutter sich gefühlt haben musste, als Traunburg sie auf Schadensersatz in Millionenhöhe verklagen wollte – nachdem er zuvor bereits gezielt ihren Ruf als Expertin ruiniert hatte. Eine Situation ohne Ausweg, eine Zukunft, die nichts weiter bot als ein dunkles, bodenloses Loch.

Lucia wünschte sich nichts sehnlicher, als dass dieses Loch auch sie einfach verschlingen würde. Die Versuchung, sich in das reißende, eiskalte Wasser zu stürzen, war groß, doch sie wusste, sie würde es wieder einmal nicht schaffen. In den Anfangsjahren in Schwarzau hatte sie Stunden damit zugebracht, sich auszumalen, wie sie ihrem Leben ein Ende setzen konnte. Die Möglichkeiten dort waren ohnehin begrenzt, aber irgendwann war ihr klar geworden, dass sie es selbst dann nicht über sich brächte, wenn sich eine Gelegenheit geboten hätte.

Je länger sie in das gurgelnde Wasser zu ihren Füßen starrte, desto klarer wurde ihr, welchen Mut ihre Mutter aufgebracht hatte, als sie sich an jenem Februartag von der Reichsbrücke in die Donau stürzte – den Mut einer tief verzweifelten Frau, die ihre Existenz ruiniert sah. Eine Frau, die bis zuletzt nicht fassen konnte, was ihr da zur Last gelegt wurde. Bis zuletzt war sie sich sicher gewesen, dass es sich bei dem von ihr geprüften Poisson-Bild um ein Original gehandelt hatte: *Fluss mit zwei Brücken.* Ein expressionistisches Meisterwerk, das lange Zeit als verschollen galt, bis es Traunburg bei dieser jüdischen Familie wiederentdeckt hatte.

Sechzehn Millionen hatte der Florentiner Privatsammler dafür bezahlt. Schließlich galt Poisson als einer der ganz Großen seiner Epoche. Ein lukratives Geschäft für die traditionsreiche Galerie Traunburg am Wiener Graben, das dem Eigentümer zu zahlreichen Schlagzeilen verhalf und seinen Bekanntheitsgrad auch über die Kunstszene hinaus maßgeblich steigerte.

Auf den Höhenflug folgte der radikale Absturz. Ein weiterer Gutachter, beauftragt von jenem Sammler, kam zu dem Ergebnis, dass dieses Gemälde unmöglich Poisson gemalt haben konnte. Eine der Pastellfarben weise eine Chemikalie auf, die es zu Lebzeiten des Künstlers noch gar nicht gegeben habe.

Lucia wusste noch zu gut, wie fassungslos ihre Mutter über dieses Zweitgutachten gewesen war. Das ist doch plump, hatte sie immer wieder gesagt, einfach nur plump! Als ob mir jemals solch ein Fehler unterlaufen wäre!

Die Fachpresse zerlegte sie, die Laienpresse verfasste hämische Artikel auf Kosten der Galerie Traunburg – Artikel, in denen allerdings auch immer wieder der Name Henriette Starl fiel. Wenn sich Lucia nun an ihre Mutter erinnerte, sah sie sie immer wieder weinend am Esstisch ihrer Wiener Altbauwohnung sitzen, eine aufgeschlagene Zeitung mit einem weiteren vernichtenden Artikel vor sich.

In Schwarzau hatte man ihr beigebracht, zu vergessen. Einen Strich unter die Vergangenheit setzen, hatten es die Psychologen genannt. Sie müsse für sich akzeptieren, dass ihre Mutter einem Irrtum erlegen, eben nicht ohne Fehler gewesen sei, so wie jeder Mensch. Als ob sie ihre Mutter jemals auf ein Podest gestellt hätte! Natürlich hatte sie Fehler gehabt. Lucia lernte in dieser Zeit jedoch, dass es besser war, einfach nur zu nicken und zu schweigen. Protest und Widerspruch führten in Schwarzau nur zu weiteren Unannehmlichkeiten.

Jetzt, am Ufer der Salzach, erkannte sie erstmals, dass es den Psychologen nicht gelungen war, sie zu brechen. Ihnen nicht und auch nicht Ilse Schneider, der Sozialpädagogin. Sie hatte ihre Gefühle und Erinnerungen lediglich hinter einer dicken Mauer versteckt gehalten und verdrängt.

Das unerwartete Zusammentreffen mit Rosemarie Traunburg hatte diese Mauer zum Einsturz gebracht und die Vergangenheit wieder so präsent werden lassen, als läge nur ein einziger Tag zwischen damals und jetzt, nicht knapp zehn Jahre.

Und während die Tochter des ihr mehr denn je verhassten Galeristen mit reichen Freunden in einem Lokal speiste, in dem ein einziges Menü mehr kostete, als sie selbst an einem Tag verdiente, stand sie nun einsam und allein, nass bis auf die Haut an der Salzach und spürte dieselbe Bitterkeit in sich, die sie angesichts ihrer verzweifelt weinenden Mutter empfunden hatte. Eine Bitterkeit, das wusste sie nur zu gut, die leicht in Hass umschlagen konnte …

Eine zweite Chance gibt es nicht.

Wieder klangen Obermosers Worte in ihr nach.

Sie war sich sicher, dass Rosemarie Traunburg – oder Romy, wie sie sich anscheinend mittlerweile nannte – der Chefin umfänglich erklärt hatte, wer da bei ihr im Restaurant arbeitete. Dass Yvette Bruckner sie mit einem Fußtritt nach draußen befördern würde, falls sie dort noch einmal auftauchte, lag auf der Hand.

In der Gewissheit, ihren Job verloren zu haben, schlich Lucia mit hängenden Schultern heim. Vor Kälte schlotternd kam sie in der Wohnung an. Ann-Kathrin war anscheinend entweder noch unterwegs oder schon zu Bett gegangen. Das war gut so – einer Begegnung mit ihr sah sie sich im Moment nicht gewachsen. Sie war sich ziemlich sicher, dass sie ihr inneres Chaos nicht hinter gespielter Emotionslosigkeit verstecken konnte. Ann-Kathrins nüchterner Blick hätte die Maske durchschaut. Unter dem Mantel falscher Besorgnis wären Fragen gekommen, die sie nicht beantworten konnte, was ihrem Miteinander gewiss nicht zuträglich war.

Obwohl ihr eiskalt war, fand Lucia nicht die Kraft, sich unter die heiße Dusche zu stellen. Sie entledigte sich nur ihrer nassen Kleidung, zog ihren Pyjama über und verkroch sich im Bett.

Erlösender Schlaf wollte sich nicht einstellen. Die Vergangenheit war wieder zur Gegenwart geworden. Und dazu gehörte nicht nur Poissons *Fluss mit zwei Brücken* und der Selbstmord ihrer Mutter, sondern auch Rosemarie Traunburg.

Rückkehr nach Wien

Energisches Klopfen an ihrer Zimmertüre ließ Lucia hochfahren. Ein schneller Blick auf den Wecker zeigte ihr, dass es bereits nach neun Uhr war. Geschlafen hatte sie die ganze Nacht nicht, dafür war sie zu unruhig gewesen. Um aufzustehen, hatte ihr jedoch die Energie gefehlt.

Die Klinke bewegte sich, ehe sie etwas sagen konnte. Ann-Kathrin stand im Türrahmen, mit eisiger Miene und bösem Blick. Sie trug einen karierten Rock, dazu eine weiße Bluse, das Haar schulmädchenhaft zu einem Zopf geflochten. Ihr Tonfall klang jedoch wie üblich nach Staatsanwältin.

»Wir hatten eine Abmachung. Ich habe dir gesagt, ich will nicht, dass deine kriminelle Freundin noch einmal auftaucht.«

Lucia blinzelte verwirrt.

»Siehst du sie hier irgendwo?«

»Sie steht vor unserer Haustüre. Hast du die Klingel nicht gehört?« Ann-Kathrin ließ Lucia keine Zeit, darauf zu antworten. »Jedenfalls will ich, dass sie verschwindet. Sofort!«

Dani war hier? Vor der Tür?

Lucia unterdrückte ein Seufzen. Dass Dani unangekündigt nach Salzburg gefahren war, wirkte ziemlich beunruhigend.

»Ich regle das mit ihr«, sagte sie, in der Hoffnung, die Mitbewohnerin milde zu stimmen. Zusätzlich zum Job auch noch ihr Zimmer zu verlieren, konnte sie schließlich nicht riskieren.

»Ich bitte darum!«

Im Pyjama öffnete Lucia die Haustür – und erschrak. Danis linkes Auge war blutunterlaufen, die Haut ringsherum lila verfärbt. Ihre Wange verunstaltete eine tiefe, bereits verschorfte Schramme.

»Um Himmels willen, Dani, was ist passiert?«

Der Anblick war so erschütternd, dass sie es nicht fertigbrachte, die Freundin im Treppenhaus abzufertigen. Kaum stand Dani im Flur, begann sie auch schon zu weinen.

»Ich bin zusammengeschlagen worden, Lu«, schluchzte sie.

»Wann? Wo?«

»Auf dem Nachhauseweg von einem Lesbentreff. Ich war kaum aus dem Lokal draußen, da ist es passiert.«

»Einfach so? Hast du die Typen erkannt?«

»Nein, es ging alles zu schnell. Irgendwelche Südländer ... Ich würde sie aber nicht wiedererkennen.« Dani weinte noch immer.

Lucia legte den Arm um sie und zog sie an sich. Die Haare rochen leicht nach Zigarettenrauch.

»Warst du bei der Polizei?«, fragte sie leise. Eine verneinende Kopfbewegung an ihrer Halsbeuge gab ihr die Antwort, die sie erwartet hatte.

»Das bringt doch sowieso nichts«, schniefte Dani. »Ich könnte sie nicht einmal identifizieren ...«

... und wenn, würdest du sie nicht anzeigen, dachte Lucia spontan. In gewisser Weise konnte sie Dani verstehen. Auch sie machte um Polizisten intuitiv einen großen Bogen.

»Lucia, ich warne dich!« Aus dem Hintergrund schrillte Ann-Kathrins Stimme an ihr Ohr. »Ich habe gesagt: nicht in meiner Wohnung!«

»Schon gut!« Gut war nichts an alledem, was hier geschah, dennoch löste sich Lucia jetzt aus der Umarmung und schob die verwunderte, nun zumindest nicht mehr weinende Dani ins Treppenhaus. »Warte hier«, wies sie sie an. »Ich zieh mich kurz um, dann gehen wir ins Café, wo wir ungestört reden können, okay?«

Eilig tauschte sie den Schlafanzug gegen Jeans und Pulli. Sie fuhr sich noch kurz mit den Fingern durch das offene Haar, dann war sie auch schon wieder bei Dani, ihren kleinen Rucksack mit Geldbörse und einem kleinen Knirps, falls es wieder zu regnen beginnen würde, lose über der Schulter.

Im nahen Bahnhofskomplex gab es eine Bäckerei mit Sitzgelegenheiten. Lucia bestellte ihnen heiße Schokolade und Plundergebäck. Während Dani die Apfeltasche gierig in sich hineinschlang, knabberte sie selbst eher lustlos an einer trockenen Nussschnecke. Ihr fehlte jeglicher Appetit.

»Hat deine Mitbewohnerin etwas gegen Lesben?«

Dani zerrte an dem übergroßen Shirt, das sie zu ihrer zerrissenen Jeans trug. Ihre blassen Wangen hatten bereits wieder mehr Farbe, wie Lucia erleichtert feststellte. – Nein, nur gegen Exknastis. – Sie schluckte die Antwort hinunter. Es gab keinen Grund, ihr den nächsten Schlag zu versetzen, auch wenn es diesmal nur ein seelischer wäre.

»Ja, leider«, log sie deshalb.

»Dumme Schnepfe.« Dani schielte auf ihre Nussschnecke. »Isst du die noch?«

Wortlos legte ihr Lucia das Gebäckstück auf den Teller.

»Wann ist das eigentlich passiert?«, erkundigte sie sich, während Dani auch schon hineinbiss.

»Was?« Dani hielt im Kauen inne.

Lucia runzelte die Stirn. »Der Überfall natürlich.«

»Ach so.« Gepeinigt verzog Dani das Gesicht. »Vorgestern.« Sie sah Lucia an, ein stilles Flehen in den Augen. »Lu, ich brauche dich. Das ist mir seitdem wieder total bewusst geworden. Ich kann ohne dich nicht leben! – Bitte, lass uns noch einmal einen Neuanfang machen, gemeinsam. In Wien! Zieh zu mir.«

Lucia atmete tief durch.

Nein, lag ihr spontan auf der Zunge, doch dann besann sie sich. Wer wusste schon, wie es weitergehen würde? – Sie hatte ihren Job verloren, die WG war kein Hort der Gemütlichkeit und diese Stadt zu klein, um Rosemarie Traunburg garantiert nicht mehr über den Weg zu laufen. Noch eine Begegnung mit ihr wollte sie auf keinen Fall riskieren.

Dennoch, ein Neuanfang mit Dani war absurd. Dafür hatten sie sich in den letzten Jahren zu weit voneinander entfernt.

»Ich weiß nicht«, sagte sie daher ausweichend. »Wolltest du nicht andere Frauen kennenlernen, Erfahrungen sammeln?«

»Lu.« Danis Augen füllten sich wieder mit Tränen. »Das war ein Fehler. Ich hab Blödsinn geredet, ehrlich. Ich muss immerzu an dich denken. Ich vermisse dich! Geht es dir nicht auch so?«

Lucia schluckte. Wieder zog sie es vor, die Wahrheit zu umschiffen. »Ich bin ... war im Job so eingespannt, dass ich kaum Zeit hatte, mir über Gefühle und Liebe den Kopf zu zerbrechen. Ich habe an nichts gedacht außer an die Arbeit.«

»Am Ende des Lebens zählt nicht, wie viel man gearbeitet hat. Da zählt nur, mit wem du all die Jahre verbracht hast! Und ich liebe dich. Ehrlich, Lu! Wir gehören doch zusammen.«

Lucia unterdrückte ein Seufzen. Dass Dani neuerdings über das Leben philosophierte, kam eher überraschend. In den vergangenen Jahren hatte ihr Erlebnishunger alles überlagert, was tiefer ging.

»Willst du denn nicht wieder eine feste Beziehung?«, drängte Dani nun nach. »Fühlst du dich nicht auch manchmal total einsam? – Du hast doch sonst niemanden. Keine Familie, meine ich.«

»Ich weiß im Augenblick nicht, was ich will«, erwiderte Lucia, wohl wissend, was sie *nicht* wollte: sich ins alte Beziehungselend stürzen, nur weil sie beide gerade emotional am Boden waren.

»Ich habe mir das Leben draußen leichter vorgestellt«, flüsterte Dani. Eine einzelne Träne lief ihr direkt über das blaue Veilchen. »Ich habe gedacht, es wird alles besser, aber irgendwie ist alles genauso beschissen wie vor Schwarzau. Überall nur Probleme. Meine Mutter säuft immer noch und will nichts mit mir zu tun haben, mein Alter ist weiß der Geier wo, und meine Schwester läuft herum wie eine Nutte. Habe sie neulich gesehen, an der Straßenbahnhaltestelle. Sie hat mich nicht einmal erkannt.«

»Das tut mir leid. – Hast du sie nicht angesprochen?«

Dani überging ihre Frage.

»Die Arbeit ist auch ätzend. Jeden Tag dasselbe: Pizza und Pasta servieren. Und Trinkgeld gibt es auch kaum, weil da nur Studenten hinkommen, die sich für was Besseres halten, aber kaum Kohle haben.«

»Wenigstens hast du einen Job«, stellte Lucia fest. Sie hatte nicht vorgehabt, Dani von dem Zwischenfall im *Goldenen Fasan* zu erzählen – wie konnte sie ihr da schon helfen? Doch wo sie nun schon vor ihr saß und ihr das Herz ausschüttete, sollte sie nicht denken, dass bei Lucia seit Schwarzau alles hervorragend verlief. »Ich hatte gestern …«, begann sie, doch Dani fiel ihr ins Wort.

»Den Job in der Pizzeria hab ich hingeschmissen. Es ging einfach nicht mehr.«

»Was?« Lucia verschluckte sich fast an der inzwischen nur noch lauwarmen Trinkschokolade. »Wieso?«

Da Danis schulische Laufbahn nie rosig ausgesehen hatte und die Jahre nach der Entlassung durch häufige Jobwechsel gekennzeichnet gewesen waren, hatte es gedauert, bis sie überhaupt eine Anstellung in einem Restaurant fand.

»Der Chef ist so widerlich … hat meiner Kollegin ständig an den Hintern gegrapscht.«

»Dir etwa auch?«

Ein Kopfschütteln begleitete die Antwort.

»Noch nicht, aber das ist ja wohl nur eine Frage der Zeit. Irgendwann hätte er es bei mir auch getan.«

»Hast du dich schon anderswo beworben?«

Dani verzog das Gesicht. »Es ist doch überall dasselbe.«

»Aber irgendetwas musst du arbeiten.«

»Ich kriege jetzt erst einmal Geld vom AMS. Währenddessen suche ich mir einen Job, der mir besser gefällt. Sowas wie deiner zum Beispiel, wo reiche Leute hinkommen, die viel Trinkgeld geben.«

Lucia schluckte. Sie starrte auf Danis Nasenring und die abrasierten Haare, die mittlerweile einen leichten grünen Schimmer aufwiesen. Entweder war ihr jüngster Versuch, das Haar noch weiter mit Wasserstoffperoxyd aufzuhellen, in die Hose gegangen, oder ein Grünstich galt als der letzte Schrei in Wiens Lesbenszene. Lucia verzichtete darauf, nachzufragen.

»Wann fängt deine Schicht eigentlich an?«

»Ich habe heute meinen freien Tag«, log Lucia, plötzlich nicht mehr in der Stimmung, ihre eigenen Probleme auszubreiten. Dani war schon genug mit ihrem eigenen Leben beschäftigt; da musste sie ihr nicht noch mit anderen Belastungen kommen.

»Super!« Das Gesicht ihrer Freundin hellte sich schlagartig auf. »Dann können wir ja zusammen den Tag verbringen … Schau mal, der Himmel reißt auf! Es wird sonnig!«

Lucia rang sich ein Lächeln ab. Vielleicht war es wirklich nicht so schlecht, dass Dani hier war. Zumindest wurde sie dadurch von ihrem eigenen verkorksten Leben abgelenkt.

»Also lass uns jetzt zahlen«, schlug sie vor und erhob sich, den Geldbeutel in der Hand. Als sie vor der Theke stand und darauf wartete, dass sich die Verkäuferin ihrer annahm, zupfte Dani sie an Pulli.

»Kannst du für mich mitzahlen, bitte? – Ich bin total pleite.«

»Es ist Mitte des Monats, und du hast nicht einmal mehr fünf Euro?«, fragte Lucia, nachdem sie die Bäckerei verlassen hatten. »Wovon hast du überhaupt die Zugkarte nach Salzburg gezahlt?«

»Ich bin schwarzgefahren. Habe mich die ganze Zugfahrt auf dem Klo eingesperrt.« Dani brach in Tränen aus. »Lu, die haben mir bei dem Überfall mein ganzes Geld geklaut, ich habe keinen Cent mehr! Ich kann mir nicht mal was zu essen holen, und das Arbeitslosengeld kriege ich erst zum Monatsbeginn …«

Lucia fühlte sich hilflos und schuldig zugleich. Hilflos, weil sie für Dani keinen Job aus dem Ärmel zaubern konnte. Weil sie nicht hatte verhindern können, was ihr zugestoßen war. Schuldig, weil sie die Freundin sich selbst überlassen hatte, obgleich ihr immer klar war, dass dieser es schwerfallen würde, auf eigenen Beinen zu stehen.

Im Gegensatz zu ihr hatte Dani niemals eine liebevolle Mutter gehabt, die ihr zumindest eine kleine Portion Zuversicht und Selbstvertrauen mitgegeben hatte. Von klein auf war sie immer auf sich gestellt gewesen, hatte sich auf ihrer Suche nach Liebe und Anerkennung den falschen Leuten angeschlossen. Ihre Laufbahn war für Schwarzau typisch gewesen. Und obwohl sich Lucia von den anderen immer distanziert hatte, war es Dani gelungen, ihr Herz zu erobern – vielleicht auch nur, weil sie hartnäckig genug gewesen war und sich von Distanziertheit nicht hatte abschrecken lassen …

Lucia gab sich einen Ruck. Die Verdrängung hatte nicht funktioniert. Ihre Vergangenheit würde sie wohl immer wieder einholen. Es war an der Zeit, sich zumindest Klarheit zu verschaffen über das, was damals mit ihrer Mutter passiert war.

»Ich fahre mit dir nach Wien, Dani. Aber ich kann dir nichts versprechen, was uns beide betrifft.«

Was sie in Wahrheit nach Wien führte, behielt sie für sich. Ebenso wie ihre Wiederbegegnung mit Rosemarie Traunburg.

*

»Wie geht es dir?«, waren Yvettes erste Worte, als Romy ihr am Nachmittag die Tür öffnete.

»Es geht schon«, erwiderte sie, obwohl allein ihr Anblick die Aussage Lügen strafte. Als sie morgens nach einer unruhigen, nahezu schlaflosen Nacht in den Spiegel geschaut hatte, waren die dunklen Ringe unter den Augen unübersehbar gewesen. Das Make-up hatte zwar die Schatten überdeckt, doch ihr müder, stumpfer Blick war geblieben.

»Geh schon einmal voraus auf die Terrasse, ich mache uns noch einen Tee.«

Als sie kurze Zeit später mit der Kanne hinaus in den Garten trat, hatte es sich Yvette bereits in einem der Liegestühle bequem gemacht. Romy ließ sich in dem daneben nieder, wo sie schon vor Yvettes Eintreffen den Frühlingstag genossen hatte, und zog die Wolldecke wieder über ihre strumpfseidenen Unterschenkel. Obgleich die Sonne auf die Terrasse schien, war ihre Strahlkraft noch nicht stark genug, um ausreichend zu wärmen.

Der Kirschbaum hatte vor ein paar Tagen zu blühen begonnen, die Apfelblüte ließ noch auf sich warten. Munter zwitscherten die Vögel. Romy mochte den Frühling lieber als den Sommer. Zumindest rechtfertigten die Temperaturen in dieser Jahreszeit, dass man vollständig angekleidet blieb. Selbst im eigenen Garten mied sie es, in Badesachen herumzulaufen – weniger wegen der Nachbarn, von denen sie ohnehin eine dichte Hecke sowie eine Mauer trennte, sondern weil sie sich selbst nicht mehr gerne betrachtete.

Sie schenkte Yvette Tee ein und reichte ihr die dampfende Porzellantasse. »Die Sauna ist angeheizt. Wenn du magst?«, sagte sie. »Ich bin heute nicht in Stimmung.«

Donnerstagnachmittag hatte sich über die Jahre als ihr gemeinsamer Saunatag eingebürgert. Lediglich wenn es draußen heiß war, wurde pausiert.

»Danke, aber ich bin lieber gemeinsam mit dir hier auf der Terrasse als alleine im Keller.« Yvette nahm einen Schluck. »Vielleicht hätte ich vorher anrufen sollen? – Eigentlich hätte ich mir denken können, dass du lieber für dich sein willst …«

Romy schüttelte den Kopf.

»Ich bin ganz froh, dass du gekommen bist. Zu viel grübeln rüttelt Erinnerungen wach und macht mich trübsinnig.«

»Es tut mir wirklich leid, was passiert ist. Ich war völlig ahnungslos. Aber der Name Starl, da hätte es bei mir klingeln müssen.«

»Lass uns nicht länger darüber diskutieren, das führt zu nichts.« Auch Romy nippte an ihrem Tee. »Du konntest es nicht wissen, Punkt. Im Grunde war es sowieso vorhersehbar, dass sich unsere Wege irgendwann wieder kreuzen würden. Österreich ist ein kleines Land, und wie der Zufall eben will ...«

»Na ja, du bist nach Salzburg gezogen, da liegt ein Wiedersehen nicht automatisch auf der Hand.«

»Zufällig ist sie auch nach Salzburg gezogen.« Romy hob die Augenbrauen. »Wie auch immer, es ist passiert, und ich muss wohl damit umgehen, ihr ab und zu über den Weg zu laufen.«

»Nein, sicherlich nicht.« Das Porzellan klirrte, so schwungvoll beförderte Yvette ihre Tasse auf den Unterteller. »Wie ich dir gestern schon sagte, den Job im *Goldenen Fasan* ist Lucia Starl los. Und es wird ein Leichtes für mich sein, dafür zu sorgen, dass sie auch sonst niemand in der hiesigen Gastronomieszene anstellt. Dann wird ihr nichts anderes übrig bleiben, als wegzuziehen.«

Ein Rotkehlchen ließ sich ganz nah auf dem steinernen Geländer nieder, das die Terrasse vom restlichen Garten trennte. Es machte ein paar vorsichtige Schritte, drehte seinen kleinen Kopf in ihre Richtung. Für den Bruchteil einer Sekunde sah es Romy direkt in die Augen. Dann flatterte es rasch davon.

»Es muss nicht sein, dass sie ihren Job verliert«, sagte Romy mit leiser Stimme. »Sie hat sich ihr Leben ohnehin schon ruiniert. Das soll sich jetzt, wo sie anscheinend wieder Fuß gefasst hat, nicht fortsetzen.«

»Sie hat sich *ihr* Leben ruiniert?« Yvette klang ungehalten. »Was ist mit *deinem* Leben, Romy? Hat sie das nicht ruiniert?«

»Ich will nicht, dass du sie kündigst«, präzisierte Romy, diesmal mit fester Stimme. »Das Einzige, was mir wichtig ist: Halte sie von mir fern, wenn ich bei dir bin. Ich will auch weiterhin im *Goldenen Fasan* vorbeischauen, wenn ich von der Galerie eine Pause brauche, oder bei dir zu Abend essen. Ich will dann nur nicht mit ihr konfrontiert werden. Halte sie von meinem Tisch fern, aber kündige sie nicht. Bitte.«

»Manchmal fällt es mir schwer, dich zu verstehen.« Yvette seufzte. »Nun gut, wenn es dein ausdrücklicher Wunsch ist ...« Als Romy nichts darauf erwiderte, wechselte sie das Thema. »Ich habe dein Jackett übrigens zur Reinigung gebracht. Allerdings waren die Damen dort skeptisch, ob sich der Fleck aus dem weißen Leinen entfernen lässt. Möglicherweise ist es ruiniert. Zumindest das würde ich ihr an deiner Stelle in Rechnung stellen!«

Eine leichte Prise fuhr durch die Bäume. Weiße Blütenblätter lösten sich und schwebten durch die Luft wie große, flaumige Schneeflocken.

»Ich fahre morgen an den Traunsee«, sagte Romy unvermittelt. »Nach Gmunden.«

»Oh, du hast dort etwas Interessantes entdeckt? Will jemand sein Erbe verhökern?«

»Diesmal geht es nicht um ein Kunstwerk.« Romy schenkte Yvette Tee nach. »Ich bin endlich dazu gekommen, mir die Unterlagen meines Vaters anzusehen, und es gibt da noch ein paar Unklarheiten finanzieller Natur. Sein ehemaliger Bankberater verbringt seine Pension am Traunsee, wie ich dank Google herausgefunden habe.«

»Na, ob der dir noch behilflich sein kann!« Yvette lachte amüsiert auf. »Der Mann wird ja wohl kaum die Bankgeschäfte all seiner früheren Kunden im Kopf haben ... wenn er überhaupt noch etwas im Kopf hat.«

»Oh, er klang am Telefon sehr wach. Ich schätze ihn altersmäßig deutlich jünger als meinen Vater. Einen Versuch ist es mir wert. Und der Traunsee liegt sowieso fast ums Eck, in einer Stunde bin ich dort.«

»Wenn du magst, begleite ich dich. Morgen soll es noch schöner und sonniger werden als heute.«

»Danke, nicht nötig. Ich will mich nicht lange da aufhalten. Nachdem ich Clara heute schon wieder mit der Arbeit allein lasse, sollte ich zumindest morgen einige Stunden in der Galerie sein. Freitag ist sowieso immer ein Tag, an dem mehr Interessenten vorbeikommen.«

»Wie du meinst.«

In der halben Stunde, die ihnen noch blieb, plauderten sie über Belanglosigkeiten. Romy musste sich eingestehen, dass es tatsächlich besser war, Yvette um sich zu haben, als die Zeit alleine zu verbringen. Ihre Anwesenheit lenkte sie ein wenig davon ab, weiter über Lucia nachzudenken oder sich den Kopf zu zerbrechen, wer sich hinter dem mysteriösen Kürzel *E.* verbarg. Elisabeth, Elsa, Emilia ... es gab viele Möglichkeiten. Angesichts der regelmäßigen Überweisungen und des Kommunionkleids war sie sich mittlerweile ziemlich sicher, dass sie eine ältere Halbschwester besaß, deren Existenz ihr verschwiegen worden war. Der Gedanke weckte jene Sehnsucht, die sie schon als kleines Mädchen so oft verspürt hatte – den Wunsch, Geschwister zu haben und nicht mehr alleine im Zentrum der Aufmerksamkeit ihres Vaters zu stehen.

Warum hatte er dieses Kind nie erwähnt? – Den Unterlagen nach zu urteilen, war es über zehn Jahre vor ihr zur Welt gekommen. Damals waren ihre Eltern noch nicht einmal verheiratet gewesen.

Die Vorstellung, wie ihre Kindheit verlaufen wäre, hätte sie eine ältere Schwester an ihrer Seite gehabt, ließ sie nicht los.

Vielleicht würde ich mich dann auch jetzt weniger alleine fühlen, dachte sie, als sie die Haustür schließlich hinter Yvette geschlossen hatte. Augenblicke später verwarf sie den Gedanken wieder. Dass sie sich gelegentlich einsam fühlte, hatte nur mit ihr selbst zu tun. Im Grunde war sie seit jeher eine Einzelgängerin, auch wenn sie dies in Gesellschaft gut hinter einem Lächeln und charmantem Small Talk verstecken konnte. Aber echte Nähe zuzulassen, das gelang ihr nicht. Die Tatsache, dass sie noch niemals eine richtige Beziehung geführt hatte, war da wohl Bestätigung genug.

Sie schaffte es ja noch nicht einmal, Yvette volles Vertrauen zu schenken. Warum beispielsweise hatte sie ihr nichts von E. und den regelmäßigen Überweisungen erzählt? Und weshalb konnte sie ihr nicht einfach berichten, was damals in Kärnten passiert war und welche Rolle Lucia Starl dabei gespielt hatte?

Sie suchte nach Antworten, die nicht unmittelbar mit ihr selbst zu tun hatten, doch die einzig schlüssige Erklärung, die sie fand, war die, dass sie trotz aller Enge der Freundschaft Hemmungen empfand, ihre Unvollkommenheit und Selbstzweifel offenzulegen.

In Yvettes Leben dagegen war alles klar strukturiert und geordnet. Es gab keine Geheimnisse, keine Zweifel, keine Unsicherheiten. Die Freundin, das wusste sie von ihr selbst, kam nicht aus reichem Hause, hatte es aber aus eigenem Antrieb und mit etwas Glück zu geschäftlichem Erfolg gebracht und führte nicht nur ein gutgehendes Hotel und Restaurant, sondern zog auch in einigen Gastronomie- und Tourismusverbänden die Fäden.

Doch Yvette bestand nicht nur im beruflichen Leben, sondern auch im privaten. Ihr Bekanntenkreis war groß; zu ihren engsten Freunden zählten zahlreiche Künstler, aber auch einige Wirtschaftsgrößen. In all den Jahren ihrer Bekanntschaft hatte Romy niemals den Eindruck gewonnen, dass sie irgendwann an sich selbst und ihren Entscheidungen zweifelte. Yvette war ihren eigenen Weg gegangen, und der führte immer weiter hinauf. Sogar Richards jäher Unfalltod hatte daran nichts geändert. Im Gegenteil, Yvette hatte das Erbe ihres Mannes, eines Salzburger Immobiliengurus, gut investiert und in den führenden Kreisen Salzburgs weiter Anerkennung gewonnen. Bei gesellschaftlichen Anlässen war sie als Unternehmerin ein gern gesehener Gast, nie um die passenden Worte verlegen, ausgeglichen und souverän – und die beste Freundin, die sich Romy vorstellen konnte.

Zeugen der Vergangenheit

Lucia hatte sich die Rückkehr nach Wien schlimmer vorgestellt. Sie hatte erwartet, dass allein der Anblick des Bahnhofs, von dem aus sie viele Male als Jugendliche zu Konzertreisen und Übungsstunden aufgebrochen war, schmerzvolle Erinnerungen an ein Leben wecken würde, das sie in den Sand gesetzt hatte. Doch das Wien, das sie vor zehn Jahren verlassen hatte, war nicht mehr dasselbe. Zu dieser Erkenntnis kam sie bereits am neuen Hauptbahnhof, einem modernen, riesigen Gebäudekomplex zwischen dem Dritten und Zehnten Bezirk. Früher war sie stets vom alten Westbahnhof abgefahren. Jetzt verkehrten dort nur noch Regionalzüge, erzählte Dani ihr.

Als sie schließlich von der U-Bahn-Station zu Fuß zu deren Bleibe im Fünfzehnten Bezirk spazierten, gewann Lucia den Eindruck, als bestünde Wien-Fünfhaus nur noch aus aneinandergereihten Handy-Shops, Döner-Buden, türkischen Bäckereien und Ein-Euro-Läden. Erst am nächsten Tag, bei ihrem Gang über die Kärntner Straße zum Graben, stellte sie fest, dass es ihr altes Wien doch noch gab: die imposanten klassizistischen Häuser präsentierten sich prunkvoll wie eh und je. Die üblichen Markenfilialen hatten sich im Parterre eingemietet, vereinzelt gab es aber noch Geschäfte wie den altmodischen Bettwäscheladen, die alte Kaffeerösterei und etablierte Juweliere.

Auch in der Innenstadt hatte sich einiges geändert. Ehemalige Traditionsgeschäfte waren durch internationale Ketten ersetzt, hier und da war eines der imposanten Altstadthäuser renoviert worden. Irgendwann stand sie am Graben, unweit der Pestsäule, und starrte auf das Haus zu ihrer Linken, in dem die Galerie Traunburg beheimatet gewesen war. Jetzt lagen im

Schaufenster des Geschäftes Schweizer Uhren. Der Anblick des zweistöckigen Gebäudes ließ sie zu ihrer Verwunderung vollkommen unberührt.

In dem gefestigten Empfinden, dass es doch eine gute Entscheidung gewesen war, sich den Geistern der Vergangenheit zu stellen, suchte sie den Notar in der Dorotheergasse auf, von dem sie schon vor Jahren ein Schreiben erhalten hatte. Sie hatte sich zuvor telefonisch angemeldet; er erwartete sie.

»Sie kommen spät«, war dennoch das Erste, was Dr. Leopold Gabler, ein Mann mit grauem Haar und Brille, den sie spontan auf knapp sechzig schätzte, zu sagen hatte. Seine Kanzlei lag im dritten Stock eines Hauses ohne Lift, aber mit Mezzanin, und Lucia war noch immer etwas außer Atem vom Aufstieg, als sie ihm die Hand reichte.

Erstaunt warf sie einen Blick auf die Uhr.

»Es ist Punkt halb drei, wie ausgemacht.«

»Ich hätte Sie schon Jahre früher erwartet, das meinte ich.« Gabler war nicht unhöflich, nur frei von Humor, wie sie feststellen musste. Steif hinter seinem Schreibtisch sitzend, blätterte er in einem großen Ordner, bis er fand, was er suchte.

»Wie Sie aus meinem Schreiben bereits wissen, bin ich mit der Nachlassverwaltung Ihrer Mutter betraut worden. Nur um keine falschen Hoffnungen zu schüren: Rechnen Sie nicht mit Bargeld oder anderen Vermögenswerten. Sie werden sich Ihr Leben schon selber erarbeiten müssen.«

Sofort fand sie ihn abstoßend. Sie kannte Menschen wie ihn zur Genüge. Einmal Verbrecherin, immer Verbrecherin, das hat sich bei diesen Leuten eingebrannt. Und wer einmal im Gefängnis saß, würde es im Leben zu nichts mehr bringen. Dafür sorgten Personen wie er mit all ihren Vorurteilen und ihrem Einfluss.

Die Lucia, die sie vor Schwarzau gewesen war, wäre bestenfalls wütend aus seinem Büro gestürmt – nicht ohne ihn vorher wissen zu lassen, was sie von ihm hielt. Die Lucia von heute hörte Ilse Schneiders besänftigende Stimme in sich und erwiderte kühl, aber ruhig: »Dann kommen Sie bitte zur Sache und erklären Sie mir, von welchem Nachlass Sie sprechen.«

»Die Eigentumswohnung und sonstige Wertanlagen sind im Zuge des Gerichtsverfahrens fast vollständig der Galerie Traunburg zugesprochen worden, als Wiedergutmachung für den durch Ihre Mutter entstandenen Schaden«, teilte Gabler ihr mit, was sie ohnehin längst wusste. »Die Restsumme wurde für Ihre Verteidigung aufgewendet – für Ihr Gerichtsverfahren wegen des versuchten Mordes an ...«

»Es war versuchter Totschlag im Affekt. Und was die Finanzen betrifft: Ich bin darüber im Bilde«, unterbrach sie ihn scharf. »Sagen Sie mir also nur, weshalb ich hier bin.«

Gabler verzog das Gesicht. Mit Widerstand hatte er anscheinend nicht gerechnet. Was mochte der Mann erwartet haben? Ein unsicheres, geläutertes Mädchen, das von Reue zerfressen und eingeschüchtert vor ihm buckelte? Oder gar eine aggressive Asoziale, die ihn in seinen Vorurteilen weiter bestärkte?

»Es gibt ein Depot mit ein paar privaten Dingen aus dem damaligen Hausstand Ihrer Mutter. Die Lagerung ist auf zehn Jahre im Voraus bezahlt worden – von Ihrem Vater. Nach Verstreichen der Frist im Juli dieses Jahres wird es geräumt und der Inhalt vernichtet. Es war also fünf vor zwölf, um Ihr spätes Erscheinen plakativ in Worte zu fassen.« Er reichte ihr einen Bogen bedrucktes Papier und einen verschlossenen Briefumschlag. »Hier die Adresse des Depots. Im Kuvert befindet sich der Code, mit dem Sie Ihr Fach öffnen können. – Wenn Sie mir jetzt bitte den Erhalt schriftlich bestätigen wollen ...«

Lucia setzte ihre Unterschrift unter das Dokument.

»Sie können wirklich froh sein, dass Ihr Opfer überlebt hat«, ließ der Jurist sie wissen, als er sie zum Ausgang begleitete. »Ansonsten säßen Sie noch immer.«

Lucia verzichtete darauf, ihm zum Abschied die Hand zu reichen.

*

MMag. Heinrich Zauber, ehemaliger Filialleiter, verbrachte seinen Lebensabend in einem alten, aufwendig renovierten Landhaus am linken Ufer des Traunsees. Im ersten Anlauf fuhr Romy daran vorbei, weil sie die kleine Auffahrt, die er ihr am Telefon extra beschrieben hatte, verfehlte.

Wenig später saß sie mit ihm auf der Terrasse mit Blick auf einen weitläufigen Garten, während seine Frau selbstgebackenen Kuchen servierte. Zauber, derselbe Jahrgang wie ihr Vater, wie er ihr beiläufig mitteilte, erwies sich für sein Alter als bewundernswert dynamisch. Sonnengebräunt und sportlich, wirkte er auf sie, als käme er frisch vom Golfplatz.

»Es ist wegen meiner Enkelkinder«, erläuterte er ihr, als sie ihn darauf ansprach. »Die halten mich jung und fit! – Mit denen ist ständig was los. Sie hören und sehen es ja selbst …«

Und das tat sie wirklich. Die drei Burschen im Alter von, wie sie schätzte, fünf bis zehn Jahren jagten sich gegenseitig kreischend durch den Garten. Ein kleines Mädchen mit blonden Zöpfen und Sommersprossen versuchte, mit ihnen Schritt zu halten.

»Deshalb sind wir ja auch von Wien nach Gmunden gezogen«, ergänzte Zaubers Frau, ehe sie neben ihrem Mann Platz nahm. »Unsere Tochter ist hier verheiratet. Die Pension allein in Wien zu verbringen, hätte uns ganz sicher nicht gefallen!«

Eine Familie wie aus dem Bilderbuch, ging es Romy durch den Kopf, den Kontrast zu ihrer eigenen, nunmehr nicht mehr existenten deutlich vor Augen.

»Es hat mich sehr bestürzt, vom Tod Ihres Vaters zu erfahren«, ergriff Zauber schließlich das Wort. »Ich hatte ja lange seine Bankgeschäfte inne. Ich hoffe, er musste nicht lange leiden?«

»Leider doch. Nach seinem ersten Schlaganfall vor acht Jahren war er bereits halbseitig gelähmt und hatte Schluckbeschwerden. Vor drei Jahren folgte dann ein zweiter, der ihn zum Pflegefall machte.«

»Tragisch, wirklich tragisch.« Zauber schüttelte benommen den Kopf. »Aber sagen Sie, wie kann ich Ihnen helfen? Am Telefon sagten Sie, Sie hätten eine konkrete Frage zu einem Dauerauftrag. Ich sagte Ihnen ja schon, ich habe keine Unterlagen mehr hier ...«

»Das ist mir selbstverständlich klar, aber ich habe gehofft, Sie können sich vielleicht daran erinnern.« Sie öffnete ihre Handtasche und reichte ihm die Kopie des im Ordner *E.W.* entdeckten Schreibens. »Mich würde interessieren, an wen mein Vater monatlich Geld überwiesen hat und wie lange dieser Dauerauftrag schon lief.«

»Sie fragen Sachen.« Zauber hielt das Schreiben mit ausgestrecktem Arm von sich. Er kniff die Augen zusammen. Die Frühlingssonne blendete ihn mitten ins Gesicht.

Schließlich gab er ihr das Papier zurück und nahm sich ein zweites Stück Marmorkuchen. »Möchten Sie auch noch eines?«, erkundigte er sich höflich, während sie wie auf glühenden Kohlen auf seine Antwort wartete.

»Danke, eines reicht. – Wissen Sie nun ...«

»Kaffee vielleicht? – Ach nein, Sie wollten ja Tee.«

Er füllte ihre Tasse auf, während sich seine Frau um das kleine Mädchen kümmerte. Es stand jetzt weinend und mit zerrissener Hose am Tisch und beschuldigte einen der im Hintergrund protestierenden Brüder, für das Missgeschick verantwortlich zu sein.

»Sie sehen, bei uns geht es wirklich rund.« Zauber grinste entschuldigend. Erst dann schien ihm ihr hoffnungsvoll abwartender Blick aufzufallen.

»Ach ja, das Schreiben«, rief er sich in Erinnerung. »Tja. Ich kann Ihnen leider nicht sagen, an wen das Geld überwiesen wurde. Ich weiß es nicht mehr.«

Enttäuschung stieg in Romy auf. Allerdings, was hatte sie auch erwartet? Der Dauerauftrag war schließlich auf 1984 datiert! Das war über dreißig Jahre her. Zudem, wie viele Daueraufträge mochte Zauber im Laufe seines Berufslebens für Kunden eingerichtet und wieder storniert haben?

»Schade, aber da kann man wohl nichts machen.« Bemüht, sich ihre Enttäuschung nicht zu sehr anmerken zu lassen, ließ Romy das Schriftstück wieder in der Tasche verschwinden. Sie nahm noch einen Schluck Tee, dann würde sie zurück nach Salzburg fahren. Es gab keinen Grund, länger hier zu sitzen und Zeugin dieser Bilderbuch-Performance einer sich liebenden Familie zu sein. Sogar das kleine Mädchen hatte sich wieder beruhigt und ließ sich von seiner Oma mit Kuchen trösten.

Erst nach einiger Zeit wurde ihr klar, dass Zaubers Blick noch immer auf ihr ruhte.

»Geben Sie immer so schnell auf?«, erkundigte er sich sichtlich amüsiert.

»Bitte?«

»Ich war ja noch nicht fertig mit meiner Rede«, klärte er sie auf. »Wie gesagt, ich weiß nicht mehr, wer der Empfänger des Geldes war. Aber ich erinnere mich noch gut, was damit bezahlt wurde. Nämlich eine Wohnung in der Weihburggasse.«

»Meines Wissens nach hatte mein Vater nur Eigentumswohnungen ...«

»Dieses war eine Mietwohnung.« Als er ihre Ratlosigkeit sah, fügte er hinzu: »Vielleicht war die Finanzierung dieser Wohnung nur bis zu einem gewissen Zeitpunkt vorgesehen. Deshalb Miete und nicht Eigentum. Einen Mietvertrag kündigt man bekanntlich leichter, als dass man eine Eigentumswohnung verkauft – zumal, wenn da noch jemand drinnen wohnt, der vielleicht gar nicht ausziehen will.«

Romy wurde schlagartig hellhörig.

»Wie meinen Sie das?«

»So, wie ich es sage.« Zauber hob die Schultern. »Details

kenne ich ja auch nicht; es ist nur eine Überlegung. – Allerdings, wenn es Ihnen weiterhilft … irgendwann ließ Ihr Vater einmal den Namen Edith fallen. Edith und ihre Forderungen kosteten ihn allmählich ein halbes Vermögen, schimpfte er.«

Edith. Edith W.

Romy atmete tief durch. Jetzt also hatte die Frau, die vermutlich ihre Halbschwester war, einen Namen.

»Haben Sie … haben Sie ihn nach dieser Edith gefragt?«

»Aber nein, wo denken Sie hin?« Der sonnengebräunte ältere Herr lachte. »Es ging mich ja schließlich nichts an. Außerdem war mir doch sowieso klar, dass es sich bei dieser Edith nur um eine heimliche Geliebte handeln kann!«

*

Lucia kauerte auf dem alten Parkettboden, die Hinterlassenschaften ihrer Mutter vor sich ausgebreitet, alles Dinge, die sie in der eingelagerten Holzkiste gefunden hatte. Sie war dabei, sich einen Überblick zu verschaffen. Direkt nach ihrem Besuch beim Anwalt war sie zum Depot gefahren, einem mehrstöckigen Gebäude, das als Lager diente. Das Fach mit der ihr zugewiesenen Nummer befand sich im Keller und beinhaltete lediglich diese Kiste, unverschlossen, ein simples Modell.

Wandas Kopf lugte über den Rand der Kiste. Ihre blauen Glasaugen leuchteten, als würde sie sich über das Wiedersehen aufrichtig freuen. Das Grinsen ihres breiten Mundes war genauso ansteckend wie früher und hatte Lucia zu ihrer eigenen Verwunderung ein Lächeln auf die Lippen gezaubert.

Wanda, die sie durch die Kindheit begleitet und mit der sie sogar noch als Teenager im Bett gekuschelt hatte. Eine Handpuppe, mit Watte gefüllt; das Geschenk ihrer Mutter. Lucia hatte Wanda geliebt, und sie liebte sie auch jetzt wieder.

Und deshalb setzte sie Wanda nun neben sich auf den Boden, in ihrer Puppenhose und dem Wollpulli, den die Haushaltshilfe einst für sie gestrickt hatte.

Neben Wanda waren in der Kiste noch ein paar alte Notizbücher ihrer Mutter, zwei prall gefüllte Mappen und ein Fotoalbum, darüber hinaus ein Stapel Noten und ein gerahmtes Foto. Lucia nahm es neugierig in die Hand, doch als sie das Motiv erkannte, drehte sie das Bild hastig mit der Vorderseite zum Boden. Eine deutlich jüngere Lucia am Klavier, aufgenommen beim Liszt-Wettbewerb, den sie schließlich gewonnen hatte – eindeutig zu viel Vergangenheit.

Einen Moment lang rätselte sie, was sich ihr Vater dabei gedacht haben mochte, als er ausgerechnet diese Dinge in der Kiste verstaute.

»Die Puppe ist irgendwie gruslig«, kam es von Dani, die in Slip und T-Shirt auf ihrem Bett saß und an ihrem Smartphone herumtippte. »Die willst du doch nicht behalten, oder?«

Lucia antwortete darauf lieber mit einer Gegenfrage. »Hast du heute schon Bewerbungen geschrieben?«

»Bin noch nicht dazu gekommen.« Dani tippte weiterhin auf ihrem Handy herum. Das leise, aber eindeutige Surren, Piepen und Summen verriet Lucia, dass sie spielte. »Die Puppe ist im Gesicht schon ganz schwarz und abgewetzt, und die Haare sind voll filzig! Da sind sicher schon Motten drin.«

»Wir haben heute früh extra online ein paar Stellenanzeigen herausgesucht. Diese Cafés und Gasthäuser klangen doch ganz gut. Du musst im Mail nur kurz erklären, warum du dort arbeiten willst, und hängst deinen Lebenslauf mit deiner Handynummer an. Das ist alles.«

»Gigi braucht ihren Laptop heute selber.«

Gigi war eine von Danis Mitbewohnerinnen. Sie arbeitete Teilzeit bei H&M. Mit was sie sich ansonsten die Zeit vertrieb, hatte Lucia noch nicht herausgefunden und wollte es auch gar nicht. Gigi war ihr nach dem ersten Gespräch genauso uninteressant und simpel gestrickt vorgekommen wie Rafa, die dritte Bewohnerin der WG. Rafa hatte libanesische Wurzeln und war ein äußerst attraktiver Anblick – bis sie den Mund aufmachte. Ihr breites Wienerisch mit dem leichten arabischen Akzent wirkte auf Lucia eher abschreckend als erotisch.

»Direkt gegenüber ist ein Internetcafé.«

»Da sitzen immer diese türkischen Burschen herum, die einen blöd anmachen.«

»Ist dir das schon passiert?«

»Nein, aber Rafa«, kam es prompt zurück.

Lucia unterdrückte ein Seufzen. Im Grunde stand es ihr nicht zu, Dani so vehement zum Suchen zu drängen. Schließlich hatte sie selbst keinen Job, ein Umstand, den sie ihr bisher verschwiegen hatte. Für Dani verbrachte sie einfach ein paar Urlaubstage hier, bis es ihr seelisch besser ging.

Dennoch konnte sie das Bedürfnis, der Freundin in Sachen Jobsuche in den Hintern zu treten, kaum unterdrücken. Es machte sie schier wahnsinnig, mitzuerleben, wie passiv Dani den Tag verstreichen ließ. Heute hatte sie sich bisher nicht einmal angezogen, geschweige denn einen Schritt aus der Wohnung getan. Inzwischen war es fünf Uhr nachmittags.

Lucia griff nach dem obersten Notizbuch und schlug es auf. Sofort sprang ihr die schwungvolle Handschrift ihrer Mutter entgegen. Auf den ersten Blick wirr und ohne jegliche Datumsangabe hatte sie seitenweise in Stichworten zu Papier gebracht, was sie gerade beschäftigte.

»Heute Abend ist im *Maria Roses* eine Frauenparty«, meldete sich Dani zu Wort, kaum, dass sie zu lesen angefangen hatte. »Wir könnten da hingehen.«

»Ich dachte, du bist pleite?«

»Ja, nur …« Dani legte ihr Handy zur Seite und umschlang sie von hinten mit beiden Armen. »Du bist doch nicht so oft in Wien, und es ist eine super Gelegenheit, andere Lesben kennenzulernen.«

Lucia runzelte die Stirn.

»Also, ich will gar keine anderen Lesben kennenlernen. Wieso sollte ich? – Ich kenne *dich*, reicht das nicht?«

»Schon, aber ....« Dani rutschte vom Bett zu ihr auf den Boden. »Würdest du nicht gerne mal mit einer anderen schlafen?«

Dieses Thema schon wieder.

»Dani, wir hatten das doch schon besprochen: Wenn du das Verlangen hast, mach es einfach. Aber bitte lass mich damit in Ruhe. Und tu mir den Gefallen und jammere mich nicht wieder an, wie sehr du mich vermisst und dass du wieder eine Beziehung mit mir willst. Das passt nicht zusammen.«

»Es gibt auch offene Beziehungen. Da kann jede tun, was sie will, aber man liebt sich trotzdem.«

»Möglich, aber ich will das nicht.«

»Aber ...«, begann sie erneut, doch Lucia schnitt ihr das Wort ab.

»Nein, Dani! Ende der Diskussion.«

Eine ganze Weile saß Dani schmollend neben ihr am Boden, während Lucia weiter die Notizen ihrer Mutter überflog, dann fuhr sie sich durchs wirre kurze Haar, stand auf und schlenderte in Richtung Zimmertüre.

»Ich hole uns etwas zu Essen, okay?«

Gute Idee. Außer einem belegten Sandwich vom Bäcker hatte Lucia an diesem Tag noch nichts im Magen.

Kurz darauf kam Dani mit einer aufgerissenen Tüte Kartoffelchips zurück. Sie streckte sie Lucia entgegen.

»Magst du?«

Wortlos erhob sich Lucia und verließ die Wohnung. Sie wechselte die Straßenseite, ging am Internetshop mit den türkischen Jungs vorbei zum Döner Imbiss, rechts daneben.

Einer der Burschen hielt ihr zuvorkommend die Türe auf, als sie den Laden kurz darauf mit zwei in Folie gewickelten Dürum Kebap und zwei Cola light wieder verließ, und wünschte ihr einen schönen Abend.

*

Schon immer hatte Henriette Starl Medienberichte gesammelt, in denen es um von ihr beurteilte Kunstwerke ging. Während die eine Mappe ein Potpourri von Artikel zu unterschiedlichen Bildern enthielt, drehte sich in der zweiten alles um *Fluss mit zwei Brücken*. Die gesamten, chronologisch geordneten Berichte durchzulesen, gestaltete sich für Lucia als schmerzvolle Reise in die Vergangenheit. Doch je mehr sie sich in die Materie vertiefte, desto überzeugter war sie, das Richtige zu tun. Abzuschließen mit dem Tod ihrer Mutter und allem, was im Zusammenhang damit stand, drängte sich nahezu auf, auch um ihrer selbst willen.

Als sie wegen versuchten Totschlags im Affekt vor Gericht gestanden hatte, waren mehrere psychologische Gutachter zu Rate gezogen worden. Es ging vorrangig um ihre Persönlichkeit, auch um ihre Erziehung. – Gewohnt, im Mittelpunkt zu stehen. – Alleinerziehende Mutter. – Keine Vaterfigur. – Ein paar der Argumente, die erklären sollten, weshalb sie nach dem Messer gegriffen hatte, waren ihr noch gut in Erinnerung.

Natürlich war auch das Ereignis mit einbezogen worden, das überhaupt zu den unglücklichen Geschehnissen im Restaurant geführt hatte, nämlich der Selbstmord ihrer Mutter. Als verstört und aus der Bahn geworfen hatte Lucias Verteidiger sie damals vor Gericht beschrieben, um das Strafmaß zu mindern, und damit hatte er ja auch richtig gelegen. Der Tod der Mutter hatte ihre Welt völlig aus den Angeln gehoben. Plötzlich war sie allein.

Die Umstände, die zu diesem Selbstmord geführt hatten, waren indes nie Thema des Prozesses gewesen. Ein Kunstskandal, ja, das Wort war des Öfteren gefallen. Doch die Details interessierten weder den Richter noch den Staatsanwalt. Ihnen ging es nur um die Siebzehnjährige, die den renommierten Galeristen

Traunburg in einem vollbesetzten Restaurant in Wien beschuldigt hatte, für den Freitod ihrer Mutter verantwortlich zu sein, dabei aus Wut über dessen ausbleibende Einsicht und Entschuldigung aufgebracht ein Messer ergriffen und es versehentlich Traunburgs damals sechsundzwanzigjähriger Tochter Rosemarie in den Bauch gerammt hatte.

Ich wollte das nicht.

Lucia hatte diesen Satz vor Gericht nicht nur einmal wiederholt. Aber auf die Frage des Staatsanwalts, was sie denn eigentlich mit dem Messer vorgehabt hatte, war sie die Antwort schuldig geblieben.

Sie wusste es bis heute nicht. Im Gerichtsverfahren hatte es geheißen, sie hätte das Messer von einem der benachbarten Tische genommen. Sie selbst hatte daran keine Erinnerung mehr. Alles, was sie in den Alpträumen, die sie nach der Tat Nacht für Nacht begleiteten, ständig vor sich gesehen hatte, war Traunburgs hochrotes Gesicht und sein böser Blick. Und dann das Blut. Rosemaries Blut, das plötzlich deren Bluse rot färbte.

Vor Gericht hieß es, Traunburg habe versucht, ihr das Messer zu entwenden, und seine Tochter sei bei dem Gerangel dazwischen geraten. Sie selbst hatte dazu nichts sagen können. Ihr Kopf war leer. Aber es musste wohl so gewesen sein, denn es gab genug Zeugen, die den Tathergang bestätigten.

In Schwarzau hatte man sich dann mit ihrer Psyche auseinandergesetzt; nur damit, niemals mit dem Gutachten zu jenem expressionistischen Meisterwerk, das ihre Mutter um Ruf und Leben brachte, weil sich das Gemälde im Nachhinein als Fälschung entpuppte. Warum sollten sie auch? – Schließlich fiel eine vermeintliche Kunstfälschung nicht in die Zuständigkeit von Psychologen. Für Lucia jedoch war diese Vorgeschichte essenziell. Alles, was man in Schwarzau erreicht hatte, war, dass sie für eine Weile verdrängte, wie eines zum anderen gekommen war. Zu sehr war sie gezwungen gewesen, sich mit ihrer eigenen Person auseinanderzusetzen, immer und immer wieder.

Das Bild jener Lucia, das dort von ihr gezeichnet worden war, basierte auf einer schonungslosen Analyse der Tat und all dessen, was sie in den ersten Monaten ihres Aufenthalts in der Justizvollzugsanstalt tat oder sagte. Lucia selbst konnte sich selbst zu Beginn nur bruchstückhaft damit identifizieren und begann sich zu verschließen. Je länger sie einsaß, desto besser lernte sie, ihre Gefühle vor anderen zu verbergen und nur das zu zeigen, was man von ihr erwartete und sehen wollte. Lediglich in Danis Gegenwart war manchmal die alte Lucia zum Vorschein gekommen.

Bei ihrer Entlassung war sie sich selbst fremd. Sie wusste damals weder etwas vom Leben noch besonders viel Positives über sich. An ihrer ersten Arbeitsstelle außerhalb der Gefängnismauern hatte sie sich erst wieder langsam an ihre eigenen Bedürfnisse und Vorlieben herangetastet und zaghaft versucht, sich als Person zu finden.

Doch immer wieder stieß sie an Grenzen, gezogen von den Ängsten und Zweifeln, die sich in Schwarzau in ihr manifestiert hatten. Die Furcht, von der Vergangenheit eingeholt zu werden, begleitete sie durch den Alltag. Ihr Alptraum war, dass jemand von den Gästen in Puchberg am Schneeberg sie als Lucia Starl erkannte – Lucia, die Pianistin, Lucia, die Beinahe-Mörderin, Lucia, die im Gefängnis gewesen war. Sie war besessen gewesen von der Vorstellung, dass es ihr die Zukunft nahm, wenn die Vergangenheit sie einholte. In den Tagen seit dem unverhofften Zusammentreffen mit Rosemarie Traunburg war ihr jedoch bewusst geworden, dass es für sie keine Zukunft gab, solange sie sich nicht der Vergangenheit stellte.

Sie war froh, dass Dani sich doch noch entschlossen hatte, alleine ins *Maria Roses* zu gehen. Die abgehefteten Artikel wühlten sie so sehr auf, dass es ihr immer wieder die Tränen in die Augen trieb. Von der Entdeckung des angeblich einzigartigen Poisson-Bildes am Dachboden der jüdischen Familie über den Verkauf an den Florentiner Sammler durch die Galerie

Traunburg bis hin zur Aufdeckung des Skandals – *16-Millionen-Euro-Bild entpuppt sich als Fälschung!* – war hier die gesamte Geschichte dokumentiert. Der letzte Artikel war den Journalisten des *Kurier* nur drei Sätze wert gewesen:

Henriette Starl, international anerkannte Kunstgutachterin für Bilder des Expressionismus, ist tot. Starl sorgte zuletzt für Negativ-Schlagzeilen, als sie ein dem russisch-französischen Maler Sergej Anastov Poisson zugeschriebenes Kunstwerk nicht als Fälschung erkannte. Das Bild wurde für 16 Millionen durch die Galerie Traunburg verkauft – der Kaufpreis musste vollumfänglich zurückerstattet werden.

Bis zwei Uhr in der Früh studierte Lucia aufmerksam alle Artikel und sah nochmals die Notizen ihrer Mutter durch. Danach ging sie zu Bett, bemüht, innerlich zur Ruhe zu kommen.

Dani kam gegen vier Uhr morgens. Sie roch nach Alkohol und Zigaretten. Als sie ihren nackten Oberkörper im Bett heranschob und begehrlich am Ohrläppchen zu knabbern begann, stellte sich Lucia schlafend. Sie war regelrecht erleichtert, als Dani schließlich aufgab und sie kurze Zeit später ein tiefes Atmen vernahm.

Sie selbst fand dagegen keinen Schlaf. Ein handschriftlicher Vermerk im Notizbuch ging ihr nicht aus dem Kopf: ›*Fluss mit zwei Brücken*‹ – *angebliche Fälschung, Katastrophe!!! Achtung, Etiketten!!! Überprüfung Galerie Westerblum, Berlin!*

Passend dazu gab es Aufnahmen des gefälschten Poisson-Gemäldes, Vorder- und Rückseite, abgedruckt in einer Fachzeitschrift. Ihre Mutter hatte auch diesen Artikel ausgeschnitten und abgeheftet. *Etiketten!!!* – hatte sie darunter vermerkt und das Foto von der Rückseite mit grünem Neonstift umrahmt.

In den frühen Morgenstunden fiel Lucia endlich in einen leichten, unruhigen Schlummer. Als sie gegen neun Uhr erwachte, stand ihr Entschluss fest: Dani hin oder her, sie musste nach Salzburg zurück. Ein Gespräch mit Rosemarie Traunburg stand an, so sehr es ihr auch davor graute.

Scharfsinnige Entdeckungen

Die Galerie hieß nicht Traunburg, sondern *Art Substrakt*, und befand sich in einem der barocken Prunkgebäude der Sigmund-Haffner-Gasse in der Innenstadt. Durch die verglaste Front konnte Lucia sogar aus mehreren Metern Abstand ein paar der ausgestellten Kunstwerke zuordnen: vorwiegend Bilder aus Surrealismus und Expressionismus. Als wäre es ein schlechter Witz des Schicksals, hatte sich Rosemarie Traunburg offenbar ausgerechnet jener Epoche verschrieben, die auch das Spezialgebiet von Henriette Starl gewesen war.

Nachdem Lucia bereits eine halbe Stunde vor der Galerie auf- und abgegangen war, ohne sich der Eingangstüre zu nähern, gab sie sich endlich einen Stoß. Schließlich war sie mit einer klaren Absicht hierhergekommen. Zögern war reine Zeitverschwendung.

Trotzdem zitterten ihre Hände, als sie den Knauf der Glastür betätigte. Er bewegte sich keinen Millimeter. Lucia probierte es erneut, doch die Tür blieb verschlossen. Und das, obwohl im Inneren Licht brannte und sie eine große Frau mit kurzen dunklen Haaren durch den Raum huschen sah. Irritiert studierte sie die angegebenen Öffnungszeiten. Sie sagten nichts anderes, als das die Galerie längst geöffnet haben musste.

Erst nach ein paar ratlosen Minuten entdeckte Lucia den Klingelknopf an der Seite mit dem Hinweis *Please ring the bell*. Augenblicke später erschien die Frau mit den dunklen Haaren hinter der Glastür.

»Sie wünschen?«, erkundigte sie sich durch die Scheibe hindurch in einem Ton, der sich nur als forsch bezeichnen ließ und für den ihr Lucias Aufzug in Jeans und dünner Baumwolljacke

Anlass geben mochte. Potenzielle Kunden dieser Galerie waren gewiss anders gekleidet.

»Ich möchte Frau Traunburg sprechen, bitte.« Sie bemühte sich, ihrer Stimme einen selbstsicheren Klang zu geben.

»Haben Sie einen Termin?«

Lucia hatte keinen Zweifel daran, dass diese Frage nur rhetorisch gemeint sein konnte. Sicherlich hatte dieser Zerberus ohnehin alle Termine seiner Chefin im Kopf.

»Nein«, sagte sie daher ehrlich. »Aber es ist wichtig.«

Zu ihrer Überraschung wurde die Tür nun geöffnet und ihr Einlass gewährt.

»Frau Traunburg ist im Moment nicht hier«, informierte die Dunkelhaarige sie, kaum freundlicher als zuvor. »Worum geht es denn?«

»Um eine Privatangelegenheit.«

Etwas Besseres fiel Lucia spontan nicht ein. Der Text, den sie sich zu Hause sorgfältig zurechtgelegt hatte, war für Rosemarie Traunburg gedacht gewesen und nicht für deren Angestellte.

»Nun, wenn es so privat ist, sind Sie hier ohnehin nicht richtig. Dann sollten Sie sie wohl besser privat kontaktieren.«

Lustig, dachte Lucia voller Sarkasmus. Und wenn ich dich jetzt nach ihrer Handynummer frage, wirst du sie mir sicher geben ...

»Können Sie ihr nicht eventuell ausrichten, dass ich hier war?«, wagte sie einen neuen Versuch. »Bitte sagen Sie ihr, es gibt etwas sehr Wichtiges zu besprechen. Es betrifft ...« *Fluss mit zwei Brücken.* In letzter Sekunde besann sie sich. Es war anzunehmen, dass eine Frau, die im Kunstbereich arbeitete, noch dazu für Rosemarie, die verhängnisvolle Geschichte rund um das gefälschte Poisson-Bild kannte. Lucia schien es daher wenig ratsam, sich ihr zu offenbaren. »Es betrifft die Etiketten der Galerie Westerblum in Berlin. Ich bin sicher, Frau Traunburg wird sich dafür interessieren.«

»Das hört sich ja wirklich sehr privat an.« Die Frau bedachte sie mit einem spöttischen Blick, doch Augenblicke später hielt sie ein Handy in der Hand. »Wie ist Ihr Name?«

»Lucia. Sie weiß, wer ich bin.« Der Nachname ließe gewiss dieselben Alarmglocken klingen wie *Fluss mit zwei Brücken*.

»Romy? – Ich bin es, Clara. Eine Lucia ist hier in der Galerie und will mit dir sprechen, über Etiketten von Westerblum.« Eine Pause entstand. Lucia konnte sehen, wie sich der Gesichtsausdruck der Frau schlagartig verfinsterte. »Verstehe. – Selbstverständlich. – Bis später.«

Sie legte auf.

»Frau Traunburg ist an einem Gespräch nicht interessiert.«

»Aber ...«

»Verlassen Sie das Geschäft. Sofort.«

Im Gehen griff Lucia an der Tür geistesgegenwärtig in die Messingschale mit den Visitenkarten. Ihre Hoffnung, darauf die Handynummer der Galeristin zu finden, wurde enttäuscht. Auf der Karte stand nur die Festnetznummer des Ladens.

*

Zwei Tage später stand Lucia wieder am Wiener Hauptbahnhof. Etwas ratlos hielt sie nach Dani Ausschau, die eigentlich am Gleis hatte stehen wollen. Die Freundin kam mit rund zwanzig Minuten Verspätung durch die Halle gerannt und streckte ihr sichtlich stolz die Zunge heraus.

»Schau mal!« In der Mitte steckte ein vergoldeter Metallstift. »Cool, gell?«

Auch das noch.

Sie bemühte sich, ihre Abneigung gegenüber dem, was sie nur als eine weitere Verunstaltung werten konnte, zu verbergen und fragte lediglich: »Tut das nicht weh?«

Dani hob die Schultern.

»Gestern war es noch geschwollen, aber heute geht es schon wieder. – Außerdem habe ich wohl schon mehr überstanden, oder nicht?«

Lucia wusste, dass Dani in ihrer Kindheit von der alkoholkranken Mutter geschlagen worden war. Da die Freundin darüber aber kaum redete, spielte sie wohl eher auf den Zusammenstoß mit den Schlägern vor dem Lesbenlokal an. Danis Veilchen am Auge war schon deutlich zurückgegangen. An die blutige Schramme auf ihrer Wange erinnerte nur noch ein kleiner Kratzer.

»Lieb, dass du mich abholst«, wechselte Lucia das Thema. »Aber ich hätte den Weg zu deiner Wohnung auch allein gefunden.«

»Nein, hättest du nicht.« Dani nahm sie an der Hand und zog sie Richtung Abgang zur U-Bahn-Station. »Ich bin nämlich umgezogen!«

»Was?« Lucia blieb abrupt stehen und verursachte unwillentlich einen Stau vor der Rolltreppe. Sie trat ein paar Schritte zurück und stellte sich an die Seite, Dani mit sich ziehend. »Wieso? – Himmel, ich bin erst vorgestern hier weggefahren, und schon hast du ein weiteres Piercing und wohnst woanders! Was ist los mit dir?«

»Nichts! Im Gegensatz zu dir genieße ich einfach die Freiheit!«

Danis neue Bleibe lag in einer kleinen Gasse im Sechzehnten Bezirk nahe einer Wiener Großbrauerei. Lucia stieg der typische Malzgeruch schon von weitem in die Nase. In der Wohnung angekommen, erwartete sie die nächste Überraschung: Danis neue Mitbewohnerin.

Lucia kannte das hochgewachsene, spindeldürre Mädchen mit den kantigen Gesichtszügen und dem dünnen, hellblonden Haar. Petra hatte nur ein paar Monate in Schwarzau verbracht, verurteilt wegen Dealerei. Schon damals war Lucia ihr aus dem Weg gegangen, wann immer es ging. Sie traute ihr nicht.

»Wieso wohnst du jetzt mit der zusammen?«, fuhr sie Dani an, kaum dass sich die Zimmertür hinter ihnen geschlossen hatte.

»Hat sich halt so ergeben.« Dani hob die Schultern. »Wir haben uns schon vor einer Weile getroffen, auf einer Party. – Sie ist cool und witzig, Lucia, nicht so, wie du denkst!«

»Sie war drogenabhängig, hat mit Heroin gedealt und alte Leute überfallen, um sich Geld zu beschaffen!«

»Na ja, das habe ich auch … ohne Drogensucht.« Dani verzog das Gesicht. »Wir sind alle keine weißen Schäfchen, Lu, auch du nicht. Du warst von uns allen sogar am längsten im Knast. Nach deiner Logik müsste ich von dir wohl am meisten Abstand halten, denn du hast als Einzige von uns beinahe jemanden umgebracht.«

Die Worte saßen. Lucia biss sich auf die Lippen, um vor Schmerz und Wut nicht laut zu schreien.

*

Das Haus in der Weihburggasse im Ersten Bezirk besaß keinen Eingang. Dieser Eindruck drängte sich Lucia zwangsläufig auf, als sie zum wiederholten Male an dem grauen Gemäuer, dessen Front nach einem neuen Anstrich schrie, vorbeispazierte.

Im Parterre des klassizistischen Altbaus, der in seinen Glanzzeiten gewiss eines der schönsten Gebäude der Straße gewesen war, befand sich ein Laden. Der geschwungene Messingschriftzug über der breiten Schaufensterfront spottete der Dreckfassade des Altbaus Hohn: *Casa Verde* – grünes Haus. *Casa Verde*, das stellte Lucia bei einem ausgiebigen Blick durch die Fenster fest, war ein Einrichtungsladen, der neben protzig wirkenden Möbeln im Landhausstil auch diverse Wohnaccessoires bot.

Diese Erkenntnis half jedoch gar nichts, was ihr eigentliches Vorhaben betraf: mit der Familie Schachdavian zu sprechen, den ursprünglichen Besitzern von *Fluss mit zwei Brücken*. Laut Telefonbuch residierten die Schachdavians noch immer hier in der Weihburggasse Nr. 8.

Nachdem keine Haustür zu entdecken war, beschloss Lucia, im Geschäft nachzufragen. Ein melodischer Klingelton ertönte, als sie die Ladentüre öffnete.

»Grüß Gott.«

Aus einem der hinteren Zimmer – offensichtlich ebenfalls Verkaufsräume – erschien eine junge Frau, den Kopf voll blonder Locken und mit blitzenden blauen Augen.

»Wie kann ich Ihnen helfen?«

Lucia zuckte unmerklich zusammen. Von jemandem, der definitiv jünger war als sie selbst, mit *Sie* angesprochen zu werden, war zu ungewohnt. Sie schob den Umstand erneut ihrem Aufzug zu: Nach ihren Erfahrungen mit Rosemarie Traunburgs Mitarbeiterin in der Galerie hatte sie für diesen Besuch mit einem schwarzen Rock und dem roséfarbenen Blazer – dasselbe Outfit, das sie vor Wochen beim Vorstellungsgespräch im *Goldenen Fasan* getragen hatte – bewusst seriösere Kleidung gewählt.

»Ich suche die Familie Schachdavian. Angeblich soll sie hier wohnen. Können Sie mir da weiterhelfen?«

Die junge Verkäuferin, die eben noch so offen auf sie zugegangen war, zog sich hinter den Verkaufstresen zurück.

»Was wollen Sie denn von der Familie Schachdavian?«, erkundigte sie sich, Skepsis im Blick.

»Ich habe die Adresse im Telefonbuch gefunden.« Lucia sah vorerst keine Notwendigkeit, einer Wildfremden ihr Anliegen zu offenbaren. »Angeblich ist es dieses Haus, aber ich finde keinen Eingang.«

»Worum geht es denn?«

Die Blonde blieb hartnäckig.

Lucia begriff in diesem Moment intuitiv, dass sie wohl nur eines der Familienmitglieder vor sich haben konnte. Wer würde sonst ihrer im Grunde arglosen Frage so beharrlich ausweichen?

Sie hatte im Vorfeld lange überlegt, ob sie anrufen und einen Termin vereinbaren sollte. Ihre Zweifel, ob und wie die Familie auf ihr Anliegen reagieren würde, hatten sie davon Abstand nehmen lassen.

Die Wahrheit zu sagen schien ihr angesichts der plötzlichen Distanz unumgänglich. »Es geht um das Gemälde *Fluss mit zwei Brücken*. Ich würde gerne reden ... über damals. Wie das mit dem Verkauf über die Bühne ging. Und mit der Rückgabe des Bildes, nachdem klar war, dass es sich um eine Fälschung handelt.«

Die Hintergrundmusik – lateinamerikanische Jazzklänge – erfüllte den Raum. Die junge Frau stand da wie zur Statue erstarrt.

»Sie sind Journalistin, oder?«

Tatsächlich war genau das der Plan gewesen, den Lucia sich für ihr Gespräch mit den Schachdavians zurechtgelegt hatte: die interessierte junge Journalistin zu spielen, die für irgendeine kleinere, unbedeutende Fachzeitschrift einen Bericht über Kunstskandale der jüngeren Geschichte schrieb. Ihren Namen zu offenbaren, war von vornherein nicht infrage gekommen. Zu groß war ihre Angst, dass er bei der Familie unangenehme Erinnerungen weckte.

Lucia traf ihre Entscheidung binnen Bruchteilen von Sekunden. Sie griff in ihre Handtasche und legte die Visitenkarte auf den Tisch, die sie in der Galerie mitgenommen hatte.

»Ich möchte noch einmal rekonstruieren, was damals wirklich passiert ist«, sagte sie. »Die Sache hat ja das Ende der Galerie Traunburg eingeleitet, und mir lässt das alles noch immer keine Ruhe.«

Ihr Gegenüber warf einen schnellen Blick auf die Karte.

»Wir waren eine Zeit lang nicht gut auf den Namen Traunburg zu sprechen«, begann sie. »Meine Eltern sind immer noch überzeugt davon, dass uns Ihr Vater über den Tisch gezogen hat ... ziehen wollte. Aber letztendlich hat es das Schicksal dann sowieso anders entschieden.« Sie trat wieder hinter dem Tresen hervor und streckte Lucia die Hand entgegen. »Lilith Mandelberg. Schachdavian ist der Geburtsname meiner Mutter. – Ich kann Ihnen wenig dazu sagen, aber Sie haben Glück: Meine Großmutter ist gerade zu Besuch, und sie weiß gewiss mehr darüber.«

Lucia bemerkte erst jetzt, dass sich unter dem dünnen Kleid der Blondlockigen ein Bäuchlein wölbte. Lilith war schwanger.

»Großmama ist oben. Ich bringe Sie hin. Aber ich muss erst noch Rick Bescheid geben, damit jemand im Laden ist …«

Sie verschwand in einem der hinteren Räume, um kurze Zeit später mit einem jungen Mann an ihrer Seite zurückzukommen. Er trug eine Jeans mit eingetrockneten Farbflecken und ein kariertes Hemd. Lucia hielt ihn spontan für einen Maler.

»Das ist Rick, mein Freund. Er hilft mir im Laden. – Rick, das ist Frau Traunburg von der Galerie, die uns damals *Fluss mit zwei Brücken* abgekauft hat.«

Lucia lächelte flüchtig, als sie ihm die Hand gab. Dass sie sich unter falschem Namen eingeschlichen hatte, bereitete ihr nun doch leichtes Magendrücken.

Sie folgte Lilith durch das Hinterzimmer ins Stiegenhaus – ein weitläufiges Stiegenhaus mit geschwungener Treppe und Stuckverzierungen an den Wänden, das schon bessere Tage gesehen haben musste. Die brüchigen Ornamente verlangten nach einer umfassenden Renovierung; die gelbe Farbe war teilweise abgeblättert und gab altes Ziegelwerk frei. Es roch leicht nach Moder. Lucia entdeckte an den Wänden verräterische Wasserflecken.

»Die Rohre lecken leider«, erklärte Lilith fast beiläufig, während sie gemeinsam nach oben gingen. »Natürlich ist hier alles extrem baufällig und müsste von Grund auf saniert werden. Aber es fehlt halt am Geld. Wir sind nicht gerade reich, wissen Sie.« Lucias Blick auf ihre Weise interpretierend, fügte sie hinzu: »Ich weiß, man könnte anderes glauben. Ein mehrstöckiges Haus in der Innenstadt hat ja nicht jeder. Aber Tatsache ist: Wir haben gerade einmal das Ladenlokal unten und den dritten Stock aufrechterhalten. Die anderen Wohnungen stehen leer, weil die Leitungen teilweise nicht mehr funktionieren und die Fenster komplett erneuert werden müssten. Und vermutlich müssen wir das Geschäft sogar bald schließen. Sie haben ja gesehen – wir werden nicht gerade von Kundschaft überrannt.«

»Das heißt, Sie werden das Haus verkaufen?«

»Das wäre die allerletzte Option. – Aber erwähnen Sie das jetzt bloß nicht vor meiner Großmutter! Sie war zwar noch ein halbes Kind, als sie mit ihren Eltern aus Österreich floh, aber sie beißt sich an dem Haus regelrecht fest.« Lilith seufzte. »Vermutlich gerade wegen der Enteignung damals und dem anschließenden Kampf um die Rückgabe. Bekanntlich war es ja nicht so einfach, als jüdische Familie nach dem Zweiten Weltkrieg wieder an seine Besitztümer zu kommen. Es war letztendlich sowieso eine Art Kompromiss. Das Haus nebenan hat ja früher auch noch unserer Familie gehört. Deshalb befindet sich der Eingang zu diesem hier auch im Torbogen zum Nachbarhaus, obwohl das längst andere Besitzer hat.«

Mittlerweile im dritten Stock angekommen, öffnete Lilith eine der imposanten Abschlusstüren. Die dahinterliegende Wohnung ließ Lucia das poröse Elend im Treppenhaus beim Eintreten vergessen. Es war eine wunderschöne, trotz der Enge der Gasse ziemlich helle Altbauwohnung mit hohen Räumen, Stuckdecken und einem Mobiliar, an dem jeder Antiquitätenhändler seine Freude gehabt hätte. Dichte Vorhänge säumten die doppelten Fenster. An der Decke hingen schwere Luster. Lucia kam sich vor, als hätte sie eine Zeitreise angetreten.

Lilith öffnete die Flügeltür zu einem der angrenzenden Räume und sagte etwas in einer Sprache, die Lucia gänzlich fremd erschien. Das Einzige, was sie heraushörte, war der Name Traunburg, und wieder überkam sie ein schlechtes Gewissen. Sie verstand in dieser Sekunde selbst nicht mehr, weshalb sie die Visitenkarte der Salzburger Galerie als Türöffner benutzt hatte und nicht bei ihrem Plan geblieben war. Jetzt aber war es zu spät, den Fehler zu korrigieren.

Eine ältere Frauenstimme antwortete in derselben Sprache.

»Sie können eintreten.« Lilith trat zur Seite. »Großmama sagt, sie ist neugierig, weshalb Sie gekommen sind. Die Sache sei doch erledigt.«

Die ältere Dame, die in einem Schaukelstuhl neben dem alten Klavier gesessen hatte, erhob sich und streckte Lucia mit einem warmherzigen Lächeln die Hand entgegen. Ihr Gesicht war faltig, das Haar schneeweiß und zu einem losen Knoten gesteckt, doch die blauen Augen blitzten lebhaft und voller Interesse.

Sie wies mit der Hand in Richtung des Sofas. Lucia verstand es zunächst als Aufforderung, sich zu setzen – doch dann fiel ihr Blick unweigerlich auf das große Gemälde, das darüber an der Wand hing. Ihr Puls beschleunigte sich unweigerlich. Der falsche Poisson. *Fluss mit zwei Brücken.*

»Sie haben es tatsächlich noch?«

Sie hatte sich an die alte Dame gewandt, doch es war Lilith, die antwortete.

»Wer will es denn schon, wenn es doch eine Fälschung ist? – Abgesehen davon, wir haben gar nicht erst versucht, es zu verkaufen. Wir wollen einfach Gras über den Skandal von damals wachsen lassen, verstehen Sie? – Meine Familie steht nicht gerne in der Öffentlichkeit.«

Die ältere Dame mischte sich in ihrer eigenen Sprache ein.

»Großmama will jetzt gern wissen, warum Sie gekommen sind. – Ich werde übrigens dolmetschen müssen, sie spricht kein Deutsch mehr, auch wenn sie noch einiges versteht … sie hat ja die meiste Zeit ihres Lebens in Israel verbracht.«

Eine bewegte Familiengeschichte, ging es Lucia durch den Kopf, nachdem sie Platz genommen hatte. »Ihre Vorfahren wurden also enteignet, und nach dem Zweiten Weltkrieg bekamen Sie das Haus wieder«, fasste sie zusammen, um sicherzustellen, dass sie alles richtig verstanden hatte. Lilith nickte bestätigend. »Und was war mit dem Bild? Gehörte das zum Inventar des Hauses?«

Lilith übersetzte, die Großmutter antwortete, Lilith übersetzte erneut, diesmal für Lucia.

»Bevor meine Familie nach Palästina, also ins heutige Israel flüchtete, versteckte mein Urgroßvater dieses Bild und ein paar andere persönliche Dinge, die ihm wichtig waren, auf dem Speicher. Er hat dort extra einen doppelten Boden einziehen lassen. Großmama sagt, er hat immer auf Rückkehr gehofft und war überzeugt, dass so schnell niemand auf die Idee mit dem doppelten Boden kommen würde. Und da hatte er recht, denn als wir das Haus schließlich wieder zugesprochen bekamen, war alles noch dort.«

»Es gab also noch andere Kunstwerke dieser Art?«

Kaum hatte der blonde Lockenkopf Lucias Frage übersetzt, brach die alte Dame in herzliches Gelächter aus, gefolgt von ein paar Sätzen auf Hebräisch.

»Dieser Art«, wiederholte Lilith amüsiert. »Sie findet Ihre Formulierung lustig. Weil der Poisson ja eine Fälschung ist. – Aber sie sagt, da wären nur noch kleinere Kunstgegenstände gewesen, nichts Wertvolles. Hauptsächlich Familienerinnerungen … gerahmte Fotos, etwas Schmuck. Für Großmama waren diese Erinnerungsstücke ohnehin das Wichtigste, als sie in den Fünfzigerjahren mit ihrem Mann nach Österreich zurückreiste und den Hausstand sortierte. Dass dieses Bild angeblich ein Poisson sein soll, wusste sie nicht einmal. Für Kunst hat sie sich nie sonderlich interessiert.«

»Wie erfuhr ihre Großmutter denn dann schließlich, dass es sich um einen Poisson handeln sollte?«

Lilith übersetzte die Frage, die ältere Dame antwortete umfangreich.

»Das Bild blieb erst einmal jahrelang auf dem Speicher. Meine Großeltern gingen zurück nach Israel, dort war ja ihr Lebensmittelpunkt. Das Haus hier in Wien wurde vermietet; eine Hausverwaltung hat sich darum gekümmert. Vermutlich würde der falsche Poisson immer noch am Speicher liegen, wenn sich meine Mutter nicht ausgerechnet in einen Österreicher verliebt und nach Wien zurückgekehrt wäre – mit meinem Vater. Meine Eltern zogen dann hier in diese Wohnung. Der Poisson wurde aber erst Jahre später Thema. Meine Großmutter sagt, es war wegen der Nachbarin vom Haus nebenan. Die hatte das Bild irgendwann auf dem Speicher entdeckt und uns ganz aufgeregt erklärt, dass wir im Besitz eines Meisterwerkes wären. Sie hat dann auch den Kontakt gelegt zu Ihrem Vater, Bernold Traunburg. Wir hatten ja keinen Bezug zur Kunstszene.«

»Und dann haben Sie eine Gutachterin eingeschaltet?«

Die ältere Dame lachte wieder ihr sprudelndes, herzhaftes Lachen. Anscheinend hatte sie die Frage auch ohne Übersetzung verstanden. Sie sagte etwas auf Hebräisch, und Lilith übersetzte:

»Die Gutachterin hat Ihr Vater eingeschaltet, und zwar, *nachdem* er uns das Gemälde abgekauft hatte – für einhundertfünfzigtausend Euro. Ein lächerlicher Preis für einen angeblich echten Poisson. Meine Eltern waren damals so unglaublich naiv. Sie dachten, das wäre eine ordentliche Summe für dieses Bild. Und sie haben Geld gebraucht. Erst die Gutachterin ... Frau Starl, so hieß sie, glaube ich ... hat dann angedeutet, dass dieses Gemälde weit mehr wert ist.«

Lucia zuckte leicht zusammen, als der Name ihrer Mutter fiel, hatte sich aber gleich wieder unter Kontrolle.

»Sie hatten damals direkten Kontakt mit Frau Starl?«

Die ältere Dame sagte etwas, mit ihrer Hand in eine Ecke des Raumes nahe dem Fenster deutend.

»Frau Starl verbrachte mehrere Tage bei uns, um das Gemälde zu begutachten«, übersetzte Lilith. »Ihr Vater hat das Bild erst nach ihrer Begutachtung hier abholen und in die Galerie bringen lassen – und uns auch erst dann das Geld überwiesen. Die meiste Zeit stand sie übrigens dort beim Fenster, das Bild auf einer Staffelei vor sich. Sie hat sich wirklich sehr intensiv damit beschäftigt, sagt Großmama, die damals auch gerade zu Besuch war. – Übrigens wundert sie sich, dass Sie das als Tochter von Bernold Traunburg nicht ohnehin alles wissen.«

Lucia überging den Einwurf.

»Mussten Sie das Geld zurückzahlen, als sich der vermeintliche Poisson als Fälschung entpuppte?«

»Aber nein.« Diesmal antworte Lilith, ohne mit der alten Dame Rücksprache zu halten. »Wir haben ja nie behauptet, dass es ein echter ist, verstehen Sie? Ihr Vater hatte uns das Bild abgekauft, ohne dass irgendwo festgehalten wurde, wer es gemalt hat! – Wir bekamen also das Geld und dann, als alles aufflog, auch das Bild wieder. Das wollte keiner mehr haben.«

Die alte Dame schaltete sich ein. Ihrem hebräischen Redeschwall folgte wieder amüsiertes Lachen, in das auch die junge blonde Frau kurz einstimmte.

»Großmama sagt, deshalb seien wir auch niemandem böse: Der Frau Starl nicht, die sich ja irrte, und nicht einmal der Galerie Traunburg. Denn wir haben keinen Schaden genommen. Ihr Vater wollte uns über den Tisch ziehen, aber letztendlich ging er als der Betrogene aus dieser Geschichte heraus. Mit dem Geld hat meine Mutter dann den Laden unten eröffnet.« Lilith zuckte mit den Schultern. »Eine Weile lief er auch ganz gut, aber mittlerweile springen uns viele Kunden ab. Was schade ist, denn ich hätte das Geschäft sehr gerne weitergeführt, jetzt, da meine Mutter meinen Vater so oft ins Ausland begleitet. – Er ist Forscher, müssen Sie wissen.«

Lucia, die sich in ihrer Rolle als Rosemarie Traunburg zunehmend unwohl fühlte, hatte sich erhoben und stand nun vor dem Sofa, den Blick auf das in Pastellfarben gehaltene Bild gerichtet. Sie fand, dass sie hier zum Ende kommen sollte. Die Familie Schachdavian war ohne Zweifel reizend. Zu erfahren, dass diese Leute ihrer Mutter nichts nachtrugen, tat gut; sie hatte anderes erwartet. Eines jedoch galt es noch zu erledigen, ehe sie ihre Mission als beendet betrachten konnte.

»Ist es möglich, die Rückseite des Bildes zu sehen?«

Erstaunte Blicke von Großmutter und Enkelin.

»Wenn Sie möchten«, sagte Lilith dann langsam. »Ich werde Rick Bescheid sagen, damit er Ihnen das Bild herunterholt. Wir beide werden das nicht gemeinsam schaffen; es ist über einen Meter breit und der alte Rahmen wiegt einiges.«

*

Ihr Vater hatte nicht für eine Wohnung Miete bezahlt, sondern für ein Ladengeschäft. Das erklärte auch den für damalige Verhältnisse relativ hohen Geldbetrag. Dies wurde Romy bewusst, als sie vor dem besagten Haus in der Weihburggasse stand, wo sich ein Sushi-Restaurant befand. Hinter dem Torbogen lag ein Innenhof mit Hintereingang. Vor der angelehnten Tür zum Restaurant rauchten und unterhielten sich einige asiatische Kellnerinnen und Kellner lebhaft mit einem Japaner, den sie aufgrund seiner Kochmütze für den Sushi-Koch hielt. Offensichtlich hatte das Lokal gerade seinen Mittagsbetrieb beendet.

Romy war nach Wien gefahren in der Hoffnung, vor Ort etwas über die mysteriöse E.W. in Erfahrung zu bringen – und um sich ein Bild von der Wohnung zu machen. Nun sah sie ihre Aussichten auf Erkenntnisgewinn schwinden. 1984, als ihr Vater den Dauerauftrag einstellte, aß man hier gewiss noch kein Sushi. Was für ein Geschäft war wohl damals in diesem Laden?

Sie rechnete nicht wirklich damit, dass ihr die Japaner weiterhelfen konnten, sprach die Gruppe aber dennoch an. Seit zwölf Jahren gebe es das Restaurant, brachte sie in Erfahrung. Aber Frau Nakamura, die Chefin, wisse vielleicht mehr. Die befand sich praktischerweise drinnen und war gerade dabei, die Sojaflaschen aufzufüllen, die auf den kleinen Tischen neben dem Fließband standen.

»Es war hier immer schon ein Gasthaus, nie etwas anderes«, informierte die Frau mittleren Alters Romy in fast akzentfreiem Deutsch. »Vorher war es eine Pizzeria. Noch früher – ich weiß es nicht. Aber fragen Sie drüben im Nachbarhaus. Die Familie ist Eigentümer, sie weiß Bescheid, ich bin sicher.«

»Eigentümer von diesem Haus?«

Romy runzelte die Stirn. Dem Besitzeintrag nach gehörte es einer amerikanischen Investmentfirma; sie hatte bei deren Hausverwaltung angerufen, doch der Anruf war unergiebig gewesen. Angaben über frühere Mieter fielen unter Datenschutz, ebenso Informationen über etwaige Vorbesitzer.

Frau Nakamuras Klarstellung erfolgte umgehend.

»Eigentümer vom Nachbarhaus. Fragen Sie drüben im Möbelshop.«

Bereitwillig betrat Romy den schicken Nachbarladen, der hochwertige Möbel und italienisches Innendesign führte.

»Grüß Gott, kann ich Ihnen helfen?«

Du ganz sicher nicht, ging es ihr durch den Kopf, als sie der blutjungen Verkäuferin gewahr wurde, die mit freundlichem Lächeln auf sie zuging.

»Guten Tag. Man sagte mir, dass die Besitzer dieses Hauses hier wohnen. Könnten Sie mir eventuell sagen, wo genau ich sie finde? – Ich habe hier leider keine Klingelknöpfe entdeckt.«

»Worum geht es denn?« Die Stimme der jungen Frau klang weiterhin freundlich, allerdings wirkte sie etwas distanzierter.

»Um eine Privatangelegenheit.« Romy hatte nicht vor, einer x-beliebigen Verkäuferin, die noch kaum die zwanzig erreicht haben konnte, ihr Anliegen zu offenbaren. Die Intuition sagte ihr allerdings, dass sie in diesem Laden prinzipiell richtig war. Vermutlich war die Chefin gleichzeitig die Hausbesitzerin, was die skeptische Nachfrage der jungen Frau erklärte. Nun gut, dieser Skepsis konnte man Abhilfe verschaffen. Mit einem vertrauensvollen Lächeln überreichte sie ihre Visitenkarte.

Die Irritation, die sich nun im Gesicht der Verkäuferin breitmachte, griff auf Romy über. »Stimmt etwas nicht?«, erkundigte sie sich, nachdem von der Blondlockigen nichts kam.

»Ich weiß nicht, wie ich es Ihnen sagen soll.« Die junge Frau atmete tief durch. »Aber Sie sind bereits hier. Sehen Sie?« Sie hielt ihr eine identische Visitenkarte entgegen. »Rosemarie Traunburg ist oben bei meiner Großmutter und sieht sich gerade das Bild an. *Fluss mit zwei Brücken.* Darum geht es doch, oder?«

Weihburggasse. *Fluss mit zwei Brücken.* Schachdavian.

Die Puzzleteile fügten sich blitzartig zusammen.

Natürlich. Warum hatten nicht sofort alle Alarmglocken in ihr geschrillt, als sie die Adresse in den Unterlagen ihres Vaters sah? Schließlich hatte sie doch gewusst, wie die Vorbesitzer dieses gefälschten Bildes hießen, und vor allem, wo sie wohnten, nämlich in der Weihburggasse!

Romy gab sich die Antwort selbst: weil sie ganz und gar auf die mysteriöse E.W. konzentriert gewesen war.

Dennoch. Dass ihr Vater ein Ladenlokal im Nachbarhaus, also in unmittelbarer Nähe des Poisson-Bildes, gemietet hatte – was für ein seltsamer Zufall das doch war!

Wer hier ebenfalls gerade die Nähe zu *Fluss mit zwei Brücken* suchte, und zwar unter falschem Namen, konnte sie sich auch denken. Romys Ärger darüber, dass Lucia Starl sich für sie ausgab, war in diesem Moment stärker als die Furcht, erneut mit ihr konfrontiert zu werden. Ihren Unwillen hinter professioneller Miene verbergend, sagte sie: »Ja, stimmt. *Fluss mit zwei Brücken.* Deshalb bin auch ich hier ...«

*

Das Gemälde lag vor ihr auf dem Couchtisch, die Vorderseite auf eine Wolldecke gebettet, die Rückseite zur Betrachtung dargeboten. Auf dem Boden kniend, begutachtete Lucia konzentriert das aufgeklebte Etikett. Galerie Westerblum, Berlin. Eine fünfblättrige schwarze Blume, auf Goldpapier gedruckt, mit einem kalligraphisch kunstvollen W quer darüber.

»Darf ich ein Foto davon machen?«, erkundigte sie sich, das Handy mit der Kamera bereits in der Hand.

Die alte Dame, die seit dem Abgang ihrer dolmetschenden Enkelin offenbar weit besser Deutsch verstand als zuvor, nickte.

Lucia hatte ihr Vorhaben gerade in die Tat umgesetzt, da öffnete sich die Flügeltüre und Rosemarie Traunburg stand im Zimmer, mit undurchdringlicher Miene und eisigem Blick.

Der Schock traf Lucia nicht mit ganz so großer Wucht wie bei ihrer ersten Begegnung, fuhr aber dennoch tief in sie. Das Handy fiel ihr aus der Hand und landete mit dumpfem Aufprall auf dem Parkettboden. Lucia schaffte es nicht einmal, sich zu bücken und es aufzuheben; sie stand einfach nur da und starrte Rosemarie Traunburg an, während ihr einziger Gedanke der war, wann wohl die Polizei hier eintreffen würde.

Denn sie hegte keinerlei Zweifel, dass ihre Lüge inzwischen aufgeflogen war und Rosemarie umgehend Anzeige wegen Missbrauchs ihrer Identität erstattet hatte. Innerlich von Panik ergriffen, sah sie sich bereits wieder in Schwarzau.

Lilith wechselte ein paar hebräische Worte mit ihrer Großmutter. Lucia konnte unschwer erkennen, wie sich Skepsis im Blick der bisher so freundlichen Frau breitmachte.

Doch noch ehe das, was sie sagte, von ihrer Enkelin übersetzt werden konnte, ergriff auch schon die Galeristin das Wort.

»Ich sehe, meine Mitarbeiterin ist bereits hier und hat sicher schon Wesentliches besprochen.«

»Oh, Mitarbeiterin?« Lilith und ihre Großmutter schienen genauso perplex wie Lucia selbst. »Ich dachte, Sie seien … also … Sie sind nicht …?«

Lucias Kehle war trocken. Sie öffnete den Mund, brachte jedoch keinen Laut über die Lippen.

»*Ich* bin Rosemarie Traunburg. Romy.« Die elegante blonde

Frau im taillierten hellblauen Kostüm reichte der alten Dame die Hand. »Und das ist meine Mitarbeiterin Lucia. Sie hat noch keine eigenen Visitenkarten. Möglicherweise kam es deshalb zu diesem Missverständnis, für das ich mich herzlich entschuldigen möchte.«

Lucia konnte sehen, wie sich Lilith und die ältere Dame wieder entspannten. Sie selber war noch immer nicht fähig, sich von der Stelle zu bewegen, geschweige denn, ein Wort zu sagen.

»Hier, das Handy.« Rick hob ihr Mobiltelefon auf.

Mit zitternden Händen ließ es Lucia in ihre Handtasche gleiten, Rosemaries Blick ausweichend.

»Wir haben Ihrer Mitarbeiterin bereits erzählt, wie das war mit dem Poisson-Verkauf an Ihren Vater«, ergriff Lilith nun wieder das Wort. »Dass das durch die Tochter von Frau Wurm zustande gekommen ist vom Haus nebenan.«

*

Wurm. E.W. – Zum zweiten Mal innerhalb kurzer Zeit schrillten Romys innere Alarmglocken. Lucias unwillkommene Anwesenheit einen Moment lang bewusst ignorierend, erinnerte sie sich an Zaubers Auskünfte bei Tee und Kuchen.

»Edith Wurm?«

»Nein.« Zum ersten Mal sprach die ältere Dame Deutsch, gefolgt von einem weiteren Satz auf Hebräisch, den Lilith sogleich übersetzte.

»Sie hieß anders, aber Großmama erinnert sich nicht mehr.«

Romys vage Hoffnungen zerfielen.

»Edith war die Mutter – die Frau von Karl Wurm«, fügte die blonde junge Frau hinzu. Sie sprach den Namen aus, als müsse man ihn kennen. »Der singende Gastwirt. Der Wurm-Wirt.«

Lilith schaute sie erwartungsvoll an.

Romy schüttelte den Kopf.

»Der war früher auch öfter im Fernsehen, fast wie ein Promi. Hat Schnitzel gebraten und dabei Wiener Gstanzln gesungen. Bis ihn Ende der Achtzigerjahre der Schlag traf. Mitten beim Servieren.«

Ende der Achtzigerjahre. Aha. Kein Wunder, dass ihr der Name nicht geläufig war … »Da war ich noch ein Kind«, sagte sie.

»Und Sie vermutlich noch gar nicht geboren. Es überrascht mich, dass Sie so gut Bescheid wissen.«

»Meine Eltern haben mir davon erzählt. Die waren ein paar Mal drüben bei ihm essen.«

»Die Gastwirtschaft war also dort, wo jetzt das Sushi-Lokal ist?«

»Ja.«

»Und diese Edith? Was wurde aus ihr?«

Lilith gab die Frage an ihre Großmutter weiter.

»Großmama weiß es nicht genau, aber sie schätzt, dass sie tot ist«, übersetzte sie gleich darauf. »Die hatte es auf der Lunge. Außerdem, meint Großmama, habe die Frau wohl auch das mit ihrem Sohn nicht verkraftet. Der sollte das Wirtshaus übernehmen, hat dann aber alles in den Sand gesetzt. An sich wollte er Künstler werden, aber dafür hatte wiederum der alte Wurm nichts übrig.«

Einen Sohn gab es also auch – aber einen Kommunionanzug hatte ihr Vater laut seinen Unterlagen nie gezahlt …

»Können Sie mir noch etwas zu der Tochter sagen?«

Lilith gab die Frage weiter. »Nein, leider«, sagte sie, nachdem sie die Antwort erhalten hatte. »Meine Großmutter war ja nur ganz selten in Wien. Sie weiß das mit den Wurms bloß aus Erzählungen meiner Mutter. – Aber wissen Sie was, wenn ich das nächste Mal mit Mama telefoniere, werde ich sie fragen. Ich bin sicher, dass sie sich erinnert!«

»Vielen Dank, das wäre sehr freundlich.« Romy sah es an der Zeit, sich zu verabschieden. Hier war im Moment nicht mehr Information zu erhalten – und außerdem gab es da noch eine Sache zu klären, die nicht für die Ohren der Familie Schachdavian bestimmt war. »Meine Karte haben Sie ja. Sollte ich nicht in der Galerie sein, bitten Sie meine Mitarbeiterin einfach um einen Rückruf.«

Romy verabschiedete sich und sah zu, wie Lucia, die noch immer wie versteinert wirkte, in Zeitlupe Liliths ausgestreckte Hand ergriff.

In ihrer Erinnerung sah sie eine weit jüngere Lucia am Flügel sitzen, voller Leben, Impulsivität und Leidenschaft. Nichts davon war übrig geblieben. Die junge Frau, die hier stand, war hübsch, aber ohne diesen besonderen Glanz, der sie damals als Mädchen umgeben hatte. Die Erkenntnis traf Romy mitten ins Herz – ein Herz, das sofort wieder zu Stein wurde.

Lucia Starl hätte sie töten können, da gab es nichts zu beschönigen.

Gemeinsam mit ihr ließ sie sich von Lilith durch den Laden hinausbegleiten.

»Können … können wir reden?« Kaum auf der Straße, schien Lucia ihre Sprache wiedergefunden zu haben. »Bitte«, schob sie hinterher.

»Ich wüsste nicht, worüber.«

Distanz schaffen war alles, was Romy im Sinn hatte. Einerseits. Denn obgleich ihr allein die Vorstellung, Lucia Starl gegenüberzustehen, in den ersten Jahren nach dem Mordversuch die schlimmsten Zustände beschert hatte, wollte ein anderer Teil in ihr genau das: sich anhören, was sie zu sagen hatte.

»Die Etiketten.« Lucia hielt den Blick auf sie gerichtet, ohne sie anzusehen. »Ich muss mit Ihnen über das Bild reden.«

Romy wusste nicht, was sie mehr irritierte: dass Lucia, mit der sie immer per du gewesen war, sie siezte oder dass sich das Einzige, was Lucia ihr nach all den Jahren zu sagen hatte, auf dieses verfluchte Bild bezog.

»Zwanzig Minuten«, sagte sie knapp, mit dem Kinn in Richtung des Kaffeehauses gegenüber weisend. »Und es gibt klare Regeln. Erstens: Zwischen uns ist ein Tisch. Zweitens: Du wirst nichts bestellen, wofür du ein Messer brauchst, und sei es auch nur ein Tafelmesser. Und drittens: Du wirst mich auf keinen Fall berühren. Verstanden?«

Nuancen im Gold

Was dieser Unsinn mit dem Tafelmesser und dem Tisch als Sicherheitsbarriere sollte, beschäftigte Lucia immer noch, als sie tatsächlich mit der Galeristin in dem traditionellen Kaffeehaus saß. Der Tisch, den sie gewählt hatten, stand in einer Ecke; Rosemarie Traunburg hatte ihr den Platz auf der Bank überlassen, während sie selbst mit dem Rücken zum Lokal saß – sprungbereit. Etwas anderes konnte Lucia in dieser angespannten Haltung nicht sehen. Den Tee, der vor ihr in der Tasse kalt wurde, hatte sie nicht einmal angerührt.

Auch Lucias Milchkaffee dampfte längst nicht mehr, aber sie schaffte es noch immer nicht, das Glas zum Mund zu führen. Ihre zitternden Hände hätten die Nervosität verraten, die sie erfüllte.

Da saß sie also mit jener Frau, die ihretwegen fast gestorben war. Jener Frau, deren Gesicht ihr in all den Jahren niemals aus dem Sinn gegangen war – genauer gesagt, dessen Ausdruck. Es war ein Ausdruck voller Leidenschaft und tiefer Liebe gewesen in diesem gewissen Moment, als sie spürte, dass Rosemarie sie das erste Mal als Frau wahrnahm, nicht als die Tochter eines Auftraggebers ihrer Mutter. Lucia wusste damals so gut wie heute, dass sie ihn niemals vergessen würde. Mit dem Selbstvertrauen eines Teenagers, der soeben die Schwelle zum Erwachsensein überschritt, war sie überzeugt gewesen, dass dieser Blick irgendwann für immer ihr gelten würde – ihr als erwachsener Frau. Wie kindisch und schlechthin lächerlich erschien ihr dieser von zuversichtlicher Hoffnung beseelte Wunsch jetzt, da sie vor Rosemarie saß und die Ablehnung spürte, die ihr entgegenschlug …

Was ihr blieb, waren ein paar wenige Minuten, um sich auf Wesentliches zu beschränken.

»Meine Mutter hat keinen Fehler gemacht«, sprach sie aus, was ihr seit dem Besuch bei den Schachdavians endgültig klargeworden war. »Es ist genauso, wie ich vermutet habe: Das Gemälde, das sie begutachtet hat, war das Original. Es wurde erst nach ihrer Beurteilung gegen die Fälschung vertauscht.«

Rosemarie lächelte dünn.

»Henriette Starl. Unfehlbar«, erwiderte sie dann ernst. »Ich muss dich enttäuschen, Lucia, deine geliebte Mama war nicht perfekt. Auch, wenn du heute noch so eindringlich wiederholst, was du schon vor zehn Jahren in diesem Lokal herumgeschrien hast.«

Lucia zählte in Gedanken bis zehn, ehe sie antwortete, und hielt zur Affektkontrolle die Fäuste unter dem Tisch geballt, wie es ihr die Psychotherapeuten in Schwarzau beigebracht hatten.

»Im Unterschied zu damals habe ich Beweise.« Automatisch griff sie in die Handtasche, um ihr Handy hervorzuholen, als sie bemerkte, wie Rosemarie zusammenzuckte und dabei ein Gesicht zog, als würde sie vor Schreck gleich vom Stuhl fallen.

Lucia ließ das Handy in der Tasche und legte ihre Hände flach auf den Tisch.

»Ich habe bei meiner Mutter Notizen gefunden und den Artikel einer Fachzeitschrift. Da war die Rückseite des Bildes abgedruckt – mit den Etiketten der Galerie Westerblum. Etiketten. Plural. Es waren zwei. Auf diesem Gemälde, das bei den Schachdavians hängt, klebte nur eins.«

Ihre Hoffnung, damit das Interesse der Galeristin geweckt zu haben, wurde enttäuscht. Romy hob lediglich die Schultern.

»Da wird halt eines abgefallen sein. Das kann passieren.«

»Der Goldton ist aber ein anderer«, holte Lucia ihren nächsten Trumpf aus der Reserve. »Dieses Etikett ist viel heller als die auf der Abbildung in dieser Fachzeitschrift. – Es gibt zwei Bilder! Und meine Mutter hat das Original bewertet!«

»Ein doppelter Poisson.« Rosemarie Traunburg rührte in ihrem Tee. »Interessante Theorie.«

Glaubte sie ihr endlich? – Lucia schöpfte neue Hoffnung.

»Ich kann Ihnen den Artikel mit dem Foto zeigen. *Art & Vision* heißt die Zeitschrift. Und ich schicke Ihnen das Foto, das ich gerade eben von der Rückseite des Bildes aufgenommen habe, zum Vergleich, wenn Sie mir Ihre Handynummer geben.«

»Sicher nicht.« Rosemarie verschränkte ihre Arme vor der Brust. »Das ist einfach lächerlich, und ich werde mir diese Hirngespinste nicht länger anhören ...«

»Wollen Sie denn gar nicht wissen, was den Ruf Ihrer Galerie am Graben so dermaßen ruiniert hat?!« Lucias Verzweiflung wuchs.

»Ich weiß, was den Ruf der Galerie *Traunburg am Graben* ruiniert hat: ein falsches Gutachten!« Romy legte einen Zehn-Euro-Schein auf den Tisch. »Alles Weitere dazu höre ich mir jetzt nicht mehr an.« Sie erhob sich.

»Ich habe noch sieben Minuten!«

Für Lucia war das Gespräch noch nicht zu Ende. Es musste ihr gelingen, Rosemarie zu überzeugen! Nur mit ihrer Hilfe würde sie die Spur des Bildes lückenlos zurückverfolgen können, sie war diejenige mit den entsprechenden Kontakten zur Kunstszene.

Rosemarie ließ sich tatsächlich wieder nieder. Sie bedachte Lucia mit einem langen, unergründlichen Blick.

»Weißt du, warum wir hier überhaupt sitzen? – Doch nicht wegen des Poisson! Denn wie ich schon sagte: Die Sache ist für mich erledigt. – Ich bin mit dir hierher gegangen, trotz meiner panischen Ängste, weil ich auf eine Entschuldigung gehofft hatte. In all den Jahren habe ich immer wieder daran glauben wollen, dass das damals wirklich nur ein Versehen war. Dass du weder mich noch meinen Vater verletzen wolltest. Dass deine Tat wahrhaftig im Affekt geschah und dir von Herzen leidtut. Ich habe immer darauf gebaut, dass du sie zutiefst bereust! Aber jetzt sitzt du mir gegenüber und alles, was du zu sagen hast, dreht sich um dieses verdammte Gemälde und das Gutachten! Kein Wort von Reue, von Bedauern. Wie es mir erging ... immer noch ergeht aufgrund dessen, was du mir angetan hast, interessiert dich nicht.«

Rosemaries Worte erschütterten Lucia mehr, als sie zeigen konnte. Die Hände unter dem Tisch so krampfhaft ineinander verschränkt, dass sie bereits schmerzten, rang sie um Worte, doch das Einzige, was sie über die Lippen brachte, war: »Ich bin für meine Tat jahrelang im Gefängnis gewesen. Ich habe meine Strafe abgesessen.«

Ihr Gegenüber lachte bitter auf.

»Wie schön für dich. Dann ist ja jetzt alles bestens in deinem Leben. – In meinem leider nicht. Ich habe keine eigene Leber mehr und muss täglich eine Handvoll Tabletten schlucken, um zu überleben! Ganz zu schweigen von den Panikattacken, die mich zeitweise überkommen, wenn sich mir jemand in bestimmten Situationen nähert. Es ist wie eine ganze Serie von Déjà-vu-Momenten, die ich immer wieder durchlaufe. – Und wenn ich jetzt in deine Augen sehe, liegt darin dieselbe Wut wie damals. Hättest du ein Messer, würdest du ...«

»Nein!«, fuhr Lucia ihr laut ins Wort, während sie selbst registrierte, dass sie dabei war, die Kontrolle über ihre Gefühle zu verlieren. Die Köpfe der an den umliegenden Tischen sitzenden Gäste drehten sich neugierig in ihre Richtung. »Nein«, wiederholte sie leise, den Blick auf die Tischplatte geheftet. Als die Aufmerksamkeit der anderen Kaffeehausbesucher wieder verebbt war, fügte sie hinzu: »Ich hatte eine Therapie. Ich bin nicht mehr jähzornig und impulsiv.«

»Eine Therapie im Gefängnis?« Rosemarie hob die linke Augenbraue. »Auf Kosten der Allgemeinheit. Schön, das zu hören.« Ihre Stimme klang nach dem Gegenteil. »Falls es dich interessiert: Ich musste alle Therapien, die über das staatliche Angebot der Opferhilfe hinausgingen, selber zahlen.«

Damit stand sie endgültig auf und verließ das Café, ohne sich noch ein einziges Mal umzudrehen.

Lucia saß noch eine ganze Weile wie erstarrt auf ihrem Stuhl. In ihrem Inneren herrschte heller Aufruhr. Das gesamte Gespräch war ganz und gar anders verlaufen, als sie es sich erhofft hatte.

Im Gefängnis hatte sie sich fast täglich mit dem Gedanken befasst, was sie Rosemarie Traunburg sagen würde, sobald sie in Freiheit war. In der Psychotherapie war sie ermuntert worden, einen Brief an ihr Opfer zu schreiben und das, was für sie außer Frage stand, zu Papier zu bringen: Dass es im Affekt geschah. Und dass es ihr unendlich leidtat. Jedes Mal hatte sie ihre Zeilen wieder verworfen, nicht weil sie am Inhalt zweifelte, sondern an ihren eigenen Worten. Was da stand, reichte schlichtweg nicht aus, um ihre Gefühle zu beschreiben. Zumal es diese Vorgeschichte mit Rosemarie gab, damals in Kärnten, die sie weder vergessen konnte noch vergessen wollte.

Nach der Entlassung erschien ihr die Vorstellung, Rosemarie aufzusuchen, einfach nur noch absurd. Das, was sie in Kärnten miteinander verbunden hatte, kam ihr inzwischen vor wie ein Erlebnis aus einem anderen Leben, und sie bezweifelte, dass sich die Galeristin überhaupt noch an damals erinnerte.

Und jetzt hatte sie mit ihr gesprochen, und alles war noch viel schlimmer als erwartet! Romy, wie sie sich jetzt offenbar nannte, sah in ihr nur die potenzielle Mörderin, und das wohl zu Recht. Im Grunde hatte sie damit ins Schwarze getroffen: Sie, Lucia Starl, war ein schlechter Mensch. Einer, der sich nicht einmal entschuldigen konnte, sondern immer nur an seine eigenen Belange dachte.

*

Lucias Entschluss, wieder zurück nach Salzburg zu fahren, stand fest, noch ehe sie nach dem niederschmetternden Kaffeehausbesuch zu Danis derzeitiger Bleibe zurückkehrte. Sie musste sich wohl oder übel einen neuen Job suchen, ihr Leben wieder auf die Reihe bringen. Ihre wenigen Ersparnisse reichten schließlich nicht bis in alle Ewigkeiten.

Die Idee, zu Dani nach Wien zu ziehen, hatte sie nach den wenigen Tagen in deren Gesellschaft längst verworfen. Die Freundin driftete in eine Richtung, die ihr gar nicht gefiel, und sie wollte sie dabei nicht begleiten – zumindest nicht als Partnerin. Es erschien Lucia fair, ihr reinen Wein einzuschenken.

Dani begann prompt zu weinen, als sie mit dem gepackten Koffer vor ihr stand.

»Ich brauche dich, Lu. Ich kann ohne dich nicht leben, ehrlich … Bitte geh nicht nach Salzburg zurück, bitte!«

»Wie stellst du dir das vor? Soll ich etwa hier mit dir leben, in diesem Zimmer?«

»Das ist doch nur eine Übergangslösung«, schluchzte Dani. »Weil ich kein Geld habe. Petra hat mich wenigstens aufgenommen, nachdem mich die anderen rausgeschmissen hatten wegen der Miete …«

»Du hast die Miete dort nicht gezahlt?« Lucia hörte davon zum ersten Mal.

»Wie denn? Ich habe dir doch gesagt, ich bin pleite!« Dani schluchzte noch heftiger.

»Warum hast du mir das mit der Miete denn nicht gesagt? – Ich hätte dir ausgeholfen!«

Die Antwort kam unter Tränen. »Weil du wieder auf mich eingeredet hättest, dass ich mir einen Job suchen muss!«

»Aber das musst du ja auch.« Lucia fühlte sich hilflos. Sie verstand nicht ganz, was hier vor sich ging.

»Das meine ich!« Dani schniefte. »Immer tust du so, als wärest du meine Mutter! Du verhältst dich nicht wie meine Partnerin! Du sagst mir immer, was ich tun soll! – Petra tut das nicht.«

Der Vergleich ließ Lucia verwirrt blinzeln. Mit der Ex-Dealerin in einem Atemzug genannt zu werden, irritierte sie.

»Hast du was mit der am Laufen?«

»Nicht wirklich.« Dani zog die Nase hoch und wischte sich mit dem Ärmel ihres Shirts über die Augen. Lucias fragendem Blick ausweichend, schob sie schließlich nach: »Es war nur ein Mal. Wegen des Zimmers. Und weil ich sehen wollte, wie es ist mit ihr.«

Lucia schloss einen Moment die Augen.

Dass Dani tatsächlich mit einer anderen schlief, erschütterte sie weniger, als sie erwartet hatte. Um wen es sich handelte und aus welchem Motiv heraus, traf sie dagegen schon.

»Dani. Bitte suche dir einen Job«, wiederholte sie. »Du darfst dich nicht abhängig von so einer machen. Das endet nicht gut.«

»Da. Da!« Danis Stimme überschlug sich fast. »Du tust es schon wieder: mich drängen! Und überhaupt denkst du immer, du wärst was Besseres, seit du wieder draußen bist! Aber du warst genauso im Knast wie wir!«

Auf der Zugfahrt nach Salzburg spukten Danis Worte weiter in Lucias Kopf herum. Nein, sie war kein besserer Mensch, das hatte ihr das Gespräch mit Rosemarie Traunburg eindringlich vor Augen geführt. Ja, sie war im Gefängnis gewesen, ein Makel, den sie ihr Leben lang mit sich herumtragen musste. Aber eines war sicher: Sie wollte dort nie wieder hin.

*

»Endlich bist du wieder hier.«

Angesichts ihres nicht gerade innigen Verhältnisses kam Ann-Kathrins Begrüßung für Lucia völlig unerwartet, als sie gegen Abend die Wohnung betrat.

»Ein Mann war da. Groß, dunkelhaarig, Schnurrbart, um die fünfzig. Er hat diesen Brief für dich abgegeben.«

Die Mitbewohnerin streckte ihr ein Kuvert mit einer schwungvollen, aber auffällig gleichmäßigen Handschrift entgegen: Für Lucia. In der Ecke links oben prangte ein goldener Fasan.

Erst als sie die Zimmertüre hinter sich geschlossen hatte, zog Lucia den Papierbogen heraus. In derselben regelmäßigen, charakteristischen Handschrift mit dem L, das aussah wie ein griechisches Alpha, und dem kleinen e, das stets spiegelverkehrt geschrieben war, stand da zu lesen:

Liebe Lucia,
   bitte melde dich so bald wie möglich bei Frau Bruckner. Wir gehen davon aus, dass du immer noch Interesse daran hast, bei uns zu arbeiten. Fehler können passieren, aber für dich gibt es eine zweite Chance. Hans

Antoni hatte keine zweite Chance bekommen. Sie offenbar schon. Nachdenklich schob Lucia den Brief ins Kuvert zurück und setzte sich auf das Bett.

Ja, sie wollte ihren Job im *Goldenen Fasan* zurück. Auch wenn dies eventuell bedeutete, Romy Traunburg des Öfteren über den Weg zu laufen. Aber jetzt stellte die Begegnung zumindest keine Überraschung mehr dar. Obendrein war zwischen ihnen beiden alles geklärt: Die Galeristin hielt sie für eine kaltschnäuzige Verbrecherin, die nur an sich selbst dachte, und sie wusste jetzt, dass sie zwar als *Chef de Rang* bei Yvette Bruckner eine neue Chance bekam, nicht aber als Mensch im Leben von Rosemarie.

Obwohl sie wusste, dass sie sich zumindest über Ersteres freuen sollte, bekam die Leere in ihr, die sie manchmal zu verschlingen drohte, eine neue Dimension: Verzweiflung. Sie dachte an Dani, an Romy, an ihre Mutter. Alles Menschen, die sie enttäuscht hatte. Sie konnte den Ruf ihrer Mutter nicht reinwaschen, Dani nicht vor sich selbst retten und sich nicht bei Rosemarie entschuldigen, weil ihr dazu die Worte fehlten.

Lucia ließ sich auf ihr Kissen fallen und drehte sich in Richtung Wand. Da saß Wanda, ihre Handpuppe, und strahlte sie aus ihren blauen Glasaugen an. Lucia nahm den weichen Wattekörper und presste ihn an sich. Wanda roch ein bisschen nach dem Raum, in dem sie über zehn Jahre verwahrt gewesen war, aber auch nach Parfum – jenem, das ihre Mutter einst getragen hatte.

Lucia schloss die Augen und fühlte sich etwas weniger verzweifelt.

*

»Ich gebe zu, dass ich nicht vorhatte, Sie wieder hier arbeiten zu lassen.« Yvette Bruckner schritt in ihrem Büro auf und ab und warf Lucia, die auf dem Biedermeiersofa saß, gelegentlich einen tadelnden Blick zu. Mit Blicken dieser Art bedachte sie Lucia, seit diese Hans Obermosers Aufforderung gefolgt und in den *Goldenen Fasan* zurückgekehrt war.

In den fünf Minuten, in denen sie nun bereits bei der Bruckner im Büro hockte, hatte sich für Lucia noch nicht entschlüsselt, was Sache war. Wollte die Chefin also nun, dass sie hier arbeitete, oder war das lediglich eine fixe Idee des Restaurantleiters gewesen?

Irgendwann würde die Gastronomin wohl auf den Punkt kommen, sagte sich Lucia, derweil sie mit ineinandergefalteten Händen dasaß und den seltsam tadelnden Blick geflissentlich ignorierte. Etwas ganz anderes hatte ihre Aufmerksamkeit erregt, und was, wollte sie sich auf keinen Fall anmerken lassen: Das Poisson-Bild an der Wand gegenüber war weg. An seiner Stelle hing eine Landschaftsmalerei – eine Bergszene mit Hirte und einer

Herde Schafe im Vordergrund. Lucia hatte wenig Bezug zu dieser Art der Malerei, hielt das kleine Gemälde aber spontan für nichts Wertvolles.

»Romy hat mir selbstverständlich alles erzählt«, sagte die Chefin, und das war für Lucia nun wirklich keine Offenbarung. Mit nichts anderem hatte sie gerechnet. »Ich hatte ja keine Ahnung! Und ich finde es nach wie vor nicht in Ordnung, dass Sie in Ihrem Lebenslauf falsche Angaben gemacht haben.«

Sie blieb stehen und sah Lucia an, diesmal auffordernd.

Lucia, die wusste, was Yvette Bruckner hören wollte, schwieg.

»Wie kamen Sie auf die Idee, so einen wichtigen Punkt zu verheimlichen?«, fragte die Chefin nun auch schon.

»Es ist allgemein üblich, diese Dinge im Lebenslauf nicht zu erwähnen.« Einer konkreten Frage folgte eine Antwort. So hatte sie es auch in Schwarzau gehalten, als sie begriff, dass zusätzliche Informationen oft mutwillig falsch interpretiert wurden. »Es ist arbeitsrechtlich gedeckt.«

»Dennoch …« Yvette Bruckner begann wieder in ihrem Büro auf- und abzuschreiten. »Ich erwarte prinzipiell Ehrlichkeit von meinen Leuten. Ich habe hochrangige Gäste hier, und das Letzte, was ich brauchen kann, ist Personal mit einer Vorstrafenliste. Insbesondere keine Gewalttäter. Mit einem Hinweis auf die JVA hätte ich Sie selbstverständlich nicht eingestellt.«

Warum sitze ich dann hier?, ging es Lucia durch den Kopf. Inzwischen war ihr aufgefallen, dass sich die Umrisse des größeren Bildes an der Wand abgezeichnet hatten. Rundherum war die Wandfarbe etwas nachgedunkelt. Offensichtlich hatte es längere Zeit hier gehangen.

»Romy hat ein sehr großes Herz. Zu groß, aus meiner Sicht. Ich wollte Sie rauswerfen, aber sie bestand darauf, dass Sie Ihren Job behalten. Warum auch immer.«

Tatsächlich? – Lucia konnte kaum glauben, was sie da hörte.

»Dann habe ich nachgedacht und mir gesagt: Sie arbeitet gut. Sie ist fleißig. Vielleicht hat sie eine zweite Chance verdient.« Die Chefin hielt inne und bedachte Lucia neuerlich mit einem dieser sonderbaren Blicke. »Sie erinnern mich an mich selbst, Lucia. Anderen wird der Erfolg in die Wiege gelegt, weil sie von vornherein alles bekommen, was für ein goldenes Leben nötig ist. Menschen wie wir müssen Hindernisse überwinden, um hochzukommen, um von der Gesellschaft akzeptiert zu werden. Aber wir sind beide entschlossen, haben ein klares Ziel vor Augen und arbeiten hart. Und wir tragen beide dieses gewisse Etwas in uns, wodurch wir uns nicht dem Schicksal fügen und zu schnell aufgeben ... Manche nennen es Esprit, andere halten es für Raffinesse. Aber wir beide, Sie und ich, wir wissen, was es wirklich ist: kriminelle Energie. Das ist, was uns vorantreibt und zum Erfolg führt!« Sie schickte ihren Worten ein siegessicheres Lächeln hinterher. »Stimmen Sie mir zu, Lucia?«

Lucia hatte den Monolog der Bruckner mit wachsendem Staunen verfolgt. Kriminelle Energie?! – Die Behauptung schoss für sie den Vogel ab, der sich dieser Frau offensichtlich bemächtigt haben musste. Bemüht, sich ihre Irritation nicht anmerken zu lassen, wählte sie eine diplomatische Antwort.

»Ich würde mich über eine zweite Chance freuen. Ich habe bisher gerne hier gearbeitet.«

»Gut.« Yvette Bruckner nickte bedächtig. »Aber ich rate Ihnen sehr, mich nicht zu enttäuschen.« Nach einer kleinen Pause fügte sie mit harter Stimme hinzu: »Halten Sie sich von Romy fern! Sie schaut oft hier vorbei, also werden Sie ihr zwangsläufig begegnen. Aber Sie werden sich ihr nicht nähern, verstanden?«

Lucia nickte stumm. In der Annahme, das Gespräch sei vorüber, erhob sie sich.

»Noch etwas.« Sie war schon fast bei der Tür, als Yvette Bruckners Zwischenruf sie innehalten ließ. »Mir ist wohlbewusst, dass Sie meine Frage nicht beantwortet haben. Aber ich werde es im Moment dabei belassen.«

Lucia hatte es noch nie so eilig gehabt, in die Gaststube zurückzukehren und ihre Arbeit wieder aufzunehmen. Bisher hatte sie sich nicht allzu viele Gedanken über Yvette Bruckner und ihren geistigen Zustand gemacht. In Zukunft, das wusste sie, würde sie sich jedoch schwertun, die erfolgreiche Unternehmerin in ihr zu bewundern.

*

Ihr Besuch bei den Schachdavians lag eine Woche zurück. Romy war von wachsender Unruhe erfüllt. Die Geschichte mit dem singenden Wirt Karl Wurm, seiner lungenkranken Frau Edith und deren zwei Kindern, die ihrer Berechnung nach mittlerweile schon über fünfzig sein mussten, spukte in ihrem Kopf herum. Täglich wartete sie auf den erlösenden Anruf von Lilith Mandelberg, die ihr den Namen der Wirtstochter mitteilen würde. Mittlerweile musste Lilith doch endlich mit ihrer Mutter telefoniert haben.

Noch wollte sie nicht selbst anrufen und nachfragen. In dieser Sache nachzubohren, würde Fragen aufwerfen – wohl auch bei den Schachdavians. Im Grunde war es ja eine glückliche Fügung gewesen, dass Lucia zeitgleich wegen des Poisson-Bildes vor Ort auftauchte. So hatte sie sich nach Edith Wurm erkundigen können, ohne penetrant zu wirken.

Es gab zwar nichts Schlimmes zu verbergen, aber die schmutzigen Details ihrer Familiengeschichte gingen niemanden etwas an. Und Romy war sich sicher, dass sich hinter den regelmäßigen Zahlungen nur ein Geheimnis verbergen konnte, das ihr Vater allzu gerne mit ins Grab genommen hatte.

Dennoch, sie konnte es nicht dabei belassen, dafür war ihre Neugierde zu groß – auch wenn sie sich inzwischen nicht mehr so sicher war, ob das Mädchen, für das er damals ein Kommunionkleid gekauft hatte, seine heimliche Tochter war. Die Existenz eines Karl Wurm sprach dagegen.

Was ihr ferner keine Ruhe ließ, war die Verbindung der Schachdavians zu den Wurms. Stand die Pacht für das Wirtshaus, die ihr Vater monatlich beglichen hatte, in einem Bezug zu dem gefälschten Poisson-Gemälde? Oder war wirklich alles nur ein großer Zufall?

Die Etiketten.

Auch wenn sie sich gleichgültig und uninteressiert gezeigt hatte – Lucias Behauptungen wollten Romy nicht aus dem Kopf gehen.

Eines Nachts, als sie wieder nicht schlafen konnte, stieg sie in den Keller, wo die Ordner lagerten, die ihr Vater mit Agenden seiner Galerie gefüllt hatte.

Nach einer Weile fand sie, wonach sie gesucht hatte – die Dokumentationen zu zwei Bildern, die er einst der Galerie Westerblum abgekauft hatte, wortreich beschrieben und von allen Seiten professionell abgelichtet.

*

In der zweiten Maiwoche kam endlich die Sonne. Der kleine Gastgarten im Innenhof war nun täglich von Touristen und Stammkunden bevölkert. Yvette Bruckner stockte das Personal auf – großteils mit Ungarn und Slowaken, deren Deutsch oft nur dafür ausreichte, Getränke nachzubringen und das benutzte Geschirr abzuservieren.

Lucia vertiefte sich erneut in die Arbeit. Keiner im Team sprach sie auf das an, was an jenem Abend im Lokal geschehen war. Was auch immer Hans Obermoser oder vielleicht auch Yvette Bruckner den Kollegen erklärt hatten – ihre Vorstrafe war offensichtlich nicht thematisiert worden. Lucia hielt ihre Kollegen nicht für so begnadete Schauspieler, um dies vor ihr zu verbergen, hätten sie davon Kenntnis gehabt.

Die Überstunden, um die sie sich fast schon riss, halfen ihr, nicht zu sehr über ihr Leben und vor allem nicht über die Sache mit dem Poisson nachzudenken. Ihre Recherche zu den Etiketten hatte sowieso im Nirwana des Internets geendet – das Einzige, was Google ihr verraten hatte, war, dass es die Galerie Westerblum in Berlin nicht mehr gab.

»Tisch fünf … Gast sagt, du servieren«, radebrechte einer der neuen slowakischen Kollegen, indem er einen Krug hausgemachter Zitronenlimonade vor ihr abstellte.

»Was wurde reklamiert?«

»Gast sagt, du servieren«, wiederholte der Kollege, dann spurtete er bereits wieder in Richtung Küche.

Simples Servieren war definitiv nicht ihre Aufgabe, aber was sollte sie tun? – Die Kanne und ein Glas auf einem Tablett balancierend, näherte sie sich der Frau an Tisch fünf, die ein rotschwarz geblümtes Sommerkleid und dazu einen dunklen Strohhut trug. Erst als sie bei ihr am Tisch war, sah sie, wen sie vor sich hatte.

Diesmal fiel ihr nichts aus der Hand. Sorgfältig stellte sie das Tablett ab. Um einzuschenken, zitterte sie jedoch zu sehr.

»Ich hole jemand anderen«, erklärte sie knapp und wandte sich zum Gehen, doch Rosemarie Traunburg zog sie mit sanfter Gewalt am Rocksaum zurück.

»Setz dich«, sagte sie, und es klang so bestimmt, dass Lucia der Aufforderung folgte. Romy griff nach der Limonadenkanne und schenkte sich selbst ein. Mehr noch, sie befüllte auch das zweite Glas, das bereits auf dem Tisch gestanden hatte, und schob es zu ihr hin.

Nervös sah sich Lucia um. Yvette Bruckner war vor einer halben Stunde in die Stadt gegangen, doch was, wenn sie plötzlich zurückkam? Oder wenn Obermoser sie hier sah?

»Bedingung für meine Wiedereinstellung war, mich von Ihnen fernzuhalten«, presste sie hervor. »Ich will nicht gleich wieder gekündigt werden.«

»Ich darf wohl immer noch selbst entscheiden, mit wem ich wann rede«, widersprach Romy. »Und hör bitte auf mit dieser Siezerei. Du weißt, wie ich heiße, und du hast mich auch früher nicht gesiezt. – Ich bin hier wegen der Galerie Westerblum.«

»Die gibt es nicht mehr«, erwiderte Lucia, darum bemüht, ihre Überraschung über diese Kontaktaufnahme hinter einer möglichst nüchternen Anmerkung zu verbergen.

»Ja und nein.« Romy nahm einen Schluck Limonade. Im Gegensatz zu ihrem letzten Zusammensein im Kaffeehaus wirkte sie diesmal völlig gefasst. »Westerblum hat vor acht Jahren mit einer anderen Berliner Galerie fusioniert und nennt sich jetzt *Galerie am Plötzensee*. Ich kenne den Inhaber noch nicht persönlich, habe aber einen Termin vereinbart. Ich hoffe, dort weitere Informationen zu bekommen.«

Lucia war zu überwältigt, um etwas zu erwidern. Romy interpretierte ihr Schweigen auf ihre Weise.

»Nach einigem Überlegen bin ich bereit, mich der Sache mit den Etiketten anzunehmen«, präzisierte sie, um gleich nachzuschieben: »Versprich dir aber nicht zu viel davon! Ich kann deiner abstrusen Theorie nach wie vor wenig abgewinnen.«

»Haben Sie … hast du etwas herausgefunden?«

»Sagen wir so: Ich bin auf etwas gestoßen und werde es überprüfen.« Romy leerte ihr Glas mit einem Zug. Als Lucia ihr nachschenken wollte, wehrte sie ab. »Danke, nein. Ich bin nicht hierhergekommen, um Limonade zu trinken. Ich habe Termine. – Mein Flug nach Berlin geht morgen. Übermorgen gegen Mittag werde ich zurück sein. Ich lasse dich dann wissen, ob ich etwas in Erfahrung gebracht habe.«

Sie stand auf.

Dabei fiel ihr Hut zu Boden. Eine Woge dunkelblonden Haares löste sich und fiel ihr offen über die Schultern.

Lucia hielt unwillkürlich den Atem an. Rosemarie Traunburg war eine schöne Frau. Die Jahre, die zwischen Kärnten und jetzt lagen, hatten daran nichts geändert.

Romy bückte sich und hob ihren Hut auf. Als sie die Haare lose zusammenknotete, schien sie sich Lucias Blick bewusst zu werden. Den Hut hastig auf ihrem Kopf drapierend, verließ sie den Gastgarten.

Erhärteter Verdacht

Ich muss verrückt sein. Der Satz spukte in Romys Kopf herum seit dem Zeitpunkt, an dem sie im *Goldenen Fasan* angerufen und Lucia am Telefon verlangt hatte.

Ich muss vollkommen verrückt sein, dass ich die Person, die mir beinahe das Leben genommen hat, nun zu mir nach Hause bitte.

Aber jetzt stand Lucia vor ihrer Türe, in dunklem Rock und weißer, kurzärmeliger Bluse, mit sichtlich angespanntem Gesichtsausdruck und einem Strauß roséfarbener Pfingstrosen.

Mit einem stillen Seufzen trat Romy vom Guckloch zurück und öffnete. – Wo hätten sie sich zu dieser vertraulichen Besprechung auch sonst treffen können? Gewiss nicht bei Yvette, wo die Tische so eng beieinander standen, dass man jedes Wort mithören konnte.

»Danke für die Einladung.« Lucia streckte ihr die Blumen mit einer Vehemenz entgegen, als gelte es, sich selbstzuverteidigen.

»Das wäre nicht nötig gewesen«, sagte Romy automatisch.

Die Blumen waren wunderschön und sicher nicht billig gewesen. Es war lange her, dass ihr jemand Rosen geschenkt hatte, auch wenn es sich nur um Pfingstrosen handelte.

Sie ließ Lucia im Vorraum stehen und befüllte erst einmal eine Vase, um der Blütenpracht einen verdienten Platz auf dem Esstisch zu geben, ehe sie sich um ihren sichtlich nervösen Gast kümmerte.

Auch sie selbst war nervös. Sie hatte es sich einfacher vorgestellt, Lucia bei sich zu Hause zu empfangen, in ihren vier Wänden. Falls die Situation eskalieren sollte, würde hier keiner zur

Hilfe kommen. Gleichwohl schalt sie sich selbst für ihre Ängste. Lucia war das Mädchen, mit dem sie damals Klavier gespielt hatte. Und nicht nur Klavier gespielt ... Ein Mädchen, das in einer Ausnahmesituation das Falsche getan hatte.

Sie müsse sich ihren Ängsten stellen, hatte ihr Psychologe einst gesagt. Innerlich lachte Romy in diesem Moment laut auf. Er konnte stolz auf sie sein, dieser Psychologe! Doch inzwischen war sie längst nicht mehr seine Patientin. Sie hatte die Therapie abgebrochen, als er sie damit zu quälen begann, dass sie wieder jemanden kennenlernen sollte, in sexueller Hinsicht. Dass sie sich ihres Körpers und ihrer Sexualität nicht zu schämen brauchte. Darin war sie noch nie gut gewesen, auch ganz ohne Narben und Panikattacken. Und überhaupt war das ein Thema, worüber sie nicht mit anderen sprechen wollte.

»Komm mit auf die Terrasse«, sagte sie dann. »Magst du ein Glas Wein?« Sie war eine gute Gastgeberin, darin konnte man ihr nichts nachsagen.

»Danke, Wasser ist okay.« Lucia folgte ihr zögernd in die Küche.

»Kommst du von der Arbeit?«, erkundigte sich Romy, während sie einen Krug mit Leitungswasser füllte.

»Nein, ich hatte Mittagsdienst, und Frau Bruckner legt Wert darauf, dass ich meine Überstunden abbaue.«

»Warum trägst du dann dein Kellnerinnen-Outfit?«

In derselben Sekunde bereute sie ihre Worte, nicht nur, weil eine zarte Röte Lucias Gesicht überzog. Sie wollte dem Erscheinungsbild dieser jungen Frau nicht zu viel Aufmerksamkeit schenken – und schon gar nicht den Eindruck erwecken, dass sie eben dies tat.

»Ich habe nicht so viele Klamotten«, erwiderte Lucia, jetzt sichtlich verlegen.

Zumindest zeigte sie irgendein Gefühl. Diese kalte Maske der Unberührbarkeit war das letzte, was Romy jetzt brauchte. Möglicherweise war die Frage doch nicht so schlecht gewesen, überlegte sie, während sie gemeinsam auf die Terrasse gingen. Sie nahm Lucia gegenüber an dem kleinen Teakholztisch Platz, auf dem bereits Unterlagen ausgebreitet lagen.

»Nur, um ein paar Regeln und Punkte von Anfang an klarzustellen«, begann Romy, während sie die Gläser füllte. »Das hier ist eine reine Geschäftsbesprechung – eine, in der es um die Sache geht. Nicht um Geld, nicht um irgendetwas anderes. Ich erwarte einen dementsprechend sachlichen und professionellen Umgang. Und aufgrund der ... besonderen Vorfälle in der Vergangenheit möchte ich noch einmal betonen, dass ich auf einen Abstand von mindestens einer Armlänge zwischen uns bestehe. Noch eines: Wenn ich sage, du gehst, verlässt du das Haus ohne Diskussion, oder ich werde die Polizei rufen. Klar?«

Sie konnte sehen, wie Lucia leicht zusammenzuckte. Sofort taten ihr die harschen Worte leid. Andererseits, war es nicht besser, von vornherein Grenzen aufzuzeigen?

»Ich werde sicher nichts tun«, kam es nun von Lucia, und ihre Stimme klang wie die eines eingeschüchterten Kindes. Zu allem Überfluss legte Lucia nun auch noch die Hände flach auf den Tisch, genauso wie vor über zwei Wochen im Kaffeehaus, als Romy wirklich noch befürchtet hatte, sie könne ein Messer oder etwas anderes aus ihrer Tasche holen und auf sie losgehen. Heute empfand sie diese Geste dagegen fast schon als lächerlich.

»Berlin«, griff sie das eigentliche Thema auf, hauptsächlich deshalb, um sich von Fragen zu Lucia Starls Seelenzustand abzulenken. Schließlich war sie das Opfer, nicht Lucia. »In der *Galerie am Plötzensee* war man so zuvorkommend und hat mir einen Blick ins Archiv gewährt. Die Galerie Westerblum hat damals alle Bilder dokumentiert, die durch sie an- oder verkauft wurden. *Fluss mit zwei Brücken* war unter den aufgelisteten Gemälden. Das Bild wurde 1913 von einem unbedeutenden Händler aus dem Berliner Umland an die Galerie verkauft, dort auf der Rückseite mit deren Etikett versehen und 1916 von dem Grazer Kunsthändler Wiedner erworben.«

Lucia atmete hörbar aus. Romy konnte ihre Enttäuschung nachvollziehen. »Dasselbe stand in der Provenienz-Expertise meiner Mutter«, bestätigte sie. »Schachdavian hat es 1920 von Wiedner abgekauft. Das war zu der Zeit, als Poisson gerade populär wurde.«

»Ganz genau«, nickte Romy. »So hat der Künstler zumindest noch einen Hauch von Ruhm abbekommen. Zwei Jahre später starb er verarmt in Moskau, der Spiel- und Trunksucht verfallen.«

»Das heißt also, alles ist mit rechten Dingen zugegangen.«

Lucia wirkte jetzt regelrecht entmutigt.

Romy brachte es nicht länger über sich, sie auf die Folter zu spannen.

»Bis auf die Tatsache, dass die Galerie Westerblum ihre Etiketten immer bei derselben Druckerei in Auftrag gegeben hat. Derartige Farbunterschiede waren damit quasi ausgeschlossen. Aber was noch viel wichtiger ist: Es wurde immer nur ein Etikett auf die Rückseite des Bildes geklebt, nie zwei!«

Wie schnell sich Lucias finsteres Gesicht aufhellte, faszinierte Romy. Einen Moment lang hatte sie das Gefühl, wieder mit dem jungen Mädchen zusammenzusitzen, das ihr in Kärnten so zur Seite gestanden hatte.

»Was heißt das jetzt?«

»Das heißt, wir sollten noch einmal nach Wien fahren und einen Blick auf das Bild der Schachdavians werfen«, erklärte Romy, ohne groß nachzudenken. »Wir sollten das Etikett bei guten Lichtverhältnissen betrachten, es sorgfältig ablichten und mit dem Foto der Etiketten aus der *Art & Vision* abgleichen, die du in den Aufzeichnungen deiner Mutter entdeckt hast.«

»Das heißt also, wir gehen gemeinsam der Sache nach?«

Romy atmete tief durch.

»Ich halte den Verdacht, dass das Originalgemälde gegen eine Fälschung ausgetauscht worden sein soll, nachdem deine Mutter ihr Gutachten abgeschlossen hatte, noch immer für ziemlich absurd. Aber auch ich will Klarheit. – Wenn mein Vater ein Bild erworben hat, ließ er Vorder- und Rückseite ablichten. Zusammen mit einem professionellen Gutachten dokumentierten diese Fotos den Kauf. Ich habe mich erinnert, dass wir früher einmal Bilder von Westerblum aufgekauft haben. Also suchte ich die Unterlagen im Keller, fand den Ordner und glich seine Aufnahmen der Etiketten mit dem Foto in diesem *Art & Vision*-Artikel ab. Die Farbwiedergabe in einer Zeitschrift kann zwar abweichen, dennoch war der Unterschied hier tatsächlich sehr stark. Weshalb ich dann nach Berlin geflogen bin ...«

Lucias angespannte Miene verriet, dass die Worte in ihr arbeiteten. »Wenn du alle Unterlagen hier hast, sehen wir uns doch einfach eure Fotos in der Bilddokumentation an, die von der Rückseite von *Fluss mit zwei Brücken* angefertigt wurden«, schlug sie nach einer Weile des Nachdenkens vor. »Dann könnten wir sehen, welche Etiketten darauf abgelichtet sind.«

Romy hob die Augenbrauen.

»Und wofür sollte das gut sein?«

»Weil wir dann einen Anhaltspunkt haben, wann das Original gegen die Fälschung getauscht wurde – auf dem Weg von den Schachdavians zur Galerie oder auf dem Weg von der Galerie zu diesem Sammler nach Florenz ...«

»Ich weiß ehrlich gesagt nicht mehr genau, ob das Bild jemals bei uns in der Galerie war«, gab Romy zu. »Und wo es abfotografiert wurde. Möglicherweise bei den Schachdavians, allerdings – du kennst die Wohnung, die Lichtverhältnisse dort sind nicht wirklich gut.«

»Wenn der Sammler es nicht bei euch gesehen hat, wie sollte er dann darauf aufmerksam geworden sein?«

Die Frage führte Romy unweigerlich vor Augen, dass sie hier keinen Profi vor sich sitzen hatte.

»Nun, wir produzieren Kataloge, wir sind auf Messen, geben Ware in Auktionen ...«

»Und hattet ihr *Fluss mit zwei Brücken* in einer Auktion?«

»Nein. Das nicht. Aber um den Weg dieses Bildes genau nach-
zuvollziehen, müsste ich die Unterlagen sichten ...«

»Das Büro ist hier im Haus?«, unterbrach sie Lucia.

Romy nickte

»Aber dann könnten wir ... könntest du gleich nachsehen!«

Zum ersten Mal seit ihrem unverhofften Wiedersehen wirkte
Lucia wieder lebendig, nicht wie ein Schatten ihrer selbst. Selbst
im Licht der Dämmerung war zu sehen, dass sich ihre Wangen
vor Aufregung gerötet hatten.

»Du weißt nicht, wovon du sprichst.« Romy schüttelte den
Kopf. »Dass ich diese Westerblum-Fotos überhaupt gefunden
habe, war mehr oder weniger Zufall. Im Büro meines Vaters
sind hunderte Ordner. Ich bin gerade erst dazu gekommen, die
privaten durchzusehen. Er hatte leider eine sehr spezielle Weise,
die Dinge zu ordnen. Über *Fluss mit zwei Brücken* habe ich auf
den ersten Blick nichts gefunden.«

»Dann lass uns gemeinsam einen zweiten Blick wagen!«

*

Das Büro war dreimal so groß wie Lucias WG-Zimmer, die
wandhohen Regale lückenlos befüllt mit Ordnern. In der Mitte
des Raumes stand ein gewaltiger, altertümlicher Schreibtisch mit
gedrechselten Füßen. Ein Notebook, das zugeklappt auf der
Tischplatte lag, war der einzig moderne Gegenstand im ganzen
Raum.

Romy deutete nach rechts.

»Das alles habe ich bereits durchgesehen. Und hier, auf der
linken Seite, bin ich mit den zwei unteren Fächern durch. Wenn
du diesen ersten lauen Sommerabend also wirklich hier verbringen willst, können wir gemeinsam die oberen durchgehen.«

Die Ordner waren zahlreich, zweifelsohne. Doch das schreckte Lucia nicht ab, im Gegenteil. Sie fühlte sich voller Tatendrang und Energie. Zum ersten Mal nach langer Zeit war die dumpfe Leere, die sie seit ihrer Gefängniszeit durch den Tag begleitete, verschwunden. Dass Romy zudem plötzlich bereit war, ihr Glauben zu schenken, berauschte sie regelrecht.

Ein lauer Sommerabend, hatte Romy gesagt. Und jetzt war sie auch noch auf diese Leiter geklettert, im knielangen, engen Sommerkleid.

»Ich wusste nicht, dass ein romantischer Terrassenabend zur Auswahl gestanden hätte«, rutsche es Lucia im Banne des Anblicks heraus, Romys Worte im Gedächtnis.

Die Galeristin fuhr so ruckartig herum, dass sie beinahe von der Leiter fiel. In letzter Sekunde erlangte sie das Gleichgewicht wieder.

»Hör auf, so mit mir zu reden, oder du verlässt sofort das Haus!«

Romys Tonfall war entschieden, auch wenn das, was Lucia in ihren Augen entdeckte, nicht recht dazu passen wollte. War es Verunsicherung? Beschämt über sich, stammelte sie eine hilflose Entschuldigung, auf die Romy nicht einging.

»Die Ordner sind ziemlich kompliziert beschriftet, ich bin selbst noch nicht ganz dahinter gekommen. Die ersten Ziffern stehen für die Stilrichtung, der darauffolgende Buchstabe für den Nachnamen des Malers. Die zwei letzten Zahlen beziehen sich auf das Jahr, in dem wir das Bild aufgekauft haben. Zum Expressionismus gibt es zwanzig Ordner, und die habe ich alle schon durchgesehen, als ich die Spur der Etiketten verfolgte. In keinem findet sich ein Hinweis auf *Fluss mit zwei Brücken*.«

»Dann hatte dein Vater dafür möglicherweise einen Extra-Ordner angelegt?«

»Meine Vermutung. Es gibt tatsächlich ein paar, deren Aktenzeichen ich noch nicht entschlüsseln konnte – nämlich die hier oben. Das heißt, wir müssen jeden einzelnen sichten.« Sie reichte Lucia den ersten prallgefüllten Ordner herab. Mit einem

Blick in deren zweifelndes Gesicht fragte sie vorsichtig: »Willst du diese ganzen Akten wirklich noch mit mir durchsehen? – Du weißt, das dauert Stunden. Deshalb habe ich mich ja so lange davor gedrückt.«

»Natürlich«, bestätigte ihr Lucia, dann schüttelte sie den Kopf. »Was für ein absurdes Codierungssystem! Aber wieso kennst du dich nicht damit aus? Schließlich war es doch auch deine Galerie.«

Romy stieg von der Leiter, zwei weitere Ordner im Arm.

»Die Galerie *Traunburg am Graben*? – Nein. Ich habe dort nie ohne meinen Vater gearbeitet, und es war auch nie vorgesehen, dass ich sie übernehme. Er hatte seine rechte Hand, einen Kunsthistoriker, Ludwig Knies, zwei, drei Jahre älter als ich, als Nachfolger eingeplant. Vermutlich hätte er auch gern gesehen, dass aus Ludwig und mir ein Paar wird. – Tja, aber diese Freude konnte ich ihm nicht machen.«

*

Warum erzähle ich ihr das, ging es Romy durch den Kopf, während sie jetzt am Schreibtisch Platz nahm, das Notebook zur Seite schob und den ersten Ordner aufschlug. Sie beantwortete sich die Frage selbst: weil mit Lucia der einzige Mensch in ihrem Umfeld aufgetaucht war, für den ihre sexuelle Orientierung kein Geheimnis darstellte. Es tat unglaublich gut, sich einmal nicht als asexuelles Mysterium präsentieren zu müssen oder als Frau zu gelten, die eben keinen Mann abbekommen hatte.

Allerdings war das Thema für sie endgültig begraben, seit sie sich nach ihrer Lebertransplantation das erste Mal im Spiegel betrachtet hatte. Sie hatte auch nicht den Eindruck, dass ihr Sex mit einem anderen Menschen fehlte. Phantasien, denen sie sich hingab, wenn sie sich selbst zum Höhepunkt streichelte, waren ohnehin meist erfüllender als das von Spannung und Unsicherheit geprägte Miteinander, das ihr in Erinnerung war.

Dass sie dennoch etwas vermisste, war ihr neulich im Gastgarten bewusst geworden: dieser spezielle Blick. Natürlich, es gab immer wieder Männer, die sie auf bestimmte Art betrachteten und ihr Komplimente machten. Doch während ihr dieses Werben eher auf den Wecker fiel, war das aufblitzende Begehren in Lucias Augen ihr tief unter die Haut gegangen. Es lag weit zurück, dass eine Frau sie auf diese Weise wahrgenommen hatte ... Dass diese Frau acht Jahre jünger war und ausgerechnet Lucia Starl hieß, machte die ganze Situation jedoch zu einem Absurdum.

Romy rechnete intuitiv damit, dass Lucia bei ihren letzten Worten einhakte und persönlich wurde, doch sie griff einen ganz anderen Teil ihrer Kurzzusammenfassung auf: »Als was wolltest du denn arbeiten, wenn nicht als Galeristin? Du bist doch Kunsthistorikerin, hast sogar promoviert.«

»Ich wollte an die Uni. Wissenschaftliche Analysen und Abhandlungen über Kunstwerke, Epochen und noch unbekannte Künstler haben mich immer fasziniert. Ich habe davon geträumt, Professorin zu sein, am besten mit eigenem Lehrstuhl.«

»Und warum ...«

In Romys Mitteilungsdrang schlich sich angesichts der fragend großen Augen, mit denen die junge Frau sie betrachtete, eine gewisse Verärgerung ein. Wie naiv konnte Lucia denn sein? Oder verbarg sich hinter ihrem unschuldigen Blick eine gezielte Strategie, alte Wunden aufzureißen?

»Das berufliche Dasein an der Uni ist nun einmal keine Spielwiese!«, fuhr sie auf. »Es gibt nur sehr wenige Stellen im kunstwissenschaftlichen Lehr- und Forschungsapparat. Kurz nach der Promotion war mir eine davon sogar fest zugesagt – ein Lottosechser. Leider fiel ich dann *krankheitsbedingt* über ein Jahr aus! Und siehe da, das universitäre Interesse an mir war erloschen. Also habe ich unsere Familientradition fortgesetzt und die Salzburger Filiale neu aufgezogen. Ich hatte nicht wirklich eine Wahl.« Sie machte eine kurze Pause, schob dann sarkastisch nach: »Das stimmt natürlich nicht ganz. Alternativ hätte ich auch in Frühpension gehen können. Aber dann säßen wir jetzt nicht gemeinsam hier, denn ich hätte irgendwann genau dasselbe durchgezogen wie deine Mutter!«

Lucia hatte ihr den Rücken zugekehrt. Die Luft im Raum war nun trotz des geöffneten Fensters drückend schwer.

Romy hatte erwartet, dass sie sich befreit vorkommen würde, wenn sie ihr diese Dinge an den Kopf knallte. Das Gegenteil war der Fall. Sie fühlte sich mieser denn je. Schnellen Schrittes verließ sie den Raum. Minutenlang schloss sie sich in der Gästetoilette ein, wo sie ihre heiße Stirn gegen die Kacheln presste.

Als sich ihr Pulsschlag beruhigt hatte, ging sie zurück ins Büro, überzeugt, es leer vorzufinden. Nach ihrem Auftritt hätte sie nichts anderes erwartet, als dass Lucia das Weite suchte. Doch sie saß am Schreibtisch und blätterte konzentriert in einem der Ordner.

»Wenn wir schon dabei sind, die alle durchzusehen – möchtest du sie nicht auch gleich neu beschriften? Ich habe gesehen, dass du bei denen, die du schon durchgegangen bist, neue Etiketten mit, äh … klareren Beschreibungen angebracht hast.«

Lucias Stimme klang gefasst und neutral.

Romy war erleichtert. Zu einem erneuten Ausbruch fehlte ihr der Wille, zu einer Auseinandersetzung die Kraft.

»Ja, das hatte ich vor.« Sie trat heran, um eine der Schreibtischschubladen zu öffnen, peinlich darauf bedacht, dabei Lucias nacktes Knie nicht zu berühren. »Soweit ich mich erinnere, müssen hier noch Etiketten liegen.«

»Etiketten, Etiketten.« Lucia räumte vor sich hinmurmelnd den Platz. »Irgendwann werde ich von diesem Wort Alpträume haben.«

»Es gibt weit schlimmere Alpträume als Etiketten«, erwiderte Romy spitzzüngig, um sich sogleich auf die Lippen zu beißen.

Sie sollte sich jetzt zusammenreißen. Lucia zeigte sich höflich und hilfsbereit. Ihr weiterhin kleine Dolchstöße zu versetzen, war gemein.

Konzentriert arbeiteten sie sich durch das Regal. Um halb drei Uhr früh erklärte Romy den Arbeitseinsatz für beendet, obwohl noch immer Ordner übrig waren. Ihr selbst fielen fast die Augen zu, und Lucia machte den Eindruck, als könne sie sich nur noch mit Mühe auf den Beinen halten.

»Ich kann dir ein Taxi rufen«, bot sie anstandshalber an, als sie bereits an der Tür standen.

»Nicht nötig. Ich geh zu Fuß.«

Die Nacht war sternenklar, aber da Lucia wohl nicht ums Eck wohnte, keimte ein ungutes Gefühl in Romy auf.

»Mir wäre lieber, wenn du ein Taxi nimmst. Du kannst nie wissen, wer um diese Zeit unterwegs ist.«

»Ja, das stimmt. Zum Beispiel eine, die fast jemanden erstochen hätte.« Lucia verzog das Gesicht. Romy spürte, dass es ein Scherz sein sollte. Nun, er war gründlich danebengegangen.

»Danke für deine Hilfe, jedenfalls … Ich rufe dich an, wenn ich im Restbestand auf etwas Brauchbares stoße.«

Lucia nickte nur.

»Und wenn du demnächst deinen freien Tag hast, würde ich gerne noch einmal mit dir zu den Schachdavians, um die Fotos zu machen.«

Wieder nickte Lucia. »Dienstag«, schob sie dann hinterher. »Am Dienstag habe ich frei.«

»Gut. Dann also Dienstag. Ich werde ihnen unseren Besuch ankündigen. – Treffen wir uns um elf Uhr vor dem Laden?«

»Okay.« Lucia streckte ihr die Hand hin, zog sie aber zurück, bevor Romy sie ergreifen konnte.

Keine Berührungen.

Zumindest eine von ihnen dachte an die vereinbarten Regeln.

»Gute Nacht.«

Romy sah Lucia hinterher, wie sie im Licht der Scheinwerfer die Straße entlangging, ehe sie um die Ecke bog und aus ihrer Sicht verschwand. Dann schloss sie die Türe und stellte die Alarmanlage scharf.

Erst beim Zähneputzen fiel ihr ein, dass sie Lucia schwerlich telefonisch erreichen konnte. Sie hatte sich noch immer nicht ihre Handynummer geben lassen, und schon wieder im *Goldenen Fasan* am Telefon nach ihr zu verlangen war nur eine absolute Notlösung.

Stärker als Verdrängung

Am Dienstag um halb zehn kam Lucias Zug am Wiener Hauptbahnhof an. Eine halbe Stunde später stand sie in der Innenstadt nahe dem Stephansdom und wusste nicht recht, was sie mit sich bis zum verabredeten Zeitpunkt anfangen sollte.

Kurz spielte sie mit dem Gedanken, sich spontan mit Dani zu treffen. Sie verwarf die Idee sogleich wieder, weil Dani um diese Uhrzeit wohl noch im Bett lag. Bis sich die Freundin aufgerappelt hatte und herkäme, wäre es dann auch schon wieder elf Uhr – zu spät. Und was Lucia keinesfalls riskieren wollte, war ein Zusammentreffen von Dani mit Romy. Das waren zwei Welten, die sie auch weiterhin voneinander getrennt halten wollte.

Sie verbrachte die Zeit schließlich damit, durch die gerade öffnenden Modeläden in der Kärntner Straße zu schlendern. Kaufhäuser und Boutiquen zu besuchen, war etwas, was sie in ihrem Leben noch nicht allzu oft getan hatte, auch früher nicht. Neben dem Klavierspiel und dem Schulunterricht war keine Zeit für Einkaufsbummel geblieben. Im Grunde hatte sich ihre Mutter um das gekümmert, was sie trug, und Lucia war damit stets zufrieden gewesen.

In Puchberg am Schneeberg war das Angebot begrenzt gewesen, und der erste Ausflug in die Einkaufsmeile der nächstgrößeren Stadt hatte Lucia mehr abgestoßen als begeistert. Menschenmassen, die sich zwischen Kleiderständern in Richtung Kasse schoben, waren definitiv nichts für sie. Die wenigen Sachen, die sie besaß, hatte sie daher online bestellt.

Diesmal war es in den Geschäften angenehmer. Es waren weit weniger Menschen unterwegs als damals an diesem Samstag in der Vorweihnachtszeit. Bei einer der großen Modeketten entdeckte Lucia schließlich einen Rock, der ihr gefiel: blau mit kleinen weißen Tupfen. Romys Bemerkung zu ihrer Standardkleidung, die sie auch an diesem Tag wieder trug, im Kopf, probierte sie ihn an. Er passte wie auf sie zugeschnitten. Möglicherweise war es ja wirklich an der Zeit, die Garderobe zu erweitern ... Wenig später verließ sie das Geschäft im Pünktchen-Rock, den alten schwarzen trug sie in der Einkaufstüte.

Ihre verhaltene Freude über das neue Kleidungsstück war jedoch nur von kurzer Dauer. Denn als sie um Punkt elf vor dem Geschäft der Schachdavians ankam, erwartete Romy sie bereits – in einem dunkelblauen Kleid, ebenfalls mit weißen Punkten.

»Perfekt aufeinander abgestimmt«, war das Erste, was Romy schmunzelnd feststellte, während Lucia innerlich fast im Boden versank, ohne genau zu wissen, weshalb eigentlich. Schließlich hatte sie ja nicht ahnen können ... »Hallo erstmal.«

Zu Lucias Erstaunen beugte sich die Galeristin vor, um sie auf die Wange zu küssen, verharrte dann aber mitten in der Bewegung und richtete sich wieder auf. Offenbar hatte sie tatsächlich kurz ihre eigenen Regeln vergessen.

»Lilith Mandelberg erwartet uns«, sagte Romy nun in geschäftsmäßigem Tonfall, sichtlich bemüht, ihre Verlegenheit zu überspielen. »Ich habe ihr im Übrigen nicht gesagt, was wir vermuten. Du bist dir bewusst, was das für eine gewaltige Sache ist, falls wir recht haben?«

Lucia nickte stumm.

»Gut. Bisher haben wir dafür aber noch keine ausreichenden Beweise und ich möchte nicht schon wieder in einen Skandal verwickelt werden wegen dieses Bildes.«

Bei den Schachdavians hatte sich nichts geändert, abgesehen davon, dass die Großmutter wieder nach Israel abgereist war. Das Gemälde war bereits auf der Wolldecke drapiert.

Lilith servierte Kaffee und auf Romys Wunsch schließlich auch Tee.

»Könnten Sie das Bild für uns umdrehen?«

135

Romys Bitte, die von Rick sogleich erfüllt wurde, brachte einen irritierten Ausdruck auf Liliths Gesicht.

»Es geht Ihnen gar nicht um das Motiv?«

»Nicht primär«, erwiderte Romy ausweichend. »Es geht diesmal um das Etikett, nur eine Kleinigkeit, die wir nachprüfen wollen.«

»Aber der Fall ist doch abgeschlossen?« Liliths Argwohn schien zu erwachen. »Es ist doch klar, dass es sich um eine Fälschung handelt.«

»Ich schreibe derzeit eine wissenschaftliche Arbeit über Kunstfälschungen, und im Zuge dessen taucht natürlich die Frage auf, wie sich eine Gutachterin wie Frau Starl so irren konnte. Wir gehen davon aus, dass die perfekt nachgemachte Etikettierung der Galerie Westerblum erheblich dazu beigetragen hat.«

Lucia wusste, irgendeine Erklärung musste Romy abgeben. Dass sie weiter auf der These mit dem Fehlurteil herumritt, ärgerte sie dennoch. Zugleich kam sie sich überflüssig vor. Lilith sprach fast ausschließlich mit Romy – schon allein, weil sie in dieser die Chefin sah und in ihr selbst nur die Assistentin. Der Umstand gefiel ihr nicht, obwohl sie einsah, dass sie Romy an Eloquenz und Fachwissen nicht das Wasser reichen konnte.

Romy schoss mehrere Aufnahmen mit einer Spiegelreflexkamera.

»Haben Sie eigentlich Ihre Mutter schon erreicht, wegen der Wirtstochter?«, erkundigte sie sich beiläufig, als sie die Wohnung schon fast wieder verlassen hatten, und Lucia fragte sich, was an diesen Wirtsleuten so wichtig war. Anscheinend setzte Romy sie nicht über alles in Kenntnis, was mit den Nachforschungen zu *Fluss mit zwei Brücken* zu tun hatte ...

»Ach ja, der Name!« Lilith schlug sich mit der Hand gegen die Stirn. »Tut mir leid. Wir haben gestern telefoniert, aber ich habe vollkommen vergessen, sie zu fragen! Beim nächsten Mal, versprochen. – Sie ist so schwer zu erreichen. Meine Eltern sind derzeit in Südamerika, im Hochland. Sie haben da leider nicht ständig Telefonverbindung.«

»Es wäre sehr nett, wenn Sie das nächste Mal daran denken«, erwiderte Romy freundlich, aber mit Nachdruck. Lucias Verdacht, dass sie ihr etwas verschwieg, erhärtete sich.

Draußen hatte der Himmel sich zugezogen. Die Luft war schwül und stickig. Unschlüssig blieb sie vorm Haus stehen, innerlich bereits auf die Rückfahrt nach Salzburg eingestellt.

»Hast du heute eine Art Schweigegelübde abgelegt?«, kam es nun unvermittelt von Romy. »Ich hätte mehr Euphorie über unsere Entdeckung erwartet! Es sind zweifellos zwei Gemälde im Spiel, davon bin ich jetzt auch überzeugt.«

»Das habe ich von vornherein gesagt.«

Lucia war sich bewusst, wie patzig das klang, doch ihre Stimmung war im Augenblick im Keller. Angefangen bei dem Rock über den Besuch der Schachdavians bis jetzt, wo sie hier voreinander standen und den schmalen Gehsteig blockierten, war für sie so ziemlich alles danebengegangen.

»Lucia, was ist eigentlich wirklich los?«

»Nichts!«

Lucia spürte selbst, dass dieses Gespräch keine gute Wendung nahm. Gleichzeitig fühlte sie, wie eine Spirale der Emotionen sie immer heftiger nach unten zog.

Sie wollte das alles nicht. Sie wollte nicht wütend werden, nicht eskalieren …

Eins, zwei, drei …

Zähl bis zehn.

Ilse Schneiders Rat hallte in ihr wider.

Sie kam bis fünf, dann echauffierte sich eine ältere Dame mit Gehstock, dass sie mitten im Weg standen. Romy zog Lucia am Arm zur Seite.

Die unerwartete Berührung löste Lucias inneren Stau. Bis zehn zu zählen war nicht mehr nötig. Ihre Wut verpuffte, und als Romy nun die Hand fortnahm und einen Schritt zurücktrat, spürte Lucia nur noch die Enttäuschung in sich, die der Ursprung für ihren aufkeimenden Zorn war.

»Ich komme mir nutzlos vor neben dir. Ich fühle mich nicht als gleichberechtigte Partnerin behandelt!«, sprudelte es aus ihr hervor. »Du brauchst x Überprüfungen, bis du wirklich bereit bist, mir zu glauben, du führst alle Gespräche – und du hältst Informationen vor mir zurück.«

»Bitte?« Romy runzelte die Stirn. »Welche Informationen denn?«

»Ja, das wüsste ich auch gern! – Was ist mit dieser Wirtstochter, nach der du immer fragst?«

»Das ist eine reine Privatangelegenheit.«

»Siehst du.« Lucia sah sich bestätigt. »Genau das meine ich! Du siehst mich einfach nicht als gleichberechtigte Partnerin. – Ich bin nicht mehr das kleine Mädchen von damals!«

»Nein, das bist du in der Tat nicht mehr.« Romys verschlossene Miene war unergründlich. »Ich sehe dich als Erwachsene, also bitte verhalte dich auch so. Du wirfst mir vor, dir nicht zu glauben. Aber wenn ich dir sage, das mit der Wirtstochter sei privat, glaubst du mir genauso wenig und gehst davon aus, dass ihr dir etwas verheimlichen will. Aber ich versichere dir: Das eine hat mit dem anderen nichts zu tun. Die Sache interessiert mich aus rein familiären Gründen. Mehr will ich dazu nicht sagen. – Was den anderen Vorwurf betrifft: Stell dich Leuten mit Namen vor und beteilige dich am Gespräch, dann wirst auch du wahrgenommen. Sonst halten dich die Schachdavians weiterhin für eine namenlose Mitarbeiterin meiner Galerie.«

»Ja, natürlich! – Weißt du eigentlich, was es bedeutet, Lucia Starl zu heißen? Jeder weiß doch, was passiert ist! Alle sehen in mir nur die Kriminelle! Glaubst du wirklich, dass noch ein einziger Mensch mich in sein Haus ließe und mit mir reden würde, wenn ich meinen Namen nenne?«

Sie hatte nicht vorgehabt, ausgerechnet Romy die größte Angst zu verraten, die sie seit ihrer Entlassung mit sich herumtrug: von fremden Menschen erkannt und abgeurteilt zu werden. Nicht einmal mit Dani hatte sie jemals darüber geredet, sondern so getan, als ob sie alles im Griff hatte, zuversichtlich einen Neustart ins Leben machte. Nun plötzlich brach die Unsicherheit aus ihr heraus, und das alles in Gegenwart der Frau, deren Leben sie ruiniert hatte! Lucia fühlte sich übel.

Täter-Opfer-Umkehr, schoss es ihr durch den Kopf. Das Opfer ist sie, aber ich stelle wieder einmal mich in den Vordergrund ... Sie atmete tief durch.

»Tut mir leid«, sagte sie dann. »Vergiss, was ich gesagt habe. Ich stehe heute total neben mir. Ich bin dir wirklich dankbar, dass du mir jetzt Glauben schenkst und mich unterstützt. Bei unserer Vorgeschichte ist das alles andere als selbstverständlich. – Lass uns einfach morgen oder übermorgen in Salzburg treffen und überlegen, wie wir weiter vorgehen.«

Eine Pferdekutsche mit Touristen fuhr durch die enge Gasse und lenkte Lucia kurz ab. Als sie wieder zu Romy sah, umspielte ein feines Lächeln deren Lippen.

»Du hast also doch kein Schweigegelübde abgelegt. Seit unserem ... nun ja, Wiedersehen ... war das der vernünftigste Dialog, den wir miteinander geführt haben. – Wo das jetzt so gut klappt mit der Kommunikation, schlage ich vor, du begleitest mich in dieses Restaurant hier ums Eck zu meinem Termin mit Frauke Littich. Falls dir der Name im Augenblick nichts sagt: Sie ist die Redakteurin, die damals den Artikel für *Art & Vision* geschrieben hat.«

So viel also zu dem Vorwurf, sie würde nicht als gleichwertige Partnerin gesehen ... Lucia schämte sich insgeheim noch immer für ihr Verhalten, als sie kurze Zeit später neben der eleganten Romy in einem Restaurant saß, dass dem *Goldenen Fasan* nicht unähnlich war, sowohl vom Interieur als auch von den Preisen her.

Frauke Littich ließ auf sich warten.

Lucia vertiefte sich in die Karte und suchte nach der günstigsten Kombination aus Vor- und Hauptspeise. Auf erstere zu verzichten, das wusste sie, wäre in einem Lokal wie diesem ein Fauxpas.

*

Mit Lucia in einem Lokal zu sitzen, war für Romy bei weitem nicht einfach. Zwar hielt sie es für denkbar unwahrscheinlich, dass Lucia sich plötzlich mit dem Tafelmesser auf sie stürzen würde, doch ihre traumatisierte Seele lehnte sich vehement gegen den Verstand auf und bescherte ihr schweißnasse Handflächen und eine trockene Kehle.

Mit genug Wasser und eiserner Selbstdisziplin gelang es ihr, sich ihre inneren Nöte nicht anmerken zu lassen – nicht vor Lucia, die konzentriert in die Karte starrte, und auch nicht vor der Redakteurin, die mit fünfzehnminütiger Verspätung und sichtlich abgekämpft erschien.

»Entschuldigen Sie, die Pressekonferenz am Kunsthistorischen Museum hat länger gedauert als erwartet.« Sie reichte Romy die Hand. »Frauke Littich. Ich glaube, wir haben uns schon einmal gesehen … vor einigen Jahren bei einer Chagall-Ausstellung, kann das sein?«

»Das kann sein.« Auch Romy kam die Frau mit dem modisch geschnittenen Bob und der leicht näselnden Stimme bekannt vor. »Romy Traunburg. Wir haben telefoniert.«

»Guten Tag. Und Sie sind …?«

Frauke Littich streckte Lucia die Hand entgegen. Romy konnte den inneren Konflikt, den dies auslöste, regelrecht spüren. Sie wollte Lucia gerade mit einem unpräzisen »meine Mitarbeiterin« zur Hilfe kommen, da tönte es laut und deutlich: »Lucia Starl.«

Welcher Film in der Redakteurin ablief, war ihrem verdutzten, dann leicht entsetzten Gesichtsausdruck unschwer zu entnehmen. Das »Oh!«, das sie schließlich über die Lippen brachte, machte die Situation nicht besser.

»Sind Sie nicht ... Ihre Mutter war doch ...?«

Dass Frauke Littich in Wahrheit auf etwas anderes abzielte als auf Henriette Starl, lag auf der Hand. Lucia machte ein Gesicht, als würde sie am liebsten davonstürzen. Romy, die sich verantwortlich fühlte für die Lage, in die sie Lucia gebracht hatte, hielt es für an der Zeit, sie zu retten.

»Richtig, Lucia ist die Tochter von Henriette Starl. Die Aufklärung der damaligen Umstände liegt uns beiden gleichermaßen am Herzen.«

Frauke Littich fragte nicht weiter, auch wenn es ihr offensichtlich äußerst schwerfiel. Erst, als sie bestellt hatten, griff die Kunstredakteurin das Gespräch wieder auf.

»Ich bin etwas verunsichert, was es da noch an Klärungsbedarf gibt. Die Sache ist doch bewiesen.«

»Selbstverständlich. Es ist mehr eine persönliche Sache ... für Lucia und mich.« Romy war selbst überrascht, wie einfach ihr in jüngster Zeit Lügen über die Lippen kamen. »Wir wollen ein bisschen Ordnung in die Vergangenheit bringen; mit gewissen Dingen abschließen. Es war ja für uns beide keine leichte Zeit.«

»Das kann ich mir vorstellen.« Frauke Littich nahm einen Schluck Wasser. »Umso erstaunter bin ich, dass Sie wohl doch zusammengefunden haben ...«

Romy ging nicht auf den Einwurf ein. Was ging diese Frau schon an, was sie selbst nicht wirklich einordnen konnte? – Lucia wieder in ihrem Leben zu haben war ein Umstand, der sie gleichermaßen ängstigte und erfüllte.

»Ihr Artikel damals war einer der besten zu dieser Causa, den ich gelesen habe«, servierte sie der Redakteurin absichtlich ein Kompliment auf dem Silbertablett. »Sehr gut und fundiert recherchiert, ausgesprochen informativ. Es war sicher nicht leicht, an diesen Florentiner Sammler heranzukommen. Er soll ja recht öffentlichkeitsscheu sein.«

»Oh, Signore Di Renzis Ärger übertraf letztendlich seine Scheu vor der Öffentlichkeit«, packte die Journalistin bereitwillig aus, sichtlich geschmeichelt durch Romys Lob. »Er fühlte sich von Ihrem Vater massiv hintergangen und betrogen. Letztendlich habe ich ihm dazu geraten und ihm dabei geholfen, den Stein medienwirksam ins Rollen zu bringen. Durch meine Beziehungen ist es dann überhaupt erst möglich geworden, die breiteren Medien auf das Thema Kunstfälschung heißzumachen und größtmögliche Aufmerksamkeit zu erzielen.«

Romy sog scharf die Luft ein und blickte in Lucias Gesicht. Die Erinnerung an den Abend im Restaurant, der ihr beider Leben so drastisch verändert hatte, war präsenter denn je. Genauso hasserfüllt hatte das Mädchen ihren Vater angesehen, ehe sie zum Messer griff.

Sie würde dieser Frau an die Kehle springen. Ohne Zweifel.

Und was noch bei weitem schlimmer war: Sie, Romy Traunburg, würde es geschehen lassen. Denn Frauke Littich hatte gerade nichts anderes getan, als ihnen mit größter Selbstverständlichkeit zu erklären, wie sie den Ruf von Henriette Starl zerstört *und* den Untergang der Galerie Traunburg eingeleitet hatte.

Doch Lucia sprang ihr nicht an die Kehle.

Sie erhob sich, murmelte eine höfliche Entschuldigung und verschwand in Richtung der Toiletten. Als sie nach fünf Minuten wiederkehrte, wirkte sie gefasst und gleichgültig.

Romy begriff in diesem Augenblick: Lucia hatte nicht gelogen. Sie *hatte* sich geändert. Und sie war reifer als vermutet.

Was Romy außerdem begriff, hatte mit Selbsterkenntnis zu tun. Multi-Tasking war nicht nur ein modern klingender Begriff, sie war tatsächlich dazu fähig. Denn wie sonst konnte sie einerseits der Redakteurin Informationen entlocken, die für die Geschichte des Bildes essenziell waren, und sich zugleich den Kopf darüber zerbrechen, warum ausgerechnet Lucia mehr und mehr Empfindungen in ihr hervorrief, zu denen sie sich längst nicht mehr fähig gefühlt hatte.

Eine hübsche Frau mit Ausstrahlung. Eine, die sich ausdrücken konnte und die in einem Haubenrestaurant die Speisekarte verstand, ohne ein Wörterbuch zu benötigen. Eine mit Affinität zu Kunst und Kultur, zweifelsohne. Eine, die den ungeschriebenen Code an Dos und Don'ts verstand, über den einige der wenigen lesbischen Bekanntschaften, die vor und nach Jelena Romys Weg gekreuzt hatten, immer wieder gestolpert waren und sich damit disqualifiziert hatten, noch ehe der Kontakt enger werden konnte.

Eine Frau mit schönen schlanken Beinen, die trotzdem sexy Kurven hatte. Dieser gepunktete Rock brachte Lucias Figur hervorragend zur Geltung – die einer Frau, nicht mehr die des jungen Mädchens, das ihre Hand hielt, als sie dringend Trost gebraucht hatte …

Und dennoch hatte die ganze Angelegenheit einen erheblichen Schönheitsfehler: nämlich, dass es sich bei dieser interessanten Frau eben um Lucia handelte. Was geschehen war, ließ sich weder rückgängig machen noch vergessen.

*

Diese entsetzliche Frau war fort, zum Glück. Großzügig hatte Romy die gesamte Rechnung gezahlt, jetzt gingen sie gemeinsam die Gasse entlang, ziellos in Lucias Augen. Nicht Wut tobte in ihr, sondern blanke Verzweiflung. Frauke Littich. Den Namen würde sie wohl nie vergessen, genauso wenig wie die grenzenlose Selbstgefälligkeit, mit der die Journalistin sämtliche Fakten schonungslos offengelegt hatte.

»Möchtest du auch einmal etwas sagen?«, fragte Romy leise neben ihr, während sie weiter die schmale Straße in Richtung Ring entlangspazierten. »Ich habe die letzten eineinhalb Stunden nonstop das Gespräch bestritten.«

»Ich fürchte, nein. Das, was mir über die Lippen kommen würde, steht nicht mit meiner Erziehung im Einklang!«

»Mit meiner auch nicht. Aber vielleicht tut das einmal gut?«

Lucia schüttelte den Kopf.

»Vulgäre Schimpfwörter habe ich im Gefängnis für ein ganzes Leben genug gehört.« Sie biss sich auf die Lippen. Eigentlich hatte sie die JVA nicht ins Spiel bringen wollen.

Irgendwo grollte ein Donner. Es hatte spürbar abgekühlt.

»Erzähl mir von Schwarzau«, sagte Romy unvermittelt. »Du warst für vier Jahre da, richtig? – Wie war es dort?«

Lucia schüttelte den Kopf.

»Bitte nicht. Das ist kein Thema für Small Talk.«

»Es muss ja nicht immer Small Talk sein.«

»Ich will trotzdem nicht ... darüber reden.«

In dem Moment setzte der Wolkenbruch ein. Quasi wie aus dem Nichts begann es zu schütten. Den erstbesten Unterschlupf bot eine Hausecke, an der das Vordach ein Stück auf den Bürgersteig hinausragte. Romy rettete sich mit einem kleinen Sprung auf die trockene Stelle, Lucia schob sich spontan dazu. Einen Moment lang standen sie eng aneinander. Die Wärme, die der Körper der anderen ausstrahlte, war betörend.

Dann wurde Lucia wieder klar, mit wem sie hier stand.

Ruckartig trat sie einen Schritt zurück. Der Regen prasselte unbarmherzig auf sie nieder. Innerhalb von Sekunden fühlte sie sich nass und kalt.

»Bist du verrückt?! Komm her!« Romy musste sie anschreien, um sich trotz Regen und Donner verständlich zu machen.

»Die Armlänge Abstand!«, rief Lucia ihr in Erinnerung.

Romy verdrehte die Augen. Ehe Lucia wusste, wie ihr geschah, wurde sie zurück unter das Vordach gezogen. Wieder standen sie dich an dicht, während ein Wasserfall vom Himmel stürzte und die Menschen schreiend und quietschend in Hauseingänge hasten ließ oder in die wenigen Geschäfte, die sich in diesem Teil der Straße befanden.

Lucia spürte einen nackten Arm direkt an ihrem. Die Berührung – Haut an Haut – war elektrisierend, aber gleichzeitig verstörend. Ob Romy das ebenso empfand? Sie hatte Gänsehaut, fröstelte aber offenbar. Spontan öffnete Lucia ihre Handtasche und zog eine dünne Baumwolljacke hervor.

»Hier. Zieh das an.«

»Was ist mit dir?«

»Ich friere nicht so leicht.«

Romy wirkte wenig überzeugt, zog sich die Jacke aber dennoch über. Lucia sah auf ihre Füße. Unter dem Vordach stand sie geschützt, doch durch den leicht abfallenden Gehsteig floss das Wasser in ihre Richtung und sammelte sich genau unter ihren Sohlen. Sie konnte bereits fühlen, wie die Nässe durch das Leder drang.

Eine leichte Berührung ließ sie aufsehen. Romy hatte ihre Hand ergriffen; mit zarten Berührungen strich sie darüber.

»Du hast ganz kalte Hände.«

»Vor allem aber nasse Füße.« Wenn Romy das, was sie da tat, nicht weiter kommentierte, würde sie es auch nicht tun, obwohl ihr heftiger Herzschlag im Augenblick ihren ganzen Körper zum Beben brachte. »Vielleicht sollte ich auch von Ballerinas auf High Heels umsteigen«, schob sie nach, mit einem Blick auf das Schuhwerk der Galeristin.

»Das sind keine High Heels. Mit so etwas könnte ich nicht durch die Stadt laufen«, korrigierte Romy, ohne ihre Hand loszulassen. »Das sind lediglich Schuhe mit höherem Absatz.«

»Wie auch immer. Sie bewahren dich davor, in einer Pfütze zu stehen.«

»Nicht ganz. An den Zehen ist mir auch schon feucht.«

Solange du nur an den Zehen feucht bist. – Als Lucia bewusst wurde, was ihr da eben in den Sinn gekommen war, stieg ihr die Röte ins Gesicht. Gut, dass Romy nicht Gedanken lesen konnte ... Oder konnte sie es etwa doch?

Ein Blick in deren Gesicht gab ihr Rätsel auf. Romys Mundwinkel zuckten, aber in den Augenwinkeln sah sie Tränen glitzern. Ihre Daumen streichelten jedoch sanft weiter.

»Denkst du immer noch, dass ich dir wieder etwas antun werde?«, fragte Lucia besorgt. Als keine Antwort kam, schob sie nach: »Ich habe heute extra Suppe und Risotto bestellt, um dir die Sorge zu nehmen. Mit Löffel und Gabel lässt sich weniger anrichten.«

»Zinken und Stiele sind auch spitz«, erwiderte Romy, fügte dann aber ernst hinzu: »Wenn ich das immer noch denken würde, stünden wir jetzt nicht hier. Ich habe deine Selbstbeherrschung heute bewundert.«

»Du bist selber sehr beherrscht. Man hat dir jedenfalls nicht angemerkt, was wirklich in dir vorgeht.«

»Zum Glück.« Romy atmete tief durch. »Aber es hat sich gelohnt. Wir sind einen deutlichen Schritt weitergekommen. Immerhin steht jetzt fest, dass sich das Gutachten deiner Mutter nicht auf das Bild bezog, für das Di Renzi ein Zweitgutachten erstellen ließ – und es auch nicht dasjenige ist, das mein Vater angekauft hatte.«

»Das wussten wir doch schon, oder?«

»Nein, nicht so genau. Wir wussten nicht mehr, als dass es zwei Bilder gibt – eines mit zwei gefälschten Etiketten, eines mit einem echten von Westerblum. – Ich habe den Ordner gefunden, in dem mein Vater alles über *Fluss mit zwei Brücken* dokumentiert hat. Als er das erste Mal bei den Schachdavians war, hat er sich handschriftliche Notizen zu dem Bild gemacht. Er notierte: *Westerblum-Etikett auf der Rückseite.* Deine Mutter hat das Bild mit einem Etikett gesehen. Bei Di Renzi hatte es plötzlich zwei – die Imitate. Die Redakteurin hatte das Foto bei Di Renzi vor Ort von einem Fotografen schießen lassen. Das war nach dem Zweitgutachten. Ergo ist das Bild tatsächlich erst bei Di Renzi oder auf dem Weg dorthin ausgetauscht worden.«

»Du hast den Ordner gefunden? Warum hast du mich nicht angerufen?«

»Ich habe deine Handynummer nicht. Außerdem wusste ich ja, das wir uns heute sowieso sehen.«

»Ich kann dich anrufen, dann hast du sie. Wenn du mir deine gibst ...«

Romy lächelte amüsiert. »Ganz schön clever bist du. – Aber gut, meinetwegen. Jetzt gleich?«

»Nein. Später.«

Schließlich hielt Romy noch immer ihre Hand. Ihre fast schon intime Zweisamkeit würde ohnehin bald ein Ende finden. Es donnerte bereits nicht mehr, und der Regen war deutlich schwächer geworden. Hinten am Himmel zeigte sich ein zarter Lichtschein.

»Mein Auto steht hier um die Ecke im Parkhaus. Soll ich dich nach Salzburg mitnehmen?«

Der Vorschlag kam gänzlich unerwartet.

»Das wäre nett«, antwortete Lucia, als sie ihre Sprachlosigkeit überwunden hatte. Im Stillen wunderte sie sich über Romys plötzliche Offenheit. Beim Treffen in Salzburg war die Stimmung zwischen ihnen noch deutlich angespannter gewesen. Was heute und hier passiert war – noch immer zwischen ihnen passierte –, konnte sie sich nicht erklären. Und wollte es auch nicht. Stattdessen wünschte sie sich, dass Romy nie wieder ihre Hand loslassen würde. Hier mit ihr zu stehen, war fast ein wenig wie der Traum, den sie sich als junges Mädchen zusammenphantasiert hatte.

Das Wetter war nicht mehr auf ihrer Seite. Kaum hatte es endgültig zu regnen aufgehört, fand sie sich freigesetzt.

Schweigend gingen sie nebeneinander her. Romys offensichtlicher Sinneswandel, die Begegnung mit der Journalistin – in Lucia arbeitete es.

»Aber ... das Bild bei den Schachdavians hat nur ein Etikett. Was dann ja bedeuten würde, dass bei den Schachdavians ... das Original hängt?«

Romy blieb abrupt stehen. Sie sah Lucia ungläubig an, dann brach sie in herzhaftes Gelächter aus.

Lucia gefiel, dass Romy lachte. Dennoch fühlte sie sich verunsichert. Hatte sie etwas Falsches gesagt? Da nahm die Galeristin sie bei den Schultern und schaute sie an, die Augen noch immer voller Heiterkeit.

»Hatte ich vorhin gesagt, du bist clever? – Ich nehme das sofort zurück, hier und jetzt.« Sie machte eine kleine Pause, ließ Lucia wieder los. »Natürlich ist das so«, sagte sie dann ernst. »War dir das nicht klar? Darum geht es doch die ganze Zeit. Bei der Rückgabe an die Schachdavians ist das Bild offensichtlich wieder gegen das Original getauscht worden.«

»Ich kann es nicht fassen ...«

»Ich auch nicht. Aber wir werden der Sache nachgehen.«

*

Dreieinhalb Stunden später hielt Romy an einer Bushaltestelle vor dem Haus am Bahnhof, das ihr Lucia als Adresse genannt hatte – ein schmuckloser Sechzigerjahrebau, wie es viele in der Gegend gab.

Die Fahrt war großteils schweigend verlaufen. Sie hatten Jazzmusik gehört und ihren eigenen Gedanken nachgehangen.

Romy fühlte sich zutiefst zerrissen. Zuneigung, Abscheu. Unverständnis, Nachsicht. Leidenschaft, Vernunft ... Das Schlimmste war die Erkenntnis, dass sie nach wie vor mit diesem Mädchen, das eine Frau geworden war, perfekt harmonierte.

Gleichzeitig hatte die Ratio während der Autofahrt wieder die Oberhand gewonnen. Es gab viele Beziehungskonstellationen, die gesellschaftlich als unmöglich galten: Frauen mit deutlich jüngeren Männern, Frauen, die das große Geld nach Hause brachten, während ihre Partner den Hausmann spielten, Beziehungen zu Schülerinnen ... Aber das alles wäre nichts, gemessen an einem Opfer, das sich in die Täterin verliebte.

Sie durfte es nicht zulassen.

Distanz schien ihr da das probate Mittel.

»Ich werde versuchen, mit diesem Di Renzi einen Termin auszumachen«, erklärte sie Lucia, um einen geschäftsmäßigen Tonfall bemüht. »Ich werde nach Italien fliegen und seine Version der Geschichte anhören.«

»Du allein? Fahren wir nicht gemeinsam?«

Allein die leise Betroffenheit in Lucias Stimme brachte Romys Vorsatz ins Wanken. Trotzdem …

»Salvatore Di Renzi gehört zur *Upper Class* Italiens. Er gilt als schwieriger Zeitgenosse. Wenn er mich als international tätige Galeristin empfängt, ist das schon viel. Aber zumindest stehe ich mit ihm gesellschaftlich auf derselben Stufe. Es ist also sinnvoller, ich fahre alleine. Außerdem wird es für dich sowieso schwierig sein, dir einfach so ein paar Tage freizunehmen.«

Ohne ein Wort ergriff Lucia ihre Tasche, stieg aus dem Auto und warf die Tür mit einem lauten Knall hinter sich zu.

*

Das war es also, das Ende eines Tages, an dem sie Hoffnung geschöpft hatte, dass Romy … ja, was eigentlich?

Schlagartig ernüchtert, wurde Lucia klar, dass sie nie ernsthaft eine Chance bei ihr gehabt hatte. Nicht vor acht Jahren, weil zu jung. Nicht heute, nachdem sie in Romys Augen nichts als eine bessere Kellnerin war. Eine, die man von Leuten wie Di Renzi fernhielt, da nicht gesellschaftsfähig.

Sie hatte die Eingangstüre zu dem Mietsblock mit ein paar Schritten erreicht und kramte den Haustürschlüssel ganz unten aus der Tasche.

»Lucia! Lucia, bitte!«, hörte sie Romys Stimme hinter sich, doch sie hatte nicht vor, sich umzudrehen. Ihre Augen würden eine innerliche Verletztheit verraten, die keine Maske der Welt kaschieren konnte. Diese Genugtuung wollte sie ihr nicht geben.

»Lucia ... du hast deinen Rock bei mir im Auto vergessen.«

Romy stand jetzt hinter ihr. Sie streckte ihr die Plastiktüte entgegen.

Lucia nahm sie, wandte sich um und sperrte den Eingang auf. Kaum im engen Hausflur, wollte sie die Türe hinter sich zuziehen, doch Romy war ihr bereits gefolgt.

Sie packte Lucia, die zum Lift flüchten wollte, jäh an der Schulter und schob sie gegen die Wand.

»Was ... was ich da gesagt habe, hat sich absolut hässlich angehört. Es tut mir leid! Ich habe das nicht so gemeint. Es war falsch.« Als Lucia nichts darauf erwiderte, fügte sie hinzu: »Ich hätte sehr gerne, dass du mich nach Italien begleitest.«

Lucia wusste nicht recht, was sie sagen sollte. Der Schmerz saß noch immer tief.

Sie sah Romy an, und was sie in ihren Augen las, brachte Erinnerungen an vergangene Zeiten zurück. An Kärnten, als Romy von Jelena abserviert worden war, einfach so. In diesem Moment lag in Romys Augen dieselbe Verzweiflung wie damals.

Ihr Widerstand fiel in sich zusammen.

»Wann fahren wir?« Ihre Stimme klang rau.

Romy hielt sie noch immer an den Schultern, lockerte aber den Griff.

»Sobald ich einen Termin habe, gebe ich dir Bescheid.«

Der Aufruhr in ihrem Blick war dennoch nicht verflogen. Einer spontanen Gefühlsregung folgend, streichelte Lucia ihr zaghaft über die Wange. Romy schloss die Augen.

Lautes Hupen drang von der Straße her und brachte Lucia dazu, innezuhalten. Da umfasste Romy ihre Hand und hob sie an ihre Wange zurück. Es kostete Lucia alle erdenkliche Selbstdisziplin, um sich zu lösen.

»Bist du schon einmal von einem Salzburger Busfahrer niedergebrüllt worden?«

»Bitte?« Romy starrte sie verwirrt an.

Der Lärm auf der Straße war zu einem Hupkonzert angeschwollen.

»Dein Auto blockiert die Bushaltestelle«, rief Lucia ihr in Erinnerung.

»Oh, verdammt!« Betroffen schlug Romy sich die Hand auf den Mund. »Also ... ich ... wir hören uns.« Sie drückte Lucia einen flüchtigen Kuss auf die Wange, dann verschwand sie eilig nach draußen.

Augenblicke später war das Hupkonzert verstummt.

Lucia stieg in den Lift, merkwürdig berauscht und dennoch voller Skepsis, was diese neuen Entwicklungen zwischen ihnen betraf.

Eine florentinische Nacht

»Du bist wie verwandelt. Gibt es irgendeine Veränderung in deinem Leben?«

Donnerstag, Saunatag – ohne Sauna, wieder einmal, denn das Thermometer war auf achtundzwanzig Grad geklettert. Romy saß im leichten Sommerkleid gemeinsam mit Yvette am Teakholztisch; es gab Apfelkuchen und Saft, für Yvette Kaffee.

»Nicht, dass ich wüsste. – Wie kommst du darauf?«

»Du bist in letzter Zeit so lebendig, so voller Energie.« Yvette schmunzelte. »Fast so, als wärest du aus einem Dornröschenschlaf wachgeküsst worden.«

Romy quittierte ihre Antwort mit einem amüsierten Lächeln und versenkte die Gabel im Mürbteigboden. Sie selbst fühlte sich nicht wesentlich anders, abgesehen von der Tatsache, dass sie sich seit ihrem abrupten Abschied von Lucia im Hausflur in einem Zustand permanenter, unerklärlicher Unruhe befand. In den zehn Tagen, die seither vergangen waren, hatte sie mit Lucia ein einziges Mal telefoniert – um sie davon in Kenntnis zu setzen, für wann sie den Flug nach Florenz gebucht hatte.

Und um anschließend mit ihr darüber zu diskutieren, wer diese Reise bezahlen würde. Dass sie es war, hatte für Romy schon bei der Buchung festgestanden, lag es doch auf der Hand, dass in Lucias Budget spontane Flugreisen und ein Vier-Sterne-Hotel nicht einkalkuliert waren. Beinahe acht Stunden mit dem Auto zu fahren, um dann in einer Art besserer Jugendherberge zu nächtigen, lag andererseits für Romy jenseits aller Vorstellbarkeit.

Letztendlich hatte sie Lucia überreden können, doch die Debatte über die Reisekosten hatte nicht mehr viel Raum gelassen für anderes. Vielleicht war das auch gut so. Romy wusste ja im

Grunde selbst nicht, wohin das, was da neulich so zart seinen Anfang genommen hatte, führen sollte.

Vermutlich zu nichts Gutem. Eine Verbindung wie diese wäre schlichtweg grotesk.

»Und? Bist du?« Yvette bedachte sie mit einem erwartungsvollen Blick.

»Bin ich was?«

»Wachgeküsst worden. Oder überhaupt geküsst worden?«

»Oh.« Zum ersten Mal in ihrer langen Bekanntschaft kam eine Frage dieser Art. Romy hatte es Yvette und ihrem Feingefühl immer zugute gehalten, dass sie ihr nicht existentes Liebesleben als potenzielles Gesprächs- und Gefahrenthema großzügig umschiffte.

Vermutlich wäre jetzt ein guter Zeitpunkt, um reinen Wein einzuschenken, ging es Romy kurz durch den Kopf. Ihr einfach zu sagen, dass die einzigen zwei Beziehungen, die sie in ihrem Leben gehabt hatte, Frauenbeziehungen gewesen waren.

Dann aber sah sie Yvette vor sich, in diesem hochgeschlossenen Etuikleid, mit ihren Perlohrringen und dem wie immer sorgfältig aufgesteckten Haar, dachte an die gemeinsamen Saunatage und verwarf den Gedanken wieder. Vermutlich hatte Yvette keine andere Meinung zu diesem Thema als ihr eigener Vater: Mit schwulen Künstlern gab man sich notgedrungen ab. Lesben waren unsichtbar. Sah man es ihnen an, fielen sie in eine Randgruppe, von der man sich distanzierte.

Romy fühlte sich für eine Offenbarung dieser Art nicht stark genug. Vor allem: wozu auch? – Es war ja nicht so, dass es da plötzlich eine Frau an ihrer Seite gegeben hätte.

»Nein, kein Kuss, nichts dergleichen«, sagte sie daher ausweichend. »Es liegt sicher am schönen Wetter.«

»Dann ist deine Italienreise also tatsächlich rein beruflicher Natur?«

»Natürlich. Ein Sammler in der Nähe von Siena hat mir einen Guttuso angeboten. Öl auf Leinwand.«

153

»Oh, ein Stillleben.« Yvette schenkte sich selbst Kaffee nach.

»Nein, eine Landschaftsmalerei. Ein Berg, ein See, im Vordergrund ein paar Zypressen.«

»Eines seiner Frühwerke also. Später hat er ja politisiert. Mit diesen Sachen kann ich dann nichts mehr anfangen …«

»Immerhin hat er dabei eine klare Meinung zum Ausdruck gebracht: wider den Faschismus.«

Yvette hob gleichgültig die Schultern und nahm einen Schluck Kaffee. »Und wo liegt der Marktwert eines frühen Guttuso derzeit?«, erkundigte sie sich.

»Bei 180.000 bis 220.000 Euro für ein Werk wie dieses.«

»Einen Ankauf in dieser Höhe kannst du dir leisten?«

»Mittlerweile läuft die Galerie so gut, dass das kein Problem mehr darstellt.« Romy grinste. »Es ist ja nicht so, dass ich mir solch ein Gemälde ins Wohnzimmer hänge. Das wäre durchaus eine finanzielle Herausforderung! Aber ich verkaufe es ja weiter.«

Yvette nickte langsam.

»Schön, dass der Name Traunburg also wieder Fuß fassen konnte in der internationalen Kunstszene.«

Ein kurzer Klingelton ließ Romy auf das Display ihres Handys blicken. Ein SMS von Lucia.

HAST DU AM DONNERSTAGABEND IN FLORENZ ETWAS VOR? ICH WÜRDE GERNE IN DIE OPER.

Das war es also mit einem gemeinsamen Abendessen in diesem Restaurant nahe am Palazzo Pitti, das ihr unlängst ein Kunde empfohlen hatte! Romy unterdrückte ein Seufzen. Nun, es war eigene Dummheit, anzunehmen, dass Lucia nichts Besseres vorhatte, als den Abend mit ihr zu verbringen.

Plötzlich fühlte sie sich wie ein dummes Schulmädchen, als sie daran dachte, wie sie in Wien Lucias Hand gehalten hatte. Und dann diese Szene im Hausgang! Es fehlte nicht viel, und sie hätte sie in diesem Durcheinander an Gefühlen auch noch geküsst.

Kein Wunder, dass Lucia auf Distanz ging. Vermutlich fragte sie sich, ob sie, Romy, allmählich den Verstand verlor.

OKAY, tippte sie zurück.

»Ist etwas?«, erkundigte sich Yvette besorgt. »Du wirkst plötzlich so ernst ...«

»Nein, alles in Ordnung.« Romy legte das Handy zur Seite. »Magst du noch ein Stück Kuchen?«

*

Die Frau, die in weißem Rock und einem zart rosafarbenen Kurzarmblazer auf Lucia in der Halle des Flughafens wartete, trug einen Mundschutz. Lucia fühlte sich unweigerlich an jene Asiaten erinnert, die Salzburg mit Selfiestick in der Hand und Maske vor dem Mund durchquerten, was sie angesichts der frischen Alpenluft, die das Klima der Stadt prägte, immer wieder eigenartig fand.

»Es ist wegen der Infektionsgefahr«, erklärte Romy, gleich nachdem sie sich begrüßt hatten. »An Flughäfen und Bahnhöfen tummeln sich zu viele Menschen. Ich gehe da auf Nummer sicher. Die Medikamente, die ich nehmen muss, damit die fremde Leber nicht abgestoßen wird, fahren meine Immunabwehr quasi auf null.«

Meine Schuld, dachte Lucia beklommen. Kein guter Auftakt für eine Reise, auf die sie sich aus tiefstem Herzen gefreut hatte.

»Ich habe uns schon eingecheckt«, informierte Romy sie weiter. »Musst du Gepäck aufgeben?«

»Nein, ich habe alles im Trolley untergebracht. Wir sind ja nur eine Nacht weg.«

»Tja, bei mir scheitert das an der Handgepäcksregelung. Allein mein Kosmetikköfferchen enthält mehr als einen halben Liter an Cremes und Flüssigkeiten ...«

»Du würdest sicher auch ohne dieses Zeug blendend aussehen«, entfuhr es Lucia. Sie biss sich auf die Lippen, als sie Romys abweisenden Gesichtsausdruck sah. Da war also die Grenze, die sie auf keinen Fall überschreiten durfte. Irritierend fand sie das trotzdem, ihr enges Zusammensein unter dem Vordach noch im Gedächtnis, als Romys Daumen ihren Handrücken streichelte.

Schweigend passierten sie die Gepäckkontrolle.

Im Flieger lag ein freier Sitz zwischen ihnen. Romy hatte Business Class gebucht – ebenfalls wegen der geringeren Infektionsgefahr, wie sie betonte. Kommunikation war auf diese Weise sowieso schwierig. Lucia vertiefte sich also in die Zeitungen und Zeitschriften, die sie beim Einsteigen in den Flieger an sich genommen hatte, und versuchte sich über Romys Stimmungswechsel nicht den Kopf zu zerbrechen.

*

Das Hotel lag am Ufer des Arno, der die Florentiner Altstadt in zwei Hälften teilte. Es war ein altes Gebäude aus der Frührenaissance, vermutlich einstiger Wohnsitz eines Florentiner Adelsgeschlechts. Das Interieur der Lobby war von Gold-Imitaten und ausschweifendem Prunk geprägt – zu üppig für Lucias Geschmack, doch sie behielt ihre Gedanken für sich. Dass Romy Flug und Zimmer zahlte, behagte ihr ohnehin nicht.

Ihre Zimmer lagen nebeneinander – riesengroße Räume, in denen selbst die breiten, mit einer purpurroten Tagesdecke überzogenen Betten, die großen Schränke und die grau gemusterte Sofaecke etwas verloren wirkten. Lediglich der beigebraune Teppichboden schmälerte das Ballsaal-Ambiente.

Gewöhnungsbedürftig, lautete Lucias Urteil. Sie warf einen Blick auf ihre Armbanduhr. Es war kurz nach sechzehn Uhr.

Den Termin bei Di Renzi würden sie erst am nächsten Vormittag haben.

Sie trat ans Fenster und sah hinaus auf die kleine, belebte Piazza mit dem Springbrunnen in der Mitte. Touristen saßen auf den Stufen, studierten Stadtpläne, blätterten in Reiseführern oder starrten auf ihre Smartphones. Drei Kinder spielten um den Brunnen herum fangen; Lucia konnte hören, dass sie sich in der charakteristischen Florentiner Mundart lautstark neckten. Auf einer Bank am Rande saß eine schwarz gekleidete ältere Dame, die ihnen hin und wieder zurief, sie sollten auf die Radfahrer achtgeben. Am hinteren Ende der Piazza, dort, wo sie in eine breitere Straße überging, stand eine Reihe roter Taxis.

In dem Café unterhalb des Hotels wurde Eis und italienisches Gebäck serviert. Der Espressoduft stieg hinauf bis in den dritten Stock und Lucia in die Nase.

Ein bisschen fühlte sich das alles wirklich an wie Urlaub.

Es war das erste Mal seit all den Jahren, dass sie Österreich verlassen und nach Italien zurückgekehrt war, in das Land ihrer Kindheit.

»Hast du etwa keinen Balkon?«, fragte eine Stimme aus unerwarteter Nähe und riss sie aus ihrer leisen Wehmut. Romy stand nur knappe zwei Meter Luftlinie von ihr entfernt auf einem Balkon, der gerade einmal so groß war, dass zwei Stühle und ein kleiner Tisch darauf Platz hatten.

»Nein, aber dafür eine Badewanne mit Goldfüßchen.«

»So eine habe ich auch.« Romy fuhr sich durch ihr offenes Haar. Auf einmal wirkte sie etwas verlegen. »Möchtest du noch kurz in die Stadt? Irgendwo etwas trinken, in der Umgebung?«

»Klar, warum nicht?« Die Oper begann erst um neunzehn Uhr, es blieb also genug Zeit.

Als sie an Romys Seite kurze Zeit durch die engen Gassen und über die schönen Piazze der Stadt schlenderte, eine Tüte Eis in der Hand, verstärkte sich Lucias Urlaubsgefühl. Eine Italienreise mit einer wunderschönen Frau an ihrer Seite, die die Blicke auf sich zog und sich darüber nicht einmal bewusst zu sein schien – oder diese Blicke absichtlich nicht bemerken wollte.

*

Lucia hatte ihr Tramezzini schon gegessen, Romy saß noch immer vor der halbvollen Salatschüssel. Halb sechs. Allmählich war es an der Zeit, ins Hotel zurückzukehren.

»Oh, die Oper.« Romy hatte ihren besorgten Blick auf die Uhr offensichtlich bemerkt, wie Lucia erleichtert feststellte. »Was wird denn eigentlich gespielt?«

»La Bohème.«

»Dramatische Handlung, tolle Musik.«

Sie hatte erwartet, Romy würde nun ihr Esstempo beschleunigen, doch dem war nicht so. Bemüht, ihre aufkeimende Unruhe zu verbergen, erkundigte sie sich: »Hast du die Oper schon mal gesehen?«

»Ja. 2012, mit Anna Netrebko als Mimi, bei den Salzburger Festspielen.«

Lucia unterdrückte ein Seufzen. Natürlich, irgendwie war das ja klar gewesen. Was wollte ausgerechnet sie, die so lange von der Welt und dem Leben weggesperrt gewesen war, einer acht Jahre älteren Rosemarie Traunburg noch Neues bieten?

»Hat es dir gefallen?«, erkundigte sie sich hoffnungsvoll.

»Na ja, Anna Netrebko ist wirklich eine Ausnahmeerscheinung. Ich kann mir keine andere Mimi mehr vorstellen.«

Damit war eigentlich schon alles gesagt. Lucia sah nochmals auf die Uhr, diesmal hauptsächlich deshalb, weil sie nichts mehr zu erwidern wusste.

»Lucia, wenn du schon ins Hotel willst – kein Problem. Du willst dich sicher in Ruhe frisch machen und umziehen.«

»Du dich nicht?«

»Ach, ich werde heute sicher nichts Aufregendes mehr unternehmen.« Romy vertrieb mit einer lässigen Handbewegung eine Fliege, die um ihren Teller herumschwirrte, und Lucia kam sich vor, als wäre sie selbst das Insekt. »Die letzten Tage waren ziemlich anstrengend. Es gab in der Galerie viel zu tun ... Ich bin froh, wenn ich heute mal früher ins Bett komme. Der Termin bei Di Renzi morgen wird mit Sicherheit auch kein entspanntes Geplauder.«

Die Sätze fielen wie ein dunkler Vorhang vor Lucia nieder und trennten sie vom Rest der Welt.

Es gibt keine zweite Chance.

Die Worte trommelten im Staccato gegen ihre Schläfen.

Als sie ihre Stimme wieder einigermaßen im Griff zu haben glaubte, sagte sie: »Gut. Dann bis morgen« und legte zwanzig Euro auf den Tisch, Romys Protest missachtend. Damit stand sie auf und verschwand schnellen Schrittes über die Piazza in Richtung Hotel.

*

Nachdem Romy ihren Salat gegessen hatte, machte auch sie sich auf den Rückweg. Das dumpfe Gefühl, dass soeben irgendetwas gehörig schiefgelaufen war, ließ sie nicht los.

Von einer *Upper Class* hatte sie diesmal nichts erwähnt. Was also sonst?

Ich sollte mir nicht so viele Gedanken machen. Was gehen mich Lucias Stimmungen an, mahnte sie sich selbst. Sie waren so etwas wie Geschäftspartnerinnen. Mehr konnte, wollte und sollte nicht sein. Es lag auch an ihr, diese Grenze zu wahren.

Dennoch ließ ihr Lucias offensichtliche Verstimmung keine Ruhe. Was sie beim morgigen Gespräch mit dem Sammler am wenigsten brauchen konnte, war eine Begleitung, die aus unerfindlichen Gründen nicht gut auf sie zu sprechen war.

Noch ehe sie sich auf ihr Zimmer begab, klopfte sie daher nebenan an. Wenn sie Glück hatte, war Lucia noch nicht aufgebrochen. Als auch nach dem dritten Klopfen keine Reaktion kam, gab sie auf. Die Schlüsselkarte aus der Tasche herauskramend, wandte sie sich ihrem eigenen Zimmer zu, als sie hörte, wie nun doch geöffnet wurde.

Eine leicht derangierte Lucia stand in der Tür, noch in denselben Kleidern, in denen sie angereist war, abgeschminkt und mit zerzaustem Haar.

»Wolltest du nicht in die Oper?«

»Ich habe es mir anders überlegt. Ein Abend im Hotelzimmer hat auch etwas ...«

Deprimierendes, ergänzte Romy in Gedanken.

Laut fragte sie: »Kann ich kurz hereinkommen? – Ich muss dir noch etwas geben.«

»Von mir aus.«

Lucia trat einen Schritt zur Seite. Die Türe fiel hinter ihnen ins Schloss.

»Deine zwanzig Euro waren viel zu viel.« Romy stellte ihre Handtasche auf dem kleinen Tischchen mit der Marmorplatte ab, um Lucia das Restgeld zurückzugeben, als ihr Blick auf zwei Karten fiel. La Bohème.

Zwei. Zwei!

Schlagartig begriff sie den Grund für Lucias Stimmungstief.

HAST DU AM DONNERSTAGABEND IN FLORENZ ETWAS VOR? ICH WÜRDE GERNE IN DIE OPER.

Sie war zu blöd gewesen, den Inhalt dieses SMS richtig zu begreifen! Vermutlich, weil ihr in solchen Dingen die Übung fehlte. Sie konnte sich nicht erinnern, einmal mit irgendwelchen Karten für was auch immer überrascht worden zu sein. Außer von Yvette, aber das war etwas gänzlich anderes.

Ihre Blicke trafen sich.

»Lucia ...« Romy schüttelte hilflos den Kopf, noch immer überwältigt und zugleich beschämt über ihre eigene Begriffsstutzigkeit. »Es tut mir so leid. Ich ... ich bin manchmal etwas schwer vom Begriff, kommt mir vor.«

Lucia hob die Schultern. Hinter der Maske der Gleichgültigkeit, die sie zur Schau trug, lag spürbare Verletzung. Romy sah auf die Uhr. 18:35. Es war knapp, aber nicht unmöglich.

»Gib mir fünf Minuten. Mehr brauche ich nicht, um mich umzuziehen.«

»Aber ...« Lucia wirkte nicht sehr überzeugt. Sie schien mit dem Thema Oper tatsächlich schon abgeschlossen zu haben.

»Fünf Minuten«, wiederholte Romy mit Nachdruck, dann spurtete sie nach nebenan.

*

Nach zweieinhalb Stunden Musikgenuss inklusive Pause betraten sie wieder die Lobby des Hotels. Romy fühlte sich noch immer ganz berauscht von Puccinis musikalischer Umsetzung des Lebens, Liebens und Leidens der Mimi, interpretiert von einer Sängerin, die ihr zwar namentlich nichts gesagt hatte, aber der Netrebko nur um wenig nachstand. Doch der Rausch der Musik war nichts im Vergleich zu jenem seltsamen Zustand, den Lucias pure Nähe in ihr auslöste.

Seit Lucia exakt fünf Minuten nach ihrem Entschluss, es doch noch mit dem Opernbesuch zu versuchen, im Cocktailkleid vor ihr gestanden hatte, konnte sie kaum mehr den Blick von ihr abwenden. Der schwarze Stoff umschmeichelte ihren Körper ähnlich wie der gepunktete Rock, den sie bereits in Wien an ihr bewundert hatte; der raffinierte Schnitt zeigte großzügig Dekolleté, ohne billig zu wirken.

Mit einem Aufzug wie diesem hatte Romy – selbst komplett unvorbereitet – nicht aufwarten können, aber das schwarzweiße Designerkleid, das sie für ihren Besuch bei Di Renzi vorgesehen hatte, war für die strenge Dame am Einlass der Oper als Abendgarderobe durchgegangen.

»Darf ich dich noch auf einen Drink einladen?«

Lucia stellte die Frage mit überraschender Schüchternheit. Romy warf einen schnellen Blick auf die zahlreichen Gäste, die sich am Ende der Lobby in der offenen Hotelbar tummelten. Hauptsächlich Männer in Anzügen und mit Krawatte, die meisten mit einem Glas Wein oder etwas Stärkerem in der Hand.

»Nein«, entschied sie, um gleich zu ergänzen: »Nicht hier. Lass uns aufs Zimmer gehen und die Hotelbar plündern.«

»Zu mir oder zu dir?«, erkundigte sich Lucia, als sie im dritten Stock aus dem Lift gestiegen waren.

Romy zog amüsiert die Augenbrauen nach oben. Trotz der schummrigen Gangbeleuchtung bemerkte sie die zarte Röte, die das Gesicht der jungen Frau überzog.

»Ich …«, begann Lucia zaghaft, doch Romy ließ sie nicht zu Wort kommen. Es war nicht nötig, sich zu erklären.

»Ich würde gern noch duschen. Es reicht schon, dass wir verschwitzt von der Reise in der Oper saßen … Sagen wir, in zehn Minuten bei mir? – Ich habe immerhin das Zimmer mit Balkon!«

*

Auf der Piazza unten herrschte noch immer pralles italienisches Leben. Die Plätze vor dem Café waren lückenlos besetzt. Stimmengewirr aus Fragmenten aller erdenklichen Sprachen drang zu ihnen herauf. Irgendwo plärrte ein Radio italienische Schlager in die Nacht.

»Und du bist sicher, dass du keinen Wein willst? – Wegen mir musst du dich nicht kasteien!« Romy teilte das Aranciata aus der Minibar zwischen ihnen auf.

»Ich bin nicht so wild auf Alkohol.« Lucia, im überlangen Schlaf-Shirt, zog ihre nackten Beine auf den Stuhl und umschlang sie mit beiden Armen. Romy musste sich zum wiederholten Male zwingen, ihren Blick abzuwenden. Seit Lucia bei ihr erschienen war, hatte sie Mühe, sich auf etwas anderes zu konzentrieren als auf diese Beine.

Sie prosteten sich zu.

»Danke für die Einladung. Es war wundervoll. Ich hoffe nicht, dass du ein Vermögen für diese Plätze ausgegeben hast.«

»Deshalb werde ich nicht verarmen.« Lucia trank einen Schluck. »Ich habe erst mit einundzwanzig den ersten Schluck Alkohol getrunken, kannst du dir das vorstellen?«, wechselte sie dann abrupt das Thema. »Nach meiner Entlassung.«

Es war das erste Mal, dass sie die JVA von sich aus erwähnte. Bemüht, sich ihre Überraschung nicht anmerken zu lassen, fragte Romy: »Und vorher? Mit siebzehn haben die meisten Teenager doch längst ihre ersten Erfahrungen mit Alkohol gemacht. Zumindest mit einem Glas Sekt hattest du wohl schon angestoßen, oder nicht?«

»Nein. Mama füllte mir selbst an Geburtstagen immer Apfelsaft ins Sektglas, und auf Partys war ich nicht. Ich hatte daran einfach kein Interesse. Letztlich hat das Klavierspiel mein Leben bestimmt. Da war nicht viel Raum für anderes.«

Lucias Aussage bot Raum für tausende Fragen – tausende Fragen, die zugleich das Potenzial hatten, die lockere Stimmung zwischen ihnen zu zerstören. Romy erinnerte sich noch gut an die brüske Zurückweisung, als sie vor einiger Zeit nach ihren Erfahrungen in Schwarzau gefragt hatte.

»Vier Jahre sind eine lange Zeit«, griff sie das Thema dennoch auf, einen vorsichtigen Blick auf Lucia werfend. »Eine Zeit, in der sich die Welt draußen verändert.«

Lucia zuckte mit den Schultern.

»Smartphones. Das war für mich tatsächlich eine der größten Sensationen, nachdem ich freikam. – Ansonsten tut man dort alles, um auf das Leben draußen vorzubereiten. Wir hatten sogar Internetzugang. Zeitlich limitiert, natürlich, unter Aufsicht und mit zahlreichen Auflagen verbunden.«

»Und? Warst du auf das Leben draußen vorbereitet?«

»Weitgehend, ja. Sie stellen dir anfangs eine Sozialarbeiterin zur Seite, die dir durch die ersten Jahre hilft. Die mit dir beispielsweise Bewerbungen schreibt oder bei der Wohnungssuche hilft. Das war schon okay.«

Romy versuchte sich vorzustellen, wie es für Lucia gewesen sein musste, plötzlich in die Welt zurückgestoßen zu werden – womöglich überwog der Schock. Oder war es doch vor allem Befreiung gewesen? Wer wusste schon, wie es hinter Gittern zugegangen war ... Lucias Verschlossenheit in mancher Hinsicht, die starre Maske, die sich oft über ihr Gesicht legte – für Romy waren es deutliche Hinweise, dass doch nicht alles so *okay* war, wie es Lucia darstellte.

»Wie ... sah der Alltag dort aus?«

Romy bereute die Frage sogleich, als sie Lucias abweisenden Gesichtsausdruck bemerkte. In Gedanken suchte sie bereits nach einem unverfänglichen Feld, auf das sie übergehen konnte – die Oper, die Musik, doch zu ihrem Erstaunen antwortete Lucia nach einer Weile: »Strukturiert. Aufstehen um halb sieben. Frühstück um sieben. Dann Schulunterricht, später die berufsgestützte Ausbildung, am Nachmittag Sport oder andere Programme. Um neun Uhr abends war dann Bettruhe.«

»Das klingt nach wenig Freiraum.«

Lucia lächelte müde.

»Na ja. Es war nichtsdestotrotz eben ein Gefängnis.«

Ja, natürlich. Und dass sie dort war, hat auch durchaus einen Grund, rief sich Romy ins Bewusstsein.

»Hattest du Freundinnen?«

»Das Publikum dort ist nicht gerade wie in einem Mädchenpensionat.« Lucia fuhr sich durch ihr offenes Haar. »Es gab zwei, drei, mit denen ich mich besser verstanden habe. Vom Rest hielt ich mich lieber fern. Es war keine so angenehme Gesellschaft.«

»Haben sie dir ...« Romy schluckte. »Gab es Gewalt dort?«

Wieder zeigte Lucia ein unergründliches Lächeln.

»Es ist nicht wie im Fernsehen – *Frauenknast* oder wie diese Serien heißen. Aber der Umgangston ist grundsätzlich rauer.«

Und dieses Mädchen aus wohlbehütetem Hause mittendrin.

»Schwarzau war im Vergleich zur U-Haft jedenfalls nahezu paradiesisch«, sagte Lucia plötzlich unvermittelt. »In der U-Haft trennen sie Jugendliche nicht von Erwachsenen. Die Frauen da haben mir echt Angst gemacht. Zum Glück kam ich aber nach ein paar Tagen in die Psychiatrie, bis es mir besser ging. Und dann war sowieso schon die Gerichtsverhandlung.«

Der dicke Kloß, der sich in Romys Kehle gebildet hatte, raubte ihr die Stimme. Obendrein wäre sie um Worte verlegen gewesen. Dass Lucia auf der Psychiatrie stationiert worden war, hatte sie nicht gewusst – woher auch? Sie selbst war zu der Zeit im Krankenhaus, lag zeitweise im künstlichen Koma. Andererseits: Lucia hatte ihre Mutter verloren, beinahe einen Menschen umgebracht, wurde mit Gewalttäterinnen in U-Haft gesteckt – kein Wunder also, wenn sie unter diesen Umständen psychische Grenzen erreicht hatte.

Das Erstaunlichere war wohl eher, dass sie jetzt hier saß, mit ihr auf dem Balkon eines Hotels, den Blick nachdenklich in die florentinische Nacht gerichtet und so nüchtern über diese Zeit berichtete, als würde sie von einer anderen Person und deren Erlebnissen erzählen, nicht von sich selbst.

»Autsch!« Lucia schlug sich mit der flachen Hand auf den Unterschenkel. »Das war jetzt schon die dritte Stechmücke, die mich gepikst hat, seit wir hier sitzen. Die Viecher fressen mich auf! – Dich etwa nicht?«

»Doch, die ganze Zeit schon.« Insgeheim dankbar, stieg Romy auf den Themenwechsel ein. »Ich wollte nur den Abend nicht von Schnaken beenden lassen.«

»Müssen wir nicht.« Lucia erhob sich und nahm die zwei inzwischen leeren Gläser an sich. »Drinnen gibt es auch ein Sofa.«

*

Das leise Surren der Klimaanlage im Inneren des Zimmers stand im Kontrast zum lebhaften Geräuschpegel der Piazza draußen am Balkon. Lucia empfand den Temperaturunterschied als angenehm erfrischend nach der lauen Schwüle, die sich über die Stadt gelegt hatte. Im Grunde war sie der Schnakeninvasion dankbar. Sie hatte über die JVA reden wollen, anfangs, doch je mehr sie darüber erzählte, desto stärker wuchs das Unbehagen in ihr.

Täter-Opfer-Umkehr. Erneut bemächtigte sich ihr die Befürchtung, dass sie sich womöglich doch nur selbst bemitleidete und darüber das Leid vergaß, das sie Romy durch ihr Handeln zugefügt hatte.

Letztendlich war die Sache mit den Opernkarten also doch eine gute Idee gewesen, trotz des beinahe missglückten Starts in den Abend, ging es ihr durch den Kopf, während sie die zweite Flasche Aranciata aus der Minibar zwischen ihnen aufteilte. Neben Romy in der Oper zu sitzen, hatte sich angefühlt wie ein Ausflug in eine andere Welt. Eine, in der es ein Schwarzau nie gegeben, in der sie einfach erwachsen geworden war und das getan hatte, was schon mit siebzehn ihr Plan gewesen war: Rosemarie Traunburg stilvoll auszuführen.

»Was ist eigentlich aus Jelena geworden?«

Achtlos waren ihr die Worte entschlüpft. Romys erschrockenes Gesicht ließ Lucia sofort bereuen, was sie da gefragt hatte. Die Vergangenheit ruhen zu lassen war möglicherweise besser für ihr Auskommen miteinander.

Sie wollte sich gerade entschuldigen, als Romy mit leichtem Sarkasmus in der Stimme sagte: »Jelena. Deine besondere Freundin. – Nun. Sie hat sich von Puttkammer scheiden lassen und vor drei Jahren wieder geheiratet.«

»Eine Frau?«

Romy lachte hell auf – die Reaktion, auf die Lucia mit ihrer Frage gehofft hatte. Natürlich keine Frau. Eine Frau wie diese Jelena mit ihrem affektierten Gehabe und ihren dubiosen Lebenszielen würde sich niemals für eine Frau entscheiden. Frauen wurden nebenbei konsumiert, diskret.

»Einen reichen Russen mit Immobilien in Kärnten und dem Salzburger Land«, bestätigte Romy sie in allen Erwartungen.

»Du trifft sie noch?«

»Nein. Ich habe sie vor knapp einem Jahr in der Getreidegasse gesehen, mit ihrem Mann und ihren Zwillingen. Sie hat mich nicht einmal gegrüßt.« Romy schnitt ein Gesicht. »Vielleicht hätte ich gleich auf dich hören sollen, Lucia.«

»Hast du das etwa nicht?« Lucia runzelte die Stirn, das Bild der in Tränen aufgelösten Galeristentochter vor sich. »Sie hat dich doch damals in Kärnten eiskalt abgeschossen, hat dir gesagt, die Affäre mit dir wäre ihr zu riskant …«

»Danach hat sie es sich dann wieder anders überlegt.« Romy seufzte. »In Wahrheit waren wir noch vier weitere Monate zusammen, wenn man es so nennen kann.« Lucias überraschten Blick bemerkend, setzte sie hinzu: »Ich bin kein sehr konsequenter Mensch, wie du siehst.«

»Du warst eben verliebt.«

Lucia erinnerte sich noch deutlich an den Streit, dessen unfreiwillige Zeugin sie geworden war, an all die Hässlichkeiten, die Jelena ihrer verzweifelten Geliebten an den Kopf geworfen hatte – vom mangelnden Mut, zu sich zu stehen, bis hin zu Dingen, die unter die Gürtellinie gingen.

»Allerdings bin ich trotzdem erstaunt, dass es weiterging«, setzte sie wahrheitsgemäß hinzu. »Ich dachte, nachdem ich dir einen halben Nachmittag ins Gewissen geredet hatte, wärest du mit ihr durch gewesen.« Sie schob dem ein zaghaftes Lächeln hinterher. »Möglicherweise war ich zu jung, um meinen Worten Gewicht zu geben.«

»Ich war sehr froh, dass du bei dem Streit dabei warst. Du

warst die Einzige, vor der ich mich nicht verstecken musste, von der ich mich verstanden fühlte.«

Romys Sätze schwebten im Raum, weckten Erinnerungen und streichelten Lucias Seele. Sie wusste, dass sie in diesem Augenblick beide an dasselbe dachten: Wie sie schließlich zusammen am Klavier gesessen und vierhändig Mozart gespielt hatten. Wie Romys Tränen allmählich versiegt waren.

Lucia spürte die Schnelligkeit ihres Herzschlags genauso intensiv wie damals. Die Wärme des Körpers neben ihr, Arme, die sich berührten, Haut an Haut, all das versetzte sie zurück in einen Nachmittag, an dem sie noch geglaubt hatte, die Welt warte nur auf sie, Lucia Starl. Die Welt und irgendwann Rosemarie Traunburg, später, wenn der Altersunterschied zwischen ihnen jede Bedeutung verloren haben würde.

Ein Mal. Ein Mal berühren.

Das sehnsuchtsvolle Verlangen gewann in Lucia die Übermacht über die Vernunft. Vorsichtig streckte sie ihre Hand aus und streichelte Romys Oberarm. Ihre Haut fühlte sich sanft und weich an.

Es war still im Zimmer. Selbst das Surren der Klimaanlage war verstummt. Von Romy kam kein Laut, nur angespanntes Abwarten.

Genug.

Lucia wollte nicht aufhören, doch sie wusste: Mehr durfte sie nicht wagen. Noch ließ sich ohne größere Blessuren aus dieser Geschichte herauskommen.

Langsam zog sie den Arm zurück, ein *Gute Nacht, bis morgen* bereits auf den Lippen. Weil nicht sein konnte, was nicht sein durfte. Sie hatte es selbst verpatzt.

»Mach weiter. Bitte.« Romys Stimme klang heiser, als sich ihre Hand wie eine Fessel um die von Lucia legte und sie genau dort platzierte, wo sie sie offenbar haben wollte: oberhalb ihres Knies, unter dem Rock, den sie nach dem Duschen übergezogen hatte.

Mit bebendem Herzen schob sich Lucia so nah an sie heran, dass sich ihre Oberkörper berührten, die Hand zwischen Romys leicht geöffneten Schenkeln.

Es musste ein Traum sein, nur ein Traum ...

Mit geschlossenen Augen ließ sie ihre Lippen über Romys Wange schweben, dann die Halsbeuge entlangwandern. Sie inhalierte den Duft blumigen Parfums, schmeckte leicht salzige Haut. Romys Körper erbebte.

Ganz allmählich schob sich die streichelnde Hand weiter gen Mitte, darauf gefasst, doch noch eine abrupte Abfuhr zu ernten. Die Augen weiterhin geschlossen, verteilte Lucia kleine, zarte Küsse auf Romys Gesicht, ihre Lippen suchend und gleichzeitig meidend, voller Angst, eine falsche Berührung könnte den Zauber des Augenblicks zerstören ... Dornröschen, das wachgeküsst wurde und dem Treiben ernüchtert Einhalt gebot.

Es war schließlich Romy, die den Arm um Lucias Nacken schlang und sie auf den Mund küsste – ernst sanft und tastend, dann intensiver. Lucia öffnete ihre Lippen und ließ es bereitwillig geschehen. Diese Küsse stellten jene, die sie mit Dani geteilt hatte, bei weitem in den Schatten. Romy küsste mit einer Intensität, die Lucias Puls nach oben schnellen ließen und sie weich und willenlos machte.

Sie ließ sich zurückfallen, wollte Romy mit sich ziehen, doch die ließ von ihr ab und richtete sich auf.

Vorbei der Traum.

Lucia öffnete die Augen. Das helle Licht der Stehlampe neben dem Sofa holte sie in die Realität zurück. Verzagt fixierte sie das halbleere Saftglas auf dem Tisch, wagte nicht, Romy in die Augen zu schauen. In ihrem Kopf herrschte nur der Gedanke an Flucht – Flucht aus diesem Zimmer, Flucht vor Romy, Flucht aus dieser Situation, die mit dem sich ausdehnenden Schweigen peinlich zu werden begann, doch ihre Muskeln waren so zittrig, dass an fortkommen nicht zu denken war.

Aus dem Augenwinkel sah sie, wie Romy sich erhob. Sie

ging zur Balkontüre und zog die Vorhänge zu. Dann kam sie zum Sofa zurück und löschte das Licht.

Lucia spürte ihre Hand an der ihren.

»Komm ins Bett«, sagte sie leise, und Lucia ließ sich bereitwillig mitziehen.

*

Im Schutz der Dunkelheit fiel es leichter, aktiv zu werden und nicht nur zu genießen. Lucias Küsse und sanfte Berührungen hatten Romy erregt und eine jahrelang verdrängte Lust geweckt. Gleichzeitig erwachte mit ihr aber auch die Unsicherheit, die sie seither in sich trug, wenn es um Sexualität ging, und die sich aufgrund ihrer Narben noch verstärkt hatte. Aufgewachsen in einem konservativen Elternhaus ohne die Fürsorge einer Mutter, mit der sie offen hätte reden können, und der Angst, mit ihrer Homosexualität den Respekt und die Liebe ihres Vaters zu verlieren, fiel es ihr seit jeher schwer, sich ungehemmt fallen zu lassen. Dennoch sehnte sie sich nach körperlicher Nähe wie eine Ertrinkende nach festem Grund unter den Füßen. Doch die Macht solcher Bedürfnisse ließ sich nur so lange verdrängen, bis eine attraktive Frau mit nackten Beinen neben ihr saß, deren Ausstrahlung ihr tief unter die Haut ging ...

Trotz der Dunkelheit, die sie umgab, erkannte Romy dieselbe Unsicherheit in Lucias Augen, als sie ihr jetzt langsam das lange Schlafhemd über die Schultern zog. Im Slip stand Lucia nun vor ihr, ansonsten nackt und wunderschön.

Romy, selbst noch in Rock und Shirt, konnte nicht anders, als sie an sich zu ziehen. Küssend sanken sie gemeinsam auf das Bett.

Romys Haarspange löste sich und im selben Moment verlor sie auch ihre Zurückhaltung. Sie streifte den Rock ab, dann schob sie sich über Lucias nackten Oberkörper, teilte mit ihrem Bein deren Schenkel und bedeckte ihr Dekolleté mit Küssen, ehe sie sich Lucias vollen Brüsten widmete.

Während sich ihr Mund um eine der Brustwarzen schloss, fühlte sie Lucias heißen Atem an ihrem Ohr und zwei forschende Hände, die sich unter ihr T-Shirt schoben, über den Rücken glitten, den BH öffneten und den Weg zu ihren Brüsten fanden.

Wärme durchflutete Romy. Ihr Stöhnen erfüllte den Raum. Lucias Berührungen ließen die Wärme in ihr zu Hitze werden und ermutigten zu weiteren Erkundungen des schönen Körpers unter ihr. Die Brüste weiterhin mit dem Mund liebkosend, ließ Romy ihre Hand unter den Slip wandern.

Die Nässe, die sie spürte, steigerte ihre eigene Erregung. Sich an Lucias Oberschenkel reibend, ließ sie zwei ihrer Finger vorsichtig in die Mitte gleiten, während ihr Daumen gleichmäßig über Lucias empfindlichste Stelle streichelte und deren Atem lauter und schneller werden ließ.

Irgendwann merkte sie, wie Lucias Unterkörper sich zusammenzog. Ein erstickter Laut drang an ihr Ohr, während noch mehr Nässe über ihre Hand flutete. Dann lag Lucia still in ihren Armen. Heißer Atem kitzelte sie an der Wange.

Romy drückte ihr Gesicht in Lucias Halsbeuge. In ihrem Körper brannte ungestillte Lust. Dennoch kämpften die alten Zweifel bereits wieder leise unter der Oberfläche.

Der Moment danach war immer ein Moment der Erkenntnis. Sie wollte nicht in Lucias Augen blicken und dieselben Zweifel darin entdecken, die sie selbst empfand, wenn sie sich ins Bewusstsein rief, mit wem sie hier lag.

Lucias Hände, die jetzt über ihren Körper zu wandern begannen, verdrängten ihre Sorgen wieder. Einfach vergessen, nur genießen. Sich holen, was sie so lange Zeit nicht mehr für sich beansprucht hatte … Mit geschlossenen Augen rollte sie sich auf den Rücken und ließ zu, dass Lucia sie zum Zittern und Beben brachte.

171

Villa La Palla

Dass der Morgen danach ein Gefühl der Beklemmung bereithalten konnte, hatte Lucia bisher nur in Romanen gelesen. Mit Dani war alles immer unkompliziert gewesen; kein komisches Gefühl, sondern ein Kuss beim Aufwachen und Liebkosungen.

Als Romy nach Stunden der Leidenschaft irgendwann in ihren Armen eingeschlafen war, hatte Lucia bereits geahnt, dass es mit ihr anders verlaufen würde. Sie hatte sich vorsichtig aus der Umarmung gelöst und war in ihr eigenes Zimmer geschlichen, wo sie die zwei, drei Stunden bis zum Klingeln des Weckers im Bett lag, ohne ein Auge zuzutun. Ihre Befürchtungen, was der Morgen bringen würde, ließen sie nicht zur Ruhe kommen.

Romy saß bereits an einem Tisch am Fenster, ein Glas frisch gepressten Orangensaft und ein Brioche vor sich, als Lucia den Frühstücksraum betrat. Sie ging zuerst zum Buffet und holte sich ebenfalls ein Gebäck, ehe sie zu ihr trat, um Unbefangenheit ringend.

»Darf ich?«

Verlegen deutete sie auf den Platz gegenüber.

Romy sah kaum von der Landkarte auf, die neben ihrem Teller ausgebreitet auf dem Tisch lag.

»Ja, sicher«, bemerkte sie kurz, um dann sachlich anzuhängen: »Das Dorf heißt Castelfiore und liegt zwischen Arezzo und Siena. Die Villa La Palla befindet sich auf einer Anhöhe und ist laut Di Renzis Privatsekretär von der Hauptstraße aus zu sehen. Wir brauchen schätzungsweise eineinhalb Stunden. Aber wir müssen noch den Leihwagen vom Bahnhof holen.«

»Okay.«

Lucia bestellte bei der Kellnerin einen Cappuccino. Er war

noch nicht serviert, als Romy bereits die Karte in ihrer Handtasche verstaute und nach ihrer Schlüsselkarte griff.

»Hast du schon ausgecheckt?«

Lucia nickte.

»Ich nicht. Wir treffen uns in einer Viertelstunde in der Lobby, okay?«

Sie nickte wieder.

Was sollte sie sonst auch tun?

*

Draußen fünfundzwanzig Grad, drinnen knappe siebzehn. Lucia saß auf einem durchgesessenen Sofa mit fleckigem Bezug und fror. Die Klimaanlage im Vorzimmer der Autovermietung lief auf Hochtouren.

Hinter der halboffenen Türe zum angrenzenden Büro hörte sie Romy in gebrochenem Italienisch mit dem Autovermieter über das Navigationsgerät streiten, das ihr bei der Bestellung zugesichert worden war, sich nach einer ersten Inspektion des Fiat Punto aber nicht im Wagen befand. Romy hatte, wie sie aus dem Gespräch heraushörte, das Navi bereits im Voraus per Kreditkarte bezahlt; der Autovermieter stellte sich dumm und schob das Fehlen des Geräts auf die internationale Vermittlungsagentur, über die sie gebucht hatte.

Irgendwann wurde Lucia das Hin und Her zu dumm.

»Haben Sie jetzt ein Navigationsgerät für uns oder haben Sie keines?«, fragte sie den Autovermieter geradeheraus in perfektem Italienisch, nachdem sie das Büro betreten hatte.

Der offensichtlich überrollte Mann blinzelte ein paar Mal, dann gab er klein bei.

»Wir haben nur eines, und das ist kaputt. Tut mir leid.«

»Ja, uns auch«, erwiderte Lucia wenig freundlich. »Unter

diesen Umständen werden wir den Wagen vor Rückgabe nicht wieder auftanken, klar?« Der Vermieter wollte protestieren, doch sie kam ihm zuvor. »Sie sind nicht an negativen Internet-Bewertungen Ihres Mietwagenservices interessiert, nehme ich an.«

Nach einem kurzen Moment der Verblüffung gab sich der Mann geschlagen und willigte ein. Was Lucia mehr überraschte als das, waren allerdings Romys große Augen, die ungläubig staunend auf ihr ruhten.

Zehn Minuten später saßen sie endlich im Punto und fuhren los. Lucia hatte die Karte auf ihren Knien, Romy konzentrierte sich auf den Verkehr. Sie fuhr so langsam, dass die einheimischen Autofahrer immer wieder Hupkonzerte anstimmten und sie beim Überholen wüst durch das geschlossene Autofenster beschimpften, was sie zunehmend nervöser werden ließ.

»Nach Siena geht's aber rechts«, wagte Lucia kurz zu sagen, als sie sich links einordnete. Romy zog ein Gesicht, als stünde sie kurz davor, den Verstand zu verlieren.

»Ich kann das ohne Navi nicht in einer fremden Stadt!«, fuhr sie Lucia unwirsch an. »Deshalb wollte ich ja eines! – Aber dann kommst du und reißt das Gespräch an dich, und wir müssen ohne los! Super! Du fährst ja nicht, du lässt dich nur durch die Gegend chauffieren ...«

»Romy!« Lucia war zu irritiert, um wütend zu sein. »Dieser Typ hatte kein funktionierendes Navi mehr, kapierst du das? Wenn ich mich nicht eingemischt hätte, würden wir noch immer diskutieren! – Und ich würde gerne fahren, wenn ich könnte, klar? Nur stand der Führerschein noch nicht auf meiner Agenda!«

Die Ampel schaltete um, sie waren gezwungen, abzubiegen. Ein paar hundert Meter weiter fanden sie sich mitten in einem Industrieviertel wieder. Ein LKW stieß rückwärts und ohne Vorwarnung aus einer Einfahrt; Romy konnte gerade noch das Steuer herumreißen und ihm ausweichen. Sie fuhr noch ein paar Meter weiter, dann parkte sie in einer Lücke am Rande.

Sie zitterte jetzt am ganzen Körper.

»Ich weiß nicht, warum ich das überhaupt alles tue«, stieß sie hervor. »Warum ich mich überhaupt darauf eingelassen habe, der Sache nachzugehen. Es war alles okay, bis du wieder aufgetaucht bist und in dieser alten Sache herumstochern musstest!«

Die Worte trafen Lucia wie ein Faustschlag in den Magen. Nichts war okay gewesen, gar nichts! Und auch jetzt war bei weitem nichts so, wie es sein sollte.

Eins, zwei, drei …

Ilse Schneiders Zählmethode versagte diesmal. Wut ließ sich damit in den Griff kriegen, Traurigkeit nicht. Lucia fühlte, wie sich ihre Augen mit Tränen füllten. Entsetzt drückte sie ihre Finger gegen die Lider. Nicht jetzt. Nicht jetzt, nach all den Jahren, in denen sie ihre Gefühle so erfolgreich hatte verbergen können, und vor allem nicht vor Romy!

Ein eindeutiges Geräusch von der Fahrerseite riss sie aus ihrem Schmerz. Romy hatte die Ellbogen auf das Lenkrad gestützt, ihr Gesicht in den Händen verborgen und weinte bitterlich. Lucias Magen zog sich zusammen. Romys offensichtliche Verzweiflung ließ sie die verletzenden Worte einen Moment lang vergessen.

Dass dieser Gefühlsausbruch wenig mit dem fehlenden Navigationsgerät zu tun hatte, wurde ihr schlagartig bewusst. Sie, Lucia, mochte sich in den letzten Jahren verändert haben. Romy dagegen war noch immer die sanfte, sensible Person, die sie damals in Kärnten kennengelernt hatte. Eine, die voller Ängste war und ihren Kummer lange in sich hineinfraß, ehe sie sich Luft verschaffte. Eine, die den Diskussionen um das eigentliche Thema lieber aus dem Weg ging und sich in Banalitäten flüchtete. Wie beispielsweise ein fehlendes Navi.

Für Lucia lag klar auf der Hand, dass die vergangene Nacht für Romy ein Ausrutscher war, den sie bereute. Nie würde diese Frau ihr verzeihen können, was geschehen war. Und sie schon gar nicht als äquivalente Partnerin sehen können. Obendrein gab es ja sowieso schon jemanden in Romys Leben ...

»Ist es wegen Frau Bruckner?«, fragte Lucia leise.

Romy hob den Kopf, sah sie mit Tränen in den Augen an.

»Wegen Yvette? Was ... was soll mit ihr sein?«

»Weil du dich schuldig fühlst. Weil du sie betrogen hast.«

»Was?« Romy zog die Nase hoch und angelte ein Taschentuch aus ihrer Tasche, um sich die Tränen zu trocknen.

»Ich bereite dir keine Umstände.« Lucia schluckte. »Ich habe keine Erwartungen. Für mich ... war es das.«

Die letzten Worte gingen ihr nur schwer über die Lippen.

»Aber ich habe nichts mit Yvette!« Romy schien fassungslos. »Wie kommst du darauf, um Himmels willen?«

Lucia hob die Schultern.

»Jemand hat es mir erzählt. Die Leute reden.«

»Wenn ich etwas mit Yvette hätte, wäre das gestern nicht passiert! Für wen hältst du mich? Für eine Fremdgeherin?«

»Unsinn!« Lucia runzelte die Stirn. Das Gespräch verlief für sie zunehmend grotesk. »Ich weiß nicht, was ich denken soll. Ich weiß im Grunde nichts über dich und das Leben, das du jetzt führst!«

Romy atmete tief durch. »Tut mir leid«, sagte sie schließlich. »Ich will dich nicht verletzen. Aber ich will auch nicht darüber reden ...« Sie machte eine hilflose Geste.

Lucia traf eine Entscheidung.

Nie würde sie mit Romy eine Beziehung haben, niemals von ihr geliebt werden. Die Chance, die sie als Jugendliche gesehen hatte, war vertan, und das durch eigene tiefe Schuld, die sich nicht mehr gutmachen ließ. Sie hatte die Narben auf Romys Bauch gefühlt, gestern Nacht; sie hatte die Tabletten gesehen, die sie mit dem Orangensaft zum Frühstück schluckte, eine nach der anderen – ewige Spuren ihrer Schuld.

Es hatte keinen Sinn, die Geschichte zwischen ihnen unnötig zu verkomplizieren.

Aber immerhin, sie hatte diese eine gemeinsame Nacht, und die Erinnerung daran konnte ihr keiner nehmen, niemals.

»Im Übrigen habe ich, was Di Renzi angeht, kein gutes Gefühl«, wechselte Romy das Thema. »Mit ihm selbst habe ich zwar noch nicht gesprochen, aber sein Sekretär hat mich sehr von oben herab behandelt. Ich bin das nicht gewohnt.«

»Wir sollten uns auf das Wesentliche konzentrieren«, sagte Lucia. »Und das ist das vertauschte Bild. Wir haben schon so viel herausgefunden, und es wäre schade, das jetzt alles hinzuwerfen, weil ...« Sie entschied sich für einen kleinen Scherz. »... weil du nicht darauf vertraust, dass ich Karten lesen kann und ein voll tauglicher Navi-Ersatz bin.«

Die Worte verfehlten nicht ihre Wirkung. Romy lächelte – zumindest ein bisschen.

»Du hast recht«, stimmte sie zu, dann startete sie erneut den Wagen.

*

»Signore Di Renzi erwartet Sie im Salon.«

Lucia hatte zunächst den Mann im Anzug, der sie in Empfang nahm, für den Herren des Hauses gehalten. Als er sie in steifer Haltung durch die langen, mit Büsten gesäumten Gewölbegänge der Villa Palla führte, begriff sie allmählich, dass es sich lediglich um eine Art Butler handelte.

Das Anwesen war ihnen bereits von der Straße aus gewaltig vorgekommen. Auf einem Hügel gelegen, überragte die mächtige Villa die von Zypressen und Weinbergen geprägte Landschaft wie eine Burg. Romy hatte bereits auf der Fahrt berichtet, dass es sich dabei um eines der berühmten Renaissancebauwerke des bekannten Architekten Palladio handelte.

Lucia, mit ihrer durcheinandergeratenen Gefühlswelt beschäftigt, hatte sie den kunstgeschichtlichen Vortrag halten lassen und oberflächlich Interesse gezeigt, erleichtert darüber, dass Romy sich offensichtlich wieder seelisch gefangen hatte. Jetzt, da sie die imposanten Räume, Treppenaufgänge und Wandfresken mit eigenen Augen sah, war sie über die Vorinformationen dennoch dankbar.

Di Renzi war nicht irgendwer, das hatte sie mittlerweile begriffen. Wer so residierte und ein Vermögen in den Erhalt eines derart prachtvollen Gebäudes investierte, konnte kein anspruchsloser, umgänglicher Charakter sein.

Der Herr des Hauses thronte in einem ausladenden, mit rotem Samt überzogenen Sessel hinter einem opulenten Schreibtisch. Mit seinem schneeweißen, vollen Haar, dem ausgeprägten Kinn und den stechenden blauen Augen wirkte er trotz seiner eher schmächtigen Figur wie jemand, der es gewohnt war, Befehle zu erteilen.

Lucia, die neben Romy in gebührendem Abstand zur Tischkante stand, fühlte sich unwillkürlich an Schwarzau erinnert, wo man stets vor den Schreibtisch der Direktion zitiert worden war, wenn es Verdacht auf Unregelmäßigkeiten gab.

»Buon giorno, Signora Traunburg.« Letztendlich erhob sich Di Renzi. Zielstrebig trat er auf die blonde Frau im schwarzweißen Kleid zu und reichte ihr die Hand. »Und Sie sind ...? In erster Linie nicht als Besuch angekündigt worden.«

Lucias Hand, die sie ihm automatisch zur Begrüßung entgegengestreckt hatte, hing in der Luft.

Wunderbar.

Sie straffte die Schultern.

»Ich habe meine Ass...«, begann Romy, ebenso wie Di Renzi auf Englisch. Lucia fiel ihr auf Italienisch ins Wort: »Lucia D'Argilla. Ich begleite Signora Traunburg.«

Di Renzi reichte ihr nun doch die Hand. Sein Händedruck war kurz und fest.

»Bitte, setzen Sie sich.« Er wies auf die zwei schlichten Stühle vor dem Tisch, und Lucia begriff einmal mehr, dass dieser Mann sich nur inszenierte. Er war bereits im Bilde gewesen, dass zwei Besucherinnen kamen, noch ehe sie die Villa betreten hatten. Sie erinnerte sich auch gut an die Kameras, die den langgezogenen Serpentinenweg zum Haus überwachten.

»Ich hätte nicht erwartet, dass Sie den Mut aufbringen, hier zu erscheinen«, richtete Di Renzi das Wort an Romy. »Immerhin hat mich Ihr Vater beinahe um sechzehn Millionen Euro betrogen. Fast wäre er damit durchgekommen. – Was wollen Sie von mir? Geschäfte mit den Traunburgs mache ich nicht mehr, und etwas anderes als Geschäfte interessiert mich nicht.«

Er griff nach einer Metallklingel, die neben ihm auf der marmornen Platte gestanden hatte, und schwenkte sie ein paar Mal. Die Flügeltüre ging auf, der Butler betrat das Zimmer.

»Frau Traunburg und ihre Begleiterin möchten uns wieder verlassen. Sie haben nicht unser Interesse wecken können.«

Lucia brauchte Romy nicht anzusehen, um zu wissen, dass diese neben ihr gerade in sich zusammenfiel.

Lass mich reden, hatte sie Lucia gebeten und sich in ihrer höflichen, dezenten Art gewiss eine Strategie zurechtgelegt. Sie war durchaus davon ausgegangen, dass es aufgrund der Vorgeschichte kein leichtes Gespräch werden würde. Doch mit einem hatte sie offenbar nicht gerechnet: dass die kurze Audienz, die ihnen der reiche Sammler einräumen würde, nur einer demütigenden Machtdemonstration diente.

Mit Machtdemonstrationen kannte Lucia sich aus. Im Gefängnis ein ruhiges Leben zu führen war nur so lange möglich, bis wieder mal ein neu dazukommendes Mädchen glaubte, die Hierarchie auf den Kopf stellen zu müssen.

Sie erhob sich, ohne Di Renzi noch einen Blick zu schenken.

»Komm, Romy. Der Herr möchte nicht wissen, wer ihn in seinem eigenen Haus beraubt hat.«

Romy saß noch immer stocksteif da. Sie wirkte wie in Trance, als sie sich nun erhob und ihr in Richtung Türe folgte.

»Schade, dass wir das nicht mit Signore Di Renzi selbst klären konnten«, sagte Lucia mit ruhiger Stimme, fast beiläufig. »Jetzt wird er es erst aus der Zeitung erfahren. Oder von den vielen Journalisten, die in Kürze hier anrufen werden.«

Sie hatte Deutsch gesprochen, bewusst langsamer als sonst, deutlicher, ohne einen Anflug von Dialekt. Ihre Worte blieben nicht ungehört.

»Warten Sie. – Vielleicht können Sie mir doch etwas bieten.« Lucia drehte sich langsam zu Di Renzi um.

»Das kommt darauf an, was *Sie uns* bieten«, erklärte sie ohne Umschweife. Romy zuckte neben ihr unmerklich zusammen. Okay, das war eindeutig nicht deren Terrain.

»Nehmen Sie wieder Platz. Ich will wissen, was Sie zu mir führt.«

Di Renzi hatte ins Englische zurückgewechselt, vermutlich wegen Romy, die sich jetzt aus ihrer Schockstarre zu lösen schien.

»*Fluss mit zwei Brücken*. Das eine Bild hat zwei Etiketten der Galerie Westerblum auf der Rückseite, das andere nur eine. Die Etiketten im dunklen Goldton sind unecht.« Romy breitete die neu aufgenommenen Fotos sowie jenes, das die Journalistin in ihrem Fachartikel abgedruckt hatte, vor ihm aus. »Das Bild mit dem hellen Etikett auf der Rückseite hatte mein Vater gekauft und beurteilen lassen. Das zweite Bild war die Fälschung, die Ihr Zweitgutachten nachwies.«

Di Renzi hatte mit Pokergesicht zugehört. Nun öffnete er eine Schreibtischschublade, nahm daraus eine Lupe hervor und betrachtete eingehend die Fotografien.

»Erstaunlich«, sagte er nach einer Weile. Seine Stimme strafte der Aussage Lügen. Sie klang völlig unbeeindruckt.

Nach einer Weile schob er Romy die Fotos wieder zu.

»Wie auch immer. Es bleibt dabei, dass Bernold Traunburg mir eine Fälschung verkauft hat«, sagte er.

»Aus den Unterlagen meines Vaters geht hervor, dass das Bild von der Familie Schachdavian mit ArtTrans direkt zu Ihnen in die Villa La Palla gebracht wurde – unmittelbar nachdem Sie das Geld überwiesen hatten. Niemand wusste vorab von diesem Deal – außer Ihnen und meinem Vater.«

»Und der Familie Schachdavian«, kam es trocken von Di Renzi.

»Die Schachdavians erfuhren erst aus den Medien von den sechzehn Millionen, die Sie für *Fluss mit zwei Brücken* hingelegt haben. Da war der Fälschungsskandal schon aufgedeckt. Mein Vater hatte es den Leuten für einhundertfünfzigtausend Euro abgekauft. Dass es weit mehr wert ist, hat ihnen erst die Gutachterin Frau Starl gesagt. Für die Schachdavians gab es also keinerlei Grund, Bilder zu vertauschen – einmal abgesehen von der Frage, woher Sie eine solch überzeugende Fälschungsarbeit überhaupt hätten nehmen sollen.«

»Für einhundertfünfzigtausend Euro einen echten Poisson?« Die Renzi lachte schallend. »Da sehen Sie, was für ein Licht das auf Ihren Vater wirft ... Entweder, er wusste, dass es eine Fälschung war, oder er ist ein Gauner durch und durch!«

Romy öffnete den Mund, um zu protestieren, doch Lucia kam ihr zuvor: »Wer hat bei Ihnen im Hause Zugang zu den Bildern? Warum sperren Sie sich so gegen die Vorstellung, dass es nach der Ankunft ausgetauscht wurde?« Sie hatte auf Italienisch gesprochen, da ihr Englisch nicht flüssig genug war.

Di Renzi sah sie lange an.

»D'Argilla«, sagte er dann langsam. »Verwandt mit Aldo D'Argilla, dem Dirigenten?«

»Mein Vater.«

Di Renzi nickte bedächtig. Dann schwenkte er erneut die gusseiserne kleine Glocke.

Auf eine Wiederholung des Schauspiels von vorhin gefasst, versuchte sich Lucia bereits rhetorisch zu wappnen. Als der Butler diesmal erschien, kam es ganz anders.

»Danilo, machen Sie alles bereit; ich möchte den Damen einen Einblick in mein Allerheiligstes geben.«

Zehn Minuten später betraten sie gemeinsam mit dem Sammler einen Teil der Villa, der mit Metalltüren gesichert war. Lucia hatte den Eindruck, erst ein Gefängnis zu betreten, dann ein Museum und schließlich einen Safe. Die großen Fenster waren hier vergittert. An den hohen Wänden hingen Kunstwerke von schier unvorstellbarem Wert, geordnet nach Epoche und Stil: Sogenannte *Alte Meister* wie Brueghel und Rubens, einen Raum weiter Chagall und Matisse …

»Hier hing der Poisson«, erwähnte Di Renzi fast beiläufig, als sie ein drittes Zimmer betraten. »Als ich mein Geld wieder hatte, habe ich mir eben einen Miró gekauft.«

»Wie hatten Sie überhaupt von dem Poisson erfahren?«, erkundigte sich Romy nun, während sie sich sichtlich begeistert Bild für Bild widmete. Die Kunsthistorikerin in ihr blühte auf angesichts einer der wertvollsten Privatsammlungen Europas.

»Ein Freund hat mir den Deal vermittelt«, sagte der Hausherr ausweichend, um gleich anzuhängen: »Ein *ehemaliger* Freund.«

»Haben Sie einen Namen für mich?«

»Nein. – Im Übrigen habe ich Sie nicht hierher gebracht, um Ihnen meine Sammlung zu zeigen, sondern um Ihnen etwas zu demonstrieren.« Wie zufällig berührte er eines der Bilder. Im selben Augenblick erfüllte ein durchdringender Alarmton den Raum; die Fensterläden rasten nach unten und dunkelten das Zimmer sekundenlang ab, ehe ein bläulich schimmerndes, in den Augen schmerzendes Licht ansprang.

»Danilo, stellen Sie die Anlage wieder ab und teilen Sie der Polizei mit, dass alles in Ordnung ist.« Di Renzi sprach in sein Handy. Sekunden später war der Spuk vorbei: Die Läden gingen wieder nach oben, der Alarm verstummte, das Licht ging aus.

»Die Tür wird ebenfalls verriegelt«, informierte sie der Sammler. »Sie sehen: Wer hier etwas von der Wand nimmt, wird automatisch eingeschlossen.«

»Aber wer den Code kennt …«, wandte Romy ein, doch Di Renzi unterbrach sie unwirsch.

182

»Den Code kennen nur ich und mein Butler. Und von innen lässt sich das Alarmsystem nicht abschalten. Nur von außen. Deshalb haben wir Danilo auch vor der Metalltüre zu meinem Allerheiligen zurückgelassen. – Sie sehen, ein Austausch von Bildern in der Villa La Palla ist völlig unmöglich!«

»Und Ihr Butler? – Er kennt den Code, er kann ihn deaktivieren und beliebig ein- und ausgehen!«

Romy sprach aus, was Lucia dachte.

»Der Code lässt sich nur deaktivieren, wenn sich mindestens ein Mensch bereits im Raum befindet. Der Fußboden ist mit Sensoren ausgestattet, die auf ein Gewicht von über zwanzig Kilo reagieren. Man müsste also mindestens zu zweit sein, um das System zu überwinden: einer draußen, der deaktiviert, einer drinnen. Und da nur mein Butler und ich den Code kennen, und das schon immer so war, können Sie sich Ihre Theorie in den Hals stecken und daran ersticken!«

Di Renzi hatte anscheinend genug Aufmerksamkeit an sie verschwendet. Er wies seine Besucherinnen mit einer entschiedenen Handbewegung in Richtung Ausgang.

Als sie in der zentralen Halle standen, von der aus die hinteren Trakte der Villa zugänglich waren, fragte Lucia nach der Toilette. Di Renzi wies seinen Butler an, ihr den Weg zu zeigen; vorab verabschiedete er sich kurz angebunden und verschwand in das Zimmer, in dem er sie empfangen hatte, ohne sie auch nur eines letzten Blickes zu würdigen.

*

Umsonst nach Florenz geflogen, um einen Besuch zu machen, der nichts anderes brachte als Demütigung. Dazwischen eine Nacht, die sie in ein Gefühlschaos stürzte, das sie zeitweise fast um den Verstand brachte.

Romy steuerte den Fiat die Serpentinenstraße entlang, den Blick starr auf die Fahrbahn gerichtet.

»Lass uns noch irgendwo etwas essen. Unser Flug geht erst abends, wir müssten noch genug Zeit haben«, meldete sich Lucia vom Beifahrersitz. Sie wirkte völlig besonnen und ruhig, fast sogar ein wenig heiter. Romy bewunderte sie um ihre Haltung – nicht nur, was die zurückliegende Nacht betraf, sondern auch bei den Auseinandersetzungen mit dem Mietwagenbesitzer und nun mit Di Renzi. Durchsetzungskraft war noch nie eine ihrer Stärken gewesen – ein Grund, weshalb ihr Vater sie nie als Nachfolgerin für die Galerie am Graben in Erwägung gezogen hatte.

»Dieser Besuch war eine einzige Enttäuschung«, sprach sie aus, was ihr durch den Kopf ging. »Uns wurde im Grunde nur vorgeführt, dass unsere Theorie vom Austausch des Originals gegen die Fälschung völlig absurd ist.«

Lucia schmunzelte.

»Wärst du mit mir auf dem Klo gewesen, würdest du diesen Besuch als Highlight deines Lebens verbuchen.«

»Ich mach's lieber im Bett.«

Die Worte waren schneller über Romys Lippen geschossen, als sie denken konnte. Als ihr bewusst wurde, was sie da von sich gegeben hatte, schoss ihr das Blut in den Kopf.

»Rosemarie Traunburg. – Ich bin absolut fassungslos über eine Äußerung wie diese aus deinem Mund.« Lucia schüttelte in gespieltem Entsetzen den Kopf.

»Erzähl mir von deinem Besuch auf dem Klo«, versuchte Romy Land zu gewinnen.

Lucia lachte kurz auf. »Das wird ja immer schlimmer mit dir und deinen Äußerungen ... Ja, eh.« Sie wurde nun endgültig ernst. »Die Gästetoilette befand sich irgendwo ganz hinten ... Dieser Danilo brachte mich hin, doch dann überließ er mich meinem Schicksal. Auf dem Rückweg habe ich mich ein wenig verlaufen und landete in einem Saal, in dem Signore Di Renzi offensichtlich gewisse Vorlieben auslebt – und die er entsprechend illustriert hat.«

»Welche Vorlieben?«

»Sexuelle Vorlieben. An der Wand stand jedenfalls ein großes Andreaskreuz, es gab eine Matratze, einen Sarg ... Handschellen ... dazu die Bilder ...«

»Was, bitte, macht man mit einem Andreaskreuz?«

»Romy!«, kam es amüsiert vom Beifahrersitz. »Bleiben wir bitte bei den Illustrationen an den Wänden!«

»Okay. Und was war da?«

Sie hatten die Hauptstraße wieder erreicht und näherten sich dem Dorf Castelfiore. Als Romy den Wegweiser zu einem Ristorante erblickte, bog sie automatisch ab. Auch sie hatte Hunger, doch noch mehr interessierte sie, in Ruhe zu hören, was Lucia in Erfahrung gebracht hatte.

»Di Renzi hat sich malen lassen ... nackt, im Kreise von diversen Gespielen.«

Romy hob überrascht die Augenbrauen.

»Er ist schwul?«

»Die Homosexuellenquote lag in diesen Räumlichkeiten bei hundert Prozent, würde ich sagen.« Lucia schmunzelte. »Einschließlich Butler, meiner Meinung nach. – Aber ich wollte auf etwas anderes hinaus: Diese Bilder, die waren in einer Qualität gemalt ... unglaublich. Ich bin keine Kunsthistorikerin, wie du weißt, aber sie sahen aus wie expressionistische Gemälde. Und es war eindeutig Di Renzi, der da nackt mit Jünglingen in eindeutigen Positionen verewigt war. Aber noch mehr wird dich die Signatur interessieren: Carlo Baco.«

Der Miene ihrer Beifahrerin nach zu urteilen, hätte sie nun der Blitz der Erkenntnis treffen sollen, doch Romy konnte diese Erwartung nicht erfüllen. Sosehr sie in ihrer Erinnerung wühlte – der Name sagte ihr rein gar nichts, weder kunstgeschichtlich noch privat.

Das angepriesene Ristorante entpuppte sich als bessere Gartenlaube inmitten von Weinbergen. Außer ihrem Wagen stand nur ein kleiner alter Traktor auf dem Parkplatz; ein älterer Mann wischte mit einem Tuch über die rustikalen Tische und sah neugierig in ihre Richtung. Aus dem Schornstein des Backsteinhäuschens stieg Rauch auf. Trotz der geschlossenen Fenster roch Romy den Geruch von gegrilltem Fleisch.

»Willst du das wirklich? – Es sieht eher ... abenteuerlich aus.«

»Klar will ich das.« Lucias allumfassende Zuversicht war ansteckend. »Aber vor allem will ich deine Italienischkenntnisse verbessern: Carlo, italienisch für Karl. Baco, zu deutsch: Wurm. Karl Wurm. Der singende Wirt aus der Weihburggasse ... beziehungsweise: sein Sohn, der Maler. Ich bin sicher, Karl Wurm senior hat seinem Sohn denselben Vornamen gegeben, was ja nicht selten vorkommt. – Das kann kein Zufall sein, Romy!«

Romy brauchte einige Sekunden, um ihre Gedanken zu sortieren: Die mysteriöse Wurm-Tochter, die durch das Nachbarhaus Zugang hatte zum Dachboden der Schachdavians und die Familie überhaupt erst darauf aufmerksam machte, dass das Bild etwas wert sein könnte. – Diejenige, für die ihr Vater einst ein Kommunionkleid gekauft und deren Eltern er die Pacht für ein Lokal gezahlt hatte, Monat für Monat.

»Und findest du es nicht auch eigenartig, wie Di Renzi auf seiner Alarmanlage herumgeritten ist? Wobei das wenig überzeugend war, wie ich finde. Mit einem eingeschleusten Komplizen ließe sich die Gewichtsbarriere spielend überwinden.« Lucia unterstrich dies mit einer typisch italienischen Geste, indem sie ihre Handflächen nach oben klappte. »Dafür hat der gute Mann kein einziges Mal den Einwand gebracht, welcher Mensch wohl dermaßen gut fälschen kann, dass es erst durch eine Farbanalyse ans Licht kommt.«

Romy holte tief Atem.

»Doch, das finde ich in der Tat eigenartig, jetzt, wo du es so explizit erwähnst ...«

»Weil er so jemanden selbst kennt«, stellte Lucia klar, »Carlo Baco.«

Romy seufzte. »Wir müssen noch mal mit Di Renzi reden.« Sie fand die Aussicht alles andere als verlockend.

»Nein, das bringt nichts. Besser, wir verfolgen einen anderen Weg und lassen Di Renzi den seinen gehen.«

»Wie meinst du das?«

»Wenn er nur die leiseste Vermutung hat, dass Carlo an der Fälschung beteiligt gewesen sein kann, wird er den Betrug nicht auf sich sitzen lassen, sondern irgendetwas tun.«

»Und was?«

Lucia hob die Schultern.

»Keine Ahnung. Warten wir's ab. – Und jetzt gehen wir in dieses Ristorante; ich sterbe fast vor Hunger!«

Was zusammenfindet, immer wieder

Das Flugzeug landete gegen zweiundzwanzig Uhr am Salzburger Flughafen. Da Romy darum gebeten hatte, einen Blick in das Notizbuch von Lucias Mutter werfen zu dürfen, nahmen sie sich ein gemeinsames Taxi mit erstem Stopp bei dem Wohnblock in Bahnhofsnähe.

Wie üblich, gab es wieder einmal keine Haltemöglichkeit außer der Bushaltestelle.

»Ich bin in dreißig Sekunden wieder da und bringe dir das Notizbuch runter!«

Lucia sprang aus dem Auto. Sie holte ihren kleinen Trolley aus dem Kofferraum und hastete in Richtung Haus.

Während sie mit dem Aufzug nach oben fuhr, war sie einen kurzen Moment lang stolz auf sich selbst. Sie hatte den Tag mit Romy gut gemeistert und sich nicht aus der Bahn werfen lassen – trotz der gemeinsamen Nacht, trotz Romys schwer einzuordnendem Verhalten, trotz ihres eigenen Bedürfnisses, sie immer wieder zu berühren … Sie hatte es geschafft, ihre Gefühle in den Hintergrund zu stellen und sich tatsächlich auf die Sache zu konzentrieren, ganz so, wie sie es vorgeschlagen hatte.

Letztendlich geht es sowieso nicht um mein Lebensglück, dachte Lucia mit einem Anflug von Bitterkeit, als sie aus dem Lift stieg, denn das habe ich unwiderruflich verwirkt. Es ging darum, den Ruf meiner Mutter reinzuwaschen.

Den Schlüssel bereits in der Hand, näherte sie sich der Wohnungstür – und blieb wie angewurzelt stehen, als sie die zwei riesengroßen, prall gefüllten Plastiktüten und ihren Koffer sah, die rechts neben der Türe aufgetürmt worden waren. Aus einer der Plastiktüten quoll ihr Bettzeug. Schnell warf Lucia einen

Blick in die andere Tüte und in den Koffer. Sie enthielten ihre Kleidung, die wenigen Bücher, die sie besaß, ihre Schuhe, den Inhalt ihres Schreibtisches.

Einer bösen Ahnung folgend, steckte sie misstrauisch den Schlüssel ins Schloss. Er passte nicht mehr. Tatsächlich sah das Türschloss aus, als wäre es frisch erneuert worden.

War Ann-Kathrin verrückt geworden?

Sie klingelte. Hinter der Türe erhob sich leises Getuschel. Geöffnet wurde nicht.

Erst als sie den Finger auf dem Klingelknopf ruhen ließ, drang von drinnen Ann-Kathrins Stimme zu ihr: »Geh weg, Lucia! Ich mache sicher nicht auf! Ich habe dir dein Zeug rausgestellt, siehst du das nicht?«

»Spinnst du?«, rief Lucia durch die geschlossene Türe. »Was soll das?«

»*Du* spinnst!«, kam es zurück. »Du hast dich bei mir eingeschlichen, ohne mir zu sagen, dass du eine Kriminelle bist! – Sophie und ich haben recherchiert. Und wir haben diesen Artikel gefunden, über eine Lucia S. aus Wien, die fast eine Frau ermordet hätte und in den Jugendknast kam! Das bist eindeutig du, Lucia! Leugnen bringt dir nichts!«

Lucia hatte nicht vor, irgendetwas zu leugnen.

Langsam zählte sie bis zehn, ehe sie erwiderte: »Das gibt dir nicht das Recht, mich ohne Vorankündigung vor die Tür zu setzen, Ann-Kathrin. Ich habe einen Mietvertrag unterschrieben!«

»Der ist das Papier nicht wert, auf dem ich ihn ausgedruckt habe«, erklang die Stimme ihrer Vermieterin schnippisch von drinnen. »Untervermietung ist laut Hauptmietvertrag der Wohnung sowieso verboten. Und Hauptmieter ist mein Vater. Was du mit mir vereinbart hast, ist so oder so ungültig.«

Na toll.

»Und jetzt zieh Leine!« Sophie, die ihrer Freundin offensichtlich beistand, schaltete sich ein. »Sonst rufen wir die Polizei und sagen, dass du uns bedroht hättest! – Und rate mal, wem die mehr glauben …«

Die beiden lachten verhalten.

Lucia begriff, dass sie verloren hatte. Sie öffnete den Koffer, fischte das Notizbuch ihrer Mutter heraus, das sie bei ihrer ersten Inspektion bereits obenauf entdeckt hatte, und fuhr mit dem Aufzug nach unten. Erst einmal Romy das Buch geben. Um ihre plötzliche Misere musste sie sich danach kümmern.

Als sich im Erdgeschoss die Lifttüren öffneten, fühlte sie sich dennoch ganz schwach und zittrig. Ihre größte Angst war wahr geworden. Man hatte sie erkannt und weggestoßen. Von plötzlichem Schwindel ergriffen, stützte sie sich an die Hauswand. Sie atmete tief durch. Es half alles nichts, sie musste jetzt nach vorne blicken. Mit ihrer Vergangenheit konfrontiert zu werden, war das eine. Im überfüllten Salzburg auf die Schnelle eine finanzierbare Bleibe zu finden, das andere.

An der Haltestelle stiegen Leute in einen dort wartenden Bus. Vom Taxi mit Romy fehlte jede Spur. Auch das noch.

*

Zweimal war der Taxifahrer schon um den Block gekreist, seit ihn der herannahende Bus vertrieben hatte. Erst bei der dritten Runde entdeckte Romy Lucia, die an der Hausmauer lehnte und ihren Blick suchend die Straße entlangwandern ließ.

»Lucia, hier!«

Romy hatte das Autofenster heruntergelassen. Der Taxler hielt in zweiter Reihe an und blockierte damit zum Ärger der anderen Autofahrer eine Fahrspur. Lucia lief zum Auto und streckte das Notizbuch durch das geöffnete Fenster.

Danke, wollte Romy sagen und sich verabschieden, doch das Wort blieb ihr im Halse stecken, als sie Lucia ins Gesicht sah.

Sie war leichenblass; ihre Augen, die den ganzen Tag noch so lebhaft gewirkt hatten, wirkten dumpf und energielos.

»Was ist passiert?«

»Nichts, ich …« Lucia stockte. »Nichts. Alles okay«, setzte sie dann mit fester Stimme hinzu.

Romy glaubte ihr kein Wort.

»Es ist doch etwas passiert. Komm, sag.«

»Muss ich wegfahren«, schaltete sich der Taxifahrer ein, der inzwischen wüst angehupt wurde. »Kann ich nicht länger stehen hier.«

»Ja, bitte, von mir aus!« Romy traf ihre Entscheidung binnen Sekunden. Sie drückte ihm einen Zwanziger in die Hand und ließ sich ihren Koffer aus dem Kofferraum geben, dann zog sie Lucia auf den Gehsteig. »Also, was ist los?«

»Das soll nicht dein Problem sein. Es hat nichts mit dem Bild zu tun.« Lucia rang sich ein flüchtiges Lächeln ab, das Romy in ihrer Annahme mehr bestätigte als beruhigte.

»Es hat vieles nichts mit dem Bild zu tun, früher nicht, jetzt nicht, überhaupt nicht.« Romy sah sich außerstande zu derlei Debatten. Sie war müde von der Reise, wollte nach Hause. Was sie allerdings nicht wollte, war, Lucia hier und jetzt sich selbst zu überlassen. Nicht in diesem Zustand, wo auch immer er herrührte. »Also?«

Lucia holte tief Luft.

»Meine Mitbewohnerin hat herausgefunden, dass ich im Gefängnis war, und warum. Jetzt hat sie aus lauter Angst vor mir das Schloss ausgetauscht und meinen gesamten Hausstand ins Treppenhaus gestellt. Ich werde mir für heute Nacht ein Hotelzimmer suchen müssen.«

»Ach du Sch…« Romy schlug sich mit der Hand auf den Mund. »Das ist doch lächerlich«, entfuhr es ihr dann.

»Findest du?« Lucia verzog das Gesicht. »Ich verstehe das schon. Wer will schon mit so einer wie mir sein Zuhause teilen? Ich hätte möglicherweise dieselben Ängste!«

So einer wie mir.

Mit einem Mal erkannte Romy das völlig verstörte junge Mädchen wieder, das ihrem Vater in diesem Restaurant gegenübergestanden hatte. Nur fehlten diesmal der Hass und die Wut. Sie sah nichts als Resignation, und das traf Romy weit mehr.

»Komm«, sagte sie leise und zog Lucia bei der Hand in Richtung Haustür. »Wir holen deine Sachen.«

Schweigend fuhren sie mit dem Aufzug nach oben.

»Hat sie wirklich alles eingepackt? – Besser, du siehst noch einmal nach.«

Lucia nickte und kniete sich vor ihren geöffneten Koffer. Dann durchwühlte sie hektisch die Tüten. Romy konnte sehen, dass sie dabei immer nervöser wurde.

»Wanda«, kam es fast tonlos. »Wanda ist nicht da!«

»Wer ist Wanda?«

Lucia antworte nicht sofort. Mit zitternder Hand strich sie sich eine Strähne ihres dunklen Haares aus dem Gesicht.

»Meine Puppe«, antwortete sie dann mit brüchiger Stimme. »Ich ... ich ... sie war das einzige Geschenk von meiner Mama.«

Sie rappelte sich auf, klopfte an die Türe.

»Ann-Kathrin! Es ist noch etwas von mir in der Wohnung. Bitte mach auf.«

»Sicher nicht!«, kam es von drinnen. »Geh weg, Lucia! Oder wir rufen die Polizei!«

»Bitte, lass mich nur kurz in die Wohnung. Ich tu dir nichts; ich schwöre es!«

Romy konnte das makabere Schauspiel, das sich ihr da bot, nicht länger ertragen. Zu sehen, wie die Frau, die in Italien mit so großer Selbstsicherheit und Bestimmtheit sämtliche Situationen gemeistert hatte, hier um eine Puppe bettelte, war nicht länger auszuhalten.

Energisch klopfte sie an die Wohnungstür.

»Öffnen Sie uns sofort, oder *ich* hole die Polizei und werde eine einstweilige Verfügung gegen Sie erwirken.«

Romy kannte die Phrase nur aus dem Fernsehen und hatte keine Ahnung, ob sie in diesem Zusammenhang irgendwie passend war. Lucia gestikulierte wild mit der Hand.

»Bitte, was?!« Hinter der Tür herrschte offenbar Irritation. »Was denn für eine Verfügung?«

Gute Frage.

»Das muss ich Ihnen tatsächlich erklären? – Paragraf einhundertfünfundsiebzig des Österreichischen Strafgesetzes, Absatz eins.«

Romy nannte den einzigen Paragrafen, der ihr spontan einfiel, wissend, dass ein Gesetzestext aus den Siebzigerjahren zur Strafverfolgung Homosexueller herzlich unpassend für den vorliegenden Sachverhalt war. Lucias Augen weiteten sich ungläubig.

»Die studieren beide Jura!«, flüsterte sie.

Drinnen herrschte einen Moment lang Schweigen. Dann wurde hinter der Tür getuschelt. Offensichtlich war den angehenden Juristinnen Paragraf einhundertfünfundsiebzig nicht geläufig. Als sich Lucia schon resigniert daranmachte, ihre Tüten zu packen, ging die Türe einen Spaltbreit auf. Ann-Kathrins skeptisches Augenpaar lugte hervor.

»Aber nur drei Minuten. Und nur, wenn Sie auch mitkommen.«

Dumme Gans, schoss es Romy durch den Kopf. Meinst du etwa, ich lasse Lucia mit euch zwei Hyänen allein?

In der Wohnung hastete Lucia an den Studentinnen vorbei in Richtung ihres früheren Zimmers, ohne die beiden eines Blickes zu würdigen. Romy blieb mit verschränkten Armen im Vorraum stehen. Die beiden Twens – in adretten Röckchen, mit gebräunten Beinen und netten Pferdeschwänzen – betrachteten sie mit einer Ehrfurcht, die sie nicht einzuordnen wusste. Sie selbst trug immer noch das weißschwarze Kleid, dazu Sandaletten – ein nicht wirklich respekteinflößender Aufzug, in ihren Augen.

»Sind Sie die Rechtsanwältin von Lucia?«, fragte die etwas jünger Wirkende der beiden plötzlich.

Aha, daher wehte der Wind.

Jetzt bitten sie mich gleich um ein Praktikum, dachte Romy.

Im selben Moment bog Lucia um die Ecke, ein buntes Stoffbündel an sich gedrückt. Es gab keinen Grund, auch nur eine Sekunde länger hier zu verweilen.

»Nein, ich bin nicht die Anwältin«, stellte sie noch klar, während sie die Klinke bereits in der Hand hielt. »Ich bin das Opfer. Und somit der einzige Mensch, der moralisch über sie urteilen darf.«

Schwungvoll ließ sie die Türe hinter sich zufallen. Ihren eigenen Koffer in der linken Hand, zog sie mit der rechten Lucias hinter sich her in Richtung Lift. Diese kämpfte dort bereits mit den zwei Tüten und dem Reisetrolley.

Letztlich gelang es ihnen, das gesamte Gepäck vor die Haustür zu bugsieren. Romy griff nach ihrem Handy und rief ein Taxi.

»Hier am Bahnhof gibt es sicher ein günstiges Hotel.«

Es war der erste Satz, den Lucia seit dem Verlassen der Wohnung über die Lippen brachte. Das Stoffbündel hielt sie noch immer an sich gepresst. Romy erkannte zwei blonde Zöpfe und den Ansatz eines kecken Puppengesichts.

»Das ist also Wanda?«

Sogar im schlechten Licht der Straßenlampe konnte sie sehen, dass Lucia errötete. Sie nickte knapp.

»Ich glaube nicht, dass Wanda wirklich in ein Hotel will.«

Das bestellte Taxi bog um die Ecke. Als es zum Stehen kam, packte Romy die beiden Koffer. Sie war bereits ein paar Schritte in Richtung Auto gegangen, als ihr auffiel, dass Lucia immer noch wie zur Salzsäule erstarrt am selben Fleck verharrte.

»Komm schon. Wir fahren zu mir«, präzisierte sie mit entschiedener Stimme, während sie sich insgeheim fragte, welche Droge man ihr auf dem Flug zurück nach Salzburg in den Apfelsaft gekippt haben mochte. Vor eineinhalb Monaten hatte sie in Lucias Gegenwart noch gegen Panik ankämpfen müssen, jetzt lud sie dieselbe Frau zu sich nach Hause ein …

Gut, da hatte sie auch noch nicht mit ihr geschlafen.

Irgendwie bin ich ihr das jetzt schuldig, redete sich Romy auf der Fahrt nach Aigen ein. Mit jemanden intim zu werden und ihn dann zu behandeln wie einen räudigen Hund, das war eben nicht ihre Art.

*

»Danke. Aber du musst das nicht tun. Ich komme alleine zurecht, wirklich.«

Es war das zehnte oder elfte Mal, dass Lucia diesen Satz sagte, seit sie in Romys Villa angekommen waren, und das zweite Mal, seit sie ihr das kleine Gästezimmer unter dem Dach gezeigt hatte, in dem sie wohnen konnte – vorübergehend. Zumindest das hatte Romy klargestellt, während sie sich noch immer fragte, ob sie von Sinnen war. Mit Lucia in Florenz die Spuren des vertauschten Gemäldes zu verfolgen war schließlich etwas anderes, als ihr bei sich Quartier zu geben – oder nicht?

»Ich weiß, dass du allein zurechtkommst.« Romy schüttelte das Bettzeug aus und legte es auf das einfache Lager. »Aber Wanda braucht jemand, der auf sie aufpasst! Und da dir im Moment vor Müdigkeit fast die Augen zufallen, kannst du deine Mutterrolle nicht erfüllen.«

Sie zwinkerte Lucia, die bereits frisch geduscht im überlangen Schlaf-Shirt hinter ihr stand, belustigt zu.

»Und deshalb tust *du* es?«

»Tu ich was?«

»Die Mutterrolle ausleben.«

Ganz sicher nicht.

Romy schlug die Bettdecke zurück.

»Ich habe keine mütterlichen Gefühle für dich«, stellte sie brüsk klar und wusste selbst nicht, was ihren plötzlichen Stim-

mungsumschwung bewirkt hatte. »Gute Nacht. Morgen sehen
wir weiter, was deine Wohnsituation betrifft.«

»Ja, natürlich. Danke, dass ich hier übernachten darf.«

Romy flüchtete aus dem Zimmer, ohne sich nochmals nach
Lucia umzudrehen. Plötzlich war ihr alles zu viel: die vergangene Nacht, die neuen Wendungen, was das Poisson-Bild betraf,
das Geplänkel um die Handpuppe, Lucias nackte Beine ... Sie
war auf diesen Sog, in den sie da hineingeraten war, einfach
nicht vorbereitet und hatte das Gefühl, mit Lucias Anwesenheit
in ihrem Haus endgültig den sicheren Boden unter ihren Füßen
verloren zu haben.

*

Trotz ihrer Müdigkeit fand Lucia erst in den frühen Morgenstunden Schlaf. Seit sie Romy wiederbegegnet war, kam es ihr
vor, als wäre ihr sorgsam neu geordnetes Leben völlig aus den
Angeln gehoben worden. Dass sie ihre Vergangenheit einmal
mehr überraschend eingeholt und sie quasi in die Obdachlosig-
keit gestoßen hatte, setzte ihr immens zu.

*Es hat vieles nichts mit dem Bild zu tun, früher nicht, jetzt
nicht, überhaupt nicht. – Ich bin das Opfer. – Ich habe keine
mütterlichen Gefühle für dich. – Morgen sehen wir weiter, was
deine Wohnsituation betrifft.*

Romys Aussagen mochten widersprüchlich sein, aber eines
war es nicht: ihr Blick. Dieser besondere, innige Blick, mit dem sie
Jelena angesehen hatte, damals im Kärntner Jagdhaus, als Lucia
die beiden versehentlich beim Liebesspiel überrascht und damit
eine Lawine von Geschehnissen ins Rollen gebracht hatte: Jelena,
die vollkommen ausgetickt war, als sie die Siebzehnjährige im
Türrahmen erblickte. Jelena, die Romy die Schuld an der Heim-
lichtuerei gegeben und dabei so laut herumgekeift hatte, dass

Lucia es unmöglich überhören konnte. Zum Glück waren Jelenas Ehemann und Bernold Traunburg gerade im Wald und Lucias Mutter für Besorgungen außer Haus gewesen.

Lucia wird niemandem etwas verraten. Bitte, beruhige dich, Jelena!

Doch die Worte hatten bei der aufgebrachten Unternehmergattin kein Gehör gefunden, und irgendwann war Romy tränenüberströmt vor dem Klavier gesessen.

An genau diese Szene erinnerte sich Lucia unwillkürlich, als sie irgendwann erwachte und Klavierspiel vernahm, das dumpf bis unter den Dachboden drang.

Eine Mozart-Sonate; sie kannte das Stück.

Romy kämpfte sich hörbar von Passage zu Passage.

Inzwischen bin ich wohl auch nicht mehr viel besser, dachte Lucia resigniert, während sie sich in dem kleinen Gästebadezimmer neben ihrer Dachkammer für den Tag bereit machte.

In schwarzem Rock und weißer Bluse, ihre weinrote Weste lose über den Arm geworfen, folgte sie dem Klavierspiel. Der Flügel stand in einem an das Wohnzimmer angrenzenden Zimmer, das offensichtlich als Bibliothek diente. Regale voller Bücher säumten die Wände. Neben dem Flügel stand ein ausladender Korbsessel mit blauem Polster.

Romy unterbrach ihr Spiel, als Lucia das Zimmer betrat.

»Ich wollte mich nur verabschieden. Ich bin heute im *Goldenen Fasan* zum Mittagsdienst eingeteilt.«

Romy warf einen Blick auf die Uhr. »Es ist erst neun! – Außerdem ... willst du kein Frühstück?«

Widersprüchlich. Dieses Wort traf es ganz gut.

Lucia unterdrückte ein Seufzen.

»Ich möchte deine Gastfreundschaft nicht überbeanspruchen«, erklärte sie ohne Umschweife. »Außerdem will ich noch ins Internetcafé und online nach einer neuen Bleibe suchen. Ich komme dann heute Nachmittag kurz vorbei und hole meine Sachen.«

Romy sah sie nachdenklich an und zwirbelte eine Locke, die sich aus der Haarklammer am Hinterkopf gelöst hatte.

Die harmlose Geste berührte Lucia, ohne dass sie genau wusste, weshalb. Diese Frau ging ihr unter die Haut, war ihr schon immer unter die Haut gegangen – selbst als Teenager, zu einem Zeitpunkt, als sie noch kaum zu deuten wusste, warum ihr das Herz so seltsam flatterte.

Jetzt wusste sie es – und genau deshalb blieb als einzige Lösung, die Flucht zu ergreifen, ehe sie sich weiter in naiven Träumereien verlor. Die eine Nacht voller Lust und Zärtlichkeit war ohnehin mehr, als sie sich je erträumt hatte.

»Setz dich noch kurz zu mir.« Romy rutschte auf dem gepolsterten Klavierschemel ein Stück zur Seite. Nur zögernd folgte Lucia ihrer Aufforderung. Es fühlte sich fremd an, nach all den Jahren Abstinenz an einem Flügel zu sitzen, und noch dazu neben ihr.

Als Romys Finger zu allem Überfluss nun wieder über die Tasten zu gleiten begannen, wollte Lucia nur noch weg. Doch ihre Beine fühlten sich an wie Gummi, und so blieb sie sitzen, erst reglos, bis ihre Hände wie von selbst den Weg auf die Tastatur fanden. Sie kannte das Stück noch, hatte es früher selbst gespielt; zudem lagen die Noten auf der Ablage.

Zaghaft stimmte sie ein, erst nur mit der rechten Hand, dann nahm sie die linke dazu. Ihr Spiel war holprig und fehlerhaft nach all den Jahren, aber auch Romy tat sich mit einigen Passagen schwer. Mal geriet sie aus dem Takt, dann Lucia, aber letztendlich fanden sie wieder zusammen.

Die Töne drangen durch den Schutzwall, den Lucia um ihr Innerstes herum errichtet hatte. Erst bildeten sich feine Risse, die zu klaffenden Lücken wurden. Schließlich fiel die Mauer in sich zusammen und gab ihr schonungslos den Blick frei auf das, was sie bislang verdrängt hatte: ihr komplett verpatztes Leben.

Ihre alten Träume würden niemals wahr werden – darüber war sie sich schon lange klar. Doch die Erkenntnis, was sie sich selbst durch eine kopflose Handlung im Affekt zerstört hatte, entfaltete sich für sie in aller Brutalität erst jetzt, da Romys Klavierspiel sie emotional in die Vergangenheit entführte.

Nie würde sie das Leben führen können, das sie sich einst gewünscht hatte: ein Leben, in dem sie in einem der weltgrößten Konzertsäle auf einem Flügel spielte ... und Romy im Publikum saß. Ein Leben, in dem sie neben dieser wunderbaren Frau aufwachte, mit ihr frühstückte ... Lucia brach in sich zusammen. Jahrelang zurückgehaltene Tränen entströmten ihr wie kleine Wasserfälle. Schluchzend schlug sie sich die Hände vor das Gesicht, bemüht, ihr Weinen zu verbergen.

»Lucia ... Lucia.« Auch Romy hatte aufgehört zu spielen. »Lucia, um Himmels willen!«

Das nächste, was Lucia realisierte, war, dass sie zu dem Korbsessel bugsiert wurde. Willenlos ließ sie sich dort in Romys Arme fallen. Sie schämte sich ihres Gefühlsausbruchs, konnte sich aber noch nicht fangen. Der Schmerz, den sie in sich trug, forderte immer mehr Raum. Den Kopf an Romys Brust gebettet, durchnässte sie deren Bluse mit ihren Tränen.

Nach einer Weile, in der Romy ihr nur sanft über das Haar gestreichelt hatte, fand Lucia wieder genug Luft für Worte – Worte, die sie all die Jahre in ihrem Herzen trug und die unbedingt ausgesprochen werden mussten.

»Es tut mir leid«, presste sie unter Schluchzen hervor. »Es tut mir so unendlich leid! ... Ich wollte es nicht! ... Ich meine, ich ... ich wollte es wirklich nicht!«

Romy schwieg.

Glaubte sie ihr nicht? – Lucia richtete sich auf. Der Korbsessel war so schmal, dass sie dennoch halb auf Romys Schoß kauerte. Hilflos zog sie die Nase hoch und wischte sich über die Augen, bemüht, ihre Fassung wiederzugewinnen.

»Ich wollte dich nicht verletzen!«

Romy nickte, den Blick nachdenklich ins Leere gerichtet.

»Ich war damals so verzweifelt und aufgebracht! Für mich

war es so, als hätte dein Vater meine Mutter in den Tod getrieben. Ich habe die Gesamtumstände nicht gesehen, sondern nur ihn und dass er meiner Mutter Schaden zufügte und ihren Ruf verdarb«, fuhr sie fort, tapfer gegen die erneut aufsteigenden Tränen ankämpfend. »Ich wollte ihm sagen, was für ein Unmensch er ist. Auch andere sollten es hören. Darum ging ich in dieses Restaurant, nicht in die Galerie.«

»Du wolltest ihn in aller Öffentlichkeit bloßstellen.«

»Ja, das wollte ich. Aber dann verlor ich völlig die Nerven. Er saß dort zwischen diesen Leuten, trank Champagner ... völlig ungerührt. Er nahm mich gar nicht ernst. Lachte mich aus! Das hat mich wütend gemacht, so wütend ...« Die Situation, die ihr Leben veränderte, stand ihr genau vor Augen. Ein dicker Kloß bildete sich in ihrer Kehle. Sie musste sich räuspern, ehe sie fortfahren konnte. »Mit einem Mal stand er vor mir, groß und gewaltig, und ich fühlte mich klein und wie ein Haufen Dreck. Er sah mich so eigenartig an ... als wollte er mich am liebsten erwürgen.«

Ihre Stimme versagte.

»Keiner griff ein und unternahm etwas, als du da so aufgebracht mit dem Messer in der Hand vor meinem Vater herumgezappelt bist«, ergänzte Romy leise. »Nicht einmal Ludwig, obwohl der am nächsten saß. Als mein Vater dann versucht hat, dir das Messer zu entreißen, musste ich einfach dazwischengehen. Ich wollte nicht, dass etwas passiert – weder dir, noch ihm. Der Gefahr, in die ich mich damit selbst brachte, war ich mir überhaupt nicht bewusst.«

»Ich weiß nicht mehr, was ich in dem Augenblick dachte ... ob ich überhaupt etwas dachte.« Lucias Stimme kippte. »Ich kann mich nicht einmal mehr daran erinnern, dass ich ein Messer nahm. Nur an den wilden Blick deines Vaters. – Dann warst plötzlich du da und das Messer steckte in deinem Bauch ... und dann war da Blut ... Irgendjemand hat geschrien. Du hast mich so seltsam angesehen ... ab da weiß ich nichts mehr.«

»Das Letzte, was *mir* durch den Kopf ging«, nahm Romy den Faden auf, »war ein großes *Warum*. Dann wurde alles schwarz. Man erzählte mir, ich sei sofort zusammengebrochen. Sie sagten, du hättest immer wieder *Nein, nein!* geschrien ... hättest einfach nur dagestanden und geschrien, bis Polizei und Krankenwagen gekommen sind.« Romy griff nach ihrer Hand, den Blick ernst auf sie gerichtet. »Ich wollte dich damals einfach nur abbringen von meinem Vater, weg aus dem Restaurant ... in den Arm nehmen und trösten. Kurz bevor ich mich mit den anderen dort traf, um meine Promotion zu feiern, erzählte er mir vom Selbstmord deiner Mutter. Er hatte auch gerade erst davon erfahren. Von da ab dachte ich die ganze Zeit daran, wie schlecht es dir gehen muss – und dann plötzlich bist du in diesem Restaurant aufgetaucht.«

»Ich wünschte ... wünschte, ich hätte das Messer liegen lassen«, schluchzte Lucia. »Ich wünschte, du hättest mich wirklich einfach in den Arm genommen! Ich war wie besessen. Ich bin ein schlechter Mensch.«

Die Verzweiflung gewann in ihr erneut die Oberhand. Zu keinem Wort mehr fähig, weinte sie nun hemmungslos, zitterte und bebte am ganzen Körper.

Als sich das Bein unter ihrem Oberschenkel zu bewegen begann und langsam herausgezogen wurde, empfand sie das als zusätzlichen Affront. Sie wollte aufspringen und aus dem Zimmer flüchten, fort von Romy, fort von ihren eigenen wirren Gefühlen. Doch Romy änderte lediglich ihre Position, halb liegend zog sie sie trotz leichten Widerstandes mit sanfter Gewalt in ihre Arme.

Ihren Kopf an Romys Schulter gebettet, hörte Lucia deren Herzschlag, spürte den warmen Atem an ihrem Ohr, roch das blumige Parfum. Ein Gefühl, stärker als alles, was sie jemals empfunden hatte, formte sich zu Worten und fand dennoch nicht den Weg über ihre Lippen.

Ich liebe dich.

Romy würde es nicht hören wollen – zumindest nicht von ihr.

»Ich würde heute mein Leben für dich geben«, flüsterte sie stattdessen und wünschte in diesem Augenblick tatsächlich, dass sie es könnte. Die Zeit zurückspulen. Die Geschichte ändern. Sich selbst das Messer in den Bauch rammen, nicht der Frau, in die sie schon damals verliebt gewesen war, illusorisch, schwärmerisch, in der Art einer Siebzehnjährigen.

»Ich will, dass du lebst ... dass wir beide leben«, erwiderte Romy, ebenfalls flüsternd.

»Was ist, wenn ich gar nicht leben will?«

Romys Griff um ihren Oberkörper wurde fester.

»Hör auf, so etwas zu sagen ... wir haben noch viel zusammen vor.«

Lucia schloss die Augen. Was immer Romy damit meinte, sie ließ sich von ihren Worten tragen. Das Weinen hatte sie erschöpft. Der Schlafmangel forderte seinen Tribut. Sie konnte nicht länger denken, nicht mehr reden, wollte einfach Romys Nähe spüren und sich einen Moment lang vorstellen, in jener Welt zu leben, die sie selber zerstört hatte.

*

Als Lucia die Augen wieder öffnete, fehlte der wärmende Körper neben ihr. Im Haus war es still. Ein Blick aufs Handy ließ sie entsetzt auffahren: es war kurz nach zwei Uhr nachmittags. Sie hatte ihren Mittagsdienst im *Goldenen Fasan* verpasst!

Auf ihrem Handy entdeckte sie außerdem schon drei Anrufe mit der Nummer des Restaurants und ein SMS, abgeschickt vom Smartphone eines Kollegen.

WO BIST DU????? – HANS TOBT!

Na, wunderbar. Nun war sie also nicht nur ihr Zimmer los,

sondern möglicherweise auch wieder ihren Job ... Zitternd rief sie die Nummer des *Goldenen Fasan* auf und hatte prompt die *Grande Dame* persönlich am Apparat. Auf das Schlimmste gefasst, stotterte sie eine Entschuldigung, inklusive Begründung.

»Ich fühle mich total kaputt und bin wieder eingeschlafen ... vermutlich bin ich krank.«

Das war nicht einmal gelogen. Sie fühlte sich tatsächlich noch immer komplett erschöpft und energielos.

Das erwartete Donnerwetter blieb aus.

»Sollten Sie am Montag noch immer krank sein, bringen Sie ein Attest vom Arzt«, sagte die Bruckner kurz angebunden – und legte dann auf.

Lucia hatte keine Kraft, sich weitere Gedanken über die Reaktion der Chefin zu machen. Ebenso wenig hatte sie die Kraft, nach einer neuen Bleibe zu suchen. Stattdessen schleppte sie sich ins Wohnzimmer und legte sich auf das Sofa.

*

Als Romy von ihren Kundenterminen in der Galerie nach Hause zurückkehrte, fand sie eine bezaubernde junge Frau auf der Couch vor – schlafend, mit angezogenen Beinen. Sie wollte sich gerade leise zurückziehen und die Tür von außen schließen, als Lucia die Augen aufschlug. Ruckartig setzte sie sich auf.

»Entschuldigung. Ich bin gleich weg ... ich muss eingenickt sein, ich ...«

Lucia wollte aufstehen, doch Romy fasste sie an den Schultern und drückte sie mit sanfter Gewalt in die Polster zurück.

»Wo willst du hin? – Du hast dich doch krankgemeldet.«

»Schon, aber ... ich bin noch hier und ...« Lucia unterbrach sich selbst. Ihre Augen wurden groß. »Woher weißt du von der Krankmeldung?«

Romy lächelte flüchtig.

»Ich war gerade im *Goldenen Fasan*, als du anriefst.«

»Weiß Frau Bruckner etwa, dass ich hier bin?«

»Nein. Ich saß nur zufällig neben ihr, als das Telefon klingelte.« Romy seufzte. »Mir wäre lieber, wenn wir dieses ... Arrangement einstweilen für uns behalten. Im Augenblick weiß ich selbst noch nicht so genau, wie ich damit umgehen soll.«

Das war die Wahrheit, unverblümt und schnörkellos. Sie wollte Lucia nicht auf die Straße setzen. Rein aus Verantwortungsbewusstsein, wie sie sich den ganzen Tag eingeredet hatte. Lucia hatte doch niemanden sonst, an den sie sich wenden konnte. Andererseits war die Situation insgesamt zu abstrus und zu verfahren, um irgendjemandem davon zu erzählen. Nicht einmal Yvette konnte sie einweihen, weil Lucias Anwesenheit unter ihrem Dach bei der Freundin noch ganz andere Fragen aufgeworfen hätte, die sie ihr nach wie vor nicht beantworten konnte und wollte.

»Ich werde mir wirklich eine Wohnung suchen ...«

»Ja. Aber du musst nicht die nächstbeste nehmen. Such in Ruhe, und solange du suchst, kannst du hier wohnen.« Romy lächelte. »Außerdem ist es doch ganz praktisch für unsere Ermittlungen zum gefälschten Poisson. So können wir uns jederzeit über neue Erkenntnisse austauschen.«

»Bist du sicher?«

Lucia sah sie skeptisch an.

Nein, sicher war sie sich bei weitem nicht, jedenfalls, was die Gesamtsituation anging. Die Nacht in Florenz hatte alles nicht eben leichter gemacht. Allein die Tatsache, dass Lucia in einem Rock neben ihr saß, der eine Handbreit oberhalb des Knies endete, und sich ihre Oberschenkel berührten, ließ angenehme Erinnerungen in Romy aufleben – der Grund, weshalb sie sich jetzt rasch erhob.

»Ich bin sicher«, log sie. »Und jetzt lass uns etwas essen.«

»Du hast etwas gekocht?«

Lucia sah sie überrascht an. Romy lachte.

»Nein. Ich bin gerade einmal fähig, ein Spiegelei zu braten, zu mehr reicht es nicht. Ich habe aus dem *Goldenen Fasan* Hühnergeschnetzeltes für zwei mitgenommen.«

»Für zwei? Und da wurde Frau Bruckner nicht misstrauisch?«

»Ich habe gesagt, eine alte Bekannte meines Vaters sei zu Besuch.«

Gefolgt von Lucia, ging Romy in die Küche.

Diese Lügen müssen irgendwann aufhören, dachte sie, während sie das Essen aus den Thermoboxen auf die Teller leerte.

*

Romy starrte in die Dunkelheit des Schlafzimmers. Ihr Gedankenkarussell hielt sie wach. Lucias Zusammenbruch an diesem Tag hatte auch in ihr Erinnerungen geweckt – weniger an Jelena, die sie einst fälschlich für ihre große Liebe hielt, sondern an das, was sie gespürt hatte, als sie damals mit diesem siebzehnjährigen Beinahe-noch-Kind am Klavier saß, um sich von ihrem Schmerz abzulenken.

Diese tiefe Verbundenheit.

Dieses Bewusstsein, dass es einen Menschen gab, der sie verstand – auch ohne Worte.

Es tut mir leid. Ich würde heute mein Leben für dich geben.

Da war sie, die Entschuldigung, auf die sie immer gewartet hatte – oder etwa nicht? Sie zweifelte keine Sekunde daran, dass Lucia ihre Worte ernst meinte. Was sie irritierte, war die Tatsache, dass sie selbst trotzdem nicht zufrieden war.

Je mehr sie darüber nachdachte, desto klarer wurde ihr, dass Lucia mit diesem Gefühl der Unzufriedenheit herzlich wenig zu tun hatte.

Ich will, dass wir beide leben, hatte sie am Vormittag zu Lucia gesagt. Doch was waren das für Leben, die sie jetzt führten?

Lucia, die einst so hoffnungsvolle junge Pianistin, servierte anderen das Essen und konnte sich von ihrem Verdienst gerade einmal ein billiges WG-Zimmer leisten.

Und sie führte eine Galerie, in der sie zeitweise mehr ab- als anwesend war, und überließ die Hauptarbeit ihrer tatkräftigen Angestellten. Infekte seien es, die sie zu Hause hielten – eine willkommene Ausrede, die jeder für bare Münze hielt und die auch nicht aus der Luft gegriffen war. Was jedoch nur sie selbst wusste: *Infekte* diente inzwischen auch als Oberbegriff für ihre depressiven Verstimmungen, die sie immer wieder davon abhielten, sich unter Menschen zu begeben.

Sie hatte sich ihr Leben anders vorgestellt: mit einem großen Freundeskreis, mit Tagen voller Erlebnisse und Glück. Wie sich letzteres anfühlte, hatte sie sowieso noch nie recht gewusst.

Einen Anflug von Glück hatte sie gespürt, als sie mit Jelena zusammen gewesen war. Gestohlene Stunden und Tage, verbunden mit Lügen, Lügen und noch mehr Lügen. Jelena hatte ihren Mann damit abgespeist, um sich Freiraum zu schaffen; sie selbst hatte ihrem Vater jahrelang etwas vorgespielt, um ihn nicht zu enttäuschen.

Nie so stark, so entschlossen zu sein, wie er es sich von seinem Kind gewünscht hätte, war das eine. Auch noch aus der gesellschaftlichen Norm herauszufallen, das andere. Schier unverzeihlich. Bis zuletzt hatte sie ihn in dem Glauben gelassen, einfach nicht den passenden Mann zu finden, während sie in Wahrheit nicht einmal die passende Frau fand.

Jahre ohne Sex, von Liebe ganz zu schweigen.

Erst die Nacht in Florenz hatte ihr ins Bewusstsein gebracht, dass es eben doch etwas anderes war, Lust mit jemandem gemeinsam zu erleben, statt es sich alleine im Bett zu besorgen.

So sollte es nicht weitergehen. Es war Zeit, eine Entscheidung zu treffen. Wem war sie eigentlich Rechenschaft schuldig? – Ihr

Vater war tot … und sie fast Mitte dreißig. Erwachsen und unabhängig. Sie lächelte.

Romys Füße schienen den Weg ins Dachgeschoss ganz von alleine zu finden. Leise öffnete sie die Türe zum Gästezimmer.

Lucia lag im Bett, zugedeckt bis zum Kinn, in Seitenlage, ihre Puppe Wanda eng umschlungen. Ein Fenster stand offen, die kühle Nachtluft bereitete Romy Gänsehaut. Auf Zehenspitzen durchquerte sie das Zimmer und schloss es.

Dann setzte sie sich auf die Bettkante. Vorsichtig strich sie der Schlafenden eine Haarsträhne aus dem Gesicht, ehe sie sich langsam hinunterbeugte und ihr einen sanften Kuss auf die Wange drückte. Lucia gab einen kleinen, undefinierbaren Laut von sich und drehte sich auf die andere Seite, Wanda mit sich nehmend.

Unschuldig. Kein anderer Begriff beschrieb die Szene besser.

Resigniert wollte sie sich gerade erheben, als Lucia sich unvermittelt wieder umdrehte und die Augen aufschlug. Eine Weile sahen sie sich einfach nur schweigend an. Dann hob sie die Decke an, und Romy schlüpfte erleichtert darunter.

Lucias Körper war warm und weich und schmiegte sich bereitwillig an den ihren. Ihre Lippen fanden sich, während sie die Hände unter Lucias T-Shirt gleiten ließ.

Irgendwann, als Lucia sich ihr bereits entgegenbog, war das Stück Stoff zwischen ihnen nur noch ein lästiges Hindernis. Sanft zog Romy es ihr über deren Kopf und entledigte sich dabei auch ihres eigenen dünnen Nachthemds. Dann küsste sie sich ihren Weg von Lucias Schlüsselbein über den Bauch hinab zu ihrer feuchten Mitte.

Sanft streichelte sie über samtene Schenkel, immer wieder, bis sie langsam ihren Kopf senkte und die Nässe kostete. Lucia zitterte unter ihr, stöhnte leise und drängte sich ihr entgegen, als sie begann, langsam über ihre geschwollene Klitoris zu lecken.

Lucias Bewegungen unter ihr, deren Hände auf ihrem Kopf, ihr lustvolles Stöhnen, das den Raum füllte, der Geschmack auf den Lippen, der Zunge ... Romy bezweifelte, dass sie jemals so erregt gewesen war wie in diesem Augenblick. Es war, als würde sie in eine Art Rauschzustand versetzt, in dem sie sich verlor.

Während sie weiterleckte, berührte sie sich selbst – und kam mit einem unterdrückten Stöhnen, noch ehe sie Lucia zum Höhepunkt gebracht hatte. Atemlos und mit rasendem Puls verharrte sie einen Moment lang zwischen Lucias Beinen.

Ein Anflug von Peinlichkeit bemächtigte sich ihr. In Florenz hatte sie ihre Unsicherheiten möglicherweise überspielen können. Das erste Mal war für beide Seiten immer mit Nervosität verbunden – oder nicht? Spätestens jetzt aber musste Lucia bemerkt haben, dass sie keine besonders geschickte Liebhaberin war, trotz der Jahre, die sie ihr altersmäßig voraus hatte.

»Romy.« Lucias leise Stimme drang an ihr Ohr. »Komm hoch. Komm zu mir.«

Sie setzte sich auf. Dann fühlte sie einen intensiven Blick auf ihrem nackten Körper, und ihre eigene Scham über das, was Lucia da wahrnahm, raubte ihr jegliche Kraft. Der T-Schnitt. Die hässliche Narbe, die sich vertikal fast bis zum Brustansatz und horizontal von einer Seite zur anderen zog. Unübersehbar, sogar im fahlen Mondlicht, das durch das Fenster fiel, und hoffnungslos entstellend.

Lucia umschlang sie mit beiden Armen und zog sie zu sich hinunter. »Du bist wunderschön«, flüsterte sie, und es klang so ehrlich und überzeugt, dass es ihr fast die Tränen in die Augen trieb. »Und ich bin froh, dass du zu mir gekommen bist. Ich habe mich so nach dir gesehnt.«

»Du hättest auch zu mir kommen können.« Zu reden schien Romy in diesem Moment sicherer als zu handeln.

Lucia zögerte mit der Antwort. »Die Entscheidung lag bei dir«, sagte sie nach einer Weile.

»Nein.« Romy stützte ihre Ellbogen links und rechts neben Lucias Kopf ab und sah ihr tief in die Augen. Wunderschöne, dunkle, sehnsuchtsvolle Augen. »Nein«, wiederholte sie. »Hier gibt es kein Ungleichgewicht. Keine, die entscheidet, während die andere sich fügt. Wir sind beide in derselben Position.«

Lucia schien kurz zu überlegen. Ein amüsiertes Lächeln breitete sich auf ihrem Gesicht aus.

»In derselben Position? Oh, dazu habe ich eine extrem gute Idee ...«

Sie löste sich aus der Umarmung und schubste Romy sanft aufs Bettlaken zurück. Ehe diese begriff, was vor sich ging, legte sich Lucia auch schon halb über sie, den Kopf zwischen ihren feuchten Schenkeln vergraben.

Romy stöhnte auf, als sie das Züngeln an ihrer Klitoris spürte. Einen Moment lang wollte sie einfach nur liegen, passiv genießen. Es war lange her, auf diese Weise verwöhnt worden zu sein ... Dann aber gewann ihr Bedürfnis, Lucia denselben Genuss zu verschaffen, die Oberhand. Sie umfasste deren Gesäß mit beiden Händen und zog sie heran.

Irgendwann, als sie selbst sich kaum länger zurückhalten konnte, spürte sie, dass auch Lucias Anspannung wuchs. Sie ließ ihre Zunge in sie gleiten, schob sie noch näher zu sich – und spürte, wie Lucia sich verkrampfte und schließlich zum Höhepunkt kam, während sie selbst gleichzeitig von einem tosenden Strudel aus Leidenschaft und Ekstase mitgerissen wurde.

Sie ließ sich fallen, während ihr Körper ein Eigenleben führte, zuckte, zitterte und schließlich, nach einer Zeitspanne, die ihr vorkam wie eine Ewigkeit, ermattet zurück auf das Bett sank.

Lucia kuschelte sich an sie. Die Haarsträhnen kitzelten an Romys Wange, als sie sich leicht zu ihr drehte und sie zärtlich küsste. »Das ist absolut wundervoll«, sagte sie leise.

Dem wusste Romy nichts hinzuzufügen.

Tief in ihr formierte sich eine Erkenntnis, die weit über Lust und Leidenschaft hinausging. Von der plötzlichen Angst erfasst, sich zu sehr zu offenbaren, schloss sie die Augen und suchte erneut Lucias Mund.

Neue Wendungen

Obwohl sie nur wenige Tage weg gewesen war, kam Lucia die Gaststube des *Goldenen Fasan* merkwürdig fremd vor, als sie sie am Montagvormittag betrat.

Das Restaurant hatte noch nicht geöffnet. Michaela und Jörg, zwei der Servicekräfte, waren damit beschäftigt, die Tische zu decken. Lucia warf einen Blick in das Buch mit den Reservierungen. Von zwölf bis vierzehn Uhr waren sie ausgebucht bis auf den letzten Platz. Am Abend genauso. Es war für sie auch nach all den Wochen, in denen sie hier mittlerweile arbeitete, immer wieder erstaunlich, wie gefragt das Restaurant war.

Sie entdeckte den Namen eines älteren Ehepaars, das zu den Stammgästen zählte, vermerkt mit dem Zusatz: *mit Kleinkind.* Offenbar das Enkelchen. Lucia unterdrückte ein Seufzen, während sie sich bereits anschickte, den Kinderstuhl zu organisieren. Sie würde nie verstehen, weshalb es Leute gab, die sich und anderen in solch einem Restaurant ein Essen in Begleitung eines quengelnden, bestenfalls auf sein Lätzchen kleckernden Kindes antaten.

Ihr Weg zu den Kinderstühlen führte über den Innenhof. Ein paar Kollegen standen dort mit einem der Köche in einer Ecke, rauchten, schäkerten und begrüßten Lucia mit einem kurzen Hallo.

Was mache ich hier eigentlich, ging es ihr durch den Kopf, während sie die Türe zum Abstellraum aufschloss. Aufdecken, abdecken, Leuten Essen servieren. Ihre Wünsche entgegennehmen.

Das, was sie jahrelang ausgeführt hatte wie ein betriebsamer Roboter, erschien ihr plötzlich monoton und trostlos. Hatte sie sich ihr Leben wirklich so vorgestellt? Als bessere Servicekraft mit französischer Positionsbezeichnung? Sicher, irgendwann würde sie irgendwo zur Restaurantleiterin aufsteigen, wenn sie sich darum bemühte. Doch war das auf Dauer befriedigend?

Sie öffnete den Abstellraum und suchte den Lichtschalter. Die beiden Kinderstühle standen hinter den Reserve-Sonnenschirmen und einer Reihe alter Blumenkästen.

Na, wunderbar.

Während sie sich ihren Weg durch das Labyrinth bahnte, hörte sie draußen eine wohlbekannte Stimme. Yvette Bruckner keifte im Innenhof herum. Schrill drang ihr Gezeter durch die angelehnte Türe, auch wenn kein Wort zu verstehen war. Die rauchenden Kollegen und Kolleginnen vor Augen, hatte Lucia jedoch eine konkrete Vermutung, worum es ging. Auch das würde ihre Lebensrealität bleiben: vom Wohlwollen anderer abhängig zu sein, die jede kurze Pause als Beweis für mangelnden Arbeitseifer interpretierten.

Leise Bitterkeit kam in ihr auf, der sie keinen Raum bieten wollte. Von allen Ausbildungen, die die JVA Schwarzau den jungen Insassinnen anbot, war ihr die der Restaurantfachfrau noch am erstrebenswertesten erschienen. Und später hatte sie berufsbegleitend alles getan, um sich weiterzuqualifizieren: im Fernlehrgang zumindest die Fachmatura nachgeholt und Fortbildungen im gastronomischen Bereich absolviert. Ihr früherer Chef in Puchberg hatte sie dabei sehr unterstützt, wofür sie ihm noch immer dankbar war.

Tief in ihrem Inneren wusste sie, woher ihre plötzliche Unzufriedenheit rührte. Durch Romy bekam sie wieder Zugang zu einer Welt, deren Existenz sie jahrelang erfolgreich verdrängt hatte. Eine Welt, in der man essen ging, statt Essen zu servieren. Eine Welt, in der man in stilvoll eingerichteten Häusern und Wohnungen lebte, nicht in provisorischen WG-Zimmern. Eine Welt, in der schon am Morgen klassische Musik durch die Räume klang und kein Radio die neuesten Ö3-Hits plärrte.

Aber das mit Romy hatte ein Ablaufdatum. Darüber machte sie sich keine Illusionen. Der Morgen, der auf die Nacht folgte, hatte stets einen beklemmenden Beigeschmack. So war es in Florenz gewesen, und daran hatte sich auch in Salzburg nichts geändert. Romy zeigte sich äußerst reserviert und redete nur von dem, was sie sachlich miteinander verband: Das vertauschte Bild und die Suche nach weiteren Beweisen für ihre Theorie. Für Lucia bestand kein Zweifel, dass ihre intime Zweisamkeit ein abruptes Ende haben würde, sobald sämtliche Fakten zum doppelten Poisson auf dem Tisch lagen. Romy schlief mit ihr, weil sie eben gerade da war, weil sie Zeit miteinander verbrachten, weil sie offenbar derzeit niemand anderen hatte, der das Bett mit ihr teilte. Mehr konnte sie angesichts der Vorgeschichte auch nicht erwarten.

Den Kinderstuhl im Schlepptau, sperrte sie den Abstellraum von außen ab. Der Innenhof war jetzt wie leergefegt. Gerade wollte sie ins Restaurant zurück, als aufgebrachte Stimmen sie innehalten ließen. Sie drangen aus dem halb geöffneten, mit einer dichten Gardine versehenen Fenster, hinter dem Yvette Bruckners Büro lag.

»... schnüffelt herum ... war abzusehen ...«, schrillte die hörbar aus dem inneren Gleichgewicht geratene Chefin.

»... schmeißt die Nerven weg. Nichts ist passiert, nichts! Nur du drehst plötzlich durch und wirst hysterisch«, bellte eine Männerstimme zurück. Hans Obermoser, der die Bruckner in der Öffentlichkeit stets höflich siezte, legte jetzt in Tonalität und Formulierung keine Zurückhaltung an den Tag. Spontan erinnerte sich Lucia an ihre eigene Vermutung, dass sie und ihr Restaurantleiter womöglich ein Verhältnis hatten.

»Ich verbitte mir das!« Die Bruckner wurde noch eine Spur lauter und schärfer. »Ich habe zumindest die Weitsicht, gewisse Dinge einzuschätzen, während du wie ein hirnloser Trottel durchs Leben stolperst! Ohne mich wärst du schon längst wieder im Häfn oder würdest irgendwo mittellos dahinsumpern, weil dir jede Idee und jeder Impuls fehlt, mehr aus deinem beschissenen Leben zu machen!«

Lucia wusste in diesem Augenblick nicht, was sie mehr schockierte: die Andeutung, dass der Restaurantleiter offensichtlich irgendwann einmal im Gefängnis gesessen hatte, oder die derbe Sprache der ansonsten so distinguierten Gastronomin.

»Du warst schon immer ein Waschlappen, Henry, und du wirst immer einer bleiben! – Ohne mich …«

»Ohne dich hätte ich ein eigenes Restaurant und würde nicht den dämlichen Lakaien spielen!«, donnerte er zurück. »Ich habe für dich immer die heißen Kartoffeln aus dem Feuer geholt … die Drecksarbeit erledigt, für die du dir selbst zu schade bist … Habe mich sogar darum gekümmert, den Charlie aus seiner Mailänder Dreckshöhle herauszuholen und ihn in diesem Heim in Lunz unterzubringen. Wenn du sonst schon keine Gefühle mehr für mich übrig hast, wäre zumindest Dankbarkeit angebracht!«

Dem Ausbruch folgte Schweigen. Lucia, die mit dem Stuhl in der Hand noch immer auf halbem Weg zwischen Abstellraum und dem Hintereingang verharrte, wagte sich kaum zu bewegen. Und sie wollte es auch nicht, denn gleichzeitig war ihre Neugierde erwacht. Henry hatte die Bruckner den Mann genannt, den sie selbst nur als Hans kannte …

»Ich verstehe einfach nicht, dass er wieder hier herumschnüffelt! Das macht mich einfach wahnsinnig.« Yvette Bruckner klang immer noch aufgebracht, doch schien sich ihre Wut jetzt weniger gegen den Restaurantleiter zu richten als gegen einen ominösen Dritten. »*Er* war es doch, wegen dem der Charlie wieder abgerutscht ist!«

»Dein Bruder hat sich selber ruiniert. Zu viel Sex, zu viel Drogen«, konterte Obermoser nüchtern. »Aber ehrlich, Yvette, worüber diskutieren wir hier eigentlich? Ich verstehe deine verdammte Panik einfach nicht. Er hat den Charlie besucht – na und? Was soll Charlie ihm denn erzählen? Der weiß ja selbst an guten Tagen kaum noch, wie er heißt! Der kann sich an nichts erinnern, keine vernünftigen Aussagen machen … redet nur wirres Zeug. Niemand weiß irgendetwas, und das wird so bleiben, wenn du einen klaren Verstand behältst.«

Die Bruckner lachte bitter.

»Allmählich häufen sich die Vorfälle, findest du nicht? – Erst taucht *sie* hier auf, und plötzlich erscheint *er* wieder auf der Bildfläche. Ich könnte mich selber in den Hintern treten, dass ich auf dich gehört und sie …«

»Ah, Lucia, da bist du ja!«

Jörg stand plötzlich wie aus dem Boden gewachsen in der Tür zum Restaurant und ließ Lucia zusammenzucken. Yvette Bruckners Stimme verstummte abrupt. Bruchteile von Sekunden später bewegte sich die Gardine fast unmerklich zur Seite, dann wurde das Fenster mit einem Knall geschlossen.

Lucia fühlte, wie ihr die Farbe aus dem Gewicht wich. Was sie eben mit angehört hatte, barg einige Brisanz, das stand außer Frage – ebenso wie die Tatsache, dass die *Grande Dame* jetzt wusste, wer es mitbekommen hatte.

»Kommst du mal bitte? Wir brauchen dich.« Jörg schien von ihrer inneren Not nichts mitzubekommen. »Da will jemand einen Tisch für fünfzehn Personen reservieren, und …«

Hier im Innenhof festzuwachsen war keine Option, auch wenn ihr der Schock noch immer in den Knochen saß. Entschlossen, aber mit dem unguten Gefühl, dass ihr Lauschen ein Nachspiel haben würde, packte Lucia den Kinderstuhl und folgte Jörg ins Restaurant.

Als sie eine halbe Stunde später von Yvette Bruckner ins Büro zitiert wurde, war sie auf alles gefasst.

*

Romys Terminkalender an diesem Montag ließ kaum eine Pause zu, und sie war beinahe dankbar darum. Es war wie der längst notwendige Stoß aus einer Traumwelt, die irgendwann sowieso platzen würde wie eine Seifenblase. Früher oder später würde sie sich auf dem harten Boden der Realität wiederfinden.

Die Nächte mit Lucia versetzten sie in einen regelrechten Rauschzustand, der sie zeitweise alles andere vergessen ließ. Doch auf jede Nacht folgte ein Morgen – der Tag warf unerbittliches Licht auf die Tragödie, die nach wie vor zwischen ihnen stand. In ihrem Inneren lieferten sich widerstreitende Emotionen einen erbitterten Kampf, der es ihr unmöglich machte, Lucia in der Früh mit derselben Unbefangenheit gegenüberzutreten, mit der sie in der Nacht in ihren Armen einschlafen war.

Lucias mitunter noch immer verschlossene Art half ihr tagsüber, Distanz zu wahren. Sie forderte nichts, fragte nichts. Den morgendlichen Stimmungswandel schien sie widerstandslos zu akzeptieren – was Romy zu der dumpfen Vermutung hinriss, dass Lucia längst nicht in demselben Meer an Gefühlen schwamm wie sie selbst. Wahrscheinlich gab es in deren Leben ohnehin eine andere, eine in ihrem Alter, die nur gerade nicht zur Verfügung stand. Dass sie für Lucia nicht die erste Frau gewesen war, hatte spätestens seit dem ersten Sex festgestanden. Lucia gab sich dabei deutlich unkomplizierter und lockerer als sie selbst.

Ihre Kundentermine am Vormittag lenkten sie erfolgreich davon ab, sich weiter über ihr Verhältnis zu Lucia den Kopf zu zerbrechen. Nachdem sie einem Lungauer Hotelier am frühen Morgen einen der neu erworbenen Fernand-Léger-Drucke gezeigt hatte, fuhr sie direkt zu einer Verhandlung mit einem Tiroler Sammler über den Ankauf eines Ölbildes von Alfons Walde. Erst als sie sich mit Ludger Reichenthaler, dem Geschäftsführer von ArtTrans, in einem Anifer Nobelgasthaus zum Mittagessen traf, kehrten ihre Gedanken wieder zu Lucia zurück. Reichenthaler war zufällig in der Gegend, sie hatte davon sehr kurzfristig erfahren; dass er ebenso kurzfristig zu einem Treffen bereit war, führte sie auf die langjährige Zusammenarbeit mit dem Unternehmen zurück, dessen Dienste sie fast wöchentlich in Anspruch nahm, wenn es darum ging, teure Kunstwerke sicher an ihre Kunden in ganz Europa auszuliefern. Schon länger plante sie, mit ArtTrans ein klärendes Gespräch über die Auslieferung von *Fluss mit zwei Brücken* an Di Renzi zu führen. Die Gelegenheit hätte sich nicht günstiger ergeben können.

Von dem Vorhaben hatte sie gegenüber Lucia bisher nichts erwähnt. Im Strudel der sich überschlagenden Ereignisse war ihre Spurensuche rund um den gefälschten Poisson sowieso beinahe in den Hintergrund getreten.

Gegen vierzehn Uhr kam sie ernüchtert in die Galerie zurück – ihre Theorie, der echte Poisson könnte während des Kunsttransportes nach Italien gegen die Fälschung ausgetauscht worden sein, hielt den realen Gegebenheiten nicht stand. ArtTrans war nicht umsonst eines der renommiertesten und seriösesten Transportunternehmen für kostspielige Kunstwerke.

Resigniert setzte sie sich im Hinterzimmer der Galerie an ihren Schreibtisch, die gesamte Situation überdenkend.

Wo also bei ihrer Recherche weitermachen? – Wieder einmal war sie an einen Punkt gekommen, an dem ihr das gesamte Unterfangen sinnlos und abstrus erschien. Sie hatte mit den Schachdavians gesprochen, Di Renzis Sicherheitsvorkehrungen in Italien besichtigt, sich von ArtTrans noch einmal den damaligen, von ihrem Vater organisierten Transport erläutern lassen – und war doch keinen Schritt weitergekommen.

Womöglich beruht die Sache mit den Etiketten doch auf einer simplen Erklärung und es gibt keine Fälschung, dachte sie gerade resigniert, als Clara, ihre langjährige Mitarbeiterin, sie aus ihren Gedanken riss.

»Diese seltsame junge Frau treibt sich schon wieder vor der Galerie herum und linst die ganze Zeit herein. – Ich frage mich, ob wir allmählich nicht die Polizei rufen sollten.«

»Welche seltsame junge Frau?«

Romy wurde schlagartig hellhörig. Sie ahnte bereits, um wen es sich handelte, noch ehe ihr Clara die Bestätigung lieferte.

»Die, von der du vor einigen Wochen sagtest, ich soll sie wegschicken und ihr keinesfalls deine Nummer geben. Du warst kaum fünf Minuten weg, da tauchte sie hier auf. Sie ging dann irgendwann, aber jetzt ist sie wieder da und starrt durch die Glasfront. Ich weiß gar nicht, ob wir da etwas rechtlich in der Hand haben, um die Polizei ...«

Romy erhob sich hastig und ging nach vorne in den Schauraum. Sie entdeckte Lucia an der Hausmauer gegenüber, den Blick unverwandt auf den Laden gerichtet. Als sie gewahr wurde, dass Romy sie entdeckt hatte, machte sie ein paar zögerliche Schritte auf die Galerie zu, blieb dann aber hilflos stehen.

Romy unterdrückte ein Seufzen. Sie wollte hier in Salzburg nicht mit Lucia gesehen werden, fühlte sich einfach nicht bereit für einen gemeinsamen Auftritt und die Erklärungen, die er nach sich ziehen würde, falls Opfer und Täterin der damaligen Messerstecherei erkannt würden. Doch so zu tun, als wäre sie Luft, war schlichtweg lächerlich – und demütigend für Lucia, die – so konnte Romy sogar von drinnen erkennen – ohnehin nicht besonders glücklich wirkte.

Sie öffnete die Türe und winkte sie zu sich heran.

»Es tut mir leid. Ich hätte dich angerufen, aber ich habe mein Handy zu Hau... bei dir im Haus vergessen«, war das Erste, was Lucia über die Lippen kam. »Ich ...« Sie senkte ihre Stimme zu einem Flüstern, als sie Clara bemerkte, die ebenfalls im Raum stand und die Szene mit unverhohlenem Argwohn beobachtete. »Kann ich ... den Hausschlüssel haben?«

Ein sensibles Thema. Romy straffte unwillkürlich die Schultern.

»Hast du nicht gesagt, dass du bis zum späten Abend durcharbeitest?«

»Ja, das hatte ich vor. Aber ... Yvette Bruckner hat mich mit sofortiger Wirkung freigestellt. Ich bin gekündigt.«

Lucias Stimme klang gefasst, doch das Zittern ihrer Lippen verriet Romy, dass sie diese Tatsache längst nicht so unberührt ließ, wie sie vorgab. Sie einfach mit dem Schlüssel und dem Code der Alarmanlage abzufertigen, war angesichts dessen keine Option. »Komm rein«, entschied sie daher, Claras fragenden Blick ignorierend.

Ich bin niemandem Erklärungen schuldig, versuchte sie sich selbst zu überzeugen, als sie Lucia durch den Schauraum ins Hinterzimmer lotste und die Tür schloss.

Unschlüssig stand Lucia in dem kleinen Raum, dessen einziges Fenster in einen Lichthof wies. Romy hatte gewohnheitsmäßig an ihrem Schreibtisch Platz genommen und wollte gerade auf den hölzernen Stuhl deuten, der schräg davor als Ablagefläche für einige Magazine und Zeitungen diente, als ihr die Schrägheit dieser Geste bewusst wurde. Nur zu gut erinnerte sie sich daran, wie sie vor Di Renzi gesessen und sich dabei gefühlt hatte. Sich jemandem gegenüber so zu verhalten, mit dem man noch dazu nachts das Bett teilte, war schlichtweg schäbig.

Sie stand wieder auf. Ihre Umarmung kam für Lucia offensichtlich unerwartet, denn es dauerte ein paar Sekunden, bis deren Haltung sich lockerte und sie sich in ihre Arme sinken ließ. Dann spürte Romy die Tränen, die der jungen Frau über die Wangen liefen, und ihre letzten Vorbehalte fielen in sich zusammen. Sie zog sie noch enger an sich und bedeckte ihre Wangen mit kleinen, tröstenden Küssen.

»Fahren wir nach Hause. Und dann erzähl mir in Ruhe, was passiert ist, okay?«

Lucia schniefte. »Ich will dich nicht stören«, presste sie hervor. »Ich weiß nur nicht, wohin. Und draußen ist es so windig und ich …«

Romy brachte sie mit einer entschiedenen Geste zum Schweigen.

*

Lucia wusste nicht recht, womit sie anfangen sollte, als sie eine halbe Stunde später mit einer dampfenden Tasse Tee vor sich neben Romy auf der Wohnzimmercouch saß. Sie selbst wusste ziemlich genau, weshalb sie so plötzlich hinausgeworfen worden war – hatte allerdings keinerlei Beweise dafür. Und Yvette Bruckner war immerhin eine sehr gute Freundin von Romy. Für Lucia stand außer Frage, dass Romy ein engeres emotionales Verhältnis mit Yvette verband als mit ihr, unabhängig aller Intimitäten. Wie sollte das auch anders sein? – Yvette Bruckner war schließlich nie mit einem Messer auf sie losgegangen …

»Frau Bruckner bat mich heute gegen Mittag in ihr Büro und sagte, sie habe sich jetzt dagegen entschieden, mich weiterzubeschäftigen«, berichtete Lucia schließlich. »Sie warf mir vor, ich hätte meinen Urlaub selbstständig verlängert, indem ich den Krankenstand am Wochenende nur vorgetäuscht hätte.«

»Aber du hast dich doch gleich krank gemeldet?«

»Ja, aber sie hat wohl tatsächlich jemanden von den langjährigen Servicekräften bei meiner alten Adresse vorbeigeschickt, der sich überzeugen sollte, dass ich wirklich zu Hause bin. Und, oh Überraschung, da war ich natürlich nicht, sondern nur die ätzende Ann-Kathrin, die so tat, als wisse sie von nichts …«

»Hast du ihr denn nicht gesagt, dass du umgezogen bist?«

»Natürlich nicht«, antwortete Lucia und hob irritiert die Augenbrauen. Manchmal gab ihr Romy Rätsel auf.

»Ja, aber warum …« Romy brach die Frage ab, ohne sie zu vollenden. Sie schluckte trocken.

»Genau deshalb.« Lucia schnitt eine Grimasse. »Aber das ist gar nicht der Punkt. Denn die zweite Begründung für meinen erzwungenen Abgang ist noch viel interessanter.«

»Nämlich?«

Der Druck, es auszusprechen, ließ Lucia tief durchatmen.

»Sie sagte, dass sie ohnehin nicht mit sich im Reinen sei, mich weiter bei sich arbeiten zu lassen – wegen dir. Sie hielte es nicht länger für vertretbar, dass du Gefahr läufst, mit mir zusammenzutreffen. Und du hättest sie mittlerweile ausdrücklich darum gebeten, mich aus dem *Goldenen Fasan* zu entlassen. Der psychische Druck sei zu groß.«

»Wie bitte?« Romy stellte ihre Teetasse so ruckartig auf den Unterteller, dass der Tee über den Rand schwappte. »Das habe ich niemals gesagt!«

»Daran habe ich keine Sekunde gezweifelt. Aber findest du das nicht ... eigenartig?«

Romy presste die Lippen aufeinander und sagte nichts. Auch ihre Miene verschwieg, was in ihr vorging. »Wie geht es jetzt weiter?«, fragte sie dann plötzlich.

»Mit mir?« Lucia zuckte mit den Schultern. »Ich werde mir einen neuen Job suchen müssen, natürlich. Yvette Bruckner hat mir immerhin noch zweitausend Euro in die Hand gedrückt, als eine Art Abfindung. Interessant, oder?«

»Na ja ... Sie ist kein Unmensch.« Romy schloss einen Moment lang die Augen. »Ich weiß nicht, was zwischen euch schiefgelaufen ist. Glaub mir, ich habe wirklich nichts damit zu tun.« Sie machte eine hilflose Handbewegung. »Ich bin mir aber sicher, dass irgendetwas ... in eurem Arbeitsverhältnis nicht gepasst hat.«

Ja, klar, das muss es sein, dachte Lucia sarkastisch. Die perfekte Yvette! Selbstverständlich glaubte Romy der Freundin eher als ihr, selbst wenn sie das belauschte Gespräch als eigentlichen Grund für die Kündigung ins Spiel brächte.

»Wusstest du eigentlich, dass Yvette Bruckner einen Bruder hat? Er soll in einem Heim in einem Ort namens Lunz untergebracht sein«, fragte sie stattdessen.

»Ja, schon, das hat sie einmal erwähnt«, bestätigte Romy zu ihrer Überraschung, ohne zu zögern. »Irgendwelche Drogenprobleme. – Wie kommst du darauf?«

»Nur so.« Lucia zuckte mit den Schultern. »Und wusstest du auch, dass sie ein Verhältnis hat mit einem gewissen Henry?«

Diesmal konnte sie an Romys Gesichtszügen unschwer erkennen, dass sie sie kalt erwischt hatte.

»Yvette und ich reden nicht über diese Dinge«, stellte Romy dann klar. »Das ist sehr privat.«

Aber sicher, dachte Lucia, wiederum voller Sarkasmus, beließ es aber dabei.

»Wie auch immer«, sagte sie resigniert. »Ich werde mir einen neuen Job suchen, und das war es.«

*

»Warum nennst du dich nicht D'Argilla, nach deinem Vater? – Der Name würde dir weniger Hürden bereiten als Starl.«

Romys Frage kam für Lucia so unerwartet, dass ihr eines der Maki, das sie zum Abendessen bestellt hatten, von den Stäbchen und in die Sojasoße fiel. Während sie das dunkel getränkte, mit schwarzen Algen umwickelte Reisstück wieder herausfischte, erwiderte sie: »Ich hieß immer schon Starl. Meine Eltern waren ja nie verheiratet. Den Namen meines Vaters anzunehmen, obgleich er nach meiner Verurteilung kein Wort mehr mit mir gesprochen hat, käme mir wie ein Verrat an meiner Mutter vor. Seit der Trennung habe ich meinen Vater nicht mehr regelmäßig gesehen, und er hat mich dann auch nie im Gefängnis besucht. Nicht einmal Post habe ich je von ihm bekommen. Wir haben keinen Kontakt, und ich vermisse ihn nicht.«

»Bei Di Renzi hast du seinen Namen angegeben ...«

»Ja, weil ich dachte, dass es uns weiterhilft. Dass er meinen Vater zumindest namentlich kennt und sich etwas zugänglicher zeigt. Und damit hatte ich ja recht.«

»D'Argilla verbinden alle mit einem bekannten Dirigenten«,

gab Romy zu Bedenken. »Starl dagegen mit einer Frau, die mit einem falschen Gutachten für einen Skandal gesorgt hat …«

»Das wird sich ändern.« Lucia sah Romy ernst an. »Meine Mutter hat kein falsches Gutachten abgegeben, und das weißt du inzwischen genauso gut wie ich. Es ist nur eine Frage der Zeit, bis wir herausfinden, was passiert ist.«

»Ich weiß mittlerweile nicht mehr, wo wir ansetzen könnten.« Romy hatte ihr Sushi-Set geleert und legte ihre Stäbchen beiseite. »Ich habe heute mit ArtTrans gesprochen und mich über sämtliche Sicherheitsvorkehrungen bei Transporten informiert. Und glaube mir: Es war unmöglich, hier während des Transportes ein krummes Ding zu drehen. Alles ist mehrfach gesichert, mehrfach überprüft.«

»Ein System ist nur so zuverlässig wie diejenigen, die dafür arbeiten«, hielt Lucia dagegen. In ihr formierte sich die vage Furcht, Romy könnte die Flinte ins Korn werfen. »Was ist mit den Mitarbeitern der Firma? Was ist, wenn dort jemand ein krummes Ding drehen wollte?«

»Jeder, der für ArtTrans arbeitet, braucht einen polizeilich bestätigten Leumund, mindestens drei Referenzen früherer Arbeitgeber und einen festen Wohnsitz, hat mir der Geschäftsführer persönlich erklärt. Es ist eher unwahrscheinlich, dass Personen mit diesem Profil ein Verbrechen begehen.«

»Ich hatte einen festen Wohnsitz und all meine Lehrer hätten nur das Beste über mich berichtet«, konterte Lucia ungerührt. »Und trotzdem habe ich ein Verbrechen begangen und dich fast getötet. – Was sagst du jetzt?«

»Dazu sage ich nichts, weil es nicht vergleichbar ist.« Romy stand auf und entsorgte die leeren Plastikboxen. Anschließend füllte sie beide Gläser mit Mineralwasser. »Ich weiß im Moment einfach nicht, wohin dies alles führen soll«, gab sie unumwunden zu. »Seit ich mich wieder mit *Fluss mit zwei Brücken* beschäftige, bleibt kaum Zeit für anderes. Ich bin selbstständig. Ich habe eine Galerie zu führen, verstehst du? Ich kann nicht ständig irgendwo in der Weltgeschichte herumgeistern, um einem Phantom-Bild nachzujagen.«

Phantom-Bild. Die plötzliche Wendung stieß Lucia vor den Kopf. Richtig, Romy hatte eine Galerie zu führen, aber das war bisher kein Hindernis gewesen, um kurz einmal nach Wien oder Berlin zu reisen oder auch nach Italien. Aber plötzlich schien ihr die Sache nicht mehr so wichtig zu sein. Plötzlich waren die Etiketten kein ausreichender Beweis mehr für die Existenz eines zweiten Bildes. Plötzlich stand also wieder im Raum, dass sich ihre Mutter eben geirrt hatte.

Ihr Blick schien Romy herauszufordern.

»Ich meine: Warum sollte jemand sich die Mühe machen, ein Bild aufwendig zu fälschen und zu vertauschen, nur um es, nachdem das zweite Gutachten angefertigt war, zurückzutauschen, bevor es wieder an die Schachdavians ging«, überlegte Romy nun laut. Sie ließ sich an dem kleinen Bartisch gegenüber des Herdes nieder, an dem sie in der Küche zu Abend gegessen hatten. »Das Ganze ist doch vollkommen absurd, wenn man genauer darüber nachdenkt. Warum sollte das jemand tun? – Eine Kunstfälschung dieser Größenordnung wäre am Markt zudem unverkäuflich, solange es ein Original gibt, das plötzlich irgendwo auftauchen könnte.«

»Du hast doch selbst schon gesagt, dass es möglicherweise nicht um Geld ging, sondern darum, eurer Familie zu schaden«, rief ihr Lucia ins Gedächtnis. Sie konnte den Sinneswandel, der sich hier schleichend in den Vordergrund kämpfte, nicht nachvollziehen. »Was ist mit Carlo Baco alias Karl Wurm? Warum versuchen wir nicht, ihn zu finden? So schwer kann das doch nicht sein! Ein derart begabter Maler wird sich seinen Lebensunterhalt ja wohl kaum als Maurer oder Bäcker verdienen, sondern innerhalb der Branche, in welcher Funktion auch immer ... er *muss* doch aufzuspüren sein!«

»Wir wissen doch überhaupt nicht, ob dieser Carlo wirklich Karl Wurm ist und wie und ob das alles mit dem Poisson-Bild zusammenhängt«, wandte Romy ein. »Bisher ergehen wir uns nur in Spekulationen.«

»Ja, und das wird sich auch nicht ändern, wenn wir der Sache nicht auf den Grund gehen!« Lucia konnte nicht verhindern, dass sich ein schärferer Ton in ihre Stimme einschlich.

Eins, zwei, drei …

Ruhig bleiben, mahnte sie sich selbst, auch wenn ihr Unverständnis dafür, dass Romy auf voller Linie zurückruderte, allmählich in Ärger umschlug.

»Im Übrigen, deine Theorie, was den Verkauf eines gefälschten Poisson anbelangt – ich glaube, dass es nicht ganz so kompliziert ist, eine Fälschung in Umlauf zu bringen und Geld damit zu verdienen«, fuhr Lucia fort, nachdem sie sich wieder unter Kontrolle hatte. »Immerhin hatte auch deine liebe Freundin Yvette Bruckner ein Bild in ihrem Büro hängen, das aussah, als hätte Poisson es gemalt. Und du wirst mir jetzt kaum glauben machen wollen, dass sie sich ein Original leisten kann. So reich ist sie ja auch nicht – oder doch?«

Romys Stirn legte sich in Falten.

»Unsinn. Ich kenne die Bilder, die Yvette besitzt. Natürlich hat sie keinen Poisson, ich bitte dich! Und auch nichts, was aussieht wie ein Poisson.«

»In ihrem Büro hing trotzdem ein ähnliches Bild.«

Ungeduldig erhob Romy sich. »Lass uns jetzt nicht weiter darüber diskutieren, das führt zu nichts. Du bist sauer auf Yvette wegen der Kündigung, was ich ja auch verstehen kann. Aber das ist kein Grund, sich in irgendwelche Phantasien zu verstricken.«

Sie sieht die Schuld für diese Kündigung doch bei mir, schlussfolgerte Lucia resigniert, während sie nun ebenfalls von dem gepolsterten Barhocker rutschte. Weil ihre beste Freundin selbstverständlich unfehlbar ist … Verbittert leerte sie das Wasserglas und stellte es ins Spülbecken.

»Gehen wir zu Bett«, sagte Romy. Sie rieb sich den Nacken und zog dabei ein Gesicht, als würde sie von Kopfschmerzen geplagt. »Ich will nicht mehr diskutieren. Mir ist das gerade alles zu viel. Morgen ist auch noch ein Tag.«

Innerlich zu aufgewühlt, um zu widersprechen, brachte Lucia nur ein unwirsches »Ich bin sowieso müde« über die Lippen.

Romy machte einen unschlüssigen Schritt auf sie zu, beinahe so, als wolle sie sie doch noch umarmen, doch Lucia wich mit einer kurzen Seitwärtsdrehung aus und verließ ohne ein Wort die Küche.

Die Enttäuschung saß zu tief.

*

Warum muss alles so kompliziert sein, dachte Romy resigniert, als sie später alleine im Bett lag.

Sie wusste selbst nicht, was mit ihr vor sich ging. Vermutlich war sie einfach nicht gewohnt, mit jemandem zusammenzuleben, sich mit jemandem im Alltag auseinanderzusetzen.

Oder es lag eben doch daran, dass sie Lucia nicht unbelastet in irgendeinem Café kennengelernt hatte? Es stand einfach zu viel zwischen ihnen, was einen unbefangenen Umgang miteinander auf die Dauer unmöglich machte.

Fakt war: Sie hatte tatsächlich keine Lust, sich weiter mit dem Poisson zu beschäftigen. Durch das Gespräch mit ArtTrans war ihre Theorie, wie und wann das Bild hätte ausgetauscht werden können, wie ein Kartenhaus zusammengefallen. Das, worauf sie Lust hatte, war ein ganz normales Leben. Ein Leben, um das sie viele andere Menschen immer beneidet hatte. Mit einer festen Beziehung. Mit Liebe. Mit Sex.

Doch die Vorstellung, ein solches Leben mit Lucia zu führen, war ja mindestens so abwegig wie ihre Ideen über gefälschte Kunstwerke. Sosehr sie sich auch bemühten, nicht daran zu denken – die Vergangenheit stand zwischen ihnen.

Und Lucia, das hatte sich an diesem Abend einmal mehr gezeigt, ging es letztendlich nur um eines: die Wiederherstellung des guten Rufs ihrer Mutter.

Zeit für Entscheidungen

Der Anruf des Krankenhauses kam gegen sechs Uhr früh und riss Lucia aus dem Schlaf. Bereits als sich der Arzt danach erkundigte, ob sie eine Daniela Sommer kenne, saß Lucia hellwach und aufrecht im Bett. Dani. Seit sie bei ihr und dieser Petra übernachtet hatte, war der Kontakt abgerissen, und sie hatte es hingenommen. In ihrem eigenen Leben geschah zu viel, um sich auch noch mit Danis Sorgen und Nöten auseinanderzusetzen. Und jetzt lag sie auf der Intensivstation, schwerverletzt und notoperiert!

Ohne zu zögern, packte sie ihre notwendigsten Sachen in den kleinen Trolley und weckte Romy.

»Ich muss nach Wien. Meine Freundin hatte einen Unfall«, erklärte sie kurz angebunden, in Gedanken schon bei Dani im Krankenhaus, die dort ganz alleine lag und niemanden hatte außer ihr.

Romy, die sich schlaftrunken erhob und im Nachthemd vor ihr stand, sah sie an wie eine Geistererscheinung.

»Wann kommst du wieder?«, fragte sie schließlich, und Lucia antwortete hastig: »Ich weiß es nicht. Ich muss mich um sie kümmern, bis es ihr besser geht. Dann sehen wir weiter.« Romys betretenes Schweigen auf ihre Weise interpretierend, schob sie hinterher: »Ich kann meine restlichen Sachen doch noch hier lassen, oder? – Ich verspreche dir, ich habe dann eine Lösung gefunden und werde dir nicht länger auf den Wecker gehen.«

»Wie du willst.«

Romy brachte sie zur Türe und sperrte hinter ihr ab. Keine Umarmung zum Abschied, kein Kuss.

Jetzt am Bahnhof, als sie auf den Zug wartete, wurde sich

Lucia erstmals bewusst, wie kühl dieser Abschied gewesen war. So, als hätte es nie Intimitäten zwischen ihnen gegeben, obwohl diese doch noch keine achtundvierzig Stunden her waren. Über Nacht war Romy wieder zu derjenigen geworden, die in ihr nur eine Art Geschäftspartnerin sah. Und selbst diese Beziehung gab es wohl nicht mehr, seit sie beschlossen hatte, sich nicht mehr um eine Aufklärung der Bildersache zu bemühen.

Was hatte ich denn auch erwartet, dachte Lucia bitter, als sie schließlich im Zug saß und die Landschaft an sich vorbeiziehen sah. Träume blieben eben Träume, sosehr sie sich auch bemühte, sie wahr werden zu lassen. Romy in die Oper auszuführen, reichte vielleicht aus, um mit ihr Sex zu haben, aber nicht, um ihr Herz zu gewinnen. Wie sollte das auch gehen, nach allem, was sie verbrochen hatte …

Und in Wien lag Dani und kämpfte um ihr Leben – ein Leben, in dem es um Wichtigeres ging als um Sechzehn-Millionen-Euro-Gemälde und Ausflüge zu Privatsammlungen in barocke italienische Villen.

Drei Stunden später stand sie am Bett. Dani lag mit geschlossenen Augen und reglos da. Ihre Lippen waren blutverkrustet, ihr Kopf dick mit Mull verbunden. Sie nahm nichts wahr. Die zahlreichen Geräte, an die sie angeschlossen war, schreckten Lucia mehr ab, als dass sie sie davon überzeugten, dass die Medizin hier ihr Bestmögliches gab. Rund eine halbe Stunde betrachtete sie die Bewusstlose, streichelte ihr die Hand, berührte ihre Wange und hoffte, dass Dani trotz allem ihre Anwesenheit spüren würde.

Schließlich stand sie auf und zog sich zurück. Im Moment konnte sie wohl nicht mehr für sie tun, als regelmäßig vorbeizuschauen. Doch wie würde es weitergehen, wenn Dani wieder zu Bewusstsein kam? Nachdenklich schlenderte Lucia den Gang entlang in Richtung Ausgang, als sie einen Gesprächsfetzen aufschnappte, der sie innehalten ließ.

»… bestimmt von ihrem Typen zusammengeschlagen. Eine Schande, dass da noch nichts unternommen wurde!«

»Ganz genau. Aber das ist typisch Oberarzt Kainrath. Der drückt sich immer vor solchen Anzeigen, weil er keine Formulare ausfüllen will. Und das, wo solche Fälle doch gemeldet werden müssen …!«

»Der redet sich damit raus, dass sie angegeben hat, sie wäre gestürzt. – Vollkommen lächerlich, wenn du mich fragst! Das sind doch keine Sturzverletzungen. Die ist von ihrem Typen verdroschen worden! Und überhaupt ist die in dubioser Gesellschaft – diese Freundin, die gestern hier so rumgepöbelt hat, ist ja auch nicht ohne!«

Die zwei Krankenschwestern, die am Gang die Köpfe zusammengesteckt hatten, bemerkten Lucia nicht.

»War diesmal ja sogar noch selbst in die Notaufnahme gekommen – alleine. Ist dann sofort zusammengebrochen – kein Wunder bei den inneren Blutungen.«

»Diesmal?«

»Hattest du das nicht mitbekommen? Daniela Sommer war schon mal bei uns. Damals mit zwei gebrochenen Rippen, einer Platzwunde am Hinterkopf und einer leichten Gehirnerschütterung. Sie wurde ambulant versorgt und nach Hause geschickt. In ihrer Krankenakte stand Sturz als Ursache – also immer dasselbe! Und der Kainrath, der faule Hund, stellt sich blind und taub!«

Lucia versuchte, sich aus dem, was sie da erfuhr, ein klares Bild zu machen. Es wollte nicht gelingen.

»Ich habe mir schon überlegt, ob ich das nicht zur Anzeige bringe.« Die Krankenschwester senkte nun die Stimme. »Dafür braucht's ja keinen Arzt …«

»Bist du verrückt?« Die Kollegin klang ehrlich entsetzt. »Da hintergehst du den Kainrath und den Herrn Primar! Wenn die davon Wind bekommen, kannst du hier gleich einpacken!«

Mit einem Mal bemerkten die beiden Lucia, die die Diskussion mit wachsendem Entsetzen verfolgt hatte.

»Kann ich Ihnen helfen?«, fragte eine der Schwestern, und ihre Kollegin bedachte sie mit einem argwöhnischen Blick.

Lucia verneinte. Sie hatte es plötzlich eilig, von hier wegzukommen. Ihr war, als hätte sich der Boden unter ihr aufgetan. Während sie sich von ihrer Vergangenheit komplett hatte einnehmen lassen und in Emotionen verstrickte, die in der Gegenwart nur Probleme mit sich brachten, durchlitt Dani in Wien die Hölle. Und sie war nicht für sie da gewesen!

Sie dachte an ihre letzten Gespräche, ihr letztes Zusammensein. Beinahe hatten sie gestritten, weil Dani bei dieser Petra eingezogen war. In schmerzhafter Erinnerung trat ihr auch Danis unerwarteter Besuch in Salzburg vor Augen. Zerschunden hatte sie vor ihrer Tür gestanden und ihr die Geschichte aufgetischt, beim Verlassen eines Lesbenlokals zusammengeschlagen worden zu sein. Womöglich war es schon damals nicht um irgendwelche Homophobe gegangen ...

Da Dani keinen *Typen* hatte, wie von den Krankenschwestern vermutet, blieb für Lucia nicht viel Spielraum, wer für ihre Verletzungen verantwortlich sein konnte. Die Erwähnung einer Freundin, die im Krankenhaus herumgeschrien hatte, erhärtete ihren Verdacht. Es musste Petra sein. Petra, die ihr immer schon durch starke Brutalität und Aggressivität aufgefallen war.

Was konnte sie nun tun? – Es gab nur eine Lösung: Dani musste ihr Umfeld und ihren Umgang radikal ändern und mit Petra brechen, sonst würde sich dieses Drama regelmäßig wiederholen. Dass das Krankenpersonal seiner Pflicht nachkam und Anzeige erstattete, wäre prinzipiell ein guter Schritt. Sie würde morgen mit dem Oberarzt oder zumindest den Schwestern sprechen und sie darum bitten, Bürokratie hin oder her. Doch zuerst einmal wollte sie mit Dani reden. Denn zuallererst musste diese selbst einsehen, dass ihre Beziehung Gefahr für Leib und Leben barg ...

*

Seit drei Tagen hatte Romy nun nichts mehr von Lucia gehört, und sie fühlte sich von Tag zu Tag elender. Sie klammerte sich an ihr Handy wie eine Ertrinkende, von der Furcht gequält, einen eventuellen Anruf von Lucia zu verpassen, der, wie sie mit der Zeit erkennen musste, sowieso nicht erfolgte. Nur ihr Stolz und die Angst, sich komplett lächerlich zu machen, hielten sie davon ab, sich ihrerseits bei Lucia zu melden.

Im Grunde habe ich ja auch keine Veranlassung, sie anzurufen, sagte sie sich immer wieder, während der Schmerz sie innerlich fast aufzufressen drohte. Wir sind uns keine Rechenschaft schuldig. Wir haben nur eine gemeinsame Sache verfolgt, die nun – wenn auch ohne Ergebnis – vorbei ist.

Und jetzt war Lucia eben zu ihrer Freundin nach Wien zurückgekehrt, deren Existenz sie insgeheim sowieso schon immer befürchtet hatte. Romy fühlte sich so verlassen und verstoßen wie zu jenem Zeitpunkt, als Jelena zum ersten Mal ihr Verhältnis beendet hatte. Anders als damals gab es jetzt jedoch niemanden, der sie tröstete und mit ihr Klavier spielte, um sie abzulenken.

Zum Glück war in der Galerie derzeit viel zu tun: Kataloge mussten vorbereitet, Messen organisiert werden. Dennoch fiel es ihr schwer, sich auf die Arbeit zu konzentrieren. Clara war rücksichtsvoll wie eh und je und hielt unangenehme Anrufe genauso von ihr fern wie lästige Interessenten, die nur schauen wollten, aber erfahrungsgemäß sowieso nichts kauften.

Eine neue Nachricht zog ihre Aufmerksamkeit auf sich: Ludger Reichenthaler, der Geschäftsführer von ArtTrans, hatte nicht vergessen, ihr die versprochenen Unterlagen zu schicken, die er im Zusammenhang mit *Fluss mit zwei Brücken* noch im Archiv gefunden hatte. Es handelte sich um die Faxkopie der Übernahmebestätigung, ausgestellt, als das Bild von ArtTrans an der Villa La Palla in Empfang genommen wurde – der Vordruck, unterschrieben von einem Heinrich Mooshammer, war ergänzt um eine handschriftliche Anmerkung: *Klimakiste außen rechts beschädigt.*

Die Handschrift allein war prägnant genug, um Romys Interesse zu wecken, doch noch mehr stach ihr der Inhalt der Bemerkung ins Auge – und die Tatsache, dass offensichtlich ein Österreicher oder Deutscher das Bild entgegengenommen hatte.

Einen Moment lang kämpfte sie mit sich.

Eigentlich hatte sie tatsächlich vorgehabt, die Sache ein für alle Mal zu beschließen. Andererseits hatte sie durch genau diese Entscheidung Lucia so sehr vergrämt, dass sie sich inzwischen nicht einmal mehr meldete. In Romy regte sich ein schlechtes Gewissen. Letztlich hatte sie ihr ein implizites Versprechen gegeben, als sie gemeinsam erst bei den Schachdavians, dann bei Di Renzi waren – nämlich das Versprechen, die Wahrheit über das vermeintliche Falschgutachten ans Licht zu bringen. Entmutigt durch das Gespräch mit ArtTrans und in dem Gefühl, sich in etwas zu verrennen, was eventuell jeder Grundlage entbehrte, hatte sie die Waffen gestreckt.

Jetzt erwachte ihr Kampfgeist wieder zum Leben. Sie wählte Ludger Reichenthalers Nummer.

*

»Wir könnten ja zuerst mal nach Italien fahren, ans Meer.«

Dani saß neben Lucia auf einem der Klappstühle, die den breiten, fensterlosen Gang der Station säumten. Es roch nach Desinfektionsmittel. Irgendwo erklang das charakteristische Piepen eines mobilen Haustelefons, wie es jedes ärztliche Personal in der Kitteltasche mit sich herumschleppte. Zwei Pfleger schoben ein Bett mit einer kranken alten Dame vorbei.

»Ich war noch nie am Meer. – Weißt du noch, wie du mir in Schwarzau immer von Italien erzählt hast? Wie es dort riecht und wie gut das Essen schmeckt. Du hast immer gesagt, wir würden dort hinfahren, sobald wir draußen sind.«

Lucia hatte es nicht vergessen, fühlte sich aber im Augenblick nicht danach, in gemeinsamen Erinnerungen zu schwelgen. Danis Gesundheitszustand hatte sich stabilisiert. Sie konnte für einige Zeit sogar schon wieder das Krankenbett verlassen – eine Chance, die sie so oft wie möglich nutzte. In dem Sechs-Bett-Zimmer, in dem sie einquartiert worden war, herrschte stets dicke Luft – wortwörtlich, weil zu wenig gelüftet wurde, und im übertragenen Sinne, weil ihre türkische Bettnachbarin ununterbrochen mit der Bosnierin im Bett gegenüber um Kleinigkeiten stritt und sich die ältere Lehrerin aus Simmering ständig belehrend in deren Meinungsverschiedenheiten einmischte, was bei den beiden Streithähnen weiteren Unmut hervorrief.

»Du solltest erst einmal wieder ganz gesund werden, ehe du Pläne schmiedest«, erwiderte Lucia vage. Sie fühlte sich wie erschlagen. In der Billig-Pension am Gürtel, wo sie eingecheckt hatte, war es nicht minder laut und stickig als hier im Krankenzimmer. Die durchgelegene Matratze roch dazu unangenehm. Draußen brütete sommerliche Hitze.

»Ich bin so froh, dass du da bist.« Dani griff nach ihrer Hand und drückte sie. »Jetzt wird alles gut, oder? Wir gehören einfach zusammen.«

Lucia sagte nichts. Nichts von dem, was Dani da von sich gab, entsprach ihren eigenen Empfindungen, und sie fühlte sich deshalb auf seltsame Weise schuldig. Sie ließ es zu, dass Dani ihr Bussis auf die Wange gab und die Hand hielt, widersprach ihr nicht, wenn sie von Beziehung redete – und wollte doch am liebsten davonlaufen und ihr einfach nur den Rücken kehren.

Sie hatte versucht, mit Dani über das zu reden, was die Schwestern angedeutet hatten, doch die Freundin wich ihr jedes Mal aus. Aus Angst, durch unnötige Aufregung die Fortschritte der Genesung zu gefährden, drängte Lucia nicht weiter auf sie ein. Stattdessen verbrachte sie Stunden mit ihr am Gang oder an ihrem Bett, in der Hoffnung, dass Dani irgendwann einmal selbst das sensible Thema zur Sprache brachte.

»Wenn wir erst einmal aus Italien zurück sind, werde ich mich um einen Job kümmern«, versprach Dani nun. »Und dann können wir zusammenziehen. Vielleicht schaffen wir uns auch irgendwann einen Hund an! Ich hätte so gerne einen Hund ... irgendeinen Retriever oder Hovawart aus dem Tierheim. Wie eine Familie. Und wir können Internet in der Wohnung haben und einen Plasmafernseher.«

Lucia dachte unwillkürlich an Romy. Sie vermisste sie. Nacht für Nacht, und auch tagsüber, wenn sie gerade einmal nicht durch Dani und das Krankenhaus abgelenkt war. Sie verstand selbst nicht mehr, was eigentlich diesen Keil zwischen sie getrieben hatte, so unerwartet und plötzlich. Dass Romy Zweifel an der Poisson-Geschichte bekommen hatte, schien ihr inzwischen kaum mehr als triftiger Grund für die Entzweiung.

Wenn die Sache mit Dani nicht gewesen wäre, hätte sie am nächsten Morgen noch einmal in Ruhe mit ihr geredet, davon war Lucia inzwischen überzeugt. Aber vom Reden hielt Romy ja leider recht wenig, wie sie sich schmerzlich erinnerte. Nach der Nacht in Florenz, da hatte sie auch mit ihr reden wollen, aber Romy hatte abgeblockt, und sie hatte den Fortgang der Geschehnisse akzeptiert, ohne einen neuerlichen Versuch zu wagen. Zu groß war ihre Angst vor Abweisung.

»Findest du Retriever oder Hovawarte süßer?«

»Ich weiß nicht.«

Eins, zwei, drei ...

Super, jetzt zähle ich schon im Gespräch mit meiner einzigen und besten Freundin, ging es Lucia durch den Kopf. Ilse Schneider wäre wohl eher schockiert als stolz darauf, wie gut sie die Techniken der Wutkontrolle inzwischen beherrschte.

Sie stand auf.

»Ich hole uns etwas zu essen«, sagte sie und meinte die Imbissstände im Eingangsbereich des Krankenhauses. Danis Augen leuchteten.

»Super, ich habe auch total Hunger, das Essen ist hier voll

mies! – Kannst du mir Chicken McNuggets und ein Happy Meal mit einem Triple Cheeseburger mitbringen?«

»Ich fahre nicht zu McDonalds.«

»Nicht?« Dani wirkte so enttäuscht, dass ihr Lucia keine Abfuhr erteilen konnte. Immerhin hatte sie damit einen Grund, der tristen Krankenhausatmosphäre zu entkommen.

Draußen schlug ihr die brütende Sommerhitze entgegen wie eine heiße Wand. Die nächste McDonalds-Filiale lag zwei U-Bahn-Stationen entfernt. In der nicht klimatisierten Bahn war es um gute fünf bis zehn Grad wärmer als außerhalb. Die Leute standen dicht an dicht. Der Mann neben ihr roch nach Alkohol und Schweiß.

Ich will das alles nicht mehr, hämmerte es in Lucias Kopf, während sie sich im Schnellrestaurant in die Warteschlange stellte.

Dass sie Dani nicht mehr liebte, war ihr schon lange klar. Dass sie kein gemeinsames Leben mit ihr führen wollte, auch. Was sie bei ihr hielt, war lediglich ein Gefühl der Verantwortung, von dem sie sich nicht befreien konnte. Dani war in Schwarzau für sie da gewesen, als sie an der Tristesse und Routine zu verzweifeln drohte. Damals hatte sie versprochen, ihr immer die Treue zu halten, egal, was kommen würde …

Angesichts dessen, was Dani in den letzten Wochen wohl hatte durchmachen müssen, fühlte sie sich ohnehin wie eine Verräterin. Schließlich hatte sie sich ewig nicht bei ihr gemeldet, ja, nicht einmal an sie gedacht. Noch war das Thema Petra und der Verdacht der Krankenschwestern nicht einmal angesprochen. Sie ahnte, dass dieses Gespräch heikel werden würde.

Bepackt mit zwei Tüten voll Fastfood, fuhr sie zurück zum Krankenhaus und bekämpfte ihr Bedürfnis, mit Romy zu sprechen, sich einfach in ihre Arme sinken zu lassen.

Der Klappsessel am Gang, auf dem sie Dani zurückgelassen hatte, war leer. Die Tüten an ihren verschwitzten Oberkörper gepresst, öffnete Lucia die Türe zum Krankenzimmer und betrat es in der Sorge, ob nicht der Geruch von fettigem Fastfood bei den versammelten Damen weitere Animositäten hervorrufen würde.

Auf halbem Weg zu Danis Bett blieb sie wie erstarrt stehen, als sie eine ausgemergelte, kantige Frau sah, die sich auf der Bettkante breitgemacht hatte und besitzergreifend Danis Hand hielt. Dani strahlte sie an, als wäre sie eine Art Göttin.

»Lucia …« Dani hatte sie erblickt und entzog ihre Hand, als hätte sie sich verbrannt. Die Gespräche im Raum verstummten abrupt. Die Augen der anderen Patientinnen wanderten zu ihr.

Lucia reagierte, als wäre sie ferngesteuert. Sie trat ans Bett, stellte die zwei Tüten ruhig auf dem Laken ab. Seltsamerweise fühlte sie gar nichts, nicht einmal Enttäuschung.

»Ich warte unten im Foyer auf dich«, sagte sie kurz angebunden, dann verließ sie das Zimmer.

Dani erschien rund zehn Minuten später, gerade als Lucia entschied, ohne Abschied ins Hotel zu fahren. Sie hatte Tränen in den Augen, als sie sich neben ihr niederließ.

»Du hast das missverstanden …«, begann sie, doch Lucia ließ sie nicht ausreden.

»Ich glaube nicht. – Weißt du eigentlich, was du da tust, Dani? Sie war es doch, die dich so verprügelt hat, oder? Sogar damals, mit dieser Geschichte von den Schlägern vor der Bar, hast du mich belogen! Und du hattest auch jetzt keinen Unfall. – Es war immer diese Petra, nicht wahr?«

»Sie tut es nicht absichtlich«, beteuerte Dani, während ihr die Tränen still über die Wangen liefen. »Es war nur ein Versehen. Sie meint das nicht so.«

»Ein Versehen? – Sag mal, spinnst du? Die Frau hat dich krankenhausreif geprügelt!«

»Sie hat sich doch entschuldigt! Sie tut es nie wieder, das hat sie mir versprochen!« Dani schniefte. »Petra liebt mich«, stellte sie dann klar. »Sie will mit mir nach Italien fahren und mir ein Hovawart-Baby schenken. Du willst das nicht. Wofür würdest du dich denn da entscheiden? – Ich will endlich was Stabiles in meinem Leben!«

Lucia schüttelte fassungslos den Kopf. Das konnte einfach nicht wahr sein!

»Petra nimmt nach wie vor Drogen, und ich bin sicher, dass sie sich die Mittel dafür illegal besorgt«, konterte sie. »Dani, bitte, such dir einen Job, verdiene dein eigenes Geld, mach dich unabhängig! Liebe die Person, die dich glücklich macht, nicht eine, die dich krankenhausreif prügelt!«

»Petra macht mich glücklich.« Dani hatte aufgehört zu weinen und verschränkte nun trotzig die Arme vor der Brust. »Du denkst immer nur an dich. Du denkst, dass du uns allen überlegen bist, mit deinem ganzen Getue und Blablabla. In Schwarzau hast du mit uns auskommen müssen, aber jetzt, wo du wieder draußen bist, hältst du dich für etwas Besseres.«

Lucia atmete tief durch.

Eins, zwei, drei …

Nein. Das war gar nicht notwendig. Denn eigentlich, das wurde ihr in dieser Minute bewusst, hatte Dani zumindest mit einer Aussage vollkommen recht.

»Ja«, sagte sie ruhig. »Ich halte mich für etwas Besseres. Und weißt du, warum? Weil ich mich gebessert habe! Was ich getan habe, war schlimm, aber im Gegensatz zu euch war es bei mir tatsächlich ein *einmaliges* Versehen. Wenn du mit Petra und ihren Ausbrüchen leben willst, dann tu es. Du bist erwachsen. Ich stehe dir nicht länger im Weg. Leb wohl.«

Sie verließ das Hospital, ohne sich noch einmal umzudrehen, Danis verzweifeltes »Lucia, warte …!« hallte ihr allerdings noch länger in den Ohren nach.

Im Alleingang

Der Vorsatz, mit ihrem Leben aufzuräumen, war gefasst und durch nichts mehr rückgängig zu machen. Romy war es leid, sich aus Furcht vor Ablehnung zu verstecken – vor Clara, vor potenziellen Kunden. Es war an der Zeit, offen zu reden. Vor allem auch mit Yvette, mit der sie schon so lange Jahre befreundet war. Eben darum fand sie irritierend, dass sie nichts von einer Affäre mit einem gewissen Henry wusste; umgekehrt hatte sie Yvette aber bisher auch Näheres über das Liebesleben einer gewissen Rosemarie Traunburg verschwiegen.

Eine Freundschaft wie diese würde aushalten müssen, dass ihre sexuelle Orientierung eben eine andere war.

Außerdem: Der Kummer fraß sie wirklich auf. Sie brauchte jemanden zum Reden, nicht die Tasse Tee, die Clara so beharrlich servierte, ohne jemals Fragen zu stellen – selbst, wenn ihr die Tränen über das Gesicht kullerten. Es kam Romy allmählich wie eine Folter vor, nur von Menschen umgeben zu sein, die aus purer Höflichkeit und vornehmer Zurückhaltung ihren Zustand unkommentiert ließen.

Yvette dirigierte gerade zwei junge Kellnerinnen im Gastgarten herum, als sie am frühen Nachmittag den *Goldenen Fasan* betrat, die geröteten Augen hinter einer Sonnenbrille versteckt und voller Vorsätze, in einem ersten Schritt zumindest der langjährigen Freundin reinen Wein einzuschenken.

Es dauerte satte fünf Minuten, bis Yvette ihr Aufmerksamkeit schenkte und sie schließlich mit zwei Wangenküssen begrüßte. Romy fiel auf, wie abgekämpft die Gastronomin wirkte. Ihre sonst so rosigen Wangen waren blass und eingefallen. Das reichlich aufgetragene Make-up konnte ihre Augenringe kaum abdecken. Zudem sah sie aus, als hätte sie in den zehn Tagen seit ihrem letzten Treffen mehrere Kilo abgenommen.

»Yvette, geht es dir nicht gut?«

Spontan von Sorge ergriffen, vergaß Romy einen Moment lang ihre eigenen Probleme.

Yvette winkte müde ab.

»Stress mit dem Personal. Es ist kein Verlass mehr auf die jungen Leute. Keine Loyalität. Bietest du ihnen nicht das, was sie sich vorstellen, werden sie rotzfrech und verschwinden von heute auf morgen, und dann darfst du die nächsten einarbeiten, vorausgesetzt, du findest welche.« Sie seufzte. »In der Gastronomie können wir fast dankbar sein, wenn wir jemanden erwischen, der nicht zwei linke Hände hat.«

Und Lucia, die fleißig und fähig war, hast du gekündigt, ging es Romy durch den Kopf ...

»Trinkst du trotzdem eine Tasse Tee mit mir? – Wir haben uns schon so lange nicht mehr gesehen, und ...«

»Ja, Herzchen, an mir liegt das wohl nicht!« Die beißende Süffisanz, die darin mitschwang, ließ Romy kurz zusammenzucken. Die Erklärung lag für sie allerdings auf der Hand: Gewöhnlich telefonierte sie mindestens alle zwei Tage mit Yvette. Seit Lucias Anwesenheit hatte sie den Austausch tatsächlich vernachlässigt. Kein netter Zug von ihr. Yvette war zu Recht verstimmt. Es war wirklich höchste Zeit, mit ihr offen zu reden.

»Ich will dir von Italien erzählen – weshalb ich dort war, wen ich dort getroffen habe, und vor allem, weshalb«, begann sie. »Und ich muss dir etwas Privates anvertrauen. Aber nicht hier im Restaurant, wo überall fremde Ohren mithören. Lass uns vielleicht kurz in dein Büro ...«

Ein Ehepaar, das in den Gastgarten kam und zielstrebig auf die Gastronomin zusteuerte, sorgte für neue Unterbrechung.

»Also gut, gehen wir ins Büro«, willigte Yvette schließlich ein, als sie den Herrschaften einen Tisch zugewiesen und die übliche Plauderei mit den Stammgästen erledigt hatte. Auf dem

Weg durch das Lokal drehte sie sich zu Romy um und meinte in versöhnlichem Tonfall: »Entschuldige bitte, aber ich bin derzeit einfach vollkommen gestresst. – Viel Zeit habe ich nicht.«

»Wir können uns auch ein anderes Mal treffen.«

»Nein, natürlich nicht«, erwiderte Yvette. »Für dich habe ich doch immer ein paar Minuten, das steht außer Frage.« Sie waren im Büro angelangt. Yvette Bruckner schloss die Türe von innen. »Ich wollte dich nur darauf vorbereiten, dass ... oh ...!«

Romy hatte die Sonnenbrille abgenommen. Selbst im Dämmerlicht des zum dunklen Innenhof gelegenen Büros waren die Schatten unter ihren Augen nicht zu übersehen.

»Scheint so, als hätten wir beide schon bessere Zeiten durchlebt«, bemerkte Yvette trocken, während sie sich neben ihr auf dem Biedermeiersofa niederließ. »War deine Reise nicht erfolgreich?«

Jetzt oder nie.

Was sollte schon passieren? – Yvette würde wohl kaum den Kontakt mit ihr abbrechen, nur, weil sie sich als homosexuell outete. Dass es ausgerechnet Lucia Starl war, wegen der sie jetzt Tränen vergoss, würde zwar Irritation hervorrufen, aber die gestand sie ihr zu. Sie konnte nicht erwarten, dass andere das fraglos hinnahmen, nachdem sie selber lange Zeit gebraucht hatte, um diesen Umstand zu akzeptieren. Wenn sie aber erst einmal die gesamte Geschichte kannte, würde Yvette sie vielleicht besser verstehen.

»Erfolgreich weniger, aber erlebnisreich. – Ich bin da auf etwas ge...«

Ein Klopfen an der Tür ließ sie verstummen. Eine der Kellnerinnen brachte ein Tablett mit zwei hohen Gläsern und einer Glaskanne, gefüllt mit Eistee.

»Verzeih meine eigenständige Entscheidung mit dem Eistee, aber ich wäre eine schlechte Gastgeberin, wenn ich dir bei dieser Hitze ein warmes Getränk serviere.« Yvette lächelte ihr zu, und Romy fühlte sich schlagartig besser.

Das Glas bereits in der Hand, unternahm sie einen neuerlichen Anlauf.

»Ich bin da…«

Ihr Blick fiel auf die Landschaftsmalerei an der Wand gegenüber. Ein Bild, das vom Aufbau her jegliche Raffinesse entbehrte und so gar nicht zu einer Frau wie Yvette Bruckner passte, die ein bemerkenswertes Wissen über Künstler und Stilrichtungen besaß. Während Romy sich noch fragte, was Yvette an dieser banalen Pinselei gefallen mochte, entdeckte sie einen hellen, sich vom übrigen Mauerwerk abhebenden Hintergrund, der beinahe wie ein Rahmen um das Gemälde lag.

Immerhin hatte auch deine liebe Freundin Yvette Bruckner ein Bild in ihrem Büro hängen, das aussah, als hätte es Poisson gemalt.

Lucias Worte waren ihr gut in Erinnerung geblieben.

»Du bist *was?*«

Yvettes Stimme riss sie aus ihrer innerlichen Erstarrung.

Langsam trank sie einen Schluck Eistee, während ihr eine innere Stimme warnend zuflüsterte, dass sie ihre Geschichte vielleicht doch vorerst besser für sich behalten sollte. Dieser helle Rand, gepaart mit Lucias Bemerkung, war im Moment zu verstörend, um ihr Innerstes zu offenbaren.

»… gestresst. Ich bin im Moment wohl auch ziemlich unter Druck«, gab sie Yvette zur Antwort. Etwas Besseres fiel ihr auf die Schnelle nicht ein, und letztendlich war es nicht einmal gelogen. Währenddessen kehrten ihre Augen zu dem verräterischen Abdruck an der Wand zurück. Diesmal blieb ihr Blick nicht unentdeckt.

»Eine Landschaftsmalerei von einem der minder begabten Schüler Gauermanns«, erklärte Yvette sogleich bereitwillig. »Auf dem Speicher gefunden und einfach mal hier aufgehängt. Nichts, was von Wert ist, würde ich sagen. Oder belehrt mich die Expertin eines Besseren?«

Als hätte sie Yvette irgendwann belehrt.

»Hast du jemals einen Poisson besessen?«, platzte sie mit der Frage heraus.

Yvettes Lächeln verebbte. »Wie kommst du denn darauf?« Tiefe Falten bildeten sich auf ihrer Stirn, die sie noch älter wirken ließen. »Wenn ich einen Poisson besäße, würde ich mir wohl kaum dieses Theater mit einem Innenstadt-Lokal antun. Mit dem Geld wüsste ich in der Tat besseres anzufangen!«

»Und was?«

Die Antwort kam nicht sofort, was Romy kaum überraschte. Sie hatte Yvette Bruckner als Gastronomin kennengelernt, und sie konnte sie sich in keiner anderen Rolle vorstellen. Dass sie es genoss, der Salzburger Prominenz einen kulinarischen Treffpunkt zu bieten, war stets offensichtlich gewesen.

»Na ja … reisen … entspannen … was weiß ich!« Yvettes Stirn lag noch immer in Falten, ihr Tonfall klang ungehalten. »Sag mal, was sollen diese merkwürdigen Fragen?«

Romys Bedürfnis, sich ihr mitzuteilen, war verflogen. Sie leerte das Glas Eistee und erhob sich.

»Entschuldige, ich weiß selbst nicht, warum mir das gerade in den Sinn kam … du weißt ja, ich sehe derzeit die Unterlagen meines Vaters durch, und da stoße ich immer wieder auf diese alte Geschichte. Der Preis von sechzehn Millionen, der für dieses Bild gezahlt wurde, lässt mich einfach nicht los. So viel Geld!« Sie seufzte. »Da drängt sich doch unwillkürlich die Frage auf, was man selbst täte, fände man ein Bild wie dieses auf dem Speicher – so wie du dein Gauermann-Imitat.«

»Du müsstest in deiner Branche doch an diese astronomischen Summen gewöhnt sein«, erwiderte Yvette, jetzt nicht mehr ungehalten, sondern schlichtweg verwundert. »Dass dich das so berührt …«

Romy hob die Schultern. »Ich weiß auch nicht. Wie auch immer, ich muss jetzt wieder los. Ein französisches Museum interessiert sich für das Münter-Bild, das ich neulich gekauft habe. Der Kurator kommt in einer halben Stunde vorbei.«

»Wolltest du mir nicht etwas erzählen?«

»Aber das habe ich ja.« Romy bemühte sich um ein Lächeln.

»Dass mich die Durchsicht der Unterlagen aufwühlt …«

»Ich dachte, es hatte mit deiner Italienreise zu tun.«

»Nicht so wichtig. Ein anderes Mal.«

»Wie du meinst.« Yvette brachte sie noch bis zum Ausgang. »Im Übrigen, damit dich diese Geschichte von damals nicht noch mehr aufwühlt: ich habe die kleine Starl entfernt. Muss ja nicht sein, dass ihr euch hier über den Weg lauft.«

Erzähl mir etwas Neues, dachte Romy spontan. Laut sagte sie: »Danke, aber das war allein deine Entscheidung.«

*

Auf der zweieinhalbstündigen Zugfahrt nach Salzburg war sich Lucia über eine Sache vollkommen klar geworden: Ob die Gemälde nun vertauscht worden waren oder nicht, ob sie je Licht ins Dunkel dieser Geschichte bringen würde und das Ansehen ihrer Mutter wiederherstellen könnte – es war für das, was sie mit Rosemarie Traunburg verband, im Grunde unerheblich.

Seit ihrer ersten Begegnung hatten Romy und sie eine besondere Beziehung zueinander gehabt, und diese bestand noch immer. Dass sie jetzt auch noch miteinander schliefen, bildete lediglich das Sahnehäubchen auf einem schon lange existierenden Gemisch tiefer Zuneigung.

Es war an der Zeit, dazu zu stehen und nicht länger um den heißen Brei herumzureden. Lucia hatte auch begriffen, dass es an ihr lag, die Zügel in die Hand zu nehmen. Romy war schon immer unsicher gewesen, und daran hatte sich kaum etwas geändert. Je länger Lucia darüber nachdachte, desto klarer sah sie, dass das seltsame, entzweiende Gespräch am Abend vor ihrer Fahrt nach Wien wohl auch nur der Unsicherheit entsprungen war.

In Salzburg nahm sie sofort den Bus in die Innenstadt. Beseelt von dem Gedanken, Romy zu sehen und mit ihr reden zu können, klingelte sie bei der Galerie. Die Frau mit den kurzen dunklen Haaren – Romys Mitarbeiterin – öffnete ihr.

»Sie ist nicht hier«, sagte sie statt einer Begrüßung. »Vielleicht kommen Sie in ein, zwei Stunden noch einmal vorbei?«

Immerhin war sie freundlicher als beim ersten Besuch.

»Kann ich nicht drinnen auf sie warten?«

Lucia hatte wenig Lust, bei achtundzwanzig Grad im Schatten und mit Trolley weiter durch die Stadt zu wandern oder sich in eines der von Touristen übervölkerten Kaffeehäuser zu setzen.

Die Kurzhaarige schien mit sich zu kämpfen.

»Na gut«, murmelte sie schließlich und ließ sie eintreten.

Im Inneren der Galerie war es angenehm klimatisiert. Ein Herr im Anzug stand gerade vor einem Bild, auf der ein Hafen mit Schiffen und italienisch anmutenden Häusern zu sehen war, und stellte in akzentreichem Englisch eine Frage.

»Ich muss mich um den Kunden kümmern. Sie können im Büro Platz nehmen«, sagte die Mitarbeiterin kurz angebunden.

Lucia ging nach hinten. Romys Bürotür stand offen. Wie schon bei ihrem ersten Besuch war der Stuhl für die Kunden mit einem Stapel Zeitschriften bedeckt. Eine Weile stand sie unschlüssig herum und ließ ihren Blick über die Buchrücken im Regal gleiten. Lauter Kunstfachbücher. In einem anderen Regal reihten sich Ordner aneinander, genauso wie in Romys Büro zu Hause. Auf dem zierlichen weißen Schreibtisch stand ein zugeklappter Laptop neben einem Stapel mit bedrucktem Papier.

Mangels freier Sitzflächen ließ sie sich auf dem Schreibtischstuhl nieder und angelte ihr Mobiltelefon aus der Tasche, um sich die Wartezeit mit Surfen im Internet zu vertreiben. Doch auf dem Display zeigte ihr ein einziger Punkt neben dem Logo der Telefongesellschaft, dass sie hier kaum Empfang hatte. Resigniert packte sie das Handy wieder fort, während aus dem Schauraum das gedämpfte Geplauder von Romys Mitarbeiterin und dem Interessenten zu ihr drang.

Ein silbern glänzender, handtellergroßer Elefant, der links vom Laptop stand, weckte Lucias Interesse. Mit seinem mit klitzekleinen bunten Glasperlen besetzten Rüssel sah er aus wie ein Import aus Tausendundeiner Nacht, nicht wie billiger Kitsch aus einem Ramschladen. Neugierig hob sie ihn auf, um ihn näher zu betrachten. Zu spät bemerkte sie, dass er als Briefbeschwerer gedient hatte. Die zusammengefalteten Unterlagen, die von seinem Gewicht fixiert worden waren, gerieten ins Rutschen und segelten vom Schreibtisch.

Mist.

Sie bückte sich, um sie wieder einzusammeln.

Und da plötzlich starrte sie auf diese Handschrift – jene prägnante Handschrift mit dem L, das aussah wie ein griechisches Alpha, und dem kleinen e, das stets spiegelverkehrt geschrieben war. *Klimakiste außen rechts beschädigt.* Der Vermerk auf einem Lieferschein der Firma ArtTrans an Di Renzi, Villa La Palla, datiert auf einen Apriltag im Jahre 2007. Unterzeichnet von einem Heinrich Mooshammer.

Heinrich Mooshammer, nicht Hans Obermoser, jedoch mit genau derselben Schrift. Mooshammer, Obermoser ... Heinrich ... Hans ... Henry.

Benommen ließ sich Lucia wieder am Schreibtisch nieder, den Lieferschein, der als Kopie per Fax versendet worden war, in der Hand. Ihre Gedanken überschlugen sich.

Hans, ihr ehemaliger Vorgesetzter, der nette, väterlich wirkende Restaurantleiter, war also früher unter einem anderen Namen tätig gewesen, und dies ausgerechnet bei Di Renzi, dem Käufer von *Fluss mit zwei Brücken.* In welcher Funktion er das Bild in der Villa entgegengenommen hatte, ging aus dem Lieferschein nicht hervor, doch allein, dass er zum fraglichen Zeitpunkt dort gewesen war, wog schwer.

Doch nicht nur Hans Obermoser war damit verdächtig, sondern auch die Frau, die ihn einen Waschlappen genannt hatte. Yvette Bruckner, bei der ein Poisson im Büro hing, den sie verschwinden ließ, als Lucia ihn dort erblickt hatte. Sie war sich sicher, dass es sich auch bei diesem Bild um eine Fälschung handelte. Kam der Gastronomin etwa eine Schlüsselrolle zu, was *Fluss mit zwei Brücken* betraf? Wenn ja, welche?

Im Geiste ging Lucia nochmals durch, was sie über sie wusste: eine Frau, die in der Gastronomie von der Pike auf heimisch war, die offensichtlich auf irgendeine Weise zu Geld gekommen und das marode Salzburger Innenstadt-Lokal mit dem angrenzenden Hotel in wenigen Jahren zu dem gemacht hatte, was es heute war. Die sie erst einstellte und auf Romys Wunsch behielt – um sie plötzlich unter einem Vorwand zu feuern.

Wenn Yvette Bruckner tatsächlich mit dem gefälschten Poisson zu tun hatte, welche Absicht verfolgte sie dann? Sie war so eng mit Romy befreundet, dass ihnen einige sogar ein Verhältnis nachsagten. Warum sollte ausgerechnet diese Frau einen Beitrag dazu geleistet haben, Di Renzi eine Fälschung unterzuschieben und dadurch die Traunburgs existenziell fast zu vernichten?

Es machte einfach keinen Sinn.

Etwas anderes dagegen schon.

Charlie, der Bruder, der irgendetwas mit Drogen zu tun gehabt hatte. Karl jr., der Sohn des Wirtes, der Künstler werden wollte und nicht Gastwirt. Carlo Baco, jener begabte Maler, der Di Renzi mit seinen nackten Gespielen porträtiert hatte. Carlo Baco, der vermutlich noch viel mehr zu Wege brachte als das …

Karl. Carlo. Charlie.

Vermutlich würde ihr Romy niemals abnehmen, was sie sich da zusammenreimte. Sie brauchte Beweise, um die Lücken in der Geschichte, die da in ihrem Kopf entstand, zu schließen. Erst dann konnte sie Romy damit konfrontieren.

Der einzige Zettel, den sie fand, war ein Ausdruck einer Gemäldeexpertise. Eine Botschaft musste sie Romy trotzdem unbedingt zukommen lassen.

Denn egal, was ihre Nachforschungen ergeben würden – eines stand für sie fest.

Ich liebe dich, schrieb sie auf die leere Rückseite. *Und das ist mir wichtiger als jedes Gutachten und jedes Bild. Lucia.*

»Sie wollen doch nicht warten?«, wunderte sich Romys Mitarbeiterin, als sie Augenblicke später an ihr vorbei in Richtung Ausgang hastete.

»Sagen Sie ihr, ich wisse jetzt, wo der Wurm drin steckt!«, lautete Lucias Antwort, in der Hoffnung, dass Romy die Anspielung verstehen würde.

*

»Du hast sie knapp verfehlt«, eröffnete ihr Clara, als Romy zurück in die Galerie kam. In Gedanken noch immer bei Yvette und dem hellen Feld auf ihrer Bürowand, dauerte es einige Augenblicke, bis sie die Worte erreichten.

»Wen?«

Die Geschichte mit dem Museum und dem Münter-Bild war erfunden gewesen, um von Yvette fortzukommen. Sie erwartete an diesem Nachmittag keine Kunden mehr.

»Die junge Frau, die aussieht wie eine Italienerin.«

»Sie war hier?« Romys Herz schlug sofort schneller. »Und wo ist sie jetzt?«

Der aufgeregte Klang ihrer Stimme brachte ihr einen verdutzten Blick von Clara ein, den sie jedoch ignorierte. Die Mitarbeiterin würde jetzt genauso wenig fragen wie in all den Tagen zuvor, als es ihr schlecht ging, und sie hatte im Moment keine Nerven für Leute, die ihre Gefühlsschwankungen zwar bemerkten, aber nicht darauf reagierten.

»Das weiß ich nicht. Sie hat in deinem Büro herumgestöbert, obwohl ich sie nach hinten aufs Sofa schickte, um auf dich zu warten. Plötzlich ist sie davongestürmt und hat etwas von einem Wurm gemurmelt. – Deine ganzen Briefe und Ausdrucke waren ein einziges Durcheinander. Da hat sie offensichtlich darin herumgeschnüffelt. Wie auch immer, ich habe alles wieder geordnet.«

»Danke«, sagte Romy automatisch, obgleich sie sich nicht vorstellen konnte, weshalb Lucia in ihren Unterlagen gewühlt haben sollte. Auf ihrem Schreibtisch lag schließlich nichts, was von besonderem Interesse für sie sein konnte – oder doch?

Erleichtert stellte sie beim Betreten ihres Büros fest, dass Lucia immerhin ihren Koffer dagelassen hatte. Sie würde also wiederkommen, und dann konnte sie mit ihr reden – über sich, über das, was sie für sie empfand, ihre Unsicherheiten. Und auch über ihre Entdeckung in Yvettes Büro. Lucia musste so bald wie möglich erfahren, dass sie ihr glaubte, was den Poisson im Hotelbüro betraf. Ob als Fälschung oder Original, musste sich noch herausstellen, aber allein dass er dort gehangen hatte, war irritierend genug.

Als sie am Schreibtisch Platz nahm, fiel ihr Blick auf den von ArtTrans gefaxten Lieferschein mit der handschriftlichen Bemerkung Heinrich Mooshammers. Richtig, sie sollte Reichenthaler ja noch einmal wegen dieser Sache anrufen. Bei ihrem ersten Telefonat gegen Mittag hatte er ihr versprochen, sich schlau zu machen, da er nicht all ihre Fragen aus dem Stehgreif beantworten konnte. Dank ihrer langjährigen Zusammenarbeit hatte sie seine Durchwahlnummer. Er hob nach dem zweiten Klingeln ab.

»Es gibt tatsächlich etwas, was für Sie von Interesse sein könnte«, kam Reichenthaler gleich zur Sache. »Ich habe noch einmal mit dem Mitarbeiter gesprochen, der damals bei der Auslieferung des Bildes bei Di Renzi dabei war. Dieser Mooshammer war derjenige, der das Bild entgegennahm und quittierte. Di Renzi selbst trat nur einmal kurz in Erscheinung. Mein Mitarbeiter hatte den Eindruck, dass der sich nicht die Hände schmutzig machen wollte. Die Klimakiste haben dann Mooshammer und ein jüngerer Mann, den er für einen Bediensteten hielt, abtransportiert. Die beiden sprachen miteinander Deutsch – österreichisches Deutsch. Der Jüngere hatte einen Wiener Slang.«

»Sagten Sie nicht, die Klimakiste verbleibt gewöhnlich bei ArtTrans?«

»Richtig. Aber nicht in dem Fall. Die wollten sie unbedingt behalten. Möglicherweise hat sich dieser Mooshammer deshalb so echauffiert, dass sie beschädigt war.«

»Beschädigt heißt aber wirklich nicht, dass jemand versucht hat, sie aufzubrechen?«

»Nein, das sagte ich Ihnen ja schon bei unserem Mittagessen in Anif neulich. Die Kisten sind mit einem Zahlencode gesichert. Den wissen nur ich und der Adressat des Bildes – der Empfänger erfährt ihn eine Woche vor der Auslieferung per doppelt gesichertem postalischen Einschreiben.«

»Das heißt, Mooshammer selber hätte die Kiste gar nicht öffnen können?«

»Wer den Code nicht kennt, muss die Kiste aufbrechen; wer die Kiste gewaltsam aufbricht, wird dabei sehr wahrscheinlich auch das Gemälde zerstören – und das riskiert keiner. Aber wissen wir, an wen Di Renzi den Code weitergegeben hat?«, hielt Reichenthaler dagegen.

Nein, das wussten sie natürlich nicht. Aber würde ein Mann, der Millionen in die Sicherheitsvorkehrungen seiner Gemäldesammlung investierte, leichtfertig den Code für ein Sechzehn-Millionen-Euro-Gemälde herausgeben?

»Warum wollten sie diese Klimakiste behalten? Hat dieser Mooshammer das nicht irgendwie begründet?«

»Laut meinem Mitarbeiter nicht. Er tobte nur, weil sie eben beschädigt war – eine lächerliche, oberflächliche Delle an der rechten Ecke. Die Codeversiegelung ist nach dem Öffnen ohnehin erloschen, denn das System lässt sich nur mittels eines spezifischen, firmeninternen Verfahrens programmieren.«

Romy überlegte kurz. Sie dachte an das Original, das ihrer

Meinung nach längst wieder bei den Schachdavians im Wohnzimmer hing – unbeschädigt.

»Aber … es spricht nichts dagegen, mit der Klimakiste auch
ohne Codierung wieder ein Gemälde zu transportieren?«

Reichenthalers Antwort kam ohne zu zögern.

»Natürlich. Nur verschließen kann man sie halt nicht – ein
Risiko, das bei wertvollen Werken im Normalfall kein Mensch
eingehen würde.«

Die Informationen mussten bei Romy erst sickern. Vorerst
hatte sie vom ArtTrans-Geschäftsführer genug erfahren. Nach
dem Telefonat blieb sie nachdenklich am Schreibtisch sitzen und
rief sich ihren Besuch bei Di Renzi in Erinnerung.

Nur mein Butler und ich kennen den Code.

Zwar bezog sich diese Aussage auf das Alarmsystem in der
Villa, wer aber konnte mit Gewissheit sagen, dass Di Renzi nicht
auch den Code der Kiste mit jemandem geteilt hatte? Vielleicht
mit seinem damaligen Butler. Dem Alter von Danilo nach zu
urteilen, den sie als Hausbediensteten kennengelernt hatte, konnte der es vor zehn Jahren ohnehin nicht gewesen sein. Danilo
hatte damals wohl eher noch die Schulbank gedrückt als reiche
exzentrische Sammler bedient. Blieb der junge Mann mit dem
Wiener Akzent, den schon der Angestellte von ArtTrans für den
Hausdiener hielt. Möglicherweise hatte dieser Diener aber auch
eine andere Funktion inne …

Romy kam Lucias Aussage in den Sinn.

*Die Homosexuellenquote in diesen Räumlichkeiten lag bei
hundert Prozent.*

Lucia hatte die beiden, Di Renzi und Danilo gemeint. Was,
wenn Di Renzi tatsächlich eine Art Verhältnis mit seinen sogenannten Dienern pflegte, das ihnen Zugang zu seinem Schreibtisch, seiner Post, zu Einschreiben verschaffte? Was verriet er
ihnen freiwillig? Immerhin kannte Danilo den Zugangscode zu
einer Kunstsammlung, die mehrere Millionen wert war.

Andererseits wirkte Di Renzi nicht wie ein Mann, der zuließ, dass jemand sein Vertrauen missbrauchte. Damals hatte er nichts von dem Verdacht eines Bildertausches gewusst. Schöpfte er jetzt, da sie ihn bei ihrem Besuch mit ihrer Theorie überfallen hatten, nicht Misstrauen? Möglicherweise hatte Lucia recht mit ihrer Annahme, Di Renzi werde sicher seine eigenen Schlüsse ziehen und etwas unternehmen. Nur was?

Und welche Rolle kam diesem Mooshammer zu? War vielleicht er in Wahrheit der Diener gewesen und der Jüngere nur der Liebhaber?

In den folgenden Stunden versuchte sich Romy auf all das einen Reim zu machen. Doch ihre Gedanken glitten immer wieder zu Lucia. Wo blieb sie so lange?

*

Lucia nahm den Eingang zum Hotel, nicht den ins Restaurant. Auf dem Weg von der Galerie bis zum *Goldenen Fasan* hatte sich der Plan, jenes Bild zu finden, von dem der Fleck an Yvette Brucknes Wand stammte, zu einer von Besessenheit getriebenen Mission entwickelt. Dieses Bild oder andere seiner Art. Vielleicht auch sonstige Beweise, deren Existenz sie momentan gar nicht in Betracht zog.

Wenn sie Romy etwas vorlegen könnte, würde sie ihr zumindest Glauben schenken, dass die Gastronomin in den Poisson-Skandal verwickelt war. Mit reinen Vermutungen brauchte sie ihr dagegen erst gar nicht ankommen. Romy würde ihr nie glauben, wenn es um die wohl nicht so reine Weste ihrer besten Freundin ging.

»Oh … hallo, Lucia. Was machst du denn hier? – Alle sagten, du hättest plötzlich gekündigt!« Vroni saß an der Rezeption, sichtlich erfreut, sie zu sehen, aber auch genauso überrascht.

Interessant, ging es Lucia durch den Kopf. Die Bruckner hat

den Kollegen also meine Kündigung so verkauft, als wäre es mein eigener Wunsch und Wille gewesen ...

Lucia deutete auf ihre große Umhängetasche.

»Ich wollte meine gereinigte Dienstkleidung zurückbringen – und mich natürlich noch von allen verabschieden.«

»Ach so ...« Vroni wirkte enttäuscht. »Bleibst du in Salzburg? – Es war ein netter Abend im Theater. Schade, dass wir uns danach nicht öfter getroffen haben.«

Ja, schade, wirklich schade. Vroni war eine nette, bodenständige Frau, die durchaus ihre Freundin hätte werden können. Aber stattdessen hatte sie den Fehler gemacht, sich immer wieder von Dani einfangen zu lassen – abgesehen von ihrem aufwendigen Bemühen, den Ruf ihrer Mutter *post mortem* wieder herzustellen.

Lucia sagte sich zum wiederholten Male seit ihrem Aufbruch aus Wien, dass sie ihr ganzes Leben ändern musste, sobald die Sache mit dem Bild endlich abgeschlossen war, so oder so. Sie wollte wieder leben, sich nicht weiter mit Überstunden betäuben und Gefühle für andere vermeiden. Romy hatte durch ihre Zuwendung die Mauer eingerissen. Hochgezogen würde sie nie wieder, egal, was aus ihnen beiden nun wurde.

»Ich weiß noch nicht genau, ob ich umziehe oder nicht«, erwiderte Lucia daher wahrheitsgemäß. »Aber es würde mich sehr freuen, wenn wir in Kontakt bleiben.«

»Mich auch.« Vroni trat hinter dem Pult hervor und umarmte sie freundschaftlich. »Melde dich also, sobald du weißt, wie es bei dir weitergeht, oder auch ...«

Das Schrillen des Telefons unterbrach die Verabschiedung. Vroni nahm das Gespräch an, wechselte ein paar Worte mit dem Anrufer und legte gleich wieder auf.

»Ich muss kurz mal weg«, sagte sie. »Ein Gast hat ein Problem mit dem Fernseher, und Erwin von der Haustechnik braucht meine Hilfe. – Wartest du hier?«

»Ich wollte noch zu Frau Bruckner.«

»Die ist im Büro, glaube ich.« Vroni schnappte sich das tragbare Telefongerät. »Also, wir hören voneinander, ja?«

Lucia nickte. Sie sah zu, wie Vroni die Treppen hinaufhastete, zwei Stufen auf einmal nehmend, dann fiel ihr Blick auf das Schlüsselbord. Zimmer 001. Der Schlüssel zu Obermosers Wohnung hing am Haken, so, wie Vroni es einmal gesagt hatte.

Dass die junge Rezeptionistin weggerufen wurde, schien ihr wie ein Wink des Schicksals. Sich in dieser Wohnung umzusehen, lohnte allemal, vor allem, weil sie sowieso nicht wusste, wo sie mit ihrer Suche nach Beweisen anfangen sollte.

Schon ein Pass, der zeigte, dass er nicht der war, der er vorgab zu sein, würde weiterhelfen.

Mit prüfenden Blicken nach allen Seiten vergewisserte sie sich, dass sie alleine war. Dann schnappte sie sich den Schlüssel und ließ ihn in ihrer Tasche verschwinden. Sie durchquerte den Gang, der Hotel und Restaurant verband. Dabei warf sie durch die Fensterscheiben einen Blick nach draußen in den vollen Gastgarten. Das Abendgeschäft lief an. Gut so. Obermoser platzierte gerade eine größere Gästegruppe an einem der Tische.

Er würde ihr nicht in die Quere kommen.

Die Gaststube war leer, abgesehen von Jörg, der an der Durchreiche zur Küche lehnte und sichtlich ungeduldig auf ein Gericht wartete. Er nahm sie nicht einmal zur Kenntnis. Unbemerkt stahl sie sich in den Flur, in dem sich die Toiletten befanden und hölzerne Stufen hinauf zu jener Wohnung führten, die am Klingelknopf lediglich mit PRIVAT angeschrieben war.

Noch nie zuvor war sie dort oben gewesen. Weshalb auch? – Es hatte keinen Anlass gegeben.

Der erste Stock bestand aus nichts als Treppenhaus. In früheren Zeiten mochten auch hier Zugänge zu den Zimmern gelegen haben, doch inzwischen waren sie nur noch von der Hotelseite aus zugänglich.

Im zweiten Stock, das zugleich das Dachgeschoss darstellte, fand sich eine einzelne Türe, die durch Form, Material und

Farbe in krassem Kontrast zum alten, mit dunklen Holzbalken durchzogenen Ambiente des Hauses stand. Die moderne weiße Türe war eindeutig erst in neuerer Zeit eingebaut worden.

Lucia legte ihr Ohr an die Tür und lauschte. Hans Obermoser befand sich zwar unten im Gastgarten, aber sie wollte sichergehen, dass sich niemand sonst in der Wohnung aufhielt, wer auch immer dies sein mochte.

Es war still auf der anderen Seite.

Der Schlüssel passte. Schnell schlüpfte Lucia durch den Türspalt. Ihre Augen brauchten eine Weile, um sich an das Dämmerlicht, das in dem fensterlosen Vorraum herrschte, zu gewöhnen. Es roch nach Zigaretten, was sie nicht überraschte. Obermoser stand des Öfteren mit Kollegen im Innenhof und rauchte.

Lucia drückte sich an einem altmodischen Garderobenständer vorbei in den nächsten Raum. Die Dachschrägen reichten auf einer Seite bis einen halben Meter an den Boden heran. Ohne die Einbaukästen darunter wäre sehr viel Raum verloren gewesen. Eine schlichte braune Couch stand auf der anderen Seite des Zimmers, davor ein gläserner Tisch mit einer aufgeschlagenen Zeitschrift: *Auto, Motor & Sport*. Über dem Sofa hing – schräg über die Wand gespannt – eine riesengroße rote Armbanduhr mit Coca-Cola-Logo.

Die Palme zwischen den beiden Fenstern, die von rot karierten Vorhängen gesäumt wurden, hatte offenbar schon bessere Zeiten erlebt. Die langen Wedel waren bräunlich verfärbt und hingen schlapp nach unten. In der linken hinteren Ecke des Zimmers stand ein Bierkasten mit dem Logo einer bekannten Salzburger Brauerei.

Das Auffälligste in diesem Raum, dachte Lucia, als sie sich umsah, ist wohl noch der Fernseher. Ein Flachbildschirm, platziert auf einem schwarz lackierten TV-Möbel auf Rollen.

Keine Bilder, keine Kunstwerke.

Gemeinsam mit dem grün-weiß-blau gestreiften Webteppich,

der vor der Couch auf dem grauen Linoleum-Boden lag, wirkte die Zusammenstellung sämtlicher Möbelstücke auf ernüchternde Art und Weise geschmacklos.

Sie stellte sich Hans – oder Henry – vor, wie er nach Feierabend hier saß, ein Bier aus der Flasche trank und in der Autozeitschrift blätterte, während er durch die Kanäle zappte. Für jemanden, der eventuell bei einem Kunstbetrug mitgewirkt hatte, ein tristes Dasein. Offensichtlich hatte es sich für ihn nicht ausgezahlt.

Mit deutlich gesenkter Erwartungshaltung öffnete sie die Tür zum nächsten Zimmer. Das Schlafzimmer beherbergte einen alten, grün gestrichenen Bauernschrank und ein modernes Polsterbett. Das Bettzeug war mit einem schwarz-beige gemusterten Bezug überzogen, der zumindest zu den braunen Vorhängen passte.

Auch hier weder Bilder noch andere Kunstwerke.

Lucia öffnete das Nachtkästchen. Außer einer halbvollen Flasche Zirbenschnaps, einem handgroßen, knallroten Modellauto – einem Ferrari, wie sie auch als Nicht-Autofreak erkannte – und einer geöffneten Packung Kondome gab es hier nichts. Jedenfalls nicht den erhofften Reisepass, als möglichen Beweis dafür, dass es sich bei Hans Obermoser um jenen Heinrich Mooshammer handelte, der einst bei Di Renzi *Fluss mit zwei Brücken* entgegengenommen hatte.

Entmutigt von ihrem heimlichen Ausflug, wollte sie das Schlafzimmer gerade wieder verlassen, als ihr Blick auf das schmale, schlichte Brett fiel, das oberhalb des Bettlagers angebracht worden war. Auf ihm reihten sich einige Pokale. Neugierig nahm Lucia sie in Augenschein.

Es waren Preise für diverse Motorradrennen, wie sie den Plaketten entnahm – gewonnen in den vergangenen Jahren. Einer der Pokale hob sich besonders von den anderen ab – eine gläserne Tulpe, rund fünfundzwanzig Zentimeter groß. Auf dem geschliffenen Glas war ein protziges Bike eingraviert. Laut der kleinen Plakette auf dem marmornen Podest war dieser Pokal im Jahre 2007 verliehen worden, in Italien, in Castelfiore.

Castelfiore, dem Ort, in dem die Villa La Palla stand, Di Renzis Wohnsitz. Hier hatte sie ihn also, den zusätzlichen Beweis, dass Hans Obermoser immerhin wirklich dort gewesen war, zum Zeitpunkt des Geschehens ...! Lucia zückte ihr Handy und lichtete den Pokal inklusive Plakette ab. Zumindest würde ihr Romy jetzt glauben – welche Schritte sie auch immer dann unternehmen würden.

Sie wollte das Mobiltelefon gerade in ihre Tasche zurückstecken, als sie ein leichtes, metallisches Kratzen an der Eingangstüre der Wohnung vernahm. Ohne Zweifel – da wurde ein Schlüssel ins Schloss gesteckt! Schon hörte sie, wie die Türe sich öffnete und jemand eintrat. Nach der ersten Schrecksekunde reagierte Lucia prompt: sie packte ihre Tasche und flüchtete in das einzige Versteck, das ihr in den Sinn kam – den Kleiderschrank.

Langsam, um jeglichen Lärm zu vermeiden, zog sie die Türe von innen zu. Mit angezogenen Beinen und klopfendem Herzen, die Tasche dicht vor die Brust gepresst, kauerte sie auf einem Wäschestapel, während ihr von oben Hosen und Hemden ins Gesicht baumelten.

»... macht mich fertig«, hörte sie gedämpft eine ihr nur allzu bekannte Frauenstimme. Yvette Bruckner. »Ich weiß nicht, was Di Renzi von mir wollen könnte ... wieso er jetzt überhaupt in der Stadt ist und hier herumschleicht.«

»Du hast damals gesagt, er ist komplett ahnungslos. Jetzt ist er es doch nicht, oder wie?«, höhnte ihr Begleiter.

Die Bruckner hatte die Wohnung also nicht allein betreten. Obermoser war an ihrer Seite. Auch das noch.

Hoffentlich geht er nicht an den Schrank, bangte Lucia.

»Ich weiß nicht, warum dieser Italiener jetzt plötzlich in allem herumstochert! Ich habe dir ja schon vor ein paar Tagen gesagt, da ist was im Busch, den hat jemand misstrauisch gemacht, aber du hast mich als hysterisch hingestellt!«

Yvette Bruckner klang ziemlich aufgelöst. Zudem war sie im Laufe des Redens lauter geworden, ein deutlicher Hinweis, dass sie mittlerweile auf der Schwelle zum Schlafzimmer stehen musste.

»Ich bin nicht mehr dabei«, hielt Obermoser nüchtern fest, ebenfalls aus nächster Nähe. »Mir wird das Ganze zu heiß. So viel kannst du mir gar nicht bieten, dass ich riskiere, aufzufliegen. Mit Di Renzi ist nicht zu spaßen; der ist zu allem fähig.«

Das gehässige Lachen der Gastronomin verursachte Lucia unwillkürlich eine Gänsehaut.

»Wo willst du denn hin, mein Lieber? Glaubst du, irgendwer wird dich einstellen? Als was denn? Ohne Arbeitszeugnisse kannst du bestenfalls als Laufbursche am Bau arbeiten, vorausgesetzt, es schnappt dir kein Pollake oder Tschusch den Job weg!«

Da war sie wieder, die Gossensprache, die überhaupt nicht im Einklang stand mit Bruckners gesellschaftlicher Stellung.

»Ich bin gelernter Restaurantfachmann, also spar dir deine Horrorszenarien!«, empörte sich Hans. »Außerdem wirst du dafür sorgen, dass ich finanziell gut gepolstert bin, wenn ich mich hier aus dem Staub mache … Du willst ja wohl kaum riskieren, dass unser Deal auffliegt. Oder dass ich gegenüber Di Renzi auspacke.«

»Als ob Di Renzi noch mit dir spricht!« Die Bruckner spuckte ihm die Worte regelrecht vor die Füße. »Der gibt dir doch die Schuld, dass Charlie wieder in die Drogenszene abgesackt ist.«

»Weil du dafür gesorgt hast, dass er das denkt!«, konterte der Restaurantleiter. »Dabei habe ich ihn damals gerettet, als …«

»Jajajaja!«, fuhr die Bruckner unwirsch dazwischen. »Immer die alte Geschichte! Was anderes hast du nicht zu bieten? – Außerdem: mitgehangen, mitgefangen. Du hast bei diesem Deal damals genauso mitgemacht wie ich!«

»Aber von dir stammt der Plan. Mir wird Di Renzi sofort glauben, dass ich nur mitgemacht habe, weil du mich mit Geld erpresst hast.«

»Mit Geld erpresst!« Die Gastronomin lachte bitter. »Angebettelt hast du mich, an meiner Seite sein zu dürfen! Du würdest alles für mich tun, hast du mir damals versichert. Also, red dich nicht mit dem Geld heraus!«

»Ich bin nicht angewiesen auf dein G...«

Sie ließ ihn nicht ausreden.

»Und was deine Ausbildungen betrifft: die kannst du dir in die Haare schmieren, und das weißt du so gut wie ich. Alle Dokumente sind auf deinen Taufnamen ausgestellt, wenn ich dich erinnern darf. Du hast nichts vorzuweisen. Wer, glaubst du, stellt einen Fünfzigjährigen ein, der in seinem Leben keine andere Anstellung belegen kann als die in der Gefängnisküche? – Außerdem wirst du niemals irgendetwas auf die Reihe bringen ohne meine Unterstützung. Dazu mangelt es dir einfach an Hirn. Du kannst ja nicht einmal im Kopf behalten, wo du deinen Wohnungsschlüssel ablegst.«

Die Gastronomin war jetzt so nahe, dass Lucia sie sogar durch die dünne Holztüre atmen hörte. Sie musste direkt neben dem Schrank stehen.

»Da am Nachtkästchen nämlich, da hast du ihn liegen lassen.«

Verdammt!

Lucia biss sich auf die Lippen. Sie hatte den Wohnungsschlüssel dort abgelegt.

»Also ... ich könnte schwören, dass ich ihn nach unten gebracht habe, wie jeden Tag. Ich lasse doch nicht einfach nur die Türe hinter mir ins Schloss fallen ...«

Trotz seiner Aussage klang Hans verunsichert.

»Wie auch immer. Um deinen dämlichen Schlüssel geht es eh nicht.« Lucia hörte ein leises Quietschen, woher auch immer es rührte.

»Di Renzi ist unser Thema. Ich rechne jede Sekunde damit, dass er hier auf der Türschwelle steht, und wir brauchen eine gute Strategie, wie wir ihn abwimmeln. Aber erst einmal müssen wir natürlich herausfinden, was er inzwischen weiß und was er will. Das Letzte, was ich brauchen kann, ist, dass er womöglich zu Romy rennt und ihr ein paar Details berichtet, die sie misstrauisch machen. Wenn Romy von ihm erfahren sollte, dass ich die Person war, die ihn damals auf das Bild gebracht hat, wird sie Argwohn schöpfen. Sie hat heute ohnehin schon seltsame Fragen gestellt … fast so, als wüsste sie von dem Imitat, das ich eine Zeit lang im Büro hängen hatte, ehe die kleine Starl deshalb Stilaugen bekam …«

Schweigen füllte den Raum, das Hans Obermoser erst nach einiger Zeit durchbrach.

»Ich will aussteigen. – Sieh es doch ein, Yvette, mit uns beiden wird das nichts mehr, weder beruflich noch privat. Gib mir ein paar Tausender und lass mich meiner Wege ziehen.«

Yvette erwiderte nichts darauf. Zog sie seinen Vorschlag in Erwägung? Oder legte sie sich nur passende Worte zurecht, um ihn erneut niederzubügeln?

Lucia kam nicht dazu, sich darüber weiter den Kopf zu zerbrechen, denn in diesem Moment begann es in ihrer Handtasche zu vibrieren – um Bruchteile von Sekunden später ertönte auch bereits Mozarts kleine Nachtmusik.

»Da … hörst du …«

Lucia bemühte sich verzweifelt, das Handy in den Tiefen ihrer Tasche zu finden und ruhigzustellen, doch es war bereits zu spät: Die Schranktüre wurde aufgerissen, und die kalten Augen von Yvette Bruckner starrten sie an.

»Sieh an, Henry, wen wir hier haben. Jetzt ist klar, weshalb Di Renzi in alten Geschichten herumstochert. Die kleine Starl hat ihre Nase in Dinge gesteckt, die sie besser ignoriert hätte!«

Blutiges Finale

Gegen neunzehn Uhr gab Romy es auf, in der Galerie auf Lucia zu warten. Mehrmals hatte sie nun versucht, die Freundin anzurufen, war nach einigem Läuten aber immer auf der Mobilbox gelandet.

Bitte ruf mich an, ich mach mir Sorgen, hatte sie dort aufgesprochen – nicht nur einmal.

Dreieinhalb Stunden später saß sie im Wohnzimmer, das Handy vor sich auf dem Couchtisch, und hoffte immer noch vergebens auf eine Rückmeldung, während sie sich den Kopf darüber zerbrach, wohin Lucia wohl aufgebrochen war. Mehrmals hatte sie die Unterlagen auf ihrem Schreibtisch durchgesehen auf der Suche nach einem Hinweiszettel, war aber auf nichts gestoßen, das Lucias plötzliches Verschwinden erklärte.

Sie war gerade dabei, in der Küche Teewasser aufzusetzen, als es auf dem Couchtisch klingelte. Der Wasserkocher wanderte so hastig auf die Spüle, dass der Inhalt überschwappte, dann stürmte sie nach nebenan ins Wohnzimmer und hob ab, ohne zuvor auf das Display zu schauen.

»Lucia! Gott sei Dank!«

Am anderen Ende herrschte pikiertes Schweigen. Dann meldete sich eine Frauenstimme zu Wort.

»Frau Traunburg? Bin ich nicht richtig?«

Ihr Deutsch wies einen leichten Akzent auf, den Romy nicht zuordnen konnte.

Romys Hoffnung zerbarst.

»Doch, Sie sind richtig verbunden. Entschuldigen Sie bitte«, sagte sie ernüchtert. »Mit wem spreche ich?«

»Esther Mandelberg-Schachdavian. Ich habe Ihre Visitenkarte von meiner Tochter Lilith bekommen; sie erzählte mir, dass Sie wieder Interesse an dem gefälschten Poisson haben.«

Eine sonderbare Formulierung. Das klang beinahe so, als hätte sie der Familie gegenüber erneute Kaufabsichten geäußert.

»Es gibt Ungereimtheiten in dem Fall, denen ich nachgehe«, stellte sie daher sachlich klar und klang dabei schroffer als beabsichtigt. Sie hatte jetzt wirklich keine Nerven, sich mit dem vermaledeiten Bild zu befassen, während sie vor Sorge um Lucia fast wahnsinnig wurde. Die Anruferin schien ihre innere Ablehnung gegen das Gespräch zu spüren.

»Ich dachte nur … meine Tochter sagte auch, es sei Ihnen wichtig. Mir sind jedenfalls noch ein paar Details dazu eingefallen.«

Sofort lenkte Romy ein.

»Verzeihen Sie meinen rüden Tonfall. Ich habe gerade nur eine persönliche Sache, die mich in Anspruch nimmt.«

»Oh, ich kann mich auch morgen melden. Oder nächste Woche. Es ist bei Ihnen ja wirklich schon sehr spät am Abend … ich bin noch im Ausland … und die Zeitverschiebung …«

»Nein, nein, nicht notwendig, ich bin sehr dankbar, dass Sie anrufen. Erzählen Sie mir einfach, was Ihnen eingefallen ist, das wäre sehr nett.«

»Wir erfuhren von dem Zweitgutachten aus den Medien – genauso, wie wir von dem wahren Wert des Bildes zuvor aus den Medien erfahren haben. Ihr Vater hat uns ja damals ganz schön über den Tisch gezogen mit dem gebotenen Betrag …«

Esther machte eine Pause, fast so, als erwarte sie von Romy eine Stellungnahme. Doch die auch aus ihrer Sicht moralisch nicht einwandfreien Strategien ihres Vaters mochte Romy nicht kommentieren.

»Also, wir erfuhren es aus den Medien. Prompt kamen Journalistenanfragen«, griff Esther schließlich den Faden wieder auf. »Manche dieser Redakteure waren wirklich unverschämt – als hätten wir Ihrem Vater absichtlich eine Fälschung angedreht! Dabei hatten wir ja keine Ahnung vom Wert des Gemäldes. Seither habe ich etwas gegen diesen Berufsstand. Nun, jedenfalls, nach Wochen klingelt da ein Typ an unserer Türe und sagt, er sei von so einer Kunsttransportfirma ... und er hätte den Auftrag, uns das Bild wieder zurückzubringen.«

»Ein Mitarbeiter von ArtTrans?«

»Ich weiß den Namen der Firma nicht. Der LKW, aus dem er die Kiste auslud, war unbeschriftet, und den Lieferschein gibt es auch nicht mehr. An was ich mich erinnern kann, ist, dass dieser LKW so eine schäbige alte Karre war, mit Bozener Kennzeichen, interessanterweise ... und dass die Kiste, in der das Bild geliefert wurde, äußerlich beschädigt war.«

Die beschädigte Kiste. Wenn Mooshammer dahintersteckte, hatte er sie tatsächlich für einen nochmaligen Transport benutzt – des Originals nämlich. In Romys Kopf fügten sich die Puzzlestücke, allmählich zusammen. So gesichert Di Renzis Bildmausoleum auch war – sein Diener wusste den Code, wie auch mit Sicherheit alle anderen Butler zuvor ... Wenn Mooshammer vor rund zehn Jahren dieser Butler gewesen war, hatte er das Bild einfach ausgetauscht, möglicherweise gemeinsam mit dem Wiener Jüngling, und einer von beiden musste auch den Code für die Kiste gekannt haben.

»Der Transportbehälter war unverschlossen, nehme ich an?«, vergewisserte sich Romy, nach einer endgültigen Bestätigung ihrer Theorie suchend.

Esther Mandelberg-Schachdavians Antwort kam ohne jedes Zögern. »Nein, die Kiste war mit einer Art Zahlenschloss gesichert. Auf dem Lieferschein war handschriftlich ein vierstelliger Zahlencode vermerkt – mit dem hat mein Mann die Kiste problemlos öffnen können.«

Romys Theorie fiel in sich zusammen. Einen kurzen Moment lang war ihr Verstand blockiert. Dann aber sortierten sich ihre Gedanken binnen Bruchteilen von Sekunden neu und eine Erkenntnis drängte sich auf, die durch nichts mehr ins Wanken zu bringen war: In Di Renzis Sammlung in der Villa La Palla hatte noch nie das Original an der Wand gehangen, sondern immer nur die Fälschung. Denn die Kiste war nie geöffnet worden.

»Aber eigentlich wollten Sie doch den Namen der Nachbarin wissen, die uns überhaupt darauf aufmerksam gemacht hat, dass das Bild etwas wert sein könnte, und die uns in Kontakt zu Ihrem Vater brachte«, hakte die Anruferin, ihre Denkpause nützend, nun ein. »Meine Tochter sagte mir am Telefon, Sie hätten nach ihrem Namen gefragt. Nun, er lautet Yvette.«

»Yvette?«

Die Tochter des Wirtes Karl Wurm hieß genauso wie ihre beste Freundin. Das Mädchen, dem ihr Vater ein Kommunionkleid gezahlt hatte, war …

»Yvette Wurm?«, schob Romy langsam nach. Das konnte sich doch alles nur um einen merkwürdigen Zufall handeln. Um einen Irrtum.

»Yvette Pironet. Ihre Mutter Edith, eine Französin, hatte Yvette als lediges Kind mit in die Ehe gebracht – eine Tatsache, unter der sie wohl ziemlich gelitten hat. Sie schien mir immer sehr ehrgeizig, so, als wolle sie diesen empfundenen Makel irgendwie kaschieren. Ich weiß leider gar nicht, was aus ihr geworden ist …«

Ich schon, dachte Romy benommen. Wie im Trance gelang es ihr noch, das Telefonat höflich zu beenden.

Fassungslos ließ sie sich auf die Couch fallen und starrte ins Leere. Plötzlich ergab alles Sinn.

Für jemanden, der in einer völlig anderen Branche arbeitete, hatte Yvette schon immer ein bemerkenswertes Know-how über Kunst besessen. Sie war zweifelsohne fähig, einen Poisson zu erkennen, wenn sie auf einen stieß. Sie kannte hochrangige Persönlichkeiten aus Wirtschaft, Politik und Kultur. Und zu dem Galeristen Bernold Trauburg hatte sie offenbar auch eine ganz eigene Verbindung …

Welche, das stand jetzt für Romy außer Frage – und auch,

um was es bei dem Vertauschen des Bildes und dem dadurch inszenierten Kunstskandal von Anfang an gegangen war.

Noch etwas anderes aber drängte sich ihr mit aller Macht auf: die Gewissheit, dass Yvette etwas mit Lucias Verschwinden zu tun haben musste.

Etwas von einem Wurm hatte Lucia angeblich zu Clara gesagt, ehe sie die Galerie verließ.

Wurm, das war immerhin der Nachname von Yvettes Stiefvater, dem früheren Wirt in der Weihburgasse.

*

Als Lucia wieder zu sich kam, lag sie auf einem kalten Fliesenboden, die Hände und Füße so eng zusammengeschnürt, dass sie bereits taub waren. Ein heftiger Schmerz saß ihr im Hinterkopf. Panik packte sie, zumal sie kaum Luft bekam. Mit aller Macht versuchte sie sich auf das Atmen zu konzentrieren. Wegen des Klebebands, das ihren Mund bedeckte, erforderte dies ihre gesamte Energie.

Es war dunkel in dem kleinen Raum, in den man sie verfrachtet hatte. Wie genau sie hierhergekommen war – daran hatte sie keine Erinnerung. Dass Hans Obermoser sie mit Gewalt aus dem Schrank gezerrt hatte und Yvette einen dieser Pokale in den Händen hielt, waren die letzten Bilder, die in ihrem Gedächtnis abgespeichert waren.

Wie lange sie schon hier lag, wusste sie ebenfalls nicht. Sie hatte jegliches Zeitgefühl verloren. Ihre Tasche war verschwunden und damit auch ihr Handy.

Trotz der Dunkelheit hatte Lucia immerhin begriffen, dass sie in einem Badezimmer lag. Wenn sie sich streckte, stieß ihr Kopf gegen die Kloschüssel. Links erkannte sie eine Duschwanne.

Was haben die beiden mit mir vor, zermarterte sie sich den Kopf – klar war, dass es nichts Gutes sein konnte. Sie wusste zu viel – zumindest schien die Bruckner davon überzeugt zu sein.

Hätte ich nur Romy eine Nachricht hinterlassen, wo ich hingehe! Stattdessen habe ich eine Liebeserklärung verfasst, die sich anhört wie eine Lüge, warf Lucia sich vor. Sonst wäre mir wohl nichts wichtiger gewesen als ein klärendes Gespräch mit der Frau, die ich liebe.

Wie auch immer, jetzt war es zu spät. Sie bekam keine zweite Chance, nicht im Leben, nicht bei Romy – und auch nicht darin, das zwielichtige Gastronomenpaar vom *Goldenen Fasan* als Verursacher jenes Kunstskandals zu überführen, der ihrer Mutter erst den Ruf und dann das Leben gekostet hatte.

Tränen stiegen ihr in die Augen.

Bloß nicht weinen! Nicht jetzt! Nicht, wenn ich verschnürt daliege wie ein Bündel und sowieso nicht richtig atmen kann!

Ihr Stoßgebet an sich selbst half nicht. Tränen lösten sich aus ihren Augen und rollten über ihr Gesicht. Sie schniefte, rang nach Luft. Das Salz juckte auf der Haut, der Rotz lief. Sie zog die Nase hoch und rieb sich japsend die Wange am kalten Fliesenboden.

Überrascht merkte sie, wie sich das Klebeband am Rand löste. Hoffnung schöpfend, rieb sie weiter. Kurze Zeit später hatte sie den Plastikstreifen völlig von der Haut herunterbekommen. Ihre Wange brannte wie Feuer, aber endlich konnte sie wieder richtig atmen. Mehr noch: Sie konnte den Mund öffnen und …

Halt! Lucia besann sich.

Wer würde sie hören, wenn sie um Hilfe schrie? – Vermutlich lag sie in Hans Obermosers Badezimmer – oder zumindest im Gebäudekomplex des *Goldenen Fasan*. Yvette Bruckner und ihr Komplize würden auf keinen Fall riskieren, dass jemand vom Personal zufällig auf sie stieß. Damit war sie wahrscheinlich so weitab vom Restaurant versteckt, dass ihre Schreie ohnehin ungehört blieben.

Jetzt, wo ihr kein Sauerstoff mehr fehlte, fühlte sie sich wacher. Das fahle Licht, das unter dem Türspalt durchschimmerte, erleichterte ihr die Orientierung.

Ein großes weißes Handtuch hing neben dem Waschbecken. Darunter schimmerte ein metallener Mülleimer. Oben auf dem Waschbecken stand ein Becher, daneben ragte ein dicker Rasierpinsel auf.

Nichts davon half, um sich aus ihrer misslichen Lage zu befreien. Oder doch? Einer plötzlichen Eingebung folgend, robbte sie auf den Mülleimer zu und stieß ihn um.

Jemand, der seinen Bartwuchs mit Nassrasur bekämpfte, brauchte auch das entsprechende Werkzeug.

Als Erstes fühlte sie nur Papier und eine leere Plastiktube. Dann aber ertastete sie das kleine Metallstück, auf das sie gehofft hatte. Es erforderte einige Anstrengung, die Rasierklinge mit verschnürten Händen zu greifen und in Einsatz zu bringen, aber plötzlich ging alles ganz schnell. Einmal angeritzt, riss das Plastik wie von selbst. Sekunden später waren ihre Hände frei – und kurz darauf auch die Füße.

Lucia schüttelte ihre tauben Gliedmaßen aus. Dann drückte sie hoffnungsvoll die Türklinke.

Ein Rückschlag. Die Tür war verschlossen.

Sie war und blieb eine Gefangene.

*

Dass sie in einer Zone parkte, die gewöhnlich nur den Geistlichen vorbehalten war, die im Domkapitel lebten und arbeiteten, war Romy egal, als sie gegen dreiundzwanzig Uhr aus dem Auto sprang und über den fast menschenleeren Platz in Richtung Goldgasse hastete.

Sie hatte keinen Plan, keine Strategie – aber eine unbändige

Wut und das Bedürfnis, Yvette ein paar harte Worte ins Gesicht zu schmettern, abgesehen davon, dass sie endlich Lucia finden musste.

Als sie beim *Goldenen Fasan* ankam, war der Haupteingang bereits verschlossen. In der Gaststube brannte jedoch Licht. Durch das Fenster sah Romy, dass ein einzelner Kellner damit beschäftigt war, den Boden zu kehren.

Sie klopfte an die Scheibe. Der junge Ober sah kurz in ihre Richtung und schüttelte nur leicht den Kopf.

Idiot. Vermutlich hielt er sie für einen wahnsinnigen Gast, der ein Nobelrestaurant mit einem Nachtlokal verwechselte. Sie schlug so heftig gegen das Fenster, dass die Scheibe leicht in der Verankerung bebte.

Jetzt kam Bewegung in den Mann.

Augenblicke später öffnete er den Haupteingang einen Spalt.

»Wir haben längst geschlossen.«

Romy wollte ihm gerade eine patzige Antwort entgegenschleudern, als er sie erkannte. »Ach, Sie sind es. Entschuldigen Sie. Sie wollen zur Chefin, stimmt's?«

»Stimmt genau«, erwiderte sie und hatte bereits den Fuß in der Tür. »Wo ist sie?«

»Ich weiß nicht. Im Büro vielleicht ... aber kann sein, dass sie auch schon weg ist. Ich habe heute Schlussdienst hier ...«

Ohne ihn weiter zu beachten, setzte Romy ihren Weg durch die Gaststube in den hinteren Trakt des Hauses fort. Ein heller Lichtkegel lag auf dem Boden vor Yvettes Büro.

Romy verharrte kurz vor der Tür, als sie drinnen Stimmen hörte. Yvette diskutierte offenbar mit einem ihrer Angestellten.

Doch was sie dann vernahm, bescherte ihr beinahe einen Herzstillstand.

»... irgendwo an der Salzach, an der Ache. Wer fragt schon nach, wenn ein einsames junges Mädchen verschwindet ... Die hat niemanden, die ist ganz allein.«

»Yvette, das ist Mord! Das ist keine Bagatelle mehr!«

Sie erkannte den protestierenden Mann sofort: Hans Obermoser.

»Henry, ich habe ja nicht von dir verlangt, ihr den Hals umzudrehen. Ein paar Gläser Schnaps, die du ihr einflößt, und der Fluss tut sein übriges.«

Romy konnte nicht glauben, was sie da hörte. Plante diese Frau etwa, Lucia zu beseitigen? War das tatsächlich Yvette, mit der sie ganze Tage im trauten Zweiklang verbracht hatte? Und zudem – ihre Halbschwester?

»Warum muss ich immer die Drecksarbeit für dich erledigen?«, beschwerte sich Obermoser.

Yvettes Antwort kam ohne zu zögern.

»Weil du eben dafür geschaffen bist. – Und in dem Fall ist es ohnehin deine Schuld, dass sie überhaupt hier ist. Ich hatte von Anfang an nicht vor, mir die kleine Starl ins Haus zu holen. Aber du in deiner unendlichen Herzensgüte musstest sie ja unter deine Fittiche nehmen, weil das arme Kind sozusagen eine Art Kollateralschaden ist.« Yvettes Stimme triefte vor Sarkasmus. »Nun, ich habe ausnahmsweise nachgegeben, und jetzt haben wir den Salat. Es liegt wohl auf der Hand, wer Di Renzis schlafende Hunde geweckt hat.«

»Du glaubst nicht im Ernst, dass der sich anhört, was so ein Rotzmädel zu sagen hat! Der empfängt doch nicht jeden!«

»Darüber werde ich mir jetzt nicht den Kopf zerbrechen, Henry. Die kleine Starl muss weg, basta! Schick Jörg nach Hause und fahr den Lieferwagen in den Hof, damit wir sie verladen können.«

Henry. Hans.

Yvette hatte also tatsächlich ein Verhältnis mit ihm. Wieder etwas, was sie Lucia nicht hatte glauben wollen. – Und jetzt war er offenbar bereit, in Yvettes Auftrag einen Mord zu begehen. An Lucia!

Sie hörte den Restaurantleiter murren. Dann näherten sich seine Schritte der Tür. Noch ehe er die Klinke drückte, konnte sie hinter einem Mauervorsprung verschwinden. Obermoser ging an ihr vorbei in Richtung Gaststube, ohne sie zu bemerken.

Romy wollte ihm augenblicklich nachschleichen. Der Mann würde sie direkt zu Lucia führen, die hier irgendwo im Haus festgehalten wurde! Aber was, wenn er unterwegs entdeckte, dass er verfolgt wurde, oder wenn ihr Lucias Befreiung misslang? Dann wäre ihrer beider Schicksal besiegelt!

Yvettes letzte Worte im Ohr, entschied Romy sich, an Ort und Stelle zu warten. Obermoser würde wieder herkommen und Yvette Bescheid geben, wenn der Wagen bereitstand.

Es fiel ihr schwer, nicht einfach ins Büro zu stürmen und Lucias Herausgabe zu fordern. Ihre Ratio setzte sich durch. Yvette würde abstreiten, dass sie hier war, erst recht, dass sie sie festhielten. Obendrein gab es da noch eine andere, persönliche Sache mit ihr zu klären ... Sie zwang sich innerlich zur Ruhe, obgleich sie vor Wut, Furcht und Entsetzen bebte, und betrat das Zimmer. Das Anklopfen ersparte sie sich.

Yvette saß an ihrem Schreibtisch, ihr Gesicht in die Hände gestützt. Sie sah nicht einmal auf.

»Was ist denn noch, Henry?«

Sie klang müde.

Romy blieb einen knappen Meter vor ihrem Schreibtisch stehen.

»Hieß dein Restaurantleiter nicht immer Hans?«

Yvette fuhr auf.

»Was ... was machst *du* denn hier? Um diese Zeit?«

Ein paar Sekunden lang sahen sie sich unverwandt an. Dann stand Yvette auf, das freundliche Lächeln auf den Lippen, mit dem sie gewöhnlich ihre Stammgäste zu empfangen pflegte. Sie machte Anstalten, sie zur Begrüßung zu umarmen, doch Romy wich ihr entschieden aus.

»Wir müssen reden«, stellte sie klar.

Yvette Bruckner schob eine Haarsträhne aus der Stirn, die sich aus ihrem Haarknoten gelöst hatte, und trat ebenfalls einen

Schritt zurück. Kurz schaute sie zu Boden und ließ ein seltsames kurzes Schnaufen hören. Als sie wieder aufsah, lächelte sie wieder, diesmal echter und sanfter als je zuvor.

»Du hast es also herausgefunden«, sagte sie. »Ich kann nicht behaupten, dass du zu einem günstigen Zeitpunkt hier auftauchst … Der Tag war stressig, und ich habe eine Menge Dinge im Kopf, die mich beschäftigen.«

Das glaube ich dir gerne, dachte Romy grimmig.

»Lass uns zu mir nach Hause fahren und in Ruhe reden«, schlug Yvette vor. Sie ergriff ihre Handtasche, die auf dem Schreibtisch stand, und wollte in Richtung Türe gehen, doch Romy stellte sich ihr in den Weg.

»Wir können auch hier reden, Yvette.«

»Gut. – Du bist also wütend.« Die Hausherrin klang enttäuscht. Mit einer vagen Handbewegung wies sie auf das Biedermeiersofa, während sie selber in den Polsterstuhl gegenüber sank. »Es war nie meine Absicht, dich zu verletzen oder zu hintergehen«, sagte sie, sobald auch Romy saß. »Ich konnte dir nicht offen sagen, dass ich deine Halbschwester bin, weil ich Angst hatte, dass es unsere Freundschaft zerstören würde.«

Wie empfindsam für eine angehende Mörderin!, lag es Romy auf der Zunge. Ihre Gedanken kreisten um Lucia, die in Lebensgefahr schwebte. Sie musste Yvette, dieses niederträchtige Miststück, dazu bringen, sie zu ihr zu führen – aber wie? Indem sie ihr zunächst einmal Honig ums Maul schmierte, damit sie nicht misstrauisch wurde und auf die Idee kam, dass sie Lucias Retterin gegenüberstand …

»Ich habe mir immer eine Schwester gewünscht.« Diese Wahrheit auszusprechen, fiel Romy nicht schwer. »Als ich klein war, habe ich sogar in mein Nachtgebet eingeschlossen, dass der liebe Gott mir doch eine Schwester schenken soll.« Sie seufzte. »Ich hatte ja keine Ahnung davon, dass es bereits eine gab, sogar in derselben Stadt. Dich!«

»Ich wollte es dir schon so oft sagen, aber ich wusste nicht, wie.« Yvette klang durchaus ehrlich. »Als sich unsere Wege vor einigen Jahren kreuzten, habe ich alles daran gesetzt, dass wir zumindest Freundinnen werden.« Sie suchte Blickkontakt, ehe sie fortfuhr: »Es war schwierig für mich. – Du ahnst nicht, wie ich darunter gelitten habe, der *Bastard* zu sein … Selbst als meine Mutter Karl Wurm heiratete, ist dieses Gefühl nicht verschwunden. Mein Bruder, ihr gemeinsames Kind, wurde ewig bevorzugt. Ich war immer die Unerwünschte. Ein Leben lang.«

»Jetzt bist du erfolgreich.«

Es kostete Romy Mühe, Gelassenheit zu zeigen, während sie vor Sorge um Lucia innerlich fast zerging und fieberhaft nach einem Ausweg suchte.

Yvette Bruckner quittierte ihre Feststellung mit einem schmerzlichen Lächeln. »Dein Vater … unser Vater hat meine Mutter einfach sitzen gelassen. Eine Heirat mit ihr hat er nicht einmal in Erwägung gezogen, als sie mit mir schwanger war. Stattdessen hat er deine Mutter geheiratet.«

»Du bist 1963 geboren. Meine Mutter hat er erst zwölf Jahre später geheiratet«, stellte Romy klar. »Die eine Beziehung hatte nichts mit der anderen zu tun!«

»Wie naiv bist du?«, fiel Yvette ihr hart ins Wort. »Meine Mutter war jahrelang seine heimliche Geliebte – auf die er herabschaute! Wer nimmt auch schon eine Kellnerin, wenn er sich für was Besseres hält!« Yvette runzelte ärgerlich die Stirn. »Deine Mutter kam aus denselben Kreisen wie er, meine nicht! Nur deshalb hat er deine geheiratet und meine sitzen lassen. Da gibt es nichts zu beschönigen. Und während du in Prunk und Gloria aufwachsen durftest, habe ich im Schatten gelebt!«

»Jetzt hör aber auf!«, brauste Romy auf. »Mein Vater hat bis zu deinem einundzwanzigsten Lebensjahr regelmäßig für dich gezahlt! Und er hat deiner Mutter selbst dann noch Geld überwiesen, als sie längst mit Karl Wurm zusammen war! Das hat es den beiden überhaupt erst ermöglicht, ein Gasthaus zu führen! Und dir hat er immer wieder Geschenke gemacht.«

»Geld und Geschenke!« Yvette sprang auf. Sie bebte am ganzen Körper vor Erregung. »Als ob damit alles gut wäre! Ich wollte einen Vater, verdammt! Aber er hat mich immer wieder weggestoßen, sich nie zu mir bekannt!«

»Sein Vertrauen hattest du immerhin«, platzte es aus Romy heraus. Ihre Wut über die Mitleidsnummer, die Yvette hier abzog, während sie eben erst eiskalt befohlen hatte, Lucia loszuwerden, war inzwischen unermesslich. »Er hatte sogar so viel Vertrauen zu dir, dass er sich von dir einen Kunstdeal in Millionenhöhe einstielen ließ, während du nichts anderes vorhattest, als ihn zu ruinieren!«

Nach diesem Ausbruch hielt sie nichts mehr auf dem Sofa.

*

Lucia saß im Dunkeln mit angezogenen Knien auf dem Fliesenboden und wartete. Ihrem Zeitgefühl nach musste es gegen Mitternacht sein, vielleicht auch schon später.

Zum tausendsten Mal dachte sie an Romy und die Botschaft, die sie ihr hinterlassen hatte. Was für eine kopflose Dummheit, ihr eine Liebesbotschaft zu hinterlassen, statt eines Hinweises, wohin sie ging und warum! Andererseits – selbst wenn Romy sich tatsächlich auf den Weg zum *Goldenen Fasan* gemacht hätte, um nach ihr zu suchen, wäre sie dort gewiss mit einer Lüge abgespeist worden oder hätte sich von Yvette um den Finger wickeln lassen. Die Vorstellung, dass an dieser erfolgreichen Gastronomin und langjährigen Freundin irgendetwas faul war, würde für Romy wohl immer abwegig sein.

Damit ist auch die Liebeserklärung völlig sinnlos, dachte Lucia betroffen. Romys Loyalität und das Vertrauen zu ihrer besten Freundin wird immer überwiegen.

Was hatten Yvette Bruckner und ihr Büttel jetzt überhaupt

vor? – Nachdem sie ihr den Pokal über den Kopf gezogen und sie hier eingesperrt hatten, sicher nichts Gutes. Sie einfach laufen zu lassen war spätestens jetzt unmöglich.

Seltsamerweise weckte die Vorstellung, dass die beiden ihr etwas Schlimmes antun wollten, nicht einmal Panik in Lucia. Noch schöpfte sie Hoffnung. Immerhin war sie das Klebeband losgeworden und hatte etwas gefunden, das sie nun in den Händen hielt wie einen kostbaren Schatz. Es war nicht viel, aber eine Chance, die ihr eventuell ein paar Sekunden Zeit verschaffte, um zu flüchten.

Als sie durch die Badezimmertüre hörte, wie sich der Schlüssel zum Wohnungseingang im Schloss umdrehte, schob sie sich leise hoch und stellte sich in die Ecke zwischen Waschbecken und Tür. Ihr Herz klopfte wild.

Schritte näherten sich. Eindeutig die des Restaurantleiters.

Schlecht. Die Bruckner war schlank und genauso groß wie sie. Henry dagegen überragte sie um zwei Köpfe und war kräftig.

Dennoch, sie hatte nur diese Chance.

Langsam öffnete sich die Türe zum Badezimmer. Henrys Gestalt füllte fast den Türrahmen. Seine Hand tastete nach dem Lichtschalter links neben dem Eingang, doch es blieb dunkel. Kein Wunder – sie hatte vorsorglich die Glühbirne aus dem Deckenstrahler geschraubt. Obermoser betätigte den Schalter von neuem, dabei schob er sich in den dunklen Raum.

Lucia zögerte nicht. Den Überraschungseffekt nutzend, sprang sie aus der Dunkelheit auf ihn zu und fuhr ihm mit einer Nagelschere ins Gesicht. Der Mann schrie gellend auf und fasste sich an die Wange.

Lucia versetzte ihm nahezu gleichzeitig einen heftigen Tritt in die Weichteile. Während er sich krümmte, schlüpfte sie an ihm vorbei, hinaus aus der Wohnung, und floh die Stiegen hinab in Richtung Parterre.

Das Treppenhaus war hell erleuchtet. Sie rannte, so schnell

sie konnte, nahm zwei Stufen auf einmal. Hinter sich hörte sie ein Poltern, begleitet von derben Flüchen.

»Du verdammtes Miststück!«, brüllte Henry. Es klang, als wäre er ihr dicht auf den Fersen.

Im ersten Stock angelangt, nahm sie die Kurve so eng wie möglich, sprintete die Stufen hinab, den rettenden Ausgang des Lokals bereits vor Augen.

Hoffentlich! Hoffentlich, hoffentlich war er unverschlossen!

Kaum hatte sie die rettende Tür erreicht und griff nach der Klinke, als sie roh gepackt und zurückgerissen wurde.

»Hab ich dich!«, hörte sie Henry an ihrem Ohr keuchen. Er bog ihre Arme gewaltsam nach hinten auf den Rücken. Sie ließ die Nagelschere fallen.

Jeder Möglichkeit beraubt, sich körperlich zur Wehr zu setzen, blieb Lucia nur noch eines. Sie schrie – gellend und anhaltend. Vielleicht war doch noch jemand vom Personal im Hause oder zumindest würden Gäste im angrenzenden Hotel auf sie aufmerksam.

»Halt's Maul, verdammt!« In dem Bemühen, sie zum Schweigen zu bringen, ließ Henry einen ihrer Arme los und versuchte ihr den Mund zuzuhalten. Lucia schlug wild um sich und schnappte nach seinen Fingern. Sie verfehlte sie knapp, konnte ihn damit aber so weit ablenken, dass er den Griff um ihren anderen Arm lockerte. Mit einer raschen Drehung wollte sie sich endgültig aus der Umklammerung lösen, doch Henry bekam sie erneut an beiden Armen zu fassen. Eine heftige Rangelei entstand, begleitet von Lucias verzweifelten Schreien um Hilfe.

Irgendjemand musste sie doch hören!

»Halt's Maul, ich warne dich, du lässt mir keine Wahl!«, presste Henry keuchend vor Anstrengung hervor. Er hob die Faust, und Lucia hatte keinen Zweifel, dass er sie ihr ins Gesicht donnern würde.

Irgendwo ging eine Türe auf, Lucia bildete sich ein, es sei die zum Büro, dann erklangen schnelle Schritte.

»Stopp! Lassen Sie sie sofort los!«

Die Stimme, die den in Rage geratenen Mann dazu brachte, den Arm sinken zu lassen und sie freizugeben, klang vertraut, aber auch ungewohnt autoritär.

Augenblicke lang starrte Lucia Romy an, die in weißer Hose und hellblauer Bluse im ersten Moment auf sie wirkte wie eine Geistererscheinung. Dann löste sie sich aus ihrer Erstarrung und warf sich in ihre Arme.

»Lucia!«, flüsterte Romy, hörbar erleichtert. Sie schlang die Arme um ihre Taille und zog sie dicht an sich heran.

Lucia drängte sich an sie, als in ihrem Augenwinkel Yvette Bruckner erschien. Mit eisiger Miene stand sie im Hintergrund, beide Hände weit ausgestreckt, die etwas umklammert hielten.

Eine Pistole.

Lucia fuhr heftig zusammen, und auch Romy zuckte.

»Was …«, begann sie, Entsetzen in den Augen, doch sie kam nicht zu Wort.

»Sie hat mich übertölpelt, Yvette!«, stieß Henry hervor. Es hörte sich an wie eine Rechtfertigung. »Da … schau mein Gesicht!« Er stellte sich an Yvettes Seite. Aus dem tiefen Kratzer, den ihm Lucia mit der Nagelschere zugefügt hatte, rann Blut und tropfte auf den weißen Kragen seines Hemdes.

Yvette lachte verächtlich. Ihr Mitleid hielt sich eindeutig in Grenzen.

»Weil du halt auch ein Tölpel bist«, schob sie nach, ohne den Blick von den beiden Frauen abzuwenden. »Hättest du auf mich gehört und sie gleich richtig verschnürt! Dass sie zu vielem fähig ist, wissen wir ja.«

»Yvette!«, stammelte Romy, noch immer verwirrt von den unerwarteten Entwicklungen. »Was soll das? – Das kann nicht dein Ernst sein … Reicht es nicht, dass du unseren Vater ruiniert hast? Was habe *ich* dir denn getan? – Es tut mir leid, dass es dir als Kind so schlecht ging. Aber ich wusste doch von nichts. Wieso also richtest du dich jetzt gegen mich?«

Lucia verstand zwar nicht, worüber Romy eigentlich sprach, aber dass es Yvette bewegte, war an ihren angespannten Gesichtszügen und der plötzlich aufflackernden Verzweiflung in den blauen, kalten Augen deutlich abzulesen.

»*Ich* habe dir nichts getan, falls du dich erinnerst«, sagte sie dann steif, die Pistole weiter auf sie gerichtet. »*Ich* war es nicht, die dir ein Messer in den Leib gerammt hat!«

Lucia schluckte trocken. Dann fühlte sie Romys Hand, die nach der ihren griff und sie leicht drückte.

»*Du* hast unseren Ruf zerstört, und nicht nur den unseren, sondern auch den einer unschuldigen, absolut korrekt urteilenden Gutachterin. Damit hast du eine Kette von schlimmen Ereignissen in Bewegung gesetzt. Jahre später sorgst du dafür, dass sich unsere Wege in Salzburg kreuzen, und gibst die Paraderolle der besten Freundin. Du warst dir so sicher, dass ich dich zuallerletzt mit dem Poisson in Verbindung bringe!«

»Ich habe nur einen Deal vermittelt, weiter nichts«, sagte Yvette mit fester Stimme. Zu Lucias Erleichterung ließ sie immerhin die Pistole sinken. »Das kannst du mir vorwerfen, mehr nicht. Ich bin keine Gutachterin, keine Kunstsachverständige … und im Grunde weiß ich gar nicht, worüber du da sprichst.«

»Über die *Fälschung*!« Die Verachtung, mit der Romy das Wort ihrer einstigen Freundin ins Gesicht schleuderte, ließ Lucia zusammenfahren. Noch nie zuvor hatte sie Romy so wütend erlebt. »Kapier es endlich, Yvette, dein falsches Spiel ist aufgeflogen! – Du hast jahrelang doch nur auf eine Gelegenheit gewartet, wie du unserer Familie schaden kannst. Was für ein herrlicher Zufall, als du auf dem Speicher der naiven Schachdavians dieses Bild entdecktest! Und wie passend, dass dein kleiner Halbbruder Karl so ein talentierter Maler ist! Schade, dass er es nie zu mehr gebracht hat als zu einem begnadeten Fälscher …«

»Lass Charlie aus dem Spiel!«, fauchte Yvette. »Er ist unschuldig!«

»Ja, aber du bist es nicht, und er ist wie Wachs in deinen

Händen.« Romy ließ sich durch den Einwurf nicht beirren. »Es war alles von langer Hand geplant: Du hast Karl bei Di Renzi eingeschleust als Butler, als Liebhaber, als Stricher … was auch immer. Dafür hat er dir den Gefallen getan und ein zweites *Fluss mit zwei Brücken* gemalt.«

»Das ist doch vollkommen aberwitzig«, widersprach Yvette mit unbewegter Miene. »Was reimst du dir da alles mit deiner blühenden Phantasie zusammen!«

»So clever dein Plan auch war«, fuhr Romy ungerührt fort, »er ist aufgeflogen. Denn ein wichtiges Detail hast du dabei übersehen: dass der Selbstmord von Henriette Starl deren Tochter niemals zur Ruhe kommen lassen wird.«

»Wie melodramatisch. Es ging doch nie um die Starl.« Yvette verzog das Gesicht. »Wer kann denn schon ahnen, dass sich die Frau gleich umbringt, nur weil ihr Name eine Zeit lang durch die Medien geistert?«

Lucias Puls begann zu rasen. Diese Frau war unsäglich kaltblütig, getrieben von Hass. Offenbar galt dieser Hass den Traunburgs; warum, hatte sie noch nicht durchblickt.

»Außerdem, ich habe es doch wieder gutgemacht«, fuhr die Bruckner nun ungerührt fort. »Ich habe ihrer Tochter einen Job gegeben. Aus Mitleid. – Glaubst du etwa, ich hätte nicht von Anfang an gewusst, wer sich da vorstellt? Denkst du etwa, ich hätte nicht schon insgeheim darauf gewartet, dass du auf sie triffst, hier im *Goldenen Fasan*? – Ich wusste, der Moment kommt, und als er da war, habe ich ihn genossen!«

»Wie? Du hast es gewusst?«, fuhr Lucia fassungslos dazwischen. »Vorhin hat du noch gesagt, es ginge nicht gegen mich!«

»*Sie* war mir immer egal!«, richtete die Bruckner sich an Romy. »Es geht um den *Namen*. Den ich nie tragen durfte! Mit deiner Galerie wurde er wieder zur Qualitätsmarke. Ich kann nicht ertragen, dass plötzlich wieder alles so ist, als hätte es den Skandal nie gegeben. Der Name Traunburg darf nicht noch einmal Renommee erlangen, das muss ich mit allen Mitteln verhindern. Ich wollte dir nicht wehtun. Dich bloß eine Zeit lang außer Gefecht setzen. Ein Unternehmen läuft nun mal schlechter, wenn die Chefin wegen psychischer Belastung nicht täglich vor Ort sein kann. – Aber was dich persönlich betrifft ...« Ihre Stimme wurde weicher. »Ich mag dich, Romy. Du bist doch meine Schwester. Lass uns das Ganze hier vergessen. Lass uns einfach so tun, als hätte es diese Nacht nie gegeben. Ich werde das Problem mit der kleinen Starl lösen; du wirst nie wieder von ihr hören. Nicht wahr, Lucia? Das ist doch auch in deinem Interesse. Du hast nichts gehört, nichts gesehen ... und ich gebe dir ein dickes Bündel Geld mit auf den Weg. Du kannst studieren, Klavier spielen, alles, was du willst.«

Romys Griff um Lucias Hand wurde fester.

»Du bist verrückt, Yvette«, begann sie mit ruhiger Stimme. »Bei all deinen tollen Plänen übersiehst du nämlich eines: Lucia wird nirgendwohin verschwinden, und ich würde sie auch niemals gehen lassen. Was du nicht weißt ... nicht wissen konntest ... ist, dass wir uns lieben. Wir haben uns schon immer geliebt und ich bin dir von Herzen dankbar, dass du sie in mein Leben zurückgebracht hast.«

Yvette starrte sie an. Ihre Unterlippe zitterte. Offensichtlich hatten Romys Worte sie kalt erwischt. Anscheinend war sie bisher tatsächlich ahnungslos gewesen.

Fast so ahnungslos wie Lucia selbst. Es dauerte einige Sekunden, bis ihr Verstand Romys Aussage voll erfasste. Dann rauschte eine Welle puren Glücksgefühls durch ihre Adern und füllte ihr Herz mit Wärme und Hoffnung.

»Gut. Wenn das so ist, bleibt mir keine andere Wahl. Du willst es ja offenbar nicht anders.« Yvette hob den Arm und richtete ihre Pistole auf Romy.

Das Glücksgefühl in Lucia fiel in sich zusammen.

»Yvette, hör auf ...« Henry, der den Wortwechsel stumm verfolgt hatte, legte ihr besänftigend die Hand auf die Schulter. »Das ist es doch nicht wert.«

»Lass mich!« Yvette ließ ihren Ellenbogen mit voller Wucht in seine Rippen krachen, während sie weiterhin auf Romy zielte. Henry jaulte auf wie ein geprügelter Hund. In Yvettes Augen lag blanker Hass. Lucia lief ein Schauder über den Rücken. Sie erstarrte, als Romy ihre Hand losließ und einen Schritt auf die Bewaffnete zuging.

»Yvette, bitte, wir …«

Wie in Zeitlupe nahm Lucia wahr, dass die Bruckner den Abzug spannte.

Romy wankte plötzlich unter dem heftigen Stoß, mit dem sie von Lucia aus der Schusslinie befördert wurde. Im selben Moment erfüllte ein donnerndes Krachen das Haus. Danach war es still.

Die Kugel hatte ihr Ziel verfehlt.

Dann ging alles ganz schnell: Die Eingangstüre wurde mit brachialer Gewalt aufgebrochen, und eine Horde schwarz gekleideter Bewaffnete stürmte das Gasthaus. Yvette Bruckner fand sich in null Komma nichts an die Wand gedrängt; ihre Pistole fiel zu Boden. Sie schrie wie am Spieß, als einer der Männer ihr die Arme nach hinten bog und Handschellen anlegte.

Henry versuchte in die Gaststube zu flüchten, kam aber nur bis zur Schwelle. Dann klickten die Handschellen auch für ihn.

Romy und Lucia sahen sich von den schwarzen Gestalten ebenfalls umzingelt.

»Name, Ausweis!«, bellte einer von ihnen.

Zu geschockt von den sich überschlagenden Ereignissen, begriff Lucia erst allmählich, dass es sich um einen Polizeibeamten handelte. Romy nannte bereits ihren Namen.

»Meine Handtasche … ist im Büro hinten, darin sind auch meine Papiere.«

»Und Sie?«

»Lucia Starl …«

Irgendetwas an ihren Rippen brannte.

»Ich will meinen Anwalt, ich habe das Recht auf einen Anwalt!«, kreischte Yvette Bruckner, als sie jetzt abgeführt wurde. Blaulicht blinkte durch die geöffnete Türe; Lucia erkannte, dass sich eine neugierige Menschenmenge in der Gasse versammelt hatte.

Ein Herr mittleren Alters in Zivil schob sich an den Uniformierten vorbei und streckte ihnen seinen Dienstausweis entgegen.

»Chefinspektor Leonhard Wallner. Ich bin hier der Einsatzleiter. Wir sind angerufen worden, weil jemand um Hilfe geschrien hat – nachdem uns ein gewisser Salvatore Di Renzi mit einer abenteuerlich klingenden Geschichte darauf hingewiesen hatte, dass es hier zur Eskalation kommen könnte. Offenbar sind wir genau richtig gekommen. – Darf ich Sie jetzt bitten, mich auf die Wache zu begleiten?«

»Ja, selbstverständlich … ich hole nur schnell meine Tasche.« Romy wirkte noch immer völlig verstört.

»Diese da?« Einer der Polizisten kam aus der Richtung des Büros. Er hielt einen großen, blau gepunkteten Umhängesack in die Höhe.

»Nein, das ist meine.« Lucia wollte ihm entgegenkommen, musste jedoch nach zwei Schritten innehalten. Ein stechender Schmerz, ausgehend von ihrem Unterleib, durchfuhr ihre rechte Körperseite. Ihr wurde schwindlig.

»Oh, junge Dame!« Der Herr, der sich als Chefinspektor Wallner vorgestellt hatte, griff ihr unter den Arm. »Sie fahren definitiv nicht mit auf die Wache, sondern ins Krankenhaus.« Er wandte sich an einen der umstehenden Uniformierten. »Rufen Sie die Rettung. Sofort, wir haben hier einen Notfall!«

Und dann sah Lucia, was Wallner an ihr entdeckt hatte: den dunklen, nassen Fleck, der sich seitlich auf ihrem Shirt bildete und immer größer wurde.

»Lucia, um Himmels willen!« Die Farbe war aus Romys Gesicht gewichen.

Lucia begann unkontrolliert zu zittern, als sie begriff. Der

Schuss war nicht ins Leere gegangen, er hatte lediglich ein anderes Ziel gefunden.

»Nein! Oh nein ...!« Romys Arme schlangen sich um ihren Körper. Im selben Augenblick knickten Lucias Knie ein.

Der letzte absurde Gedanke, der ihr in den Sinn kam, war der, dass sie schon wieder eines von Romys Kleidungsstücken ruinierte.

Gleichzeitig strömte ein Gefühl überwältigenden Friedens durch ihren Körper.

Alles hatte seine Richtigkeit.

Heute würde ich für dich sterben, hatte sie vor ein paar Wochen gesagt. Jetzt erfüllte sie ihr Versprechen.

Fluss mit zwei Brücken

Dieses Mal lud Romy die Frau mit dem modisch geschnittenen Bob und der leicht näselnden Stimme nicht auf ein Mittagessen ein, sondern beließ es bei einem Kaffee in einem schlicht gehaltenen Bistro am Rande der Wiener Innenstadt. Frauke Littich erschien sogar pünktlich und ohne die Überheblichkeit, die sie bei ihrem ersten Zusammentreffen zur Schau gestellt hatte. Die Umstände hatten sich geändert.

»Es ist ganz lieb von Ihnen, dass Sie sich mit dieser Geschichte exklusiv an mich wenden«, eröffnete die Journalistin nach dem Austausch erster Höflichkeitsfloskeln mit einem gewinnenden Lächeln. Sie holte ein Aufnahmegerät aus ihrer Tasche und legte es in die Mitte des Tisches. »Darf ich?«

»Sie dürfen. Zuvor möchte ich noch einmal ausdrücklich an unsere Vereinbarung erinnern: Ich erzähle Ihnen die gesamte Geschichte von *Fluss mit zwei Brücken*, und Sie sorgen dafür, dass der Name Traunburg von jedwedem Verdacht auf Betrugsgeschäfte reingewaschen und der gute Ruf von Henriette Starl *post mortem* wieder hergestellt wird. Sind wir uns einig?«

Die Journalistin lächelte dünn.

»Absolut einig«, versicherte sie dann. »Aber jetzt erzählen Sie mir doch bitte von Anfang an, wie Sie dahintergekommen sind, dass das Gemälde, das Frau Starl als Gutachterin zu sehen bekam, nicht dasselbe war, das an Salvatore Di Renzis Sammlung ausgeliefert wurde ...«

»Ausgeliefert wurde das richtige, nur wurde es niemals aus der Transportkiste geholt«, korrigierte Romy, dann begann sie zu berichten: wie Lucia auf die in der Farbe voneinander abweichenden Etiketten gestoßen war, wie Di Renzi ihnen stolz sein

Sicherheitssystem präsentiert hatte, von den Gesprächen mit den Schachdavians und mit Ludger Reichenthaler.

»Herr Reichenthaler steht selbstverständlich auch gerne zur Verfügung, sollten Sie Detailfragen zum Transport haben«, bot Romy an, was sie zuvor mit dem ArtTrans-Geschäftsführer abgesprochen hatte. Reichenthaler hatte den Werbewert einer Erwähnung im Bericht über das gefälschte Poisson-Bild sofort erkannt, nachdem nun nachgewiesen war, dass sein Unternehmen bei der Sicherung des teuren Gemäldes nicht versagt hatte.

»Ich kenne Herrn Reichenthaler selbstverständlich; sollten Fragen auftauchen, werde ich ihn gern anrufen. – Aber wie war das nun mit dem Lieferschein von damals genau? Wie kamen Sie dahinter, dass der den Schlüssel darstellt?«

»Lucia Starl hat die prägnante Schrift desjenigen, der das Gemälde damals in Castelfiore entgegengenommen hat, als die des Mannes erkannt, der sich inzwischen Hans Obermoser nennt und im *Goldenen Fasan* als Restaurantleiter tätig war. Wie sich herausstellte, hatte sich Obermoser vor knapp zwölf Jahren als Hausmeister in die Villa La Palla eingeschleust, und zwar als Heinrich Mooshammer. Als solcher unterschrieb er auf dem Lieferschein von ArtTrans.«

»Und wie heißt er nun wirklich? Mooshammer oder Obermoser? Und wie ist er in den Fall verwickelt?«

»Wie sich inzwischen herausgestellt hat, heißt er weder Mooshammer noch Obermoser, sondern Henrik van Vliet. Ein niederländischer Kleinkrimineller, der Teile seiner Jugend in Österreich verbracht hat und daher akzentfrei Deutsch spricht. Im Laufe seines Lebens war er mit mehreren Identitäten unterwegs; irgendwie hat er es wohl geschafft, sich entsprechende Papiere zu besorgen.« Romy trank einen Schluck Mineralwasser, um etwas Zeit zu gewinnen, während sich die Journalistin trotz des Aufnahmegeräts einige Notizen auf einem Block machte. Nun kam der für sie weitaus schwierigere Teil des Interviews, bei dem sich der Bericht mit einer persönlichen Komponente verwob, die ihr noch immer zu schaffen machte. »Van Vliet wurde in seiner Rolle als Liebhaber von einer ehemaligen Nachbarin der Familie Schachdavian dazu angestiftet, sich bei Di Renzi einzuschleusen, und …«

»Moment!«, unterbrach Frauke Littich sie erstaunt. »Einschleusen bei Di Renzi? Schon als Sie das zuvor erwähnten, habe ich mich gewundert! – Ich hatte bereits mit ihm zu tun, wie Sie wissen, und es war eindeutig, dass dieser Mann alles auf Herz und Nieren prüft, was bei ihm ein- und ausgeht. Vor meinem ersten Interview mit ihm hatte er bereits alles über mich in Erfahrung gebracht, beispielsweise …«

»Jeder Mensch hat eine Achillesferse«, erwiderte Romy. »Seine war vermutlich ein hochbegabter, aber leider erfolgloser Maler, der eine Zeit lang bei ihm in der Villa wohnte. Der junge Mann hatte anscheinend genug Einfluss auf Di Renzi, um einem sogenannten Freund einen Job bei ihm zu beschaffen – und um Zugang zu jenem Brief mit dem Code zum Öffnen der Art-Trans-Kiste mit dem echten Poisson-Gemälde zu erhalten.«

»Einfluss welcher Natur?«

Frauke Littich hob die Augenbrauen, doch das anzügliche Lächeln, das ihre Lippen umspielte, war für Romy ein deutliches Zeichen dafür, dass sie die Art des Einflusses längst durchschaut hatte. Die Homosexualität des Florentiner Sammlers zum Thema zu machen, lag ihr allerdings fern.

»Dazu kann ich nichts sagen«, erwiderte sie daher ausweichend.

»Der Maler ist derselbe, der die Fälschung auf die Leinwand brachte?«

»Es spricht vieles dafür.«

»Das würde wirklich bedeuten, dass es sich um ein unglaubliches Talent handelt. Dass so jemand nicht auf andere Weise in der Kunstszene aufgefallen ist, mutet da befremdlich an.«

»Der Mann kämpfte immer schon mit Suchtproblemen. Angeblich ging es ihm mal besser, mal schlechter.« Romy hatte ihre

Recherchen seit der dramatischen Nacht im *Goldenen Fasan* vorangetrieben.

»Und wo ist er jetzt? Kann man mit ihm sprechen? Wo finde ich ihn?«

Lunz am See, lag es Romy auf der Zunge, doch genau von diesem Ort wollte sie die Journalistin fernhalten, ehe sie nicht selbst dort gewesen war.

»Sie finden ihn gar nicht mehr«, sagte sie daher wahrheitsgemäß. »Obgleich er inzwischen in einem Heim für Suchtkranke untergebracht war, setzte er sich vor rund einer Woche den goldenen Schuss. Er kam nie davon los und fand offensichtlich immer wieder Wege, sich das Gift zu besorgen.«

Oder es wurde ihm besorgt, fügte sie in Gedanken hinzu. Von jemandem, der um jeden Preis verhindern wollte, dass er jemals über *Fluss mit zwei Brücken* redete.

Doch auch das behielt sie für sich. Es war Sache der Polizei, zu ermitteln, welche Leichen den Weg ihrer Halbschwester tatsächlich schon säumten.

»Sprechen wir über den Schusswechsel im *Goldenen Fasan* in Salzburg, von dem ja bereits oberflächlich in den Tageszeitungen berichtet wurde«, wechselte die Redakteurin das Thema. »Es hieß, es sei zwischen Ihnen und der Wirtin Yvette Bruckner zu einer Auseinandersetzung gekommen, bei der es um genau dieses gefälschte Bild ging. Wie ist sie involviert?«

Den Kloß in ihrer Kehle tapfer ignorierend, erläutere Romy: »Yvette Bruckner hatte nicht nur eine über Jahre andauernde Beziehung mit Hendrik van Vliet, der ihr wohl in gewisser Weise hörig ist; sie war auch die Person, die die Schachdavians überhaupt auf das Bild auf ihrem Speicher hinwies und andeutete, dass es etwas wert sein könnte. Zudem hat sie meinen Vater auf den Poisson aufmerksam gemacht und so das Geschäft und den folgenden Skandal ins Rollen gebracht.«

»Sie war also der Kopf des Ganzen«, stellte Frauke Littich treffend fest. »Was aber waren ihre Beweggründe? Ging es um

Geld? – Das scheint mir unmöglich, denn ein Poisson-Gemälde, das bereits in einer Sammlung hängt, ist am Kunstmarkt unmöglich unterzubringen. Dass eines der beiden Bilder eine Fälschung ist, wäre doch sofort klar gewesen!«

»Das war auch nie ihre Absicht. Yvette Bruckner hegte«, Romy wählte die folgenden Worte sorgfältig, »persönliche Animositäten gegen meinen Vater. Er hatte als junger Mann mit ihrer Mutter eine Affäre; diese heiratete dann aber den Gastwirt Karl Wurm. In Yvettes Augen war mein Vater dafür verantwortlich, dass ihr Leben nicht auf Rosen gebettet war. Sie bastelte daher lange an einem Plan, wie sie sich – quasi in Vertretung ihrer Mutter – an ihm rächen konnte.«

»Das klingt ziemlich krank.« Die Redakteurin schüttelte ungläubig den Kopf. »So, als hätte sich Yvette Bruckner ihre eigene Welt zusammengereimt ... als sähe sie sich als heimliche Tochter des großen Galeristen Traunburg.«

Ihre Augen ruhten abwartend auf Romy.

Diese hob lediglich die Schultern. Ihre Verwandtschaft war ein Thema, das sie medial nicht ausgeschlachtet haben wollte.

»Ich weiß ehrlich gesagt nicht, was in ihr vorging oder vorgeht. Das wollte ich in jener Nacht in Erfahrung bringen, aber als ich Frau Bruckner mit dem konfrontierte, was ich herausgefunden hatte, geriet sie außer sich und bedrohte mich mit einer Pistole.«

»Die Polizei hat das Gebäude gestürmt«, packte die Redakteurin jenes Wissen aus, das über den Polizeibericht und anschließend über die Meldung der österreichischen Nachrichtenagentur verbreitet worden war. »Yvette Bruckner und ihr Komplize wurden festgenommen. Was ist mit Di Renzi? Was hatte er überhaupt vor? – Ich bekam aus Polizeikreisen einen vertraulichen Hinweis, dass er es war, der die Polizei auf gewisse Vorgänge im *Goldenen Fasan* ansetzte ... Was wollte er von Frau Bruckner? Wie hat er überhaupt davon erfahren, dass es ein zweites Bild gibt?«

»Das müssen Sie ihn schon selber fragen. Sie hatten doch schon einmal sehr guten persönlichen Zugang zu ihm.« Romy versteckte ihre Erheiterung hinter einem freundlichen Lächeln. Auch wenn sie Frauke Littichs journalistische Fähigkeiten und ihr Netzwerk nutzte, um die Geschichte der Fälschung zu verbreiten und die Namen Traunburg und Starl reinzuwaschen, hatte sie für die Frau noch immer wenig Sympathie übrig. Schon ihre Art, ständig mehrere Fragen gleichzeitig zu stellen, ohne die Antwort auf die erste abzuwarten, missfiel ihr.

Die Frau mit dem sorgfältig frisierten Bob erwiderte das Lächeln – süßsäuerlich, wie es Romy vorkam. So gut war der Kontakt zwischen dem reichen Florentiner Sammler und der Journalistin offenbar nun auch wieder nicht. Di Renzi empfing nur, wen er empfangen wollte, und die Littich gehörte im Moment wohl nicht dazu. Romy zweifelte nicht daran, dass sie sich inzwischen schon längst um Audienz bei ihm bemüht hatte.

»Di Renzi ist ein eigenes Kapitel«, gab die Journalistin sogar zu. »Dennoch, es ist eine unglaubliche Geschichte, die da über zehn Jahre nach dem Skandal aufgepoppt ist. Ich bin sicher, dass ich im Zuge meiner Recherchen noch auf das ein oder andere interessante Detail stoßen werde.«

Dann viel Erfolg, dachte Romy süffisant. Hauptsache, Frauke Littich hielt sich an ihr Versprechen …

Sie winkte die Kellnerin zu sich und beglich die Rechnung.

»Ich habe leider noch einen anderen Termin«, erläuterte sie ihrer sichtlich verdutzten Gesprächspartnerin. Es war alles gesagt, was es für sie zu wissen gab. »Auf Wiedersehen.«

Die beiden Frauen reichten sich zum Abschied die Hand.

Romy hatte das Bistro schon fast verlassen, als Frauke Littich sie noch einmal aufhielt.

»Eines hätte ich fast vergessen, Frau Traunburg: Wo befindet sich denn jetzt der echte Poisson? Die Schachdavians wollen ihn doch sicher gegen die Fälschung, die sie damals zurückbekommen haben, eintauschen. Ihnen steht das Original ja zu.

Oder wie ist das überhaupt rechtlich geregelt? Könnte es sein, dass Yvette Bruckner das Original irgendwo versteckt hat?«

Schon wieder mehrere Fragen auf einmal. Und keine einzige nach Lucia, obwohl Frauke Littich aus den bisherigen Berichten doch mit Sicherheit wusste, wen der Schuss im *Goldenen Fasan* getroffen hatte.

»Die Staatsanwaltschaft ist derzeit dabei, eine Bestandsaufnahme ihres gesamten Hausstandes und ihrer Vermögenswerte zu machen«, erwiderte Romy steif. »Am besten, Sie fragen dort nach.«

Was nichts bringen wird, stellte sie mit leiser Genugtuung fest, nachdem sie das Lokal und Frauke Littich endgültig hinter sich gelassen hatte. Denn wo sich das Original befand, wusste sie schließlich besser als jeder Ermittlungsbeamte.

*

Das Baby lag in einer weiß-rosa überzogenen Wiege – ein nagelneues Modell – und schlief. Inmitten der restaurierungsbedürftigen Antiquitäten, die das Wohnzimmer der Schachdavians charakterisierten, wirkte das moderne Designerstück auf Romy fast etwas deplatziert.

Esther Mandelberg-Schachdavian servierte Tee und Kuchen auf ungarischem Herend-Porzellan. Lilith, die junge Mutter, saß Romy gegenüber auf dem Sofa und strahlte von einem Ohr zum anderen. Rick, ihr Freund und Vater des Kindes, hielt ihre Hand und wirkte ebenfalls sehr glücklich.

»Tut mir leid, dass mein Mann nicht hier sein kann«, sagte Esther, eine Frau von Mitte fünfzig, deren sonnengebräuntes, mit zarten Falten durchzogenes Gesicht davon zeugte, dass sie viel Zeit ihres Lebens an der Sonne verbrachte. Ihr Haar war braun, wenn auch mit grauen Ansätzen an den Schläfen, aber nicht blond wie das ihrer Tochter. Ansonsten war die Ähnlichkeit der beiden jedoch kaum zu übersehen. Beide hatten dieselben lebhaften blauen Augen, eine relativ spitze Nase und einen Mund mit geschwungenen, vollen Lippen.

»Lilith hat Ihnen ja vielleicht erzählt, dass mein Mann immer wieder diverse Forschungsprojekte leitet. Als Biologe befasst er sich vorwiegend mit seltenen Pflanzenarten. Im Moment geht es um einen Farn, der angeblich nur im Hochland von Chile vorkommt. Allerdings gibt es Hinweise, dass er ein paar Jahrhunderte früher womöglich auch in tieferen Lagen vorkam – tatsächlich bewusst kultiviert worden ist! Die Einheimischen schreiben ihm potenzfördernde Eigenschaften zu.«

»Wie spannend.«

»Finden Sie?« Liliths Mutter bedachte sie mit einem prüfenden Blick, dann lachte sie herzlich. »Für eine Kunsthistorikerin wie Sie muss sich das doch wie ausgemachter Unsinn anhören!«

»Ich meinte den Umstand, dass Sie und Ihr Mann durch diese Forschungsprojekte ganz schön in der Welt herumkommen«, erwiderte Romy schmunzelnd. »Von Biologie habe ich vermutlich noch weniger Ahnung als Sie vom Wert gewisser Gemälde.«

Kaum ausgesprochen, biss sie sich auch schon auf die Zunge. Was für eine Unhöflichkeit, dieser reizenden Familie ihre einstige Naivität so unter die Nase zu reiben. Ihr Blick fiel automatisch auf *Fluss mit zwei Brücken*, das noch immer über dem Sofa und damit direkt in ihrem Blickfeld hing.

Sie wollte sich gerade für ihre flapsige Bemerkung entschuldigen, als Esther Mandelberg-Schachdavian auch schon belustigt auflachte.

»Ja, wir waren damals wirklich blauäugig wie die kleinen Kinder«, gab sie zu. Dann wurde sie ernst. »Für Sie war das eine schlimme Geschichte, es tut uns sehr leid. Aber für uns haben sich Ihre Nachforschungen im Nachhinein als echter Segen herausgestellt. Wir haben damit eine zweite Chance, das Geld zu erhalten, das uns für ein Bild wie dieses zusteht.«

Romy stellte die Teetasse, die sie gerade zum Mund hatte führen wollen, abrupt auf den Unterteller zurück. Ihr Plan, den Schachdavians zu offenbaren, was da wirklich in ihrem Wohnzimmer hing, und das große, freudige Staunen der Familie mit eigenen Augen zu verfolgen, fiel in sich zusammen.

Sie sah Esther fragend an, doch es war Lilith, die antwortete.

»Ein Signore Di Renzi war vorgestern hier. Ich war gerade mit meiner Kleinen aus dem Krankenhaus nach Hause gekommen, da stand er unten bei Rick im Laden. Mama war so nett, ihn auch ohne Termin zu empfangen. Höflich zu sein hat sich in diesem Fall gelohnt. Er ließ sich die Rückseite des Gemäldes zeigen und erzählte uns dann eine abenteuerliche Geschichte, die wir wohl kaum geglaubt hätten, wenn wir nicht schon zuvor in der Tageszeitung auf den Bericht über die Sache in Salzburg gestoßen wären. Darin hieß es, es habe wegen eines Skandals um ein Gemälde von Poisson eine Schießerei gegeben.«

»Der Name Yvette im Zusammenhang mit dem *Goldenen Fasan* ließ uns aufhorchen«, fuhr Esther fort. »So viele Yvettes gibt es schließlich nicht, und da Sie neulich erst nach ihr fragten ...«

»... und überhaupt Ihr ganzes Interesse an dem Bild, und dass Sie sich auch so genau die Rückseite mit den Etiketten zeigen ließen«, schaltete sich nun auch Rick ein, ehe Esther wieder das Wort ergriff. »Jedenfalls, als Herr Di Renzi uns die ganze Geschichte erzählte und danach ein sehr attraktives Angebot machte, hatten wir keine Zweifel mehr, dass es sich tatsächlich um das Original handelt. – Sie sind extra vorbeigekommen, um uns das mitzuteilen, und jetzt haben wir Ihnen Ihre Überraschung kaputtgemacht, nicht wahr?«

»Stimmt.« Romy schmunzelte und nahm einen Schluck Tee. »Nur interessehalber ... ich meine, es geht mich ja nichts an, aber ... wie viel hat Ihnen Di Renzi denn geboten?«

Esther grinste zunächst, nannte ihr dann aber den genauen Betrag. Er lag in etwa in Höhe jenes Angebotes, das Traunburg als Galerist damals dem Florentiner Sammler unterbreitet hatte.

»Und haben Sie es angenommen?«

Romy rechnete mit einem begeisterten *Ja*, doch Esther legte lediglich den Kopf schief und lächelte sie an. Erst nach einer Weile schob sie nach: »Natürlich nicht! Glauben Sie, wir lernen nicht aus unseren Fehlern? – Wir werden selbstverständlich noch weitere Angebote abwarten, haben wir ihm gesagt.«

Auch Romy musste nun grinsen. Die Herangehensweise gefiel ihr.

»Ich nehme nicht an, dass Di Renzi von Ihrer Antwort begeistert war.«

»Nicht besonders, nein, aber er ließ seine Karte hier und signalisierte, dass er für weitere Preisverhandlungen offen wäre.« Esther hob die Schultern. »Mehr wollten wir gar nicht. Ehrlich gesagt, weiß ich nicht, wie und wo man so ein Bild überhaupt anbieten könnte.«

»Ich schon.« Romy zückte eine ihrer Visitenkarten und reichte sie der Frau mit dem braunen Lockenkopf. »Wenn Sie Hilfe brauchen, stehe ich Ihnen gern zur Seite.«

»Das ist nett, aber …«, begann Esther. Die Skepsis in ihren Gesichtszügen war nicht zu übersehen. Romy verstand und sorgte sogleich für Klarstellung.

»Ich weiß, das Geschäft mit meinem Vater war für Sie alles andere als befriedigend. Sie wurden damals ziemlich übervorteilt. Aber ich gebe Ihnen mein Wort darauf, dass sich so etwas nicht wiederholen wird. Im Unterschied zu meinem Vater will ich bei diesem Deal nichts verdienen. Ich unterstütze Sie ohne jegliche Provision – als Wiedergutmachung und Entschuldigung für das, was damals passiert ist.«

Esther nickte bedächtig. Sie ließ die Karte in ihrer Hosentasche verschwinden.

»Vielen Dank für das großzügige Angebot. Wir kommen gerne darauf zurück. – Aber sagen Sie … wie geht es Ihnen nach dieser ganzen Geschichte? Lilith hat sie in einem kurzen Fernsehbericht über die Schießerei gesehen, vor dem *Goldenen*

Fasan ... Mama, das ist Romy Traunburg, die Galeristin, mit der du telefoniert hast, hat sie gerufen. Ich kann mir vorstellen, dass es nicht leicht ist, über so ein Erlebnis hinwegzukommen, besonders, wenn noch jemand dabei angeschossen wurde ...«

Die persönliche Anteilnahme der Frau, mit der sie vor diesem Treffen nur einmal kurz telefoniert hatte, kam überraschend. Dennoch, sie tat Romy gut.

Es waren Menschen wie die Schachdavians, die sie künftig als Freunde gewinnen wollte, nicht jene oberflächliche, elitäre Gesellschaft, in der sie sich seit ihrer Kindheit bewegt und die sich sowieso nie für sie als Person interessiert hatte.

»Es war sehr aufwühlend und nagt noch immer an mir«, gab sie daher offen zu. »Und es wird sicher noch dauern, bis ich Yvette nicht mehr mit einer Pistole auf mich zielen sehe. Aber ansonsten geht es mir gut, wirklich gut.«

Ihre eigenen Worte hallten in ihr nach, als sie kurze Zeit später die Weihburggasse in Richtung Tiefgarage spazierte, in der sie das Auto abgestellt hatte. Noch nie zuvor hatte sie diesen Satz ehrlicher gemeint. Trotz der Geschehnisse, trotz aller Sorgen und Ängste, die sie hatte durchstehen müssen, trotz der Aussicht, dass sie in ein paar Monaten als Zeugin gegen ihre frühere beste Freundin und Schwester aussagen musste, fühlte sie sich so glücklich und frei wie nie.

*

Den Code der Alarmanlage einzugeben, war nicht nötig. Romy aktivierte sie nur noch über Nacht oder dann, wenn niemand im Hause war. Beides traf jetzt nicht zu.

Sie trat ein, stellte ihre Handtasche auf dem Garderobenkasten ab und entledigte sich der Schuhe. Die Terrakottafliesen im Gang waren so angenehm kühl wie die Luft, die sie im Hausinneren umfing. Ganz im Gegensatz zur Schwüle draußen, die sich mitsamt einer Front dunkler Wolken als Vorbotin eines aufziehenden Gewitters ankündigte. Auf dem Weg von der Hofeinfahrt bis zur Türe hatten bereits ein, zwei Regentropfen ihre Wange gestreift.

Es roch nach Frischgebackenem. Maria, die Haushälterin, hatte offensichtlich wieder einmal in ihrer Abwesenheit gezaubert – und diesmal gewiss nicht in erster Linie für sie.

Romy wollte bereits die Flügeltüre zum Wohnzimmer aufstoßen, als Klaviermusik aus dem Zimmer daneben sie innehalten ließ. Ein osteuropäischer Volkstanz, schnell und rasant gespielt. Sie kannte das Stück, wenngleich sie es auch noch nicht selbst beherrschte. Für intensives Üben hatten ihr in den vergangenen Wochen Zeit und Muße gefehlt.

Sie öffnete die Türe hin zur Musik. Alle Fenster standen offen; der aufkommende Wind blies die weißen Gardinen ins Zimmer.

Eine Frau saß am Flügel, den Blick konzentriert auf das Notenbuch vor sich gerichtet. Ihre Finger flogen über die Tasten.

In der Hoffnung, ihr Kommen sei unbemerkt geblieben, verharrte Romy eine ganze Weile regungslos auf der Türschwelle. Erst als sich das Stück seinem Ende näherte, trat sie hinter die Pianistin und umschlang sie mit beiden Armen. Lucia unterbrach prompt ihr Spiel, drehte sich um und schmiegte sich an sie. Sie warf den Kopf in den Nacken und blickte zu ihr auf, ein freudiges Lächeln auf den Lippen.

»Du bist aus Wien zurück!«, stellte sie fest. Innig umfasste sie Romys Hände und zog sie näher an sich heran. »Zum Glück.«

»Du tust fast so, als wäre ich auf Weltreise gewesen.« Romy lächelte amüsiert. »Dabei war ich nicht einmal vierundzwanzig Stunden weg.«

»Für mich hat es sich ewig angefühlt.«

Romy setzte sich neben sie auf den Klavierhocker.

»Ich war wohl wirklich zu lange fort«, sagte sie mit gespieltem Ernst. »Denn kaum bin ich außer Haus, wirst du unvernünftig. Sagte dieser Oberarzt nicht ausdrücklich, er werde dich nur dann frühzeitig entlassen, wenn du ihm versprichst, dass du dich schonst? – Er meinte damit Bettruhe!«

Lucia lehnte sich an sie.

»Bettruhe ist fad«, erwiderte sie. »Besonders, wenn man alleine im Bett liegt. Außerdem kam Maria alle fünf Minuten ins Zimmer, um sich zu vergewissern, dass ich auch wirklich noch am Leben bin. Sie ist schlimmer als jede Überwachungskamera! – Es war doch letztendlich nur ein Streifschuss, keine lebensgefährliche Verletzung!«

»Du hast trotzdem ziemlich viel Blut verloren«, rief Romy ihr in Erinnerung. »Also stell das jetzt bloß nicht als Bagatelle dar.«

»Nein, natürlich nicht.« Lucia griff erneut nach ihrer Hand. »Nachdem der erste Schock vorbei war, hat es auch ziemlich wehgetan. Zumindest verheilt die Wunde gut – als ich gestern beim Verbandswechsel war, sah es schon viel besser aus als vor zwei Tagen. Das Hämatom ist kleiner geworden, und es hat sich schon Schorf gebildet.«

»Wie appetitlich.«

»Du kannst es dir gerne ansehen, wenn du magst.«

Lucia lächelte kokett, und Romy konnte nicht länger widerstehen. Sie legte ihre Hand in Lucias Nacken und küsste sie zärtlich. Das Herz klopfte ihr dabei so heftig, dass sie fast hoffte, Lucia würde nichts davon mitbekommen. Es war ihr noch immer etwas peinlich, wie stark ihr Körper auf diese Nähe reagierte. Sie kam sich vor wie ein liebeshungriger Teenager, der die Kontrolle über sich und seine Handlungen verloren hatte. Lucia dagegen schien ihre Emotionen besser im Griff zu haben. Gelegentlich wirkte es, als besäße sie die reichere Lebenserfahrung, trotz der zehn Jahre Altersunterschied.

Dass Lucia seit ihrer Schussverletzung und dem damit verbundenen Krankenhausaufenthalt offener und heiterer geworden war, ließ sich nicht übersehen. Es schien, als wäre ihr eine zentnerschwere Last von den Schultern genommen. Romy ahnte, woran dies lag: durch ihr heldinnenhaftes, wenngleich sicherlich unüberlegtes Eingreifen hatte Lucia sich tatsächlich die Chance verschafft, ihr Leben für sie zu geben – wie sie es Wochen zuvor unter Tränen versichert hatte. Für Romy blieb dies ein Liebesbeweis, auf den sie gerne verzichtet hätte. Auf der Fahrt vom *Goldenen Fasan* ins Krankenhaus, auf der sie Lucia nach einer heftigen Diskussion mit dem leitenden Ermittler dann doch hatte begleiten dürfen, waren ihr Tränen der Verzweiflung über das Gesicht gelaufen, so groß war ihre Angst, dass Lucia tatsächlich sterben könnte.

Ich liebe dich. – Sie hatte den Satz auf der Fahrt im Rettungswagen unendliche Male geflüstert, hoffend, dass Lucia ihn hören würde.

Jetzt, eine knappe Woche später, wusste sie noch immer nicht genau, ob ihre Botschaft mit allem, was mit diesem Bekenntnis für sie verbunden war, bei der jungen Frau angekommen war. Über die Zukunft hatten sie noch kein einziges Wort geredet, genauso wenig darüber, ob Lucia überhaupt dasselbe für sie empfand.

Mit fortschreitender Genesung trübte auch die bittere Erinnerung an den Morgen von Lucias plötzlicher Abreise Romys Glück. Wer wusste schon, ob diese Dani nicht noch immer in Wien auf sie wartete und Lucia dieses Thema bloß aus Dankbarkeit nicht angesprochen hatte?

Ich bin wieder einmal unsicher, wurde Romy schmerzhaft bewusst, während sie ihre Finger durch Lucias volles Haar gleiten ließ. Und das, obwohl ich doch den eisernen Vorsatz gefasst hatte, mich nicht mehr von Unsicherheiten beherrschen zu lassen.

»Ist alles okay?« Lucia löste sich aus der Umarmung und sah sie fragend an.

»Ja.« Romy überspielte ihre Zweifel mit einem Lächeln und einer kleinen Notlüge. »Ich habe mich gerade gefragt, ob du dich schon fit genug für einen kleinen Ausflug fühlst.«

»Wohin denn?«

»Nach Lunz am See.«

»Oh.« Lucia zog die Augenbrauen hoch. »Ich ahne, was du vorhast ...«

Romy nickte.

»Wo das Original ist, wissen wir. Aber je mehr ich darüber nachdenke, desto mehr interessiert mich auch die Fälschung. – Ich habe heute nicht nur mit Frauke Littich gesprochen, sondern auch die Schachdavians besucht. Möchtest du davon hören?«

»Natürlich!« Lucias Lippen näherten sich Romys Mund. »Aber erst will ich einen Kuss ...«, flüsterte sie, und dem kam Romy nur zu gerne nach. Lucia zu küssen war besser als alles andere.

*

»Er war eigentlich ein liebenswürdiger Mensch. Vielleicht sogar zu liebenswürdig. Ein Träumer ... Vielleicht ist es deshalb so gekommen, wie es kommen musste.« Die ältere, etwas beleibte Frau kämpfte sichtlich mit den Tränen, als sie über den knapp Vierzigjährigen berichtete, der vor über einer Woche in ihrem Heim verstorben war. »Das alles ist eine Tragödie, aber für Karl sicher auch eine Erlösung.«

»Eine Erlösung?« Romy sah die Heimleiterin, in deren großem, hellem Büro sie sich befanden, überrascht an.

»Gott hat ihn zu sich geholt und aus seinem irdischen unglücklichen Dasein erlöst.« Die Frau, die sich jetzt mit einem Stofftaschentuch die Tränen aus den Augen tupfte, klang fast schon pragmatisch. Romys Blick fiel unwillkürlich auf das Kreuz an der Wand hinter dem Schreibtisch. Die ansonsten moderne Büroausstattung inklusive Notebook und Smartphone auf dem Schreibtisch hatten sie kurz vergessen lassen, dass sie sich im Seitentrakt eines alten Klosters befanden. Die Heimleiterin war zugleich Ordensschwester.

Schwester Epiphania Maria hatte keine Umstände gemacht, als sie wegen eines Termins anfragte und den Grund dafür nannte. Sie sei Galeristin, hätte gehört, dass der soeben verstorbene Patient Karl Wurm auch während seines Heimaufenthalts künstlerisch aktiv gewesen sei ... Die Ordensschwester hatte ihre bloße Vermutung sofort ohne Argwohn bestätigt.

»Er war unglaublich begabt, ein echtes Talent«, fuhr Schwester Epiphania Maria nun fort. »Ein Trauerspiel, dass er eigentlich nie von den Drogen loskam.«

Eigentlich. Da war es schon wieder, dieses Wort, dass sie gleich am Anfang hatte stutzen lassen.

»Wie kann es sein, dass er in einer Anstalt für Drogenabhängige wieder an Drogen herankam?«, schaltete sich Lucia ein.

Falsche Frage. Das rundliche Gesicht der Ordensschwester verfinsterte sich.

»Wir betreuen hier seit dem Jahre 1976 Suchtkranke aus zwölf verschiedenen Nationen. Unser Entwöhnungsprogramm entspricht internationalen Standards und wurde mehrfach zertifiziert. Von bisher dreihunderteinundvierzig betreuten Patienten schafften dreihundert dauerhaft den Absprung. Das gilt als ausgesprochen erfolgreich!«

Romy hatte nicht die geringste Ahnung, auf welchem Level die internationalen Erfolgsquoten bei Therapien dieser Art lagen. Es kümmerte sie auch wenig. Sie waren schließlich aus anderen Gründen hier.

»Ich bin sicher, Sie haben Ihr Bestes getan«, lenkte sie versöhnlich ein. »Man kann wohl nie sicher sein, dass jemand stabil genug ist, nicht wahr?«

»Bei ihm waren wir uns jedenfalls ziemlich sicher, dass er es nicht ist.« Ein Satz, der das *eigentlich* zumindest teilweise erklärte und von Seufzen begleitet wurde. Die Heimleiterin gab sich nun wieder zugänglicher. »Er lebte in seiner eigenen Welt, sprach ständig von einem verpfuschten Leben, von einer großen Chance, die er vertan hätte, von einer verlorenen Liebe. Phasenweise lebte er in einer Art Dämmerzustand. Dann faselte er wirres Zeug – von seiner Schwester, die ihn ins Verderben gestürzt hätte. Aber wenn die Frau Bruckner dann hier war, freute er sich wie ein kleines Kind. Da hatten wir immer den Eindruck, dass zwischen beiden doch ein sehr enges Verhältnis bestand. Charlie hat sie ihn immer genannt, den Karl.«

»Hat sie ihn regelmäßig besucht?«

»Hin und wieder. Sein Hirn war ohnehin von den starken Drogen, die er seit seinen jungen Jahren nahm, so desolat, dass für ihn Zeit und Raum kaum eine Rolle mehr spielten. Ob sie alle zwei Tage gekommen wäre oder ihn nur alle zwei Monate besuchte, das war egal. Aber über Besuch hat er sich immer gefreut. Ganz besonders, als neulich dieser Italiener hier war.«

»Di Renzi?«, hakte Lucia ein.

»Signore Salvatore. So stellte er sich vor. Er sagte, er sei ein alter Freund aus Jugendtagen.«

»Was wollte er von ihm?«

Die Ordensschwester hob die Schultern.

»Das weiß ich nicht. Ich blieb während der Unterhaltung nicht dabei. Aber Karl hat sich sehr gefreut, als er ihn sah. Er wirkte so lebendig wie schon lange nicht mehr. Und auch der Herr Salvatore war sichtlich bewegt. Aber als er ging, hat er geweint.«

»Karl?«

»Nein. Der Herr Salvatore. Er sah schrecklich traurig aus. Vermutlich hat er nicht damit gerechnet, dass der Karl nur ein Wrack ist.«

Romy und Lucia wechselten einen Blick. Was zwischen den beiden Männern vorgefallen war, würden sie nie genau wissen. In Feindschaft waren sie offenbar nicht auseinandergegangen.

»Wegen der Drogen ermittelt jetzt die Polizei«, fuhr Schwester Epiphania Maria fort. »Dazu darf ich Ihnen keine Auskünfte geben. – Aber Sie sind ja ohnehin wegen der Bilder hier, nicht wahr?«

»Richtig«, bestätigte Romy, obgleich das nicht ganz der Wahrheit entsprach. Natürlich war sie auch an dem Künstler interessiert, dessen Leiche zwei Tage zuvor am Lunzer Friedhof beigesetzt worden war. Für die Beerdigungskosten war Yvette Bruckner aufgekommen. Auch das hatte sie bereits in Erfahrung gebracht. Ihre Halbschwester hatte das Begräbnis *en detail* festgelegt und im Voraus bezahlt, noch ehe Karl überhaupt verschieden war. Dieses Procedere sei gar nicht so außergewöhnlich, hatte ihr das örtliche Bestattungsunternehmen versichert. Romy kam es dennoch reichlich pietätlos und berechnend vor.

»Dann kommen Sie mit, ich zeige sie Ihnen.«

Gemeinsam folgten Lucia und sie der Schwester durch die langen Gewölbegänge, die Treppen hinauf in den zweiten Stock.

»Hier hat Karl Wurm gewohnt, und hier lagern auch alle seine Bilder.«

Die Heimleiterin stieß die Türe auf.

Das Zimmer war rund dreißig Quadratmeter groß, besaß große Rundbogenfenster und erinnerte Romy unwillkürlich an ein Atelier. Tatsächlich stachen neben schlichtem Mobiliar, bestehend aus einem Einzelbett und einem zweitürigen Schrank, sofort die vier Staffeleien ins Auge, die in der Mitte des Raumes in Kreisform aufgestellt waren. Zwei waren mit weißen Laken bedeckt, eine leer. Auf der letzten stand ein unfertiges Bild, dessen Ansätze Romy trotz seiner Unvollständigkeit erkannte. Es war eine Kopie von August Mackes *Russischem Ballett*.

Sämtliche Wände waren fast lückenlos von Bildern bedeckt, alle auf simple Keilrahmen aufgezogen, ohne jede schmückende Rahmung.

»Das sind alles Kopien«, fühlte sich die Schwester anscheinend gezwungen sicherzustellen, während Romys Blick über die Gemälde glitt. Das Lebenswerk von Karl Wurm war imposant. Als Spezialist für Expressionismus hatte er zahlreiche bekannte

Vorbilder detailgetreu kopiert – kopiert, aber was jene Bilder hier an den Wänden betraf: nicht im klassischen Sinne gefälscht. Er hatte sie eindeutig mit *Carlo Baco* signiert, jenem Künstlernamen, den er sich offenbar selbst gegeben hatte.

»Welche Vorlagen hatte er?«, erkundigte sich Romy, noch immer ganz gefangen von der Vielzahl der auf den ersten Blick so perfekten Kopien.

»Er hat aus Kunstbüchern und Katalogen abgemalt«, gab die Heimleiterin zur Antwort. »Er brauchte immer irgendeine Vorlage. Ein eigenes Motive auf die Leinwand zu bringen, dazu war er nie fähig. Wahrscheinlich ist er deshalb so am Leben verzweifelt.«

Da irrte die Schwester. Mit Bedauern dachte Romy an die Bilder, die Lucia in der Villa La Palla entdeckt und die sie nicht zu Gesicht bekommen hatte. Carlo Baco alias Karl Wurm war zu eigenen Kreationen fähig gewesen, aber irgendetwas hatte ihn gehindert, sich weiterzuentwickeln und damit an die Öffentlichkeit zu gehen. Die Liebe zu Di Renzi? Die Drogen? – Sie würden es wohl nie erfahren.

Lucia berührte leicht ihren Arm und riss sie dabei aus ihren Gedanken. Fast unmerklich wies sie mit dem Kinn in Richtung eines Bildes, das an der Längsseite des Bettes hing, und Romy stockte einen Moment lang der Atem.

In charakteristischen Pastelltönen präsentierte sich hier ein Flusslauf mit einer französischen Kleinstadt im Hintergrund und zwei Brücken im Vordergrund. Etwas allerdings störte die Harmonie des Bildes gewaltig: über der Stadt reihten sich dunkle Wolken aneinander, gemalt wie mit Wasserfarben, in kindlicher Manier hingepinselt ohne jeglichen künstlerischen Anspruch.

»Wenn er einen seiner Anfälle hatte, zerstörte er seine eigenen Werke auf diese Weise. Schauen Sie ...« Schwester Epiphania Maria deutete auf ein anderes Bild, eine Kopie von Kokoschka, die Mutter und Kind zeigte. »Dem Kind hat er schwarze Teufelshörner und ein Hitler-Bärtchen verpasst. Hier hat er es auch wieder getan. Und hier. Und hier. – Es waren die Drogen, fürchte ich.«

»Als Sie anfangs von ihm erzählten, hörte es sich an, als hätte er sich überwiegend in einer Art Dämmerzustand befunden. Und dennoch malte er so viel?«

Lucia sprach aus, was Romy ebenfalls schon durch den Kopf gegangen war.

»Wache Phasen wechselten mit Lethargie und Verwirrung«, gab die Heimleiterin Auskunft. »Es gibt einen ganzen medizinischen Akt über den Karl, aber den darf ich Ihnen selbstverständlich nicht zeigen. Das Malen war für ihn so eine Art Besessenheit. Das Leben dagegen ein Leid. Er hat hier weder zu Gott gefunden noch zu sich selbst.«

Lucia zog die Augenbrauen hoch, und Romy hoffte, dass sie die Plauderlaune von Schwester Epiphania Maria nicht mit einer spitzen Bemerkung zerstörte. Sie hatte inzwischen genug Zeit mit Lucia verbracht, um zu wissen, was sie von Religion hielt. Lucias Meinung stand im krassen Widerspruch zur Weltanschauung einer Klosterschwester.

»Was passiert mit den Bildern jetzt?«, erkundigte sich Romy.

»Das sind alles Schenkungen an unser Kloster.« Die Leiterin verschränkte die Arme vor der Brust. Sie war bereit, für diese Bilder zu kämpfen, das war unschwer zu erkennen. »Dazu gibt es ein beglaubigtes Dokument.«

Unterschrieben von Karl Wurm, der zeitweise nicht mehr zurechnungsfähig war, dachte Romy, doch diesen Gedanken behielt sie für sich. Das letzte Puzzleteilchen war gefunden und hatte sich gefügt. Es war an der Zeit, die Sache abzuschließen.

»Vielen Dank für Ihre Zeit und den Blick auf die Bilder.« Romy reichte der Heimleiterin die Hand. »Es ist schön zu wissen, dass das Andenken an einen Künstler wie Karl Wurm hier in Ehren gehalten wird.«

Denn nichts anderes war Yvettes Bruder für sie.

*

Die Stimme von Cecilia Bartoli erfüllte das Wohnzimmer. Es war Lucias Wunsch gewesen, die von der bekannten Sängerin in Musikarchiven ausgegrabenen Kastraten-Arien anzuhören. Romy hatte nichts dagegen gehabt. Mittlerweile fragte sie sich allerdings, ob die Idee wirklich so gut gewesen war, denn Lucia war mit jedem Stück schweigsamer geworden.

Sie lag in ihren Armen auf dem Sofa, eng an sie gedrückt. Romy konnte die Traurigkeit nicht nur spüren, sondern wurde von ihr auch selbst mitgerissen.

»Lucia, was ist los?«, flüsterte sie leise, während ihre Hand durch das dunkle Haar glitt. Schon seit sie von Lunz aufgebrochen waren, befand sich Lucia in einer seltsam gedrückten Stimmung.

»Nichts«, gab Lucia leise zur Antwort, um nach einiger Zeit hinzuzufügen. »Die Musik ist so traurig.«

Romy runzelte die Stirn.

»Ich weiß. Ich hatte dich gewarnt. Die Kastraten des Barock waren nicht alle Superstars. Die meisten führten ein ziemlich unglückliches Leben, und das spiegelt sich eben auch manchmal in den speziell für sie geschriebenen Liedern.«

»Sie waren so unglücklich, weil niemand sie geliebt hat.« Lucias Stimme klang erstickt. Mit einem Mal liefen ihr Tränen über das Gesicht.

Romy befreite sich aus der Umklammerung und schaltete die Musik aus, den schwachen Protest der Freundin ignorierend.

Vermutlich war es Zeit für ein ernsthaftes Gespräch – jenes Gespräch, das sie selbst aus Furcht vor Lucias Antworten bisher immer gemieden hatte. Mit klopfendem Herzen nahm sie wieder auf dem Sofa Platz und suchte nach Worten. Auch Lucia hatte sich aufgesetzt. Verschämt strich sie sich über die Augen.

»Entschuldige. Ich bin so traurig. Ich weiß nicht, wieso …«

»Vielleicht, weil du das traurige Schicksal der Kastraten gerade auf dich beziehst?« Romy hob fragend die Augenbrauen. »Mit viel Phantasie findet man bekanntlich immer einen Zusammenhang.«

Lucia antwortete nicht sofort, sondern starrte eine ganze Weile ins Leere. »Ich weiß einfach nicht, was die Zukunft bringt«, rückte sie dann heraus. »Das Rätsel um das Bild ist nun gelöst. Eigentlich gibt es nichts mehr zu tun, oder?« Sie ließ Romy keine Chance zu antworten, sondern fuhr mit belegter Stimme fort: »Bevor ich dich traf, hatte ich mich mit dem Leben, das ich führte, abgefunden. Ich funktionierte wie ein Uhrwerk. Ich machte meine Arbeit, ging nach Hause zum Schlafen, ging wieder zur Arbeit. Ich hatte keine Zeit für irgendwelche Gefühle und Träume. Jetzt ist alles durcheinander. Ich habe keinen Job mehr, keine Wohnung ... keine Perspektive.«

Lucias Worte trafen Romy ins Herz. So also sah sie die Situation? – Ihre geheime Vermutung war richtig gewesen: Während sie sich wieder einmal in Gefühlen verrannte, hatte Lucia einen kühlen Kopf behalten.

Unwillkürlich fiel ihr Jelena ein. Auch hier hatte sie in einem Ausmaß geliebt, das nie erwidert worden war. Damals hatte sie sich geschworen, sich nie wieder so sehr in ihren Emotionen zu verlieren. Doch Vorsätze halfen wohl nichts, wenn die Gefühle übermächtig waren.

»Liebst du mich?«

Die Frage löste sich wie von selbst von Romys Lippen. Kaum ausgesprochen, bereute sie es bereits. Eine Frage, deren ehrliche Beantwortung sie eventuell nicht ertragen konnte, sollte besser nie gestellt werden.

In Lucias Augen bildeten sich neue Tränen. Sie setzte an, um etwas zu sagen, doch Romy, die Antwort fürchtend, legte ihr die Finger auf den Mund.

»Nein, stopp. Antworte nicht. Lassen wir es, wie es ist. Man darf so etwas nicht einfordern.«

Lucia schloss die Augen. Ihre Hände legten sich um Romys.

»Schon als ich dich das erste Mal traf, wusste ich, dass ich dich wollte«, begann sie dann mit belegter Stimme. »Ich fühlte mich zu dir hingezogen, ohne mir bewusst zu sein, dass es Liebe war. Ich war so jung, und du warst unerreichbar. Ich verbrachte danach Nächte damit, mir auszumalen, wie ich dich für mich gewinnen könnte, wenn ich erst erwachsen war. Ich stellte mir vor, dass ich eine berühmte Pianistin bin – und dass du dann mit mir ausgehst, dich gerne in meiner Gesellschaft zeigst, stolz auf mich bist ... dass du dich in mich verliebst. Aber dann habe ich alles kaputtgemacht. Die Zukunft, meine ich. Obwohl sich an meinen Gefühlen für dich nichts geändert hat. Das macht die Situation im Moment so unerträglich.«

Es dauerte etwas, bis Romy Lucias Worte in vollem Umfang begriff.

»Du glaubst, wir haben keine gemeinsame Zukunft, nur weil du keine weltberühmte Pianistin geworden bist? Was ist denn das für ein Unsinn?«

»Doch nicht nur deshalb«, flüsterte Lucia. »Wegen allem. Ich kann es nicht erklären ... An manchen Tagen denke ich positiv: Dass alles vorbei ist, dass du mir verzeihst, dass du mich liebst, dass wir zusammenbleiben. Dass ich irgendetwas studieren oder mich weiterbilden werde und du stolz auf mich sein kannst. Und an anderen halte ich mir vor Augen, dass ich dich fast umgebracht hätte, und dass du Besseres verdient hast ...«

Lucias Schluchzen füllte den Raum. Ihr Körper bebte.

Romy seufzte leise. Sie hatte sich täuschen lassen, wieder einmal. Hinter Lucias gelassener, oft so selbstsicherer Fassade verbarg sich ein Mensch, der ihr gar nicht so unähnlich war. Vermutlich war gerade dies das Band, das sie beide zusammenhielt.

»Was ich Yvette gesagt habe, ehe sie schoss, habe ich ernst gemeint. Natürlich weiß ich, wir hätten auf einfachere Art und Weise zueinander finden können – so, wie du es in deiner Idealvorstellung beschrieben hast. Aber wer weiß schon, wie es wirklich gekommen wäre? Als Pianistin wärest du so viel unterwegs gewesen, dass ich dich vermutlich kaum zu Gesicht bekommen hätte. Ich möchte dich aber bei mir haben.« Sie hob Lucias Kinn leicht an und sah ihr tief in die geröteten Augen. »Mir ist es egal, ob du studierst, promovierst, weiter im Gastgewerbe arbeitest oder einfach nur eine Weile zu Hause am Klavier sitzt. Für mich bist du kein Prestigeobjekt, das an meiner Seite glänzen muss, um mich aufzuwerten. Sei einfach du selbst, das ist mir genug.«

Sanft küsste sie Lucia auf die nasse Wange und fuhr mit den Fingern durch ihr Haar. Die junge Frau hatte aufgehört zu weinen, wirkte aber immer noch nicht ganz überzeugt.

»Ich könnte mich umgekehrt genauso gut fragen, was du an mir findest«, fuhr Romy daher fort und sprach aus, was ihr selbst hin und wieder wie ein Stein auf der Seele lag. »Eine Frau, die acht Jahre älter ist als du, aber die in vielen Dingen des Lebens viel unsicherer auftritt. Eine Frau, die immer wieder dieselben Fehler macht. Weißt du eigentlich, wie oft ich mich frage, weshalb ich auch im Falle von Yvette wieder geglaubt habe, mit einem vernünftigen Gespräch könnte ich die Situation retten? Es war genauso wie damals mit dir. Ich habe nichts daraus gelernt; bis heute erkenne ich nicht, wenn jemand bereit ist, bis zum Äußersten zu gehen. Wenn du mich nicht weggestoßen hättest, wäre ich vermutlich nicht mehr hier.«

Lucia wischte sich mit dem Ärmel über die Augen. Als sie Romys Blick nun erwiderte, wirkte sie ruhiger. Romy atmete auf. Ziel erreicht. Alles, was ihr auf dem Herzen lag, war sie jedoch noch nicht losgeworden. Es war an der Zeit, auch darüber zu reden, dass sie mit Lucia gemeinsam hier wohnen wollte und dass diese aufhören sollte, im Internet nach günstigen Mietwohnungen zu suchen, aus Sorge, Romys Gastfreundschaft zu überbeanspruchen. Nein, dieses Haus sollte auch Lucias Zuhause werden!

Romy setzte an, um ihr genau das mitzuteilen, doch Lucia kam ihr zuvor.

»Genau dafür liebe ich dich«, sagte sie leise. »Dafür, dass du immer an das Gute glaubst. Dass du so sanft und liebevoll bist. Dass du verzeihen kannst. Und für so vieles mehr.«

Romy lächelte erleichtert. Da war es, das Liebesgeständnis, auf das sie sehnlichst gewartet hatte, süßer und persönlicher formuliert, als sie es sich je erträumt hatte.

Sie lehnte sich vor, um Lucia zu küssen, doch mit der sanften Berührung ihrer Lippen erwachte die lange zurückgehaltene Leidenschaft. Lucia ließ sich nach hinten fallen und zog sie auf sich. Einladend öffnete sie die Beine, während Romy ihre Hand bereits unter Lucias Bluse gleiten ließ. Erschrocken hielt sie inne, als sie das große Pflaster auf ihren Rippen fühlte.

»Glaubst du wirklich, dass du schon …«, begann sie besorgt, doch Lucia erstickte ihre Worte mit einem innigen Kuss.

Augenblicke später hatte Romy vergessen, was sie hatte sagen wollen.

CAROLIN SCHAIRER

wuchs in Niederbayern auf. Die Diplom-Journa-listin schrieb als Freie für Zeitungen und Maga-zine, war in der Medienbeobachtung, in der Markt- und Meinungsforschung und als PR-Mit-arbeiterin eines Großunternehmens tätig. Sie lebt in Wien. Ihre ersten Romanerfolge verzeichnete sie mit »Ellen« und »Die Spitzenkandidatin«. In-zwischen erschienen über ein dutzend Romane von ihr, zuletzt »Küsse mit Zukunft« und der Krimi »Tödliche Verstrickungen« (alle Titel bei Helmer).

Mehr von Carolin Schairer …

www.ulrike-helmer-verlag.de

Küsse mit Zukunft

Roman. 340 Seiten. 978-3-89741-404-4

In der Lounge des Kopenhagener Flughafens fällt Marlene ein attraktiver Mann auf. Sie will schon ein wenig mit ihm flirten, doch der Herr bemüht sich hartnäckig um eine Blondine. Und diese Fremde kommt direkt zur Sache – allerdings bei ihr! Das ist jedoch erst der Anfang einer überraschenden Begegnung …

Sommer in Barock

Roman. 336 Seiten. 978-3-89741-396-2

Diana Kleedorfs Welt ist die Oper. Da plötzlich wird die Mezzosopranistin, die oft in Hosenrollen auftritt, in den Medien als lesbisch hingestellt. Diana flieht ins nächste Engagement, den »Anzinger Barocksommer«. Als sie dabei der geheimnisvollen Sophie begegnet, wird die Zeit in dem idyllischen Städtchen zum Sommer ihres Lebens …

Frischer Wind am Wolfgangsee

Roman. 243 Seiten. 978-3-89741-390-0

Vanessa wird den elterlichen Gasthof übernehmen. Ihre Neigung gilt dem Salzkammergut, aber auch Frauen … Wie um alles in der Welt lässt sich das nur vereinen? Der Roman erzählt von Tradition und Aufbruch, von verängstigten Eltern und mutigen Töchtern, die lernen, über sich hinauszuwachsen.

Ellen
Roman. 447 Seiten. 978-3-89741-277-4

Pressebüro eines Pharmakonzerns? Kein Traumjob für Nina, denn bisher schrieb sie Kinderbücher. Es ist purer Geldmangel, der sie in die fremde Bürowelt treibt, wo sie direkt vor der Nase der kühlen Chefin Ellen McGill landet. Eine Landung mitten in einem neuen Leben – und in einer neuen Liebe.

Vesna
Roman. 277 Seiten. 978-3-89741-355-9

Elisa steht vor dem Nichts. Hals über Kopf geht sie aus Italien zurück nach Wien. In der Stadt ihrer Kindheit will sie mit ihrer fünfjährigen Tochter Lilly ein neues Leben beginnen. Doch der Ärger beginnt schon mit einer seltsamen Frau im Flieger ...

Lass keine Fremden ins Haus
Roman. 300 Seiten. 978-3-89741-311-5

Die seltsame Frau, die Laura bei der morgendlichen Fahrt zur Arbeit trifft, geht ihr nicht mehr aus dem Sinn. Als sie die Fremde an einem eiskalten Abend völlig verfroren an der Haltestelle wiedersieht, nimmt sie sie mit zu sich nach Hause ...

Tödliche Verstrickungen
Kriminalroman. 303 Seiten. 978-3-89741-389-4

Pünktlich zum Schulanfang wird in der niederbayrischen Gemeinde Aichendorf eine Bank überfallen und Landärztin Gesine Hofmann sieht sich in den Fall verwickelt. Dabei hat Gesine schon genug Stress mit ihrer Lebensgefährtin Holly sowie einer Patientin, deren Sohn höchst seltsame Symptome zeigt ...

Todesursache: ungeklärt
Kriminalroman. 280 Seiten. 978-3-89741-366-5

Kaum hat Ärztin Gesine Hofmann eine Landpraxis in Niederbayern übernommen, erhängt sich eine Frau im Geräteschup-
pen. Gemeinsam mit Nachbarin Holly taucht Gesine in den
Strudel der Ermittlungen ein. Bald zeigt sich, dass hinter den
Kulissen der idyllischen Gemeinde ein erbitterter Kampf tobt.

In jener Nacht
Kriminalroman. 304 Seiten. 978-3-89741-340-5

Der neue Thriller ist noch nicht erschienen, schon wittern die
Medien spannende Enthüllungen. Denn die gefeierte Krimiauto-
rin Julie Schneeberg greift darin das dunkelste Kapitel ihrer
Vergangenheit auf: Sie war Zeugin einer blutigen Tragödie ...

Wir werden niemals darüber reden
Kriminalroman. 304 Seiten. 978-3-89741-347-4

Ein alter Bauernhof im Süddeutschen birgt düstere Geheimnisse.
Nach dem Tod der Bäuerin kommen sie ans Licht. Als ihre
Enkel Isabell und Jan zur Beerdigung der Großmutter zurück-
kehren, beginnt eine harte Reise in die Vergangenheit.